Kirsten Boie
Eine Welt aus Büchern

KIRSTEN BOIE

SKOG LAND

Verlag Friedrich Oetinger · Hamburg

VORSPIEL

Skogland trauerte.

Über dem Palast wehte die Flagge auf halbmast und Tausende von Regenschirmen säumten den Prachtboulevard. Im Schritttempo legte der Wagen mit dem Sarg, bedeckt mit unzähligen Blumen in den Farben des Landes und gezogen von sechs schwarzen Pferden, langsam den Weg zum Friedhofshügel zurück.

Hinter dem Sarg ging die kleine Prinzessin: allein, sehr aufrecht und ohne eine Träne. Sie hielt die Schultern gestrafft und sah nirgendwohin. Nicht in die Menge, wo die Menschen alles dafür gegeben hätten, ihren Blick aufzufangen, um sie mit einem aufmunternden Kopfnicken, einem Lächeln zu trösten; und nicht auf den Sarg, in dem ihr Vater seinen letzten Weg antrat.

Niemandem hatte sie erlaubt, sie mit seinem Schirm vor dem Regen zu schützen, der seit dem Morgen gleichmäßig aus einem undurchdringlich grauen Himmel fiel; und ihre nassen Haare verdeckten mit vom Regen schweren, vom Regen dunklen Strähnen ihr Gesicht.

»Das arme Kind!«, flüsterte eine Frau in der zweiten Reihe und drängte sich näher zu ihrem Mann, um mit ihm gemeinsam Schutz unter einem unpassend bunten Schirm zu finden. »Was nützen ihr da ihre Königskrone und ihre Ländereien und ihr Schmuck und was nicht alles, ihr Geld und ihr Gold und …«

»Vom Unglück verfolgt«, murmelte der Mann und hielt den Schirm ein wenig zu ihr hinüber, sodass der Regen ihm nun in den Nacken fiel. »Die ganze Familie. Vom Unglück verfolgt.«

Nur wenige Schritte hinter der kleinen Prinzessin ging, allein wie sie, aufrecht wie sie, der einzige lebende Angehörige, der von jetzt an in ihrem Namen die Regierungsgeschäfte führen würde: Norlin, ihr Onkel. Anders als seine Nichte hatte er einen Hofbeamten im schwarzen Mantel angewiesen, mit einem Schirm zwei Schritte hinter ihm zu gehen. In seinem sorgfältig frisierten Haar, dessen blausilberner Schimmer im Widerspruch stand zu seinem noch jungen Gesicht, lag jede Strähne an ihrem Platz; aber sein Mund war schmerzlich verzogen, und jeder in der Menge konnte sehen, wie sehr auch er trauerte.

»Zum Glück ist wenigstens der noch da«, flüsterte die Frau wieder, während der Trauerzug, die Minister als Nächste, an ihnen vorüberzog. »Wenigstens ist die Kleine nicht vollkommen allein.«

»Weißt du, ob die beiden sich verstehen?«, flüsterte ihr Mann zurück.

Mit einer heftigen Bewegung wischte die Frau seinen Einwand beiseite. »Wenigstens ein Vormund aus der Familie!«, flüsterte sie. »Kein Fremder! Immerhin sind es noch mehr als vier Jahre, bis sie volljährig wird, die kleine Krabbe!«

Ein junger Mann vor ihnen drehte sich um und

runzelte die Stirn. »Geht es vielleicht auch ein bisschen ruhiger?«, fragte er. »Finden Sie das passend? Unterhalten Sie sich doch zu Hause!«

Kameras surrten, über dem Trauerzug kreisten zwei Hubschrauber, schon lange war das Kind nicht mehr zu sehen. Und doch stand die Menge starr wie eingefroren, schweigend, bedrückt.

Erst als vom Friedhofshügel die zehn Schuss Salut herüberhallten, die dem Land verkündeten, dass sein König nun in der herrschaftlichen Gruft neben seiner Frau die letzte Ruhe gefunden hatte, ging ein Aufatmen durch die Trauernden.

»Wenn wir uns beeilen, schaffen wir noch den Bus um sechzehn nach«, sagte die Frau, während die Menge sich auflöste. »Und egal, was du sagst, in all diesem Elend ist es ein Segen, dass die Kleine wenigstens ihn noch hat. Wenn ich abergläubisch wäre, würde ich sagen: Über dieser Familie liegt ein Fluch.«

»Da kommt unser Bus!«, rief der Mann und faltete im Laufen den Schirm zusammen. »Den kriegen wir noch!«

Erst als sie sich mit unzähligen anderen Trauergästen in den hinteren Teil des Busses gedrängt und sogar noch einen Platz gefunden hatten, antwortete der Mann.

»Nur gut, dass du nicht abergläubisch bist!«, sagte er. »Ein Fluch – sind wir hier im Märchen? Kummer und Unglück, meine Liebe, bescheren die Menschen sich meistens ganz allein selbst.«

»Malena«, sagte Norlin. Er hatte darauf bestanden, dass die Prinzessin und er gemeinsam in der königlichen Limousine zurück zum Palast fuhren. »Malena. Wie kann ich dich denn nur trösten?«

Die kleine Prinzessin saß blicklos, als hätte sie ihn nicht gehört.

»Am besten wird dir der Alltag helfen, kleine Malena«, sagte Norlin. Er war ein wenig von ihr abgerückt, so nass war ihr Mantel. »Heute und morgen wirst du noch im Palast bleiben, um mit mir gemeinsam die Danksagungen für die Beileidsbezeugungen zu unterschreiben.« Er beugte sich vor. »Hörst du mich, Malena? Und danach geht es dann zurück an die Schule. Zurück zu deinen Freundinnen, das wird dich ablenken. Und in zwei Monaten ist auch schon dein vierzehnter Geburtstag.«

Langsam, sehr langsam hob Malena den Kopf. Noch immer war es, als nähme sie ihn nicht wahr. Dann nickte sie ohne ein Wort.

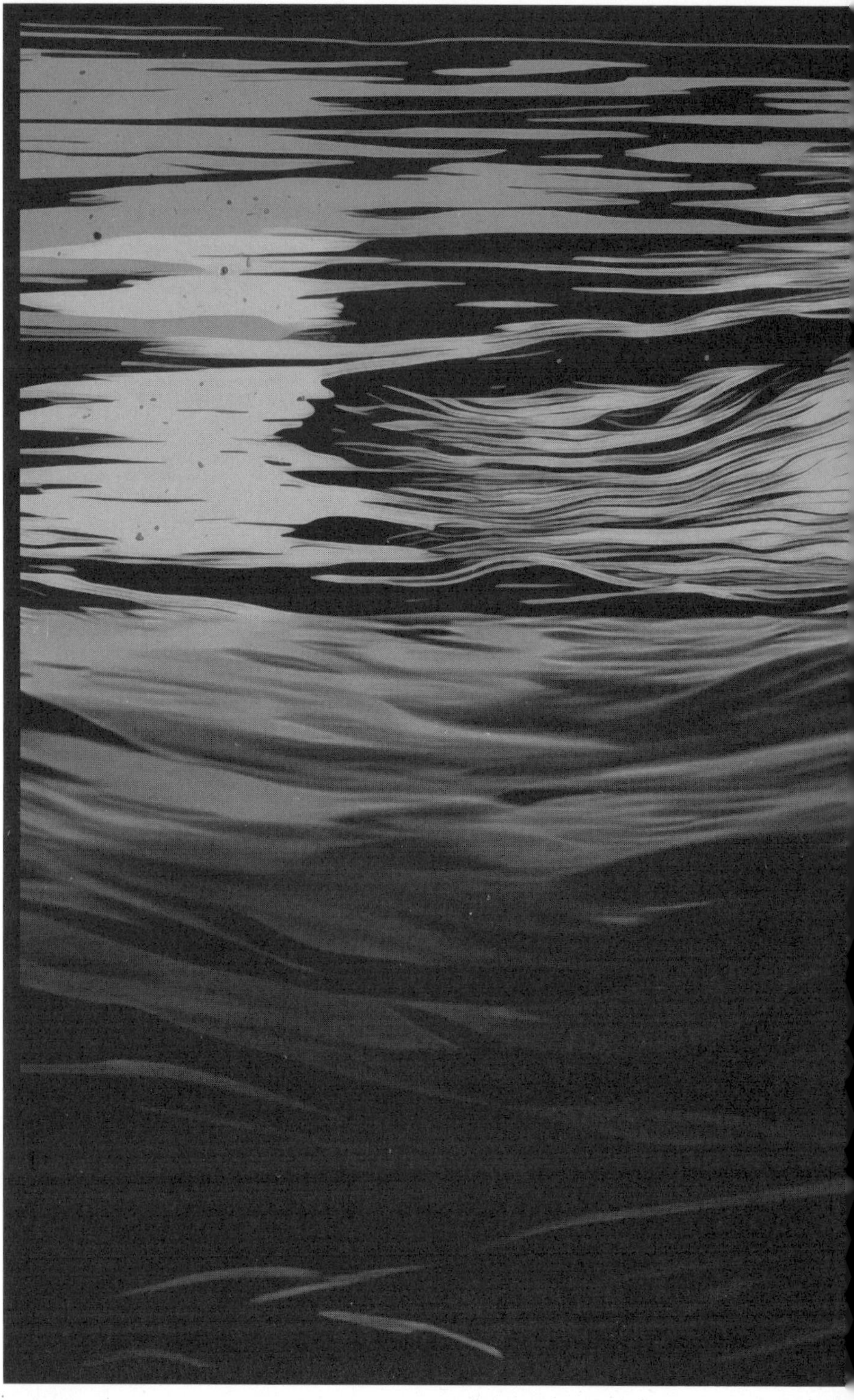

1. TEIL

1.

Die Sonne verschwand hinter einer Wolke, und auf der Terrasse spürten die Mädchen die beginnende Abendkühle. Selbst hier im Norden Deutschlands war es jetzt endgültig Sommer geworden, und das zarte Grün des späten Frühlings verwandelte sich allmählich in den kräftigen Ton des Hochsommers.

Zum ersten Mal in diesem Jahr hatten sie ihre Hausaufgaben im Garten gemacht; jetzt schob Tine ihre Stifte energisch zusammen.

»Hausaufgaben in Kunst sollten verboten werden«, sagte sie und sah mit eingezogenen Mundwinkeln auf das große Blatt Papier, von dessen unterem Rand zaghaft gestrichelt ein Baum nach oben wuchs, unregelmäßig und an vielen Stellen radiert. »Kunst ist eigentlich ein Vergnügungsfach.«

Jarven seufzte. »Weil das jeder denkt, gibt's die Hausaufgaben ja«, sagte sie. »Die Kunstlehrerin will sich wichtig machen. Nur darum hocken wir jetzt hier, wetten?«

»Jedenfalls wird es mir zu kalt«, sagte Tine. »Und das bedeutet das Ende des Stammbaums, da kann sie morgen meckern, soviel sie will. Drinnen setz ich mich nicht noch mal hin.«

Jarven sah nachdenklich auf ihr Blatt, bevor sie es aufrollte und mit einem Gummi festhielt. »Vielleicht frag ich meine Mutter nachher noch«, sagte sie. »Bei mir ist ja nun wirklich praktisch nichts drauf.«

»Wegen dem Ausländer eben«, sagte Tine, aber dann zuckte sie erschrocken zusammen. »Nee, mein ich ja nicht so, du weißt schon! Ich mein, das ist nur, weil deine Mutter dir nicht sagen will, wer dein Vater ist. Darum kannst du da die ganzen Großmütter und Urgroßmütter und Kram eben nicht eintragen. Kannst du eben nur einen halben Stammbaum abgeben.«

Jarven schüttelte den Kopf. »Und die Mutter-Hälfte auf meiner Zeichnung findest du besonders gelungen, ja?«, sagte sie. »Da hab ich doch eigentlich auch nichts.«

Tines Mutter steckte den Kopf durch die Terrassentür. »Mädels?«, sagte sie. »Es wird zu kalt für euch hier draußen.«

Tine verzog den Mund. »Ach nee«, sagte sie.

»Sei nicht so frech«, sagte ihre Mutter ungerührt. »Abendbrot steht in der Küche. Esst ihr mit?«

Jarven schüttelte den Kopf. »Ich glaub, ich sollte lieber nach Hause gehen«, sagte sie unsicher. »Meine Mutter macht sich immer so schnell Sorgen.«

Tine tippte sich an die Stirn. »Es ist sieben Uhr, Herzchen«, sagte sie. »Da kommt im Fernsehen grade mal das Sandmännchen für die Babys. Deine Mutter war schon immer so panisch. Du musst sie einfach mal ein bisschen erziehen.«

Tines Mutter legte Jarven ihre Hand auf den Arm. »Nein, das sollst du nicht tun«, sagte sie. »Aber schreib ihr doch, dass du noch bei uns isst. Dann weiß sie, wo du bist.«

Jarven nickte und griff nach ihrem Handy. Natürlich wusste sie, dass Mama ärgerlich sein würde. Töchter schicken ihren Müttern nicht einfach eine Nachricht, um zu sagen, wo sie sind und dass sie länger bleiben. Töchter rufen an, um zu *fragen*, ob sie länger bleiben dürfen.

Bin noch bei Tine, tippte sie ein. Hoffentlich war Mamas Handy überhaupt eingeschaltet. Mama war da immer so nachlässig. *Bin noch im Hellen zurück. Küsschen, Jarven.*

Danach legte sie das Handy weg. Sie hatte keine Lust auf eine Nachricht von Mama, dass sie sofort nach Hause kommen sollte.

»So!«, sagte Jarven und ließ sich auf den vierten Küchenstuhl plumpsen. (Kein Benehmen. Man setzt sich langsam und mit geradem Rücken.)

Sie liebte Tines Küche. Immer war sie ein bisschen unaufgeräumt, immer stand ein Rest schmutziges oder gerade gespültes Geschirr auf der Ablage neben der Spüle, und an der Wand hinter dem Esstisch waren an einer Korktafel so viele Zettel aufgespießt, dass ab und zu beim Essen einer in den Aufschnitt fiel: »*Der fliegende Pizzabote – Bestellung rund um die Uhr*« oder »*HiFi-Reparaturservice – prompt, zuver-*

lässig, günstig« und neulich ein Notfall-Apothekenplan, der am Rand schon ganz gelblich aussah. Jarven war sich sicher, dass Tines Mutter noch niemals einen Zettel abgenommen hatte. Nur immerzu neue angepinnt. Mama wäre gestorben.

»Fertig mit den Hausaufgaben?«, fragte Tines Vater.

Auch deshalb liebte Jarven Tines Küche. Tines Haus. Jede Mahlzeit bei Tine.

Weil sie eine richtige Familie waren, Vater, Mutter, Kind. Zwei Kinder, wenn Jarven mitaß. Und weil Tines Vater so war, wie er war: immer freundlich, ein bisschen schusselig, niemals laut. Natürlich hatte sie keine Erfahrung mit Vätern, aber sie war sicher, dass ein guter Vater haargenau so sein musste. Immer gab Tines Vater ihr das Gefühl, dass er sich über ihren Besuch freute.

»Nee, mit den Hausaufgaben heute kann man gar nicht fertig werden!«, sagte Tine und drehte einen Zipfel Leberwurst in den Fingern, bevor sie ihn mit gekrauster Nase wieder auf den Wurstteller fallen ließ. »Stammbaum.«

»Boah!«, sagte ihr Vater. Mama wäre auch an dieser Stelle in Ohnmacht gefallen, dachte Jarven. Ein erwachsener Mann! »Und? Habt ihr was Hübsches gezeichnet?«

Tine tippte sich an die Stirn. »Wie denn wohl?«, fragte sie. »Weißt *du* vielleicht, wie Oma Bietigheims Eltern hießen?«

Ihr Vater nickte ernsthaft. »Romuald Freiherr von Düttundatt und Bettine Freifrau von D., geborene von und zu Hüftschwung«, sagte er. »Brauchst du die Geburtsdaten?«

Jarven kicherte.

»Vielleicht denk ich mir nachher wirklich noch was aus«, sagte sie. »Ich hab jedenfalls viel zu wenig. Da ist die morgen sonst sauer.«

»Brauchst du ein paar glaubwürdige Namen?«, fragte Tines Vater. Sein Messer ruhte auf dem Brot.

Jarven schüttelte den Kopf. »Wie die eben?«, sagte sie. Dabei wäre es nützlich gewesen. Vor allem ausländische Namen fielen ihr nicht so viele ein, am einfachsten vielleicht noch türkische. Zu ihrem Aussehen würden die ja passen. Aber wahrscheinlich war Tines Vater da auch nicht besonders hilfreich.

Tines Mutter hielt ihr den Brotkorb hin. »Nehmt es nicht zu schwer«, sagte sie. »Noch eine Woche, dann sind Ferien. Bestimmt haben die Zeugniskonferenzen längst stattgefunden, da ist es sowieso völlig egal, was ihr jetzt noch tut. Sollte ich euch natürlich nicht sagen.«

In diesem Augenblick klingelte es.

»Nanu?«, sagte Tines Vater und stand auf. »Erwartet irgendwer irgendwen?«

Natürlich wusste Jarven, wer vor der Tür stand.

»Wie, verschwunden?«, rief Norlin. »Mein Gott, der Sicherheitsdienst muss doch Leute dort gehabt haben! Das Internat war rund um die Uhr bewacht!«

»Wie es scheint, Königliche Hoheit«, sagte der Beamte und hob die Schultern an, als erwarte er, geprügelt zu werden; aber davon konnte natürlich keine Rede sein, »haben sie gerade zu der Zeit ... Ein Ablenkungsmanöver, wie es scheint ...«

»Und?«, rief Norlin. Die Vorhänge waren noch nicht vor die Fenstertüren gezogen, und vom Platz vor dem Palast fiel rötlich gelb das Licht der Straßenlaternen in den dämmerigen Raum. »Was sagt die Hausmutter? Der Direktor? Wonach sieht es aus? Sieht es nach einer Entführung aus?«

Der Beamte machte einen vorsichtigen Schritt rückwärts, als erwarte er jetzt endgültig den Zorn des Vizekönigs.

»Etwas anderes kann man sich ja kaum vorstellen, Königliche Hoheit!«, sagte er. »Aber das Sonderbare ist ... Das Sonderbare ist ...«

»Ja?«, sagte Norlin.

»Das wenigstens beschwören die Männer vom Sicherheitsdienst!«, sagte der Beamte. »Kein Auto weit und breit in den letzten Stunden vor ihrem Verschwinden! Und Sie wissen ja, das Gelände um die Schule herum ist über Meilen gut zu überblicken.«

»Wenn man sich die Mühe macht, hinzusehen!«, sagte Norlin. »Ich muss wohl gar nicht erst fragen, ob ein Hubschrauber gesichtet worden ist? Lieferwagen? Pferdekutschen?«

»Nichts, Hoheit!«, sagte der Beamte eilfertig und verbeugte sich. »Die Männer sind sich sicher.«

»Dann haben sie es geschickt angestellt«, murmelte Norlin. Er sah den Boten an und trommelte mit den Fingerspitzen auf seinen Schreibtisch. »Ein unterirdischer Gang? Aber das Gelände ist doch gründlich untersucht worden, bevor mein Schwager Malena damals auf die Schule gelassen hat.«

»Ein unterirdischer Gang ist unwahrscheinlich, Hoheit«, sagte der Beamte und verbeugte sich wieder. »Wegen des felsigen Untergrundes. Der Leiter der Untersuchung –«

Norlin unterbrach ihn. »Ich will ihn sprechen!«, sagte er. »Jetzt! Gleich.«

Der Bote lief gebeugt rückwärts zur Tür. »Natürlich, Hoheit!«, sagte er. »Ich werde ihn sofort ...«

»Und noch nichts an die Presse!«, rief Norlin. »Hören Sie? Hören Sie? Zuerst muss ich mehr wissen! Mein Gott, ein falsches Wort, irgendeine dumme Kleinigkeit, alles, hören Sie!, *alles* könnte jetzt meine Nichte gefährden!« Und er sah aus, als begriffe er erst jetzt, was ihm gerade berichtet worden war.

»Ich gebe es weiter, Hoheit!«, rief der Beamte. Hinter seinem Rücken griff er nach der Türklinke. »Ich werde sofort den Untersuchungsleiter ...«

»Und ich brauche Bolström«, sagte der Vizekönig

und ließ sich erschöpft in seinen Schreibtischsessel sinken. »Schicken Sie mir Bolström. Egal, wo er sich aufhält.«

»Bolström, natürlich«, sagte der Bote, und jetzt klang seine Stimme nicht nur diensteifrig, sondern auch ein wenig erleichtert. »Ich werde ihn suchen lassen.«

Und während er die Tür hinter sich zuzog, dachte er, wie gut es war, dass Norlin seit dem Tod des Königs so eng mit Bolström zusammenarbeitete. Bolström würde helfen, die Prinzessin zu finden. Bolström eher als die Polizei.

―

»Kommen Sie doch schnell für einen Moment rein!«, sagte Tines Mutter. »Wir sitzen in der Küche.«

»Hallo, Mama«, sagte Jarven. Sie sah nicht auf dabei.

Mama stand in der Küchentür und lächelte.

Sie ist so schön, dachte Jarven. Das genaue Gegenteil von mir. Blond. Groß. Elegant. Natürlich braucht sie das für ihre Arbeit. Aber ich merke doch jedes Mal, wie sie die Leute einschüchtert, selbst wenn sie nur so dasteht.

»Ich dachte, ich komm und hol dich ab«, sagte Mama und lächelte immer noch. »Ich habe deine Nachricht gekriegt. Es ist ja nicht mehr so ganz früh. Da ist es mir sicherer.«

Tines Vater schluckte. (Keine zu großen Bissen nehmen. Nicht mit vollem Mund sprechen. Tines Vater hielt sich nie an die Regeln.)

»Wollen Sie sich nicht noch kurz setzen?«, fragte er und wischte sich mit dem Handrücken über den Mund. (Das auch noch.) »Ich hätte Jarven sonst nachher auch gebracht. Aber es ist ja wirklich noch hell. Jetzt im Sommer ...«

Mama lächelte und Tines Vater war still. »Natürlich«, sagte sie. »Vielen Dank. Aber ich glaube, wir sollten jetzt gehen.«

Jarven starrte auf den Brotrest auf ihrem Teller. Liegen lassen ging nicht. In den Mund stopfen ging auch nicht. Aber Mama wollte gehen.

Jarven stand auf und nahm das Brot in die Hand. (Das ging natürlich auch nicht.) »Danke für alles«, sagte sie. »Bis morgen, Tine. Ich freu mich auf Kunst.« Sie rollte die Augen.

»Scheiß drauf«, sagte Tine.

»Tine!«, rief ihre Mutter. (Solche Dinge bemerkten sogar Tines Eltern.)

Im Flur lagen Schuhe ungeordnet auf dem Boden, dazwischen eine Plastiktüte, aus deren Öffnung leere Flaschen ragten. Eine Staubfluse schwebte über den Boden.

Sonst bemerkte Jarven das nie.

Jetzt schon.

»Tschaui!«, rief sie, längst im Vorgarten.

Tines Mutter winkte und schloss die Tür.

»Mama!«, sagte Jarven und zog ihren Arm aus dem ihrer Mutter. »Immer musst du mich so blamieren!«

»Du bist vierzehn«, sagte Mama. »Du weißt gar nicht, was jungen Mädchen in einer Großstadt alles passieren kann.«

Noch immer stand die Sonne am Himmel, wenn auch tief. Kinder spielten auf dem Bürgersteig.

»Bolström!«, sagte Norlin. »Mein Gott, was sollen wir denn jetzt nur tun?«

Der Diener zog lautlos von draußen die Tür zu. Norlin und Bolström waren allein.

»Was hat sie mitgenommen?«, fragte Bolström. Der Raum war inzwischen fast völlig dunkel. Nur der Schein der Straßenlaternen und der grüne Schirm der Schreibtischlampe bildeten Inseln aus Licht, deren Umgebung dadurch nur umso finsterer wirkte. »Hat sie überhaupt etwas mitgenommen?«

»Wie?«, fragte Norlin.

»Hat sie gepackt?«, fragte Bolström. »Hat sie eine Tasche mitgenommen? Wenn sie gepackt hat, mein lieber Norlin, dann ist sie vielleicht überhaupt nicht entführt worden.«

»Wie?«, fragte Norlin wieder.

»Wenn kein Fahrzeug gesichtet wurde«, sagte Bolström. »Überleg mal. Sie könnte doch auch einfach von sich aus verschwunden sein.«

Norlin stand auf. Er ging zum Fenster und zog die Vorhänge zu. Bolström schüttelte den Kopf und schaltete das Licht ein.

»Also nicht gepackt«, sagte er. »Und ihr Vater ist gerade erst gestorben, Norlin! Weißt du, was in dem Kopf so eines Kindes vor sich geht? Sie ist verzweifelt. Vollkommen durcheinander. Sie erträgt das Leben nicht mehr! Sie ...«

»Du meinst, sie könnte sich das Leben genommen haben?«, rief Norlin.

»Bisher ist ja, soweit ich weiß, ihre Leiche nicht gefunden worden«, sagte Bolström. »Was nicht unbedingt viel heißen muss. Aber sie könnte auch einfach nur so verschwunden sein. Ziellos durch die Gegend irren. Hattest du nach der Beerdigung nicht erzählt, sie wäre dir völlig verwirrt erschienen? Alles ist denkbar.«

»Mein Gott!«, rief Norlin.

»Besser als eine Entführung«, sagte Bolström. »Da stimmst du mir doch sicher zu. Hör zu, Norlin. Das Wichtigste ist jetzt, dass die Öffentlichkeit nichts erfährt. Damit gar nicht erst – das können wir dann unter Umständen nicht mehr steuern. Das ist dann erst die wirkliche Gefahr.«

»Mein Gott«, flüsterte Norlin. »Und in der nächsten Woche hat sie auch noch Geburtstag!«

»Ich weiß«, sagte Bolström.

»Wir müssen ...«, flüsterte Norlin. »Bolström! Wie können wir denn ...«

Bolström legte ihm seinen Arm um die Schulter.

»Ich verstehe ja, dass du erregt bist!«, sagte er. »Deine Sorge ist nur zu verständlich, Norlin. Aber jetzt hast du mich ja gerufen.«

Norlin straffte seinen Rücken.

»Ich verlass mich auf dich, Bolström«, sagte er. »Du weißt, wie sehr das Land die Prinzessin liebt.«

»Wenigstens deine Eltern!«, rief Jarven. »Du musst doch wissen, wie deine Eltern hießen!«

Mama hatte ihre Schuhe ausgezogen und unter die Garderobe gestellt. Sie hängte ihre Jacke auf einen Bügel und zupfte sie zurecht.

»Ich weiß, wie meine Eltern hießen«, sagte sie dann und strich sich vor dem Flurspiegel eine blonde Strähne aus der Stirn. »Ich weiß, wie meine Großeltern hießen. Ich weiß sogar, wie meine Urgroßeltern hießen. Und meine Ururgroßeltern.« Sie ging ins Wohnzimmer und setzte sich auf den Sessel vor dem Fernseher. »Aber ich halte nichts davon, wenn Lehrer Familien ausspionieren. Nichts anderes ist diese Stammbaumgeschichte nämlich. Sie sollen dir etwas beibringen, und gut. Dein Privatleben geht sie nichts an.«

»Bitte, Mama!«, rief Jarven.

Mama schüttelte den Kopf. »Willst du mit Nachrichten gucken?«, fragte sie.

Jarven knallte die Tür hinter sich zu und verschwand in ihrem Zimmer. (In der Pubertät muss vorübergehend mit Wutausbrüchen gerechnet werden. Für einige Zeit spielt gutes Benehmen selbst bei sonst hervorragend erzogenen Jugendlichen keine Rolle mehr.) Vielleicht hatte ein Kunstlehrer wirklich nicht das Recht, in Mamas Privatleben zu stöbern, aber für eine Tochter galt das nicht. Jeder wollte schließlich gerne wissen, wessen Kind er war, wie der Vater aussah und was er tat, wer die Großeltern gewesen waren.

Jarven ließ sich auf ihr Bett plumpsen. Immer hatte Mama das Gespräch ganz schnell auf etwas anderes gelenkt, wenn Jarven nach ihrem Vater gefragt hatte, und natürlich verstand Jarven sie sogar ein bisschen. Weil das alles so gar nicht zu Mama passte. Zu Mama hätte ein eleganter Mann gepasst, der in einer Bank arbeitete, Anzüge von Armani, handgenähte Hemden; nicht irgendein merkwürdiger Typ, dessen sie sich hinterher schämte.

Jarven rollte das Gummiband von der Zeichnung und setzte sich an den Schreibtisch. Nur einmal hatte Mama etwas erzählt, das war an Jarvens letztem Geburtstag gewesen. Sie hatten zur Feier des Tages in einem Restaurant gegessen, Jarven hatte Cola getrunken und Mama Wein, und plötzlich hatte Mama sie von oben bis unten gemustert.

»Du wirst erwachsen«, hatte sie gesagt. »Langsam wirst du erwachsen. Als ich in deinem Alter war ...«

Jarven hatte geschwiegen und beinahe die Luft angehalten.

»Gar nicht so viel später habe ich deinen Vater kennengelernt«, hatte Mama gesagt. Waren es drei Gläser Wein gewesen? »Wir waren so grenzenlos verliebt, Jarven, so grenzenlos, sinnlos verliebt!«

Jarven hatte weiter geschwiegen. Sie wollte nichts verderben.

»Und einmal, als ich Geburtstag hatte, meinen achtzehnten, sind wir einfach geflohen«, hatte Mama gesagt. »Haben die Feier einfach Feier sein lassen und sind ans Meer gefahren, in die Gegend von Sarby. Wir haben am Strand gesessen, es war noch ein bisschen kalt so früh im Jahr, aber ich hatte ja den Schlüssel ...«

»Welchen Schlüssel?«, hatte Jarven gefragt und im selben Moment gewusst, dass das ein Fehler war.

Mama war zusammengezuckt. »Ach, egal«, hatte sie gesagt und ihr Glas von sich weg zur Tischmitte geschoben. Danach hatte sie es nicht mehr angerührt. »Also herzlichen Glückwunsch, Jarven! Die Kindheit ist vorbei, und ich wünsche dir eine wunderschöne Jugendzeit.«

Jarven sah auf das fast leere Blatt vor sich auf dem

Schreibtisch. Vielleicht würde es sogar Spaß machen, sich Namen auszudenken. Bestimmt würde es das.

Dann stand sie noch einmal auf und schaltete das Licht ein, obwohl es gerade erst begann, dämmerig zu werden. Von draußen war sie jetzt deutlich zu sehen: eine kleine, ein wenig gedrungene Gestalt mit dunklen Haaren, die in einem Zimmer im ersten Stock mit energischen Bewegungen etwas aus einem Regal zog. Erst als sie sich wieder setzte, blieb das hell erleuchtete Rechteck leer.

Auf der gegenüberliegenden Straßenseite zog ein Mann sich in einen Hauseingang zurück und wartete.

2.

Schon in der zweiten großen Pause hatte Jarven die beiden Männer gesehen, die auf der Straßenseite gegenüber dem Schultor Handzettel verteilten.

»Du hast ja noch ordentlich was getan gestern Abend!«, sagte Tine und rückte die Riemen ihrer Tasche auf der Schulter zurecht. Die Schule war zu Ende und das Wochenende lag vor ihnen. »Bis zu den Urgroßeltern hoch, wow! Und sogar bei deinem Vater! Woher hattest du denn die ganzen türkischen Namen?«

Jarven lachte. Die Sonne schien, die Hausaufgaben hielten sich in Grenzen, und in einer Woche begannen die Sommerferien. »Sollen wir Eis essen gehen?«, fragte sie. »Ich hab Gökhan angerufen, der hat mir geholfen. Meine Urgroßeltern väterlicherseits und seine Großeltern mütterlicherseits heißen jetzt ulkigerweise haargenau gleich. Komischer Zufall.«

Tine kicherte. »Und wenn die das merkt?«, fragte sie.

Jarven schüttelte den Kopf. »So genau guckt die nicht nach«, sagte sie. »Die interessiert sich nur dafür, wie schön der Baum gezeichnet ist. Meinen fand sie ein bisschen unübersichtlich. Was verteilen die da eigentlich?«

Tine zuckte die Achseln. Inzwischen hatte sich um die beiden Männer mit den Handzetteln eine Traube von Schülern gebildet. »Jedenfalls kein Eis!«, sagte Tine. »Ich will Eis! Oder glaubst du, da drüben gibt's was umsonst?«

»Quatsch!«, sagte Jarven. »Lädst du mich ein?« Sie bogen um die Straßenecke und gönnten der Schule keinen Blick mehr. »Zwei Kugeln? Komm schon!«

»Hast du sie nicht mehr alle?«, sagte Tine.

Hinter ihnen hörten sie eilige Schritte.

»Hallo!«, rief ein junger Mann. »Interessiert euch denn gar nicht, was wir hier ...« Dann hatte er sie eingeholt.

»Hä?«, sagte Tine.

Der junge Mann lächelte. Er sah gut aus, modelmäßig gut.

»Alle kommen in Scharen und holen sich unsere Einladung ab!«, sagte er und hielt Tine einen Zettel hin. »Nur ihr zwei ... Da musste ich doch mal gucken, was das für Mädchen sind, die sich so wenig dafür interessieren, Filmstar zu werden!«

»Hä?«, sagte Tine wieder. Aber jetzt klang sie doch schon neugieriger.

»Vor allem, wenn sie aussehen wie ihr beiden«, sagte der junge Mann, und es gab Jarven einen Stich. Es war ja klar, wen er damit meinte. Tine mit ihren blauen Augen und ihrem blonden Haar, schlank und groß. Aber natürlich musste er den Schein wahren. Jetzt gab er auch ihr einen Zettel.

»Wir suchen noch Darsteller für einen Jugendfilm!«, sagte er. »Steht alles drauf. Ganz normale Mädchen. Casting ist heute Nachmittag. Eure Chancen sind nicht schlecht!«, und er zwinkerte Tine zu, bevor er sich umdrehte und wieder zu der Stelle gegenüber vom Schultor lief, an der sein Partner sich in der Zwischenzeit allein standhaft gegen Horden von Mädchen zur Wehr gesetzt hatte.

»Röpers Gasthof«, sagte Tine und schnaubte. »Cooler Ort für ein Casting, muss man ja sagen. Bisschen schäbig. Mädchen zwischen zwölf und sechzehn. Das sind wir, da hat er recht.«

»Das bist *du*«, sagte Jarven. »Hast du nicht gemerkt, wie der dich angestarrt hat?«

»Ach was!«, sagte Tine mit der Gleichgültigkeit derer, die bewundernde Blicke gewohnt sind. »Der könnte mein Opa sein, Herzchen. Aber hingehen können wir ja, oder?«

Im Garten des Eiscafés waren viel zu viele Klappstühle um viel zu viele winzige Tische gruppiert, und alle waren sie besetzt. Vom Tresen bis zur Mitte des Rasens wand sich eine Schlange aus Schulkindern.

»Ich glaub nicht, dass meine Mutter das gut finden würde«, sagte Jarven. »Das erlaubt sie nie.«

»Dann frag sie nicht!«, sagte Tine. »Die arbeitet doch dann sowieso! Die merkt das doch gar nicht!«

»Trotzdem«, murmelte Jarven. Die Schlange bewegte sich ein paar Schritte vorwärts auf die Cafétür zu. Sie wollte Tine nicht sagen, dass sie sich das nicht einmal vorstellen konnte: hinter dem Rücken ihrer Mutter etwas zu tun, von dem sie wusste, dass Mama es nicht erlaubt hätte. »Und nachher gibt es Ärger.«

Tine versuchte, an dem Jungen vor ihr vorbei auf die Liste mit den Eissorten zu sehen.

»Schoko-Pfefferminz!«, sagte sie. »Jamjam. Und Krokant auch noch. Das nehm ich. Und du?«

Jarven zuckte die Achseln. Am besten wäre es natürlich, sie würde sich gar kein Eis kaufen. Stattdessen nur einen Apfel oder einen Bund Möhren. Wenn sie irgendwann auch so schlank sein wollte wie Tine. Sie seufzte.

»Ich sag dir mal was, Jarven«, sagte Tine und winkte einer Gruppe älterer Jungen zu, die am Eisgartenzaun entlang in Richtung Bushaltestelle gingen. »Langsam finde ich, deine Mutter unterdrückt dich regelrecht. Du bist vierzehn! Und ständig holt sie dich ab, bevor es dunkel ist, und verbietet dir, irgendwo hinzugehen. Meine Mutter sagt, das ist bei Alleinerziehenden häufig so, die sind öfter mal überängstlich, aber das hilft dir ja nun auch nicht! Ich hab nichts gegen deine Mutter, ehrlich, aber ein bisschen mehr Freiheit könnte sie dir schon gönnen, finde ich.«

»Ich fühl mich nicht unterdrückt!«, sagte Jarven wütend. Sie spürte, wie zu dem Zorn auf Mama jetzt auch noch der Zorn auf Tine hinzukam. Was ging es Tine an, wie Mama sie erzog? Was ging es Tines

Eltern an? Bei dem Gedanken, wie sie dort gestern Abend in ihrer unordentlichen Küche noch über Mama und sie geredet hatten, wurde Jarven beinahe übel. So bald würde sie mit denen nicht wieder essen. Doch nicht mit Leuten, die hinter ihrem Rücken schlecht über ihre Mutter redeten. *Sie* durfte auf Mama wütend sein, sie war schließlich Mamas Tochter, sie war diejenige, um die es ging. Sie allein durfte auf Mama wütend sein und auf Mama schimpfen.

Andere Menschen hatten kein Recht dazu.

»Ich finde Filmstars sowieso bescheuert«, sagte Jarven. »Du kannst alleine zu Röper gehen.«

Der Bauer beschloss, eine Pause zu machen. Seit dem Vortag hatte er auf seinen höher gelegenen Weiden die Trockenmauern ausgebessert, wie er das alle paar Jahre tat, wie es schon sein Vater vor ihm getan hatte und sein Großvater; er hatte Steine aufgeklaubt und abgeklopft und wieder eingesetzt, wo sie durch Unwetter aus der Mauer geschwemmt, durch heruntergefallene Äste herausgeschlagen worden waren, und jetzt am späten Nachmittag war er allmählich zufrieden mit seiner Arbeit. Viel war nicht mehr zu tun.

Er setzte sich in das sattgrüne Gras, lehnte seinen Rücken gegen die unregelmäßigen, von der Sonne aufgeheizten Steine und sah über das Tal. Weiße Wattewolken, deren Unterseiten grau waren wie Asche, zogen über den Himmel und warfen große, unförmige Schatten, die Teile der Landschaft für Augenblicke in ein düster-bedrohliches Licht tauchten.

Der Bauer zog das Päckchen mit dem Tabak aus der Hemdtasche, das Papier dazu, und drehte sich eine Zigarette. Auf der anderen Seite des Tales gab ein Wolkenschatten gerade die Türme der Schule frei, und die Sonne schlug rote Funken aus den Fensterscheiben. Auf der Straße über den Berg fuhr kein Wagen; man hätte glauben können, das alte Gebäude wäre unbewohnt. Aber wenn der Wind richtig stand, das wusste der Bauer, konnte man selbst auf diese Entfernung die Stimmen der Mädchen hören, Lachen und Rufen, und dazwischen manchmal die Trillerpfeife eines Lehrers.

Er lehnte sich zurück, sog tief den Rauch in seine Lungen und schloss die Augen. Gestern war das anders gewesen, sodass er heute Morgen sogar daran gedacht hatte, seinen Feldstecher mitzunehmen. Gestern hatte es auf der Straße ein ständiges Kommen und Gehen gegeben. Wenn er sich nicht täuschte, waren Polizeiwagen dabei gewesen, aber kein Krankenwagen. Ein Unfall konnte es also nicht sein, was die Polizei an diesen abgelegenen Ort geführt hatte. Einen kurzen Augenblick hatte er sich gefragt, ob es jetzt vielleicht doch gefährlich wurde, so nah am nördlichen Sund. Aber dann hätte das Fernsehen darüber berichtet. Und auch an ein Verbrechen konnte er nicht glauben. Die Schule hatte den allerbesten Ruf, sogar die kleine Prinzessin besuchte sie.

»Wenn es nur nicht wegen der kleinen Prinzessin war!«, murmelte der Bauer und öffnete die Augen wieder. »Wenn es nur nicht ...« Dann hielt er mitten im Satz inne. Auf der anderen Seite des Tales, weit, weit unterhalb der Schule, bewegte sich etwas in einem Himbeergesträuch.

Der Bauer griff neben sich, wo den ganzen Tag der Feldstecher unbenutzt auf dem Boden gelegen hatte. Schon gestern hatte er das Gefühl gehabt, dort unten hielte sich irgendjemand verborgen, er hatte ein paarmal eine Bewegung zu sehen geglaubt, aber auf die Entfernung war mit bloßem Auge nicht auszumachen gewesen, was es war.

Er hielt das Glas an die Augen und suchte die richtige Stelle. Bäume verschwammen und zogen in Schwindel erregender Geschwindigkeit vorbei, Mauern, dann endlich hatte er die Stelle im Blick.

Der Bauer pfiff durch die Zähne.

»Ein Junge!«, murmelte er.

Der Junge trug eine karierte Jacke, die ihm um einiges zu groß war, und auf dem Kopf eine beigefarbene Kappe. Es sah aus, als hätte er sich zwischen den Himbeersträuchern ein Lager eingerichtet, eine braune Decke lag auf dem Boden und noch allerlei Kleinkram, den der Bauer auf diese Entfernung selbst durch den Feldstecher nicht erkennen konnte.

»Keine schlechte Stelle!«

Er erinnerte sich, wie er vor Jahrzehnten als Kind an genau diesem Ort ein paar Tage ausgehalten hatte, nachdem er von zu Hause ausgerissen war. Sein Vater hielt nicht viel von Worten, und irgendwann, als er dreizehn, vierzehn gewesen war, hatten ihm die täglichen Schläge gereicht und er hatte beschlossen, in die Welt zu ziehen.

Der Bauer lachte leise. »Du kehrst auch noch um, Bengel!«, murmelte er und fixierte den Jungen noch einmal durch das Fernglas. Es gab einen Bach gleich neben dem Gestrüpp, und jetzt, wo bald die Himbeerzeit begann, musste auch niemand Hunger leiden. Trotzdem erinnerte er sich, wie er damals schon nach wenigen Tagen nach Hause zurückgekehrt war, die erste verregnete Nacht hatte genügt. Aber selbst wenn er sich hatte geschlagen geben und seinen Traum von der weiten Welt hatte aufgeben müssen, war seine kurze Flucht schließlich nicht umsonst gewesen. Die Schläge waren danach weniger geworden und auch, so war es ihm vorgekommen, weniger heftig.

»Wollen wir hoffen, dass es dir genauso geht, Bengel«, murmelte der Bauer und legte das Fernglas zur Seite. Dann nahm er einen letzten Zug von seiner Zigarette, bevor er sie mit dem Absatz im weichen Erdboden austrat und anschließend in seiner Hosentasche verschwinden ließ. Noch eine Stunde, vielleicht zwei, dann brauchte er sich um die Mauern auf diesem Teil seines Landes für lange Zeit nicht mehr zu kümmern.

Erst als er schon auf dem Weg nach Hause war, zurück zu seinem Hof, fiel es ihm plötzlich ein, und er richtete sein Glas noch einmal auf das Himbeergestrüpp. Was, wenn der Junge nun mit den Polizeifahrzeugen zu tun hatte? Wenn er ein Einbrecher war, ein Dieb, womöglich ein Nordler, der die Schule überfallen hatte, der die Schule überfallen wollte, der die kleine Prinzessin ausspionieren wollte …

Die Sträucher erschienen in seinem Glas; aber jetzt lag der Boden dazwischen verlassen.

Der Bauer griff nach dem Handy in seiner Tasche. Dann ließ er es wieder sinken. Nur weil er einen Jungen gesehen hatte, der von zu Hause ausgerissen war oder sich einfach nur ein paar abenteuerliche Tage in der Einsamkeit machen wollte, musste er schließlich nicht gleich die Polizei alarmieren.

Zumindest wollte er vorher mit seiner Frau darüber reden.

3.

Jarven drückte die Hoteltür auf und lächelte der Frau an der Rezeption zu.

Sie war froh gewesen, als sie endlich ihr Eis aufgegessen hatte. Sie hatte nicht gemütlich in der Sonne sitzen und Eis essen wollen zusammen mit einer Freundin, in deren Familie schlecht über Mama geredet wurde.

Aber sagen konnte sie Tine das natürlich auch nicht.

»Wieso?«, hätte Tine dann vermutlich verblüfft gefragt. »Was ist daran denn schlimm?«

Und Jarven wusste nicht, wie sie Tine erklären sollte, dass sie es *immer* schlimm fand, sich vorzustellen, dass jemand hinter ihrem Rücken über sie sprach. Außer vielleicht, es war etwas richtig Gutes.

»Ach, Jarven, hallo!«, sagte die Rezeptionistin. »Deine Mutter ist noch hinten. Heute hat sie wieder so eine richtig durchgeknallte Trulla.«

»Danke«, sagte Jarven und machte sich durch die Lobby und das vollkommen menschenleere Restaurant auf den Weg zu den Gesellschaftsräumen.

Es war kein besonders gutes Hotel, das erkannte jeder auf den ersten Blick, aber es war praktisch. Es hatte die Gesellschaftsräume mit dem Saal, die durch eine Schiebetür vom Restaurant abzutrennen waren, und es hatte die Küche. Was immer Mama für ihre Übungen brauchte, konnte ihr schnell gebracht werden.

Schon lange träumte sie von eigenen Räumen, aber wie so vieles im Leben (sagte Mama) war eben auch das eine Frage des Geldes.

»Und die Antwort auf diese Frage lautet leider wieder einmal: Es reicht nicht«, hatte sie zu Jarven gesagt, als sie das letzte Mal darüber gesprochen hatten. »Ich müsste etwas anmieten, mit Küche, und am besten noch mit jemandem, der für unsere Übungsmahlzeiten kocht. Das geht finanziell nicht auf, Jarven. Und so schlecht ist das Hotel ja auch gar nicht.«

Aber Jarven wusste natürlich, dass Mama sich eigentlich etwas ganz anderes für ihre Benimmkurse vorgestellt hätte. Etwas Stilvolleres, mit den passenden Möbeln, dem passenden Geschirr und dem passenden Essen.

Sie blieb stehen und horchte, bevor sie behutsam die Tür zum Saal einen Spalt weit öffnete.

»Ja, wunderbar, Frau Schnedeler!«, sagte Mama freundlich. »Nur noch ein wenig höher das Kinn! Und nun stellen Sie sich noch einmal vor, Sie gingen auf einer Linie, nein, nicht so! Wenn Sie so die Hüften schwenken, Frau Schnedeler, wirkt das leicht ordinär, darauf müssen Sie unbedingt achten. Ja, so ist es gut! Aufrecht, ohne allzu viel Hüftschwung auf einer Linie! Da haben wir ja schon die Ausstrahlung, die wir uns wünschen! Das ist es!«

Jarven atmete möglichst lautlos tief ein. Die pummelige kleine Frau reckte ihr Kinn gen Himmel und lächelte majestätisch.

»Das üb ich zu Hause dann mal in der Diele!«, sagte sie. »Na, da wird mein Karl aber staunen.«

»Ich hatte Ihnen ja schon beim letzten Mal gesagt, es wäre sicher hilfreich, wenn Sie Ihren Mann einmal mitbrächten«, sagte Mama. Sie hatte Jarven entdeckt und runzelte kurz die Stirn. »Jetzt, wo er Vorsitzender des Bürgervereins ist. Da muss er ja doch öfter mal repräsentieren, liebe Frau Schnedeler, und ein kleines bisschen Übung …«

»Ich sag's ihm ja immer!«, rief die pummelige Frau Schnedeler und ließ sich auf einen der abgewetzten Hotelstühle fallen. (Kein Benehmen. Man setzt sich langsam und mit geradem Rücken.) »Aber mein Karl …«

»Das üben wir jetzt aber noch mal, Frau Schnedeler!«, sagte Mama und lächelte trotz des energischen Tons schon wieder freundlich. »Wie nehmen wir Platz, wenn kein Herr uns mit dem Stuhl behilflich ist?«

Jarven klopfte vorsichtig gegen den Türrahmen. »Darf ich bitte einmal kurz stören?«, fragte sie.

Frau Schnedeler drehte sich um. »Ach, die Jarven!«, sagte sie und ihre Stimme wurde vor Wohlwollen weich. »Immer so höflich! So gut erzogen!« Und sie streckte Jarven ihre Hand entgegen.

»Nicht bei Tisch über die Schulter, Frau Schnedeler, bitte!«, sagte Mama. »Was ist denn, Jarven? Musst du uns unbedingt stören?«

Jarven sah nach unten. »Ich wollte nur fragen, ob ich heute Nachmittag ...«, sagte sie. »Da sind so Filmleute an der Schule gewesen ...«

»Filmleute?«, fragte Mama, und jetzt sah sie beinahe erschrocken aus. »Wie, Filmleute?«

»Die wollen ein Casting machen!«, sagte Jarven. »Für einen Jugendfilm! Und ich hab gedacht ...«

»Ein Casting!«, rief Frau Schnedeler. »Wie aufregend!«

»Das kommt ja gar nicht infrage!«, sagte Mama, als hätte sie Frau Schnedeler nicht gehört. »Hast du verstanden, Jarven? Ich verbiete es dir! So etwas Vulgäres, darauf lässt du dich bitte nicht ein!«

»Aber du weißt doch gar nicht, ob es vulgär ist!«, rief Jarven. Bis eben war es ihr überhaupt nicht so wichtig gewesen. Nur Neugierde, eigentlich, weil alle gingen. Und natürlich wegen Tine.

Nun spürte sie plötzlich, dass sie unbedingt zu dem Casting gehen musste.

»Film ist in neunzig Prozent der Fälle vulgär«, sagte Mama. »Und damit ist das geklärt, Jarven, du hast mich verstanden. Liebe Frau Schnedeler ...«

Jarven spürte Wut in sich aufsteigen, aber sie widersprach nicht. (Man streitet sich niemals vor dritten Personen.)

Frau Schnedeler seufzte und lächelte ihr zu. »Deine Mutter wird es wissen!«, sagte sie und zeigte auf einen Teller, der vor ihr auf dem Tisch stand. »Und heute üben wir Salat! Salat ist so schwierig! Aber du kannst das sicher schon, was, Jarven?«

Jarven versuchte zu lächeln wie Mama. »Mama übt mit mir«, sagte sie diplomatisch.

Frau Schnedeler nickte. »Ich hab deine Mutter jetzt schon dreimal weiterempfohlen«, sagte sie. »An meine Damen vom Bowling. Ich hab ihnen gesagt, wie viel Contenance ich ihr verdanke.«

Mama sah Jarven an. »Es wird wieder später heute«, sagte sie. »Eine Klientin brauchte noch dringend kurzfristig einen Auffrischungstermin. Wärm dir das Essen alleine auf, bitte. Ich bin dann gegen neun, halb zehn zurück.«

Jarven nickte. »Auf Wiedersehen, Frau Schnedeler!«, sagte sie. »Ich finde Salat auch schwierig!« Dann zog sie die Tür hinter sich zu.

In der Lobby hauchte die Rezeptionistin auf ihre Fingernägel.

»Wie die das aushält«, sagte sie, ohne Jarven anzusehen. »Deine Mutter. Immer dieses ungehobelte Volk.«

Jarven wusste, was sie sagen musste. Mama hatte es ihr oft genug eingeschärft.

»Es macht ihr Freude, Menschen, die im Leben etwas erreicht haben, Manieren und Stil beizubringen«, sagte sie. »In einem demokratischen Land mit gleichen Möglichkeiten für alle kann es ja schon mal passieren, dass auch Menschen, die in der Jugend nicht darauf vorbereitet worden sind, es zu etwas bringen und plötzlich repräsentieren müssen.«

Die Rezeptionistin lächelte spöttisch. »Du weißt Bescheid, ich weiß Bescheid«, sagte sie. »Aber solange sie ihr Geld damit macht, warum nicht.«

»Tschüs, ich muss los«, sagte Jarven und winkte einmal kurz.

»Freu dich«, sagte die Rezeptionistin.

Jarven fand sie unhöflich.

Der Polizist hieb nachdenklich auf die Tastatur ein. Hier auf dem Lande nutzten sie auf den Wachen noch Uralt-Computer, und jedes Mal, wenn jemand Anzeige erstattete, schämte er sich dafür. Der Polizist war noch sehr jung.

»Nun ist das natürlich an sich kein Tatbestand, verstehen Sie«, sagte er nachdenklich. »Im eigentlichen Sinne.«

Der Bauer nickte. Seine Frau hatte ihn geschickt. Sie hatte auch gemeint, dass es sich wahrscheinlich nur um einen Ausreißer handelte, der sein Lager zwischen den Himbeeren aufgeschlagen hatte. Aber nachdem ihr Mann ihr am Vorabend von Polizeiwagen auf der Straße zur Schule berichtet hatte, glaubte sie doch, dass die Polizei vielleicht für jede noch so kleine Information dankbar war.

»Und es ist auch keine Vermisstenmeldung eingegangen bei uns, niemand sucht einen Jungen, wie Sie ihn beschreiben. Aber da es gestern *oben* einen Vorfall gab«, der Polizist zögerte und überlegte, wie viel er wohl preisgeben durfte. Dann entschied er sich, lieber vorsichtig zu sein, als später Ärger zu bekommen. »Ich nehme es zu den Akten und leite es weiter.«

»Einen Vorfall?«, fragte der Bauer und beugte sich weit über den Tresen. »Ja, ich hatte auch gesehen, dass Sie gestern jemanden zur Schule hochgeschickt haben! Was war denn da los?«

Der junge Polizist tippte noch zwei Mal energisch auf der Tastatur herum.

»Kein Kommentar«, sagte er. In solchen Augenblicken liebte er seinen Beruf.

»Es ist doch nicht – es hat doch nichts mit der kleinen Prinzessin zu tun?«, fragte der Bauer. »Es ist ihr doch nichts passiert?«

Der junge Polizist hob wie entschuldigend seine Schultern. »Kein Kommentar«, sagte er freundlich. »So gerne ich würde.«

Der Bauer nickte. »Verstehe«, sagte er enttäuscht. »Aber sobald Sie irgendwas ... Ich meine, vergessen Sie nicht, wer Ihnen den Tipp gegeben hat.«

»Wir melden uns«, sagte der junge Polizist und

zog das Telefon zu sich heran. »Wenn Sie mich jetzt bitte entschuldigen.«

Auf einmal hatte er das Gefühl, bald könnte er befördert werden.

Auf der Straße kickte Jarven gegen eine zerknüllte Brötchentüte. Die Tüte leistete keinen Widerstand und Jarven hatte zu viel Schwung genommen; fast wäre sie gestolpert.

Sie hätte überhaupt nicht zu fragen brauchen. Andere Töchter fragten ihre Mütter auch nicht, ob sie am Nachmittag zu einem Casting gehen durften. Nicht, wenn es hell war. Nicht, wenn tausend andere Mädchen dabei waren (und vielleicht auch Jungs), sodass unmöglich etwas passieren konnte. Wenn die Veranstaltung nicht in einem düsteren Hinterzimmer stattfand, nicht in einer miesen Kaschemme, nirgendwo im Hinterhof, sondern ganz einfach und fast enttäuschend in Röpers Gasthof, dem ältesten Gasthaus im Ort, wo Konfirmationen gefeiert und an Kindergeburtstagen im Untergeschoss Tannenbäume gekegelt wurden.

Und ehrlich war Mama auch nicht gewesen zu ihr. Niemand konnte allen Ernstes behaupten, dass Filme grundsätzlich vulgär waren, nicht einmal jemand, der so großen Wert auf Stil und Formen legte wie Mama. Wenn sie von ihrem Auffrischungstermin wieder zu Hause war, würde Jarven ihr das auch sagen. Wer sah sich denn abends oft noch Filme an, die Jarven so langweilig fand, dass sie dabei einschlief?

»Überängstlich«, murmelte Jarven. »Alleinerziehend und überängstlich.«

Es hatte nichts damit zu tun, dass Mama Filme vulgär fand, das war nur ein Vorwand. Mama war einfach überängstlich, deshalb wollte sie nicht, dass Jarven zum Casting ging, am helllichten Tag und zusammen mit der halben Klasse. Natürlich durften Tines Eltern so etwas nicht sagen: Aber recht hatten sie trotzdem.

»Merkt sie doch gar nicht«, murmelte Jarven wütend. »Die versaut mir doch echt das ganze Leben, da hat Tine wirklich recht.«

Als sie aufsah, lag Röpers Gasthof vor ihr. Sie hatte ihn nicht absichtlich angesteuert, sie war selbst überrascht. Und Mama würde nie davon erfahren, weil Jarven sowieso keine Rolle in dem Film bekommen würde. Nicht, wenn sich auch Tine bewarb mit ihren blauen Augen und ihren blonden Haaren.

Zögernd öffnete sie die Tür zum Vorraum. Bestimmt waren die anderen alle zwischendurch zu Hause gewesen, hatten geduscht und sich geschminkt. Nur Jarven kam in ihren Schulklamotten, mit ihrem Schulgesicht, ein bisschen verschwitzt, ein bisschen erschöpft.

Aber es ging ja auch gar nicht darum, eine Rolle zu bekommen. Es ging um etwas ganz anderes.

―

»Suchen!«, sagte Bolström. »Suchen Sie diesen Jungen! Es ist bisher der erste Hinweis, den wir haben. Der einzige! Aber machen Sie nicht zu viel Lärm, halten Sie die Medien da raus. Unauffällig, das muss die Devise sein.«

Norlin nickte. »Wenigstens haben wir jetzt einen Ansatzpunkt«, sagte er.

Der Polizeipräsident verbeugte sich. Er hatte es sich nicht nehmen lassen, den Vizekönig und seinen Berater persönlich zu informieren, aber jetzt schien es ihm doch so, als ob sie dem Hinweis ein wenig viel Bedeutung beimaßen.

»Ich gehe allerdings nicht davon aus, Königliche Hoheit«, sagte er, »dass dieser Junge tatsächlich mit der Entführung zu tun hat. Viel wahrscheinlicher ist doch wohl, dass es sich ganz einfach um einen Ausreißer handelt, der inzwischen längst zu seiner Familie zurückgekehrt ist. Aber wir werden selbstverständlich unser Bestes tun.«

»Natürlich werden Sie das!«, rief der Vizekönig. »Und wenn Sie den Jungen draußen nicht mehr finden, dann durchkämmen Sie eben die Häuser! Sie glauben doch nicht im Ernst, dass es sich hier um ein zufälliges Zusammentreffen handelt! Monatelang werden keine fremden Jungen in der Nähe der Schule beobachtet, aber zufällig, ganz zufällig taucht ausgerechnet dann einer auf, als die Prinzessin entführt wird! Wie sind Sie denn Polizeipräsident geworden, Mann?«

Einen kurzen Augenblick sah der Polizeipräsident aus, als ob er etwas erwidern wolle, dann verbeugte er sich leicht.

»Es wird alles so gemacht, wie Sie es angeordnet haben, Königliche Hoheit«, sagte er steif. »Die geheime Einsatztruppe wird augenblicklich benachrichtigt.« Er ging zur Tür.

Bevor er sie öffnen konnte, legte Bolström ihm eine Hand auf den Arm.

»Nehmen Sie es dem Vizekönig nicht übel!«, sagte er so leise, dass Norlin, der inzwischen an einer der Fenstertüren stand und auf den Prachtboulevard sah, es unmöglich hören konnte. »Er ist in ganz unerträglicher Sorge um seine Nichte. Die letzte Nacht hat er kein Auge zugetan deswegen. Nicht auszudenken, wenn dem Kind etwas zustieße. Ich bitte Sie herzlich, tun Sie, was Sie können.«

Ein bisschen versöhnt drückte der Polizeipräsident die Klinke herunter.

»Das tun wir immer, Bolström«, sagte er. »Ich dachte doch, der Vizekönig hätte aufgrund von uns allen bekannten Tatsachen genügend Erfahrungen mit uns sammeln können. Wenn auch vor längerer Zeit.«

Die Verbeugung, mit der er den Raum verließ, war kaum wahrzunehmen.

Bolström ließ geräuschvoll die Luft zwischen seinen Zähnen entweichen. »Du musst dich besser zusammennehmen, Norlin«, sagte er.

4.

In dem großen Saal hinter der Gaststube, der an Konfirmationssonntagen durch Paravents in viele kleinere Einzelräume geteilt und bei Aufführungen der plattdeutschen Speeldeel, verschiedener Laienspielgruppen und am Tag des Chorfestivals ganz einfach durch Reihen von Stühlen in ein Theater verwandelt wurde, drängten sich etwa fünfzig Mädchen zwischen zwölf und sechzehn. Wer genau hinsah, konnte erkennen, dass sicher auch Elfjährige darunter waren und Siebzehn-, Achtzehnjährige: Keine von ihnen hatte sich die Chance entgehen lassen wollen, auf diese Weise vielleicht einen Einstieg ins Filmgeschäft zu schaffen.

»Jarven!«, rief Tine. Sie saß zusammen mit drei Mädchen aus der Parallelklasse auf dem Bühnenrand vor dem abgewetzten roten Vorhang und trommelte mit den Fersen gegen die Holzverschalung. »Das finde ich ja gut, du!«

»Sie hatte überhaupt nichts dagegen«, sagte Jarven abweisend.

Tine guckte ein wenig verwirrt, dann begriff sie. »Ach so, ja, egal! Willst du noch mal kurz meinen Spiegel?«

Jarven schüttelte den Kopf. Sie wusste, dass ein Blick in den Spiegel sie eher deprimiert und unglücklich gemacht hätte. Ohne Dusche und Schminke war jetzt ohnehin nicht mehr viel zu ändern.

»Cool, oder?«, sagte Britt aus der Parallelklasse. Sie war mindestens ebenso blond wie Tine und mindestens ebenso schlank, und dazu hatte sie ein fast herzförmiges Gesicht.

»Wie viele brauchen die überhaupt?«, fragte Jarven und ließ ihre Schultasche auf den Boden sacken. Sie überlegte, ob sie sich ein Casting so vorgestellt hatte. Alles wirkte enttäuschend schäbig.

»Das überlegen wir auch schon die ganze Zeit!«, sagte Kerstin. »Vielleicht können ja alle, die nicht ausgesucht werden, wenigstens als Komparsen mitspielen. Wenn man Zeit hat, heißt das. Schließlich fangen ja nächste Woche schon die Ferien an, da ist man ja eigentlich verreist.«

Jarven sagte nicht, dass sie in den Ferien keineswegs verreist sein würde. Mama konnte keine Pause machen bei ihren Benimmkursen, weil sie das Geld brauchten, und alleine hatte sie Jarven nicht fahren lassen wollen. Nicht mit irgendeiner Jugendorganisation und nicht einmal mit Tine und ihren Eltern, als die im Winter angefragt hatten, weil sie ein Ferienhaus buchen wollten. Eigentlich wäre ich darum ja die geeignetste Darstellerin von allen, dachte Jarven und hätte fast gelacht. Nicht schlank, nicht blond, verschwitzt, kein schauspielerisches Talent, aber die nächsten sechs Wochen hab ich Zeit.

»Was grinst du?«, fragte Tine misstrauisch.

Aber bevor Jarven antworten konnte, wurde die Tür zum Flur geöffnet und die beiden Männer, die am Morgen vor der Schule gestanden hatten, kamen herein. Derjenige, der Tine und sie angesprochen hatte, trug eine schwere Kamera auf seiner Schulter, der andere einen Scheinwerfer. Hinter ihnen stand eine junge Frau in einem dunkelblauen Kostüm, das bestimmt teuer gewesen war, und ließ ihren Blick über die Mädchengruppe schweifen.

»Wunderbar!«, sagte der junge Mann mit der Kamera. Er lächelte strahlend. Vorher hatte er eine Weile prüfend durch den Raum gesehen. Wahrscheinlich hatte er festgestellt, dass genügend hübsche Mädchen dabei waren. Selbst wenn die Mehrzahl von ihnen sich als schauspielerisch völlig unbegabt erweisen würde, blieben bestimmt immer noch einige, die zu gebrauchen waren. »Vielleicht sollten wir uns zunächst einmal vorstellen! Mein Name ist Hilgard, Tjarks heißt unsere Dame hier, Rupertus mein Kollege.«

»Wir fangen mit der Registrierung an!«, rief die Frau und schwenkte einen Stapel Blätter. »Wir gehen dabei folgendermaßen vor ...«

Jarven hockte sich auf ihre Tasche. Mama hätte gefallen, wie organisiert die drei Filmleute waren. Und dass sie gut gekleidet waren und sich mustergültig verhielten, absolut kein Fauxpas.

»... nach unten in die Kegelbahn«, sagte die Frau. »Nachdem ihr bitte zunächst eure Namen leserlich hier in meine Liste eingetragen habt. Unten füllt ihr dann bitte alle eure Anmeldebogen aus: Name, Geburtsdatum, Adresse und so weiter. Anhand der Liste werden wir euch anschließend einzeln nach oben zum Vorsprechen rufen, dazu bringt ihr eure Bogen bitte wieder mit. Verstanden?«

»Ich glaub, ich geh dann wieder«, sagte Jarven und stand auf. Der Zweck ihres Besuches war schließlich erfüllt. Sie hängte sich ihre Tasche über die Schulter. »Ich hab ja sowieso keine Lust auf den Kram.«

Tine sah sie von der Seite an. Sie kannte Jarven viel zu gut. Natürlich durchschaute sie sie.

»Du glaubst nur nicht, dass sie dich nehmen!«, sagte Tine. »Feigling! Dabei kannst du viel besser auswendiglernen als ich.«

»Als ob das wichtig wäre!«, sagte Jarven.

»Zum Vorsprechen dann bitte einzeln hochkommen!«, sagte die Frau gerade. Frau Tjarks. »Wertsachen könnt ihr solange gegen Quittung hier bei meinem Kollegen abgeben. Wir möchten hinterher nicht hören, dass irgendetwas verloren gegangen ist, das haben wir schon allzu häufig erlebt. Also jetzt bitte in die Liste eintragen, Wertsachen abgeben, Quittung nehmen, in der Kegelbahn warten.«

»Ich hab echt keine Lust!«, sagte Jarven. »Und ich bin viel zu kaputt.«

Vor ihr wollte Tine gerade ihre Armbanduhr abgeben, aber Hilgard winkte ab.

»Nur Taschen und was in den Kleidungsstücken steckt, die du unten ablegst, bevor du zum Vorsprechen kommst«, sagte er. »Handy? Okay.« Dann gab er Tine ihre Quittung.

Jarven drehte sich zum Ausgang. »Ich drück dir die Daumen, Tine!«, sagte sie. Und weil der Mann, der Hilgard hieß, jetzt sie erwartungsvoll ansah, schüttelte sie schnell den Kopf. »Nein, danke. Ich hab es mir anders überlegt. Ich will gar kein Filmstar werden.«

Hilgard wirkte verwirrt. »Na, nun sei aber mal ein kleines bisschen mutiger!«, sagte er und sah ihr lächelnd tief in die Augen. So machen sie es, hätte Mama jetzt gesagt. So kriegen sie die Frauen rum. Und du bist so dumm und fällst darauf rein.

»Ich glaube ...«, murmelte Jarven und wurde rot.

Hilgard lächelte noch immer. »Trau dich!«, sagte er. »So ein hübsches Mädchen!«

Jarven hatte das Gefühl, sie würde gleich ohnmächtig werden. »Ich glaube ...«, flüsterte sie wieder.

Aber Hilgard hatte schon seine Hand ausgestreckt. »Irgendwelche Wertsachen?«, fragte er freundlich. »Keine Angst, die gibt es zurück. Schultasche? Handy?«

Jarven nickte.

An der Treppe wartete Tine auf sie. »Das finde ich jetzt richtig gut von dir!«, sagte sie und schlug Jarven leicht auf die Schulter. »Ich dachte schon, du drückst dich. Und wenn wir keine Rolle kriegen, haben wir wenigstens mal ein Casting erlebt. Auch nicht schlecht.«

Jarven nickte. Sie hätte dem Mann nicht ihre Schultasche geben sollen. In der Tasche steckte ihr letztes Pausenbrot, und auf einmal fühlte sie sich so schwach, dass sie unbedingt etwas essen musste.

»Svenja Reuter?«, rief die junge Frau und setzte ein Häkchen auf ihre Liste.

Svenja machte sich an ihnen vorbei auf den Weg nach oben und Jarven setzte sich neben der Kegelbahn auf den gebohnerten Boden. Länger als zwei Stunden würde das Ganze ja hoffentlich nicht dauern. So schnell verhungerte man nicht.

»Frau Schönwald?«, sagte die Rezeptionistin. Jarvens Mutter stand vor einem kleinen Mann im zerknitterten Anzug, der gerade versuchte, ihre rechte Hand locker und galant an seine Lippen zu heben. »Ein Anruf für Sie. Vorne bei mir.«

Jarvens Mutter krauste die Stirn. »Ist es Jarven?«, fragte sie. Der kleine Mann trat verlegen von einem Fuß auf den anderen und packte in seiner Unsicherheit ihre Hand nur noch fester. »Sie weiß doch, dass sie mich hier nicht anrufen soll! Außerdem hat sie meine Handynummer.«

»Das haben Sie doch immer ausgeschaltet während der Stunden«, sagte die Rezeptionistin unbehaglich. »Es ist sowieso – nicht Jarven. Könnten Sie vielleicht bitte wirklich schnell …«

Jarvens Mutter hörte die Unruhe in ihrer Stimme. »Wer ist es denn?«, fragte sie. Sie lächelte dem Mann zu und zog behutsam ihre Hand aus seiner. »Ich bin gleich zurück, Herr Fränkel. Üben Sie doch solange bitte einfach noch einmal ein bisschen alleine.«

Erst als die Tür hinter ihnen zugefallen war, beantwortete die Rezeptionistin ihre Frage.

»Es ist die Polizei«, sagte sie.

Jarven hockte auf dem Boden und sah zu, wie ein Mädchen nach dem anderen nach oben verschwand und wieder zurückkam, aufgeregt, manchmal zitterig, fast immer voller Hoffnung.

»Es könnte sein!«, rief Kerstin und schmiss sich neben Tine auf den letzten freien Stuhl. »Ich bin eine Runde weiter! Ich komm noch in die nächste Runde! Mega!«

»Jessica auch«, sagte Tine. »Und Philippa. Ich will auch langsam mal rein! Musstest du was aufsagen?«

»Jarven Schönwald?«, sagte die Frau im Kostüm, die hinter Kerstin die Treppe heruntergekommen war. Frau Tjarks. »Bist du das? Du bist die Nächste.«

Sie musterte Jarven von oben bis unten, und Jarven

hatte das Gefühl, es läge abgrundtiefe Missbilligung in ihrem Blick. Hatte sie auch nur eine der anderen so angesehen? Fragte sie sich gerade, wieso ein Mädchen, das aussah wie Jarven, sich überhaupt traute, die Zeit der Jury zu vergeuden, nachdem sie doch sehen musste, dass sie nicht den Hauch einer Chance hatte? Jarven spürte wieder, dass sie rot wurde.

»Ich drück die Daumen!«, schrie Tine ihr nach. »Du machst das schon, Jarven!«

Aber Jarven wusste jetzt endgültig, was sie tun würde.

―

»Schönwald«, sagte Jarvens Mutter und beugte sich über den Rezeptionstresen, um ans Telefon zu kommen. »Hallo? Schönwald, ist irgendetwas mit – ist meiner Tochter etwas passiert?« Sie hörte selbst, dass ihre Stimme zitterte.

»Frau Schönwald?«, sagte eine tiefe Stimme am anderen Ende. »Revier 16 hier. Regen Sie sich bitte nicht auf. Ihre Tochter wird durchkommen.«

»Sie wird …«, flüsterte Jarvens Mutter. Sie spürte, wie ihre Beine nachgeben wollten. »Sie wird … Aber was …?«

»Ihre Tochter hatte leider einen Unfall, Frau Schönwald«, sagte die Stimme vorsichtig. »Ein Fahrzeug hat sie erfasst und …«

»Nein!«, flüsterte Jarvens Mutter.

Die Rezeptionistin stand jetzt neben ihr, bereit, sie jederzeit aufzufangen, sollte sie plötzlich ohnmächtig werden.

»Sie hat mehrere Knochenbrüche erlitten und ist zurzeit noch bewusstlos«, sagte die Stimme am anderen Ende. »Ein Notarzt hat sie zum Glück gleich an der Unfallstelle versorgen können, und wir gehen inzwischen davon aus, dass sie durchkommen wird. Zurzeit liegt sie im Katharinenhospital in Lübeck.«

»In Lübeck?«, flüsterte Jarvens Mutter. »Aber wieso denn in Lübeck?«

»Der Rettungshubschrauber hat sie dorthin gebracht«, sagte der Polizist. »Haben Sie verstanden? Im Katharinenhospital, das ist ein bisschen außerhalb, die Straße heißt *Am Waldrand*.«

»Ja«, flüsterte Jarvens Mutter. »Ich verstehe.«

Sie hörte, wie auf der anderen Seite aufgelegt wurde.

Die Rezeptionistin starrte sie an. »Soll ich ein Taxi rufen?«, fragte sie. »Sie können doch in diesem Zustand nicht selbst fahren?«

Aber Jarvens Mutter hatte sich wieder aufgerichtet. »Das dauert zu lange«, sagte sie und war schon auf dem Weg zurück zu den Gesellschaftsräumen, um ihre Tasche zu holen. »Erklären Sie dem Herrn bitte alles. Ich muss jetzt …«

Dann fing sie an zu laufen.

5.

Jarven ging gar nicht erst auf die Bühne. Am Saaleingang, neben dem Tisch, auf dem Handtaschen, Handys und Portemonnaies lagen, blieb sie stehen und suchte nach ihrer Quittung.

»Es tut mir leid, dass ich Sie aufgehalten habe«, sagte sie. So war es richtig, korrekt. »Aber ich habe mir überlegt, ich möchte doch nicht.« Und sie hielt Herrn Rupertus, der die Wertsachen entgegengenommen hatte, ihre Quittung hin.

Die Filmleute warfen sich einen Blick zu. Vielleicht hatten sie so etwas noch nie erlebt.

»Ich kann auch gar nichts auswendig«, sagte Jarven schnell. »Ich kann nichts aufsagen. Und ich – ich möchte nicht.«

Der Mann nahm ihr die Quittung aus der Hand. »Du möchtest nicht?«, fragte er und sah wie Hilfe suchend zu seinen beiden Kollegen. »Aber – warum denn nicht?«

Das muss ich nicht erklären, dachte Jarven. Schließlich hätte ich ja gar nicht erst zu kommen brauchen. Aber es wäre unhöflich gewesen, das zu diesen freundlichen Menschen zu sagen. Jarven hatte keine Übung darin, unhöflich zu sein.

Sie zuckte die Achseln. »Nur so«, murmelte sie.

»Wie schade!«, sagte Hilgard, und auf einmal war

das werbende Lächeln auf sein Gesicht zurückgekehrt. »Ausgerechnet du ... Du hast ja heute Morgen vielleicht gemerkt, dass ich euch nachgelaufen bin ...« – er sah auf seine Liste – »... Jarven. Jarven? Ist das richtig?«

Jarven nickte stumm.

»Ich hatte nämlich gleich den Eindruck, dass du – dass du haargenau der Typ bist, den wir ...« Er warf Rupertus und Tjarks einen Blick zu.

»Wir hatten alle drei das Gefühl!«, sagte Rupertus. »Dass du der Typ bist, den wir suchen. Haargenau der Typ.«

Jarven dachte an den Blick der Frau.

»Und jetzt machst du auf einmal einen Rückzieher!«, sagte Hilgard. »Dass du nichts auswendig weißt, ist doch weiter kein Problem! Sprechen kann schließlich jeder.«

Jarven sah ihn verblüfft an.

»Das wird weit überschätzt!«, sagte Rupertus.

»Es ist mehr – der Typ, der entscheidet!«, sagte Hilgard eindringlich. »Verstehst du? Die Ausstrahlung. Du hast eine Ausstrahlung ...«

»... die ist unglaublich!«, sagte Rupertus. »Das haben wir gleich gesagt, als wir dich gesehen haben. Möchtest du nicht vielleicht doch?« Tjarks blieb stumm.

Jarven hätte sich gerne hingesetzt. Sie spürte einen leichten Schwindel. Also war der junge Mann ihretwegen gekommen, heute Mittag. Es gab Filmleute, die sie schöner fanden als Tine. Die jedenfalls fanden, dass ihre Ausstrahlung stärker war.

Ausstrahlung, dachte Jarven verblüfft, natürlich, das kann stimmen. Davon redet Mama ja ständig, wenn sie mit ihren hässlichen alten Frauen übt. Vielleicht ist Ausstrahlung das Einzige, was langweilige Leute retten kann.

Aber es konnte natürlich auch sein, dass die Rolle, für die sie jemanden suchten, gar nicht die der schönen, attraktiven Hauptperson war. Jarven dachte an die Filme, die sie kannte. Die Jugendfilme. Fast immer gab es da auch jemanden, der dick und hässlich war und schwitzte. Jemanden mit Akne, über den alle lachen durften. Vielleicht war es auch so eine Rolle, für die sie vorgesehen war.

»Ich weiß nicht«, murmelte sie. So dick war sie natürlich gar nicht. Sie war nur nicht gertenschlank wie Tine und Britt. Und vor allem war sie nicht blond. »Was ist denn das für eine Rolle?«

»Es handelt sich …«, sagte Hilgard, und wieder sah er zu den beiden anderen, als wolle er sich rückversichern, dass er mit seiner Äußerung nicht zu weit ging. »Ich bitte dich aber, noch mit niemandem darüber zu sprechen! Von den anderen Mädchen haben wir es niemandem gesagt. Wenn wir es dir jetzt schon erzählen, dann nur, weil du offenbar wirklich überlegst, ob du nicht abbrechen sollst.«

»Ich sag nichts«, sagte Jarven. »Ich schwöre.«

Hilgard nickte. »Du verstehst, dass Geheimhaltung im Filmgeschäft zu den wichtigsten Prinzipien gehört«, sagte er. »Aber so viel kann ich vielleicht schon verraten. Es geht um eine Prinzessin, ja, sieh mich nicht so an! Es ist eine Art – Märchenfilm. Aber für Jugendliche. Kein Kinderkram. Und er spielt auch in der Gegenwart.«

»Eine Prinzessin?«, sagte Jarven verblüfft. Sie konnte sich nicht vorstellen, dass es irgendwen gab, der sich eine Prinzessin so vorstellte wie sie.

»Es ist alles sehr kompliziert«, sagte Hilgard. »Und du verstehst, dass wir hier langsam weiterkommen müssen. Als wir dich gesehen haben, haben wir gleich gedacht, dass du für die Rolle wie geschaffen wärst. Also überleg es dir. Es warten ja noch einige.«

»Ja«, flüsterte Jarven.

»Ja, du hast verstanden, oder ja, du möchtest jetzt doch?«, fragte Hilgard. Seine Stimme klang plötzlich ein wenig schärfer, und Jarven schämte sich, dass sie ihn so lange aufgehalten hatte.

»Ja, ich würde dann vielleicht«, flüsterte sie. »Ich würde es vielleicht doch – versuchen.«

Hilgard nickte. »Gut«, sagte er. Er wandte sich Rupertus zu, der den Scheinwerfer auf Jarven gerichtet und sie auf dem Monitor der Kamera beobachtet hatte. Rupertus nickte. »Dann kannst du wieder zu den anderen gehen und warten. Wir sagen dir dann Bescheid wegen des zweiten Castings.«

Jarven drehte sich um und ging zur Tür. Ihre Knie waren weich.

»Und denk daran, was du versprochen hast!«, rief Hilgard ihr nach. »Zu niemandem ein Wort!«

Jarven schüttelte den Kopf. Sie hörte Frau Tjarks hinter sich auf der Treppe.

»Tine?«, rief sie noch von oben. »Dich würden wir gerne als Nächste sehen!«

Jarven drückte Tine im Vorbeigehen ganz kurz die Hand. Eigentlich hatte Tine also schon jetzt keine echte Chance mehr.

Sie war mit hohem Tempo auf der linken Spur über die Autobahn gefahren und hatte die Lichthupe benutzt. Sie hatte nicht auf den Tacho gesehen dabei. Sie hasste schnelles Fahren.

Wieso Lübeck?, dachte Jarvens Mutter. Wo genau war der Unfall denn passiert? Sie hätte fragen müssen, auch danach, was genau passiert war – war Jarven durch die Luft geschleudert worden? Womöglich (sie wollte nicht daran denken) überfahren? Würden Folgeschäden bleiben, welche, was war mit ihrem Kind?

Während sie jedes Fahrzeug vor sich von der Spur drängte, spürte sie, wie ihr Herzschlag ruhiger wurde und wie doch, je näher sie dem Krankenhaus kam, gleichzeitig auch die Angst wuchs. Den Anweisungen aus dem Navi folgte sie wie in Trance. Es konnte nicht mehr lange dauern. Gleich würde sie da sein.

Jarven.

Vielleicht hatte sie es Jarven nicht immer leicht gemacht, aber sie hatte keine andere Möglichkeit gesehen. Ihre Angst war zu groß gewesen, von Anfang an. Und jetzt also ein Unfall. Man hätte darüber lachen können.

Jarvens Mutter zog den Wagen mit hoher Geschwindigkeit nach rechts, dann auf die Ausfahrt. In der Kurve kam sie ins Schleudern, bekam den Wagen aber sofort wieder in den Griff. Die Landstraße entlang und dann wieder nach rechts.

Das warme Licht des späten Nachmittags lag auf Wiesen und Feldern, in der Ferne ragten die Türme der Stadt knapp über den Horizont. Warum hatte der Hubschrauber Jarven hierher gebracht? In ein Krankenhaus, das so offensichtlich abseits lag? Was waren das für Krankenhäuser, die man so weit außerhalb der Städte baute? Rehakliniken, Kurkliniken, Unfallkrankenhäuser. Es musste schlimm aussehen, wenn Jarven nicht in ein normales Krankenhaus gekommen war.

»Jarven«, flüsterte sie. Sie würde wie immer stark sein.

Die Straße *Am Waldrand* war schmal und ohne Mittelstreifen. Ohne jede Bebauung rechts oder links zog sie sich kilometerweit ins Land, uneben und voller Schlaglöcher. Was musste man so sehr vor den Augen der Öffentlichkeit abschotten, was gab es dort zu sehen?

»*Sie haben Ihr Ziel erreicht.*«

Jarvens Mutter bremste im letzten Moment. Ein rot-weißer Absperrbalken trennte die Fahrbahn vom angrenzenden Wald. Kein Haus weit und breit, kein Krankenhaus weit und breit.

Hatte das Navi sie in die Irre geführt? Sie setzte zurück, die Reifen quietschten, sie versuchte, auf dem schmalen Asphaltband zu wenden. Der Motor heulte auf, als sie den Weg, den sie gekommen war, viel zu schnell zurückfuhr.

Dann trat sie hart auf die Bremse. Von vorne, in kaum geringerem Tempo, als sie selbst fuhr, kam ihr ein Wagen entgegen, ohne auszuweichen. Anstatt nach rechts zu fahren, hielt er an, seine Stoßstange fast an der ihren.

Sie riss die Tür auf. »Gott sei Dank!«, rief sie. »Ich suche ...«

»... das Katharinenhospital«, sagte der Fahrer und kam freundlich auf sie zu. Auf der Beifahrerseite stieg mit breitem Lächeln sein Begleiter aus.

»Und ich war so froh, dass ich dieses blöde Gedicht noch auswendig konnte!«, sagte Tine. »Weißt du? *John Maynard*. Mit dem Sturm und dem Schiff und wie er am Schluss stirbt. ›*Aushielt er, bis er das Ufer gewann*‹ – geil! Das kann man ja wenigstens so richtig schön dramatisch vortragen.«

Jarvens Magen knurrte und Tine kicherte. »Hoffentlich hast du das oben nicht auch gemacht!«, sagte sie. »Was hast du aufgesagt? Auch *John Maynard*?«

Jarven schüttelte den Kopf. »Nichts«, sagte sie. Sie spürte, dass sie gleich vor Hunger ohnmächtig werden würde.

»Nichts?«, fragte Tine und sah sie ungläubig an. »Und trotzdem haben sie dich zur zweiten Runde dabehalten?«

Jarven überlegte, wie viel sie sagen konnte, ohne ihr Versprechen zu brechen. »Es ist wegen der Ausstrahlung«, sagte sie vorsichtig. Das konnte ja wohl kaum zu viel sein. »Sie fanden meine Ausstrahlung irgendwie richtig.«

»Kerstin?«, rief Frau Tjarks von der Treppe. Kerstin winkte ihnen kurz zu, dann verschwand sie nach oben.

Nun saßen sie nur noch zu zweit in der Kegelbahn. Nach dem zweiten Casting war niemand mehr zurück nach unten gekommen, und Jarven hätte gerne gewusst, ob das bedeutete, dass sie alle ausgeschieden waren, oder ob es jetzt einfach so spät war, dass selbst die aussichtsreichsten Kandidatinnen für den Tag nach Hause geschickt wurden.

»Na, aber dann wissen die doch nicht mal, ob du stotterst oder was!«, sagte Tine zweifelnd. »Wenn du nichts gesagt hast!«

»Sprechen kann schließlich jeder«, sagte Jarven. Sie fand selbst, dass das eine unsinnige Argumentation war. Aber die Filmleute hatten Erfahrung. »Das wird weit überschätzt.«

Tine warf ihr einen Blick zu und schwieg. »Ich will nach Hause«, sagte sie nach einer Weile. »Wir sind doch bestimmt schon mindestens drei Stunden hier.«

»Tine?«, rief die Frau von der Treppe her. »Zweite Runde.«

Tine stand auf. »Endlich!«, flüsterte sie. »Ich ruf nachher noch an! Ich will ja wissen, ob du ...«

»Tschaui!«, sagte Jarven und winkte.

Sie war noch nie allein in der Kegelbahn gewesen. Bei wie vielen Geburtstagsfeiern waren sie zum Kegeln gegangen? Zweimal hatte sie alle neune geschafft, viel öfter nur einen Pudel. Mit Mama kegelte sie nie. Auch ohne dass sie jemals darüber gesprochen hatten, wusste Jarven, dass Kegeln nicht zu den Freizeitbeschäftigungen gehörte, die *comme il faut* waren.

Jetzt, wo die anderen alle gegangen waren, wirkte das Deckenlicht auf einmal grell und der gebohnerte Boden schäbig und zerschrammt. Man sollte nie allein an einem Ort sein, der für Vergnügen und Fröhlichkeit gemeinsam mit anderen bestimmt ist, dachte Jarven. Plötzlich wirkt er dann bedrückend. Wie ein Jahrmarkt bei Nacht und Regen, wenn die Karussells stillstehen.

Sie sah auf ihre Uhr. Noch war Mama nicht zu Hause. Mama brauchte überhaupt nichts von dieser ganzen Geschichte zu erfahren. Selbst wenn sie auch die zweite Runde überstand, konnte sie danach immer noch aufhören. Wollte sie denn eigentlich wirklich in einem Film mitspielen? Mama würde es sowieso nicht erlauben. Und böse sein, wenn sie hörte, dass Jarven gegen ihren Willen zu diesem Casting gegangen war.

»Jarven Schönwald?«, rief Frau Tjarks von der Treppe. Jarven sprang auf.

Im Saal wirkten die drei Filmleute jetzt genauso erschöpft wie sie.

»Jarven!«, sagte Hilgard trotzdem strahlend. »Ich hoffe, es geht dir noch gut?«

Jarven nickte.

»Weil wir dir nämlich etwas Schönes mitzuteilen haben!«, sagte er und zwinkerte.

Jarven runzelte die Stirn. Sollte sie nicht wenigstens dieses Mal etwas aufsagen?

»Du bist drin!«, sagte Hilgard. »Du hast es geschafft. Herzlichen Glückwunsch!«

»Drin?«, fragte Jarven verwirrt.

»Du bist – in der allerletzten Endrunde!«, sagte Rupertus. Er hatte die Kamera abgesetzt und den Scheinwerfer ausgeschaltet.

Hilgard lächelte. »Und deine Chancen sind gut. Für uns drei bist du die Kandidatin der Wahl. Natürlich treffen wir nicht die endgültige Entscheidung.«

»Ich?«, sagte Jarven erschrocken. »Ich krieg die Rolle? Ich bin besser als – Tine? Und als Britt?« Sie hätte sich freuen sollen. Stattdessen spürte sie Panik aufsteigen.

Die beiden Männer sahen zuerst einander, dann Tjarks an und zögerten. Dann sagte Hilgard: »Warum kannst du das nicht glauben? Wir hatten dir ja vorhin schon gesagt, ...«

»Aber meine Mutter erlaubt das bestimmt nicht!«, sagte Jarven. »Sie wollte nicht mal, dass ich zu diesem Casting gehe!«

Hilgard machte eine wegwerfende Handbewegung. »Das kennen wir schon!«, sagte er. »Das passiert uns öfter, glaub mir! Aber wenn die Mütter dann erfahren, dass ihr Kind es geschafft hat – dass es ausgewählt wurde aus einer Gruppe von mehreren hundert Bewerberinnen ...«

»Das hier ist ja nicht das einzige Casting für diesen Film!«, sagte Rupertus. Tjarks warf ihm einen missbilligenden Blick zu.

»... dann sind sie doch meistens so stolz, dass sie nichts mehr dagegen haben.«

Jarven schüttelte den Kopf. »Meine Mutter nicht«, flüsterte sie.

Auf einmal wurde sie überflutet von einer Woge der Verzweiflung. Es ging ihr ja gar nicht um den Film, es ging ihr nicht um das Berühmtwerden. Sie wusste noch nicht einmal, ob sie das überhaupt so gerne wollte. Es ging darum, dass Mama ihr nie etwas erlaubte, dass sie ihr alles kaputtmachte, sogar wenn sie ausgewählt worden war aus einer Gruppe von mehreren hundert Mädchen. Und dass es immer so weitergehen würde, ihr ganzes Leben lang.

»Weißt du was?«, sagte Hilgard. »Wir fahren einfach zu dir nach Hause und sprechen mit ihr. Das wäre ja gelacht!«

Jarven schüttelte den Kopf. »Sie arbeitet noch!«, sagte sie.

»Dann fahren wir dahin!«, sagte Hilgard. Er klang so überzeugt, dass Jarven einen winzigen Augenblick lang fast glaubte, es könnte doch noch klappen.

»Dann wird sie wütend«, murmelte sie. »Sie will nicht gestört werden.«

Die Filmleute sahen einander an.

»Weißt du, es ist nur ...«, sagte Rupertus.

»Wir müssen sie heute noch sprechen«, sagte Hilgard. »Weil – die endgültige Entscheidung muss an diesem Wochenende fallen, und die treffen nicht wir.«

Jarven verstand nicht.

»Da will natürlich der Regisseur mitreden«, sagte Tjarks. Sie sah immer noch aus, als hoffe sie, dass der sich für ein anderes Mädchen entscheiden würde. »Und der Produzent. Die endgültige Entscheidung können wir natürlich nicht hier in einem – Landgasthof treffen! Dazu müssen wir schon ins Studio fliegen.«

»Fliegen?«, flüsterte Jarven. Vor ihren Augen begann der Saal sich zu drehen. Mit zitternden Fingern öffnete sie ihre Schultasche. Sie nahm das letzte Stück Brot heraus und biss hinein. Die Scheiben wölbten sich am Rand und schmeckten hart und trocken, aber allmählich wurde sie ruhiger.

Hilgard lachte. »Hast du so einen Bärenhunger?«, fragte er. »Ja, was glaubst du denn, warum wir dieses Casting auf einen Freitag gelegt haben? Damit wir gleich im Anschluss mit unserer Kandidatin zu den Studios fliegen können, um übers Wochenende endgültig alles zu klären.«

»Ach so«, murmelte Jarven.

Das bedeutete das endgültige Aus.

»Deine Mutter kann natürlich mitkommen!«, sagte Tjarks. Sogar wenn sie etwas Freundliches sagte, klang ihr Ton streng. »Du sollst ja nicht alleine mit uns reisen!«

Jarven schluckte den letzten Bissen hinunter. »Am Wochenende hat sie immer die meisten Kurse«, sagte sie unglücklich. »Die Kunden sind doch fast alle berufstätig! Und absagen kann sie denen doch nicht!«

Die Filmleute sahen einander an. »Wenn wir geahnt hätten, dass es so schwierig werden würde!«, sagte Tjarks.

»Tine!«, rief Jarven. »Tines Eltern erlauben es bestimmt! Die fliegen auch mit! Nehmen Sie Tine!«

Auf einmal fühlte sie sich ganz leicht. Sie war ausgewählt worden, von allen Mädchen hatte sie die beste Ausstrahlung gehabt, das allein war es, was zählte. Alles, was jetzt kommen sollte, machte ihr sowieso Angst. Was war denn, wenn der Regisseur feststellte, dass sie überhaupt nicht wirklich spielen konnte? Wenn sie viel zu aufgeregt war vor der Kamera?

Dass sie ausgewählt worden war, war wunderbar. Aber den Film drehen wollte sie vielleicht gar nicht.

»Du meinst das Mädchen, das eben vor dir dran war?«, fragte Hilgard. »Nimm es mir nicht übel, Jarven, aber die kommt nun wirklich überhaupt nicht infrage.«

»Zwischen euch liegen Welten!«, sagte Rupertus und achtete nicht auf Tjarks' strafenden Blick. »Nein, ich bin wirklich überzeugt ...«

Hilgard seufzte. »Wie ist die Nummer, unter der ich deine Mutter erreichen kann?«, fragte er. »Jetzt sofort?«

»Sie wird böse!«, sagte Jarven, aber sie nahm doch

den Stift, den er ihr hinhielt, und schrieb die Nummer des Hotels. »Sie darf nicht gestört werden!«

Hilgard wirkte ärgerlich. »Du hast, glaube ich, noch gar nicht wirklich verstanden, worum es hier geht!«, sagte er. »Das ist die Chance deines Lebens! Wir sprechen hier von einem großen internationalen Film! Da werden wir deine Mutter doch für eine Minute stören dürfen!« Er tippte die Nummer ein und ging quer durch den Raum in eine andere Ecke. Offenbar wollte er nicht, dass Jarven ihm zuhörte.

Jarven sah auf den Boden. Sie war überrascht, wie schnell er zu sprechen begann. Vielleicht war Mama gerade vorne an der Rezeption gewesen.

Das Gespräch dauerte eine ganze Weile. Wahrscheinlich war Mama nicht so schnell bereit zuzustimmen. Ab und zu machte Hilgard weit ausholende Handbewegungen, als könne Mama auf der anderen Seite ihn sehen. Dann lachte er plötzlich laut auf. »Wunderbar!«, rief er. »Ich danke Ihnen! Sie haben eine fantastische Tochter!« Er steckte sein Handy zurück in die Hosentasche.

»Puhhh!«, sagte Hilgard und legte Jarven seine Hand auf die Schulter. »Na, das war ein hartes Stück Arbeit! Gut, dass du mich vorgewarnt hattest!«

Jarven sah ihn verwirrt an.

»Sie ist einverstanden«, sagte er, und jetzt strubbelte er Jarven sogar durch die Haare. »Sie hat begriffen, was das für dich bedeuten könnte. Und dass sie dir bei so einer Chance nicht im Wege stehen darf. Ein bisschen ängstlich, deine Mutter, was? Aber ich habe sie überzeugen können.«

Ein Glück, dass ich das Brot gegessen habe, dachte Jarven. Sonst würde ich jetzt umkippen.

»Sie schickt dir eine Nachricht, hat sie gesagt«, sagte Hilgard. »Freust du dich? Das ist die Chance deines Lebens!«

Jarven nickte. Alles fühlte sich unwirklich an.

»Es beept«, sagte sie und nahm das Handy aus der Tasche.

Es war Mamas Nummer. Sie hatte sogar drei fortlaufende Nachrichten geschickt, und zuerst öffnete Jarven aus Versehen die falsche. Dann hatte sie den ganzen Text.

Liebe Jarven, schrieb Mama. *Zunächst fand ich die Idee sehr beängstigend, aber der nette junge Mann hat mich überzeugt. Ich finde auch, dass du diese Chance wahrnehmen solltest. Du weißt ja, dass ich am Wochenende sowieso arbeiten muss, und ich finde es schön, wenn du trotzdem etwas Besonderes erleben kannst. Hab Spaß, Jarven! Vielleicht hab ich dir in den letzten Jahren manchmal zu wenig erlaubt. Ich drücke dir ganz fest die Daumen! Melde dich zwischendurch mal bei mir, schreib mir dann einfach. Ich hab dich lieb. Mama*

Oh, Mama, dachte Jarven. Liebe, liebe Mama.

Sie konnte sich nicht erinnern, wann sie zuletzt so viel Zärtlichkeit für ihre Mutter gefühlt hatte.

6.

Sie waren noch in der Wohnung vorbeigefahren, um Jarvens Zahnbürste und ihren Schlafanzug einzupacken und dazu Kleidung für zwei Tage. Die Männer waren im Auto geblieben; nur Tjarks hatte Jarven nach oben begleitet und im Flur gewartet. Noch immer sah sie aus, als hätte sie Jarven am liebsten gegen eins der anderen Mädchen ausgetauscht.

Erst als sie zu viert in den Wagen stiegen, den Jarven schon am Mittag zusammen mit Tine vor der Schule hatte stehen sehen, begriff sie wirklich, dass sie sich all dies nicht einbildete. Sie wusste, dass sie eigentlich vor Glück hätte singen sollen, aber stattdessen fühlte sie sich einfach nur aufgeregt und ängstlich.

Wenn wenigstens Tine dabei wäre!, dachte Jarven. Oder irgendwer, den ich kenne, ganz egal. Ich bin nicht so mutig. Einfach mit drei fremden Leuten zum Flughafen fahren und übers Wochenende zu Studios fliegen, von denen ich noch nicht einmal weiß, wo sie liegen ...

»So, da wären wir!«, sagte Hilgard und drehte sich lächelnd zu Jarven um. »Ich hol deine Tasche aus dem Kofferraum.«

Jarven sah erschrocken aus dem Wagenfenster. »Das ist der Flughafen?«, fragte sie.

Eine Rollbahn; ein Gebäude mit einem Radarschirm auf dem Dach; Getreidefelder und Kuhweiden. Ein winziger Parkplatz. Von hier flogen die anderen aus ihrer Klasse jedenfalls in den Ferien ganz bestimmt nicht nach Mallorca und auf die Kanaren.

»Hattest du gedacht, wir fliegen Linie?«, fragte Hilgard freundlich und hielt ihr die Wagentür auf. »Oder Charter? Bist du bisher bestimmt immer nur geflogen, oder? Du wirst dich umgewöhnen müssen, wenn du jetzt beim Film bist! Wir haben unsere eigene kleine Privatmaschine. Du hast doch keine Angst?«

Jarven schüttelte den Kopf.

»Doch«, sagte sie dann.

Am liebsten wäre sie umgekehrt. Alleine mit drei fremden Menschen an ein unbekanntes Ziel zu fliegen war schlimm genug; aber wenigstens hätten in einem normalen Flugzeug noch viele andere normale Leute um sie herumgesessen und sich über ihr ganz normales Reiseziel unterhalten und Angst vor dem Fliegen gehabt wie sie; und vielleicht wäre ihr dann alles auch normal und selbstverständlich erschienen, ein winziges bisschen wenigstens.

Stattdessen sollte sie jetzt in diese kleine Privatmaschine steigen, die nur sechs Sitze hatte, und da half es auch gar nichts, dass Herr Rupertus, der sich gerade auf den Pilotensitz setzte, ihr aufmunternd zulächelte.

»Du wirst sehen, es gefällt dir«, sagte er. »Wir kriegen keine Turbulenzen, es wird ein ganz ruhiger Flug, und du kannst das Meer in der Abendsonne betrachten. Und in zwei Stunden sind wir dann ja auch schon da.«

»Danke«, flüsterte Jarven. Tjarks mit dem unzufriedenen Gesicht hatte ihr mit dem Sicherheitsgurt geholfen, jetzt lächelte sie zum ersten Mal. Es war nur ein kleines Lächeln, aber Jarven spürte doch, wie sehr es sie aufmunterte.

»Ich bin überhaupt noch nie geflogen«, flüsterte sie.

Die Frau setzte sich auf der anderen Seite des schmalen Mittelganges in den Sitz und schloss mit zwei schnellen Griffen ihren Gurt. »Einmal ist immer das erste Mal«, sagte sie.

»Und ich weiß ja auch gar nicht ...«, sagte Jarven. Die Propeller begannen sich zu drehen, der Motor heulte auf und sie hörte auf zu sprechen. Sie hätte sich über den Gang beugen und der Frau direkt ins Ohr schreien müssen, so laut war es jetzt.

Tjarks sagte etwas, aber Jarven sah nur, wie sich ihre Lippen bewegten. Dann rollte die Maschine an, wurde schneller und schneller, und plötzlich spürte Jarven, wie sie die Nase hob und den Boden verließ.

So ist also Fliegen!, dachte sie verblüfft. So einfach ist das, so schnell steigt man in den Himmel, höher und höher, so leicht und so selbstverständlich.

Tjarks löste ihren Gurt und neigte sich zu Jarven.

»War's schlimm?«, fragte sie. Ihr Lächeln war genauso mager wie vorher, aber Jarven spürte trotzdem eine grenzenlose Erleichterung.

»Überhaupt nicht«, sagte sie.

Das Flugzeug wurde ein wenig durchgeschüttelt, fast wie ein Auto auf einer Straße voller Schlaglöcher, dann waren sie über den Wolken. Einen Augenblick schloss Jarven die Augen, so sehr blendete sie das helle Licht.

Und plötzlich war das Glücksgefühl da. Mich haben sie ausgesucht, mich, mich!, dachte Jarven und sah auf die strahlend weißen Wolken unter ihr. Und ich fliege mit einer Privatmaschine über den Wolken, weil ich die richtige Ausstrahlung habe, ich, ich, und nicht Tine oder Britt oder Kerstin, und am Montag in der Schule kann ich allen davon erzählen. Wenn es nicht zu angeberisch klingt.

Ärgerlich war nur, dass ihr Handy so alt war, dass die Kamera den Geist aufgegeben hatte. Sie hätte sonst Fotos machen können: von dem kleinen Flugzeug; aus dem Fenster von den Wolken; von den beiden jungen Männern vorne vor den Geräten. Und an den nächsten beiden Tagen beim allerletzten Casting vielleicht auch. Wer wusste denn, ob die anderen zu Hause ihr sonst glauben würden?

»Kaugummi?«, fragte Tjarks. Vielleicht hatte Jarven sich getäuscht, vielleicht fand die Frau sie doch gar nicht so unmöglich. Vielleicht guckte sie immer so unfreundlich, es gab solche Menschen, und sie konnten einem leid tun.

»Danke«, sagte Jarven und schüttelte den Kopf. Unter ihnen verschwanden die Wolken, und in leuchtendem Blau dehnte sich eine Wasserfläche unter der Maschine, grenzenlos bis zum Horizont. »Und was ist das?«

»Die Nordsee«, sagte Tjarks. »Wir fliegen jetzt zuerst geradewegs nach Norden und drehen dann ...«

»Ja!«, sagte Jarven verblüfft. Sie wunderte sich über sich selbst. Sie hätte die Frage viel früher stellen sollen. »Wohin fliegen wir überhaupt?«

»Nach Skogland«, sagte Hilgard und wandte sich lächelnd zu ihr um. »Wusstest du das nicht? Aber beim Landeanflug solltest du nachher doch ein Kaugummi nehmen. Das hilft gegen den Druck in den Ohren.«

Am klügsten war es zu versuchen, auf dem schnellsten Weg Liron zu finden. Die ganze Nacht nur gegrübelt, und dies als einziges Ergebnis, das war nicht viel.

Womit konnte man fahren, nicht mit der Bahn, nicht mit dem Bus. Welche Fahrzeuge kamen infrage, war es möglich, ein Auto anzuhalten? Zu Fuß war es viel zu weit. Und immer angestarrt in der zu großen karierten Jacke ...

Aber eine andere Möglichkeit gab es nicht, so viel wenigstens hatten die schlaflosen Stunden gebracht. Was würde Liron sagen, wenn plötzlich dieser fremde Junge bei ihm auftauchte?

(Der natürlich alles erklären konnte.)

Jedenfalls zu Liron. Liron bedeutete Sicherheit, vielleicht.

Und wenn möglich eine andere Jacke auftreiben, kariert war zu auffällig, ein Junge in karierter Jacke, viel zu groß, überall drehten sie sich um. Aber ohne Jacke war es am Morgen und am Abend auch jetzt im Sommer zu kalt, erst recht in der Nacht. Erst recht im Norden mit seinen hellen, klaren Nächten. Zum Glück war wenigstens die Kappe unauffällig.

Die letzte halbe Stunde war vielleicht die schönste des ganzen Fluges gewesen. Die Sonne war an den Himmelsrand gewandert, wirklich an den Himmelsrand, als wäre die Erde nicht eine Kugel und das Weltall nicht unendlich. Ihr Schein hatte sich von einem klaren Gleißen in ein mildes Goldrot verwandelt, die blaue Stunde zwischen Licht und Dunkelheit, hier oben war sie eine rötliche Stunde, warm und freundlich, Abschied vom Tag.

Unter ihnen hatte nach einer weiten Kurve auf einmal das Land gelegen, sie waren tiefer gegangen und tiefer, und aus der ununterscheidbaren schwarzen

Fläche waren Wälder geworden, Seen, schließlich einzelne Bäume, Höfe auf Lichtungen, kleine Orte.

Dann war die Dunkelheit gekommen und Jarven hatte sich gefragt, ob ihre Begleiter die Zeit des Fluges vielleicht mit Absicht so gewählt hatten, dass sie all dies erleben sollte: das strahlende Licht über den Wolken, den rötlichen Abend, und jetzt, schließlich, unter ihnen den Teppich aus unzähligen Lichtern, ausgefranst am Rand, über dem sie kreisten, bis der Pilot die Maschine herunterzog und in der nächtlichen Dämmerung die Häuser der Stadt sichtbar wurden, über deren Dächern sie dahinglitten, bis das Fahrwerk schließlich fast unmerklich auf der Rollbahn inmitten roter und grüner und weißer Positionslichter aufsetzte: Hier also war er nun doch, der Flughafen, den Jarven beim Abflug vermisst hatte, gewaltig und laut, mit großen und kleinen Maschinen auf verschiedenen Wartepositionen und einem hell erleuchteten Terminal.

»Jetzt sind wir da!«, sagte Hilgard mit Stolz in der Stimme und drehte sich zu Jarven um, während Rupertus die Maschine behutsam und mit noch immer langsam drehenden Propellern vom Hauptfeld navigierte. »In der Hauptstadt.«

Jarven presste ihr Gesicht gegen die Scheibe. So musste die Ankunft nach einem Flug sein, haargenau so. Lichter und Menschen und Trubel. Sie zog ihr Handy aus der Tasche. Gleich durfte sie es wieder einschalten. Sie würde Mama schreiben, wie herrlich der Flug gewesen war. Und wie wunderschön die Ankunft. Und dass sie keine Angst mehr hatte, überhaupt keine Angst.

»Willkommen in Skogland!«, sagte Tjarks und hob ihre Tasche aus der Klappe über den Köpfen. Auch in ihrer Stimme schwang etwas wie Stolz. »Ich wünsche dir einen glücklichen Aufenthalt bei uns!«

Vor einem Hangar kam die Maschine zum Stehen. Tjarks öffnete die Tür und fuhr die Treppe aus. Ein Mann im Anzug kam ihnen mit den Händen tief in den Hosentaschen entgegen. Wenn der Anzug teuer genug war, konnten Hände in den Hosentaschen lässig aussehen, sagte Mama. Sonst war das einfach nur stillos. Und wer konnte schon immer auf den ersten Blick erkennen, wie teuer ein Anzug gewesen war?

»Hallo, Bolström!«, sagte Hilgard und sprang aus dem Cockpit. »Wir sind pünktlich auf die Minute!«

Das also war der Regisseur, dachte Jarven. Der Produzent. Er sah haargenau so aus, wie sie sich Filmleute immer vorgestellt hatte: groß und blond, mit breiten Schultern und einem warmen Lächeln auf dem gebräunten Gesicht.

»Ist sie das?«, fragte Bolström und nickte zu Jarven hin. »Auf den ersten Blick – ja, das könnte gehen.«

Er trat einen Schritt auf sie zu und streckte ihr die Hand entgegen. »Jarven?«, sagte er. »Das hab ich doch richtig mitgekriegt, du heißt Jarven?«

Jarven nickte. Es *war* ein teurer Anzug.

»Willkommen in Skogland!«, sagte der Mann.

Jarvens Handy beepte einmal.

»Sind Sie der Regisseur?«, fragte Jarven unsicher. »Ich hab aber noch nicht vorgesprochen … Vielleicht kann ich das gar nicht so gut …«

Der Mann lachte. »Ja, der Regisseur, das bin ich!«, sagte er und drückte ihre Hand ganz fest. »Ich bin hier der Regisseur. Und das mit dem Sprechen – das klären wir noch. Jetzt bringen Herr Hilgard und Frau Tjarks dich erst mal nach Österlind für die Nacht. Und morgen früh sehen wir dann weiter.«

»Österlind?«, fragte Jarven. »Sind da die Studios?«

Gerade verschwand Rupertus im Hangar.

Inzwischen hatte Tjarks sich zu ihnen gestellt. »Österlind ist ein Landgut nicht weit von der Hauptstadt«, sagte sie. »Es ist wunderschön, mit allen Annehmlichkeiten. Da kannst du dich heute Nacht erst mal von der Aufregung des Tages erholen. Es *war* doch ziemlich aufregend für dich heute?«

Jarven nickte. »Übernachten die anderen auch da?«, fragte sie.

Der Regisseur tippte sich mit zwei Fingern lässig gegen die Schläfe. »Ich geh dann jetzt«, sagte er zu Tjarks und Hilgard.

Er nickte Jarven zu. »Wir sehen uns morgen früh.« Dann verschwand er, ohne sich noch einmal umzudrehen, am Rande des Rollfelds.

Tjarks sah ihm noch einen Augenblick nach, dann seufzte sie. »Welche anderen?«, fragte sie. »Wen meinst du?«

»Die aus den anderen Castings«, sagte Jarven. Eine schwarze Limousine fuhr vor und Jarven sah, dass an ihrem Steuer wieder Rupertus saß. »Die auch zur Endausscheidung hier sind.«

Hilgard lachte, als er ihr die Wagentür öffnete. »Du bist erst mal unsere Favoritin!«, sagte er. »Ich dachte, das wäre dir vorhin schon klar gewesen? Du bist unsere absolute Favoritin. Und solange du uns nicht enttäuschst, gehört die Rolle dir.«

»Es gibt gar keine anderen – ich bin die einzige Kandidatin?«, fragte Jarven erschrocken. Langsam rollte die Limousine über das Rollfeld zu einem großen Tor. Ein junger Mann im Overall, der selbst aussah, als spiele er in einem Film, groß und blond auch er, öffnete es und sie fuhren auf eine breite Ausfallstraße. Der Wagen fädelte sich lautlos in den fließenden Verkehr ein.

»Ich dachte, das hättest du vorhin schon verstanden!«, sagte Hilgard. »Nur – der Regisseur muss noch zustimmen. Morgen und übermorgen wird er dich den ganzen Tag prüfen, das kann anstrengend werden. Er hat eine geniale Idee gehabt, du wirst staunen.«

»Aber doch nichts – nichts Schwieriges?«, fragte Jarven erschrocken. Sie spürte, wie die Angst zurückkam.

Tjarks neben ihr im Auto lachte. Es klang beinahe fröhlich. »Überhaupt nicht schwierig, im Gegenteil!«, sagte sie. »Du wirst staunen. Es wird dir gefallen. Es würde jedem Mädchen gefallen, glaub mir.«

Vor dem Autofenster zogen Häuser vorbei, stattliche weiße Stadthäuser mit Stuck über den Fenstern, Simsen und Skulpturen, und unter den Straßenlaternen flanierten Menschen mit Einkaufstaschen in den Händen, mit Pommestüten; Gruppen junger Leute, die lachten; ältere Männer und Frauen, meist allein, an deren Schritt Jarven erkannte, wie müde sie waren und wie eilig sie nach Hause wollten.

Wie abends bei uns, dachte Jarven und lehnte sich in ihrem Sitz zurück. Ein bisschen heller vielleicht. Es sieht alles so – wohlhabend aus. Aber sonst ganz normal. Ich bin ihre Favoritin.

Dann fiel ihr das Beepen wieder ein.

Jarven, Liebes!, hatte Mama geschrieben. *Nun müsstest du angekommen sein. Schreib mir doch bitte ganz schnell, wie es dir geht. (Nicht anrufen! Ich hab noch eine Gruppe!) Ich hab dich lieb. Mama*

Jarven rief das Menü auf und drückte auf »Antworten«. Eine weniger ängstliche Mutter hätte sicher nicht so viele Nachrichten geschickt, wie gut, dass Mama so ängstlich war. Es war so tröstlich, ihre Nachrichten zu lesen. Vielleicht auch, weil sie so zärtlich schrieb, wie sie niemals mit Jarven sprach, wenn sie zu Hause waren.

Der Flug war superschön. Ich freu mich auf morgen.
Jarven zögerte eine Sekunde, dann tippte sie weiter.
Hab dich auch lieb. Jarven

7.

Sobald sie aus der Stadt heraus waren, hatte Jarven durchs Fenster nicht mehr viel erkennen können. Dunkel war die Landschaft an ihnen vorübergeglitten, meistens Wald, ab und zu Felder, einmal hatte Jarven auf einem Acker eine Gruppe Rehe erkannt, die sich als schwarze Schatten gegen den tiefgrauen Himmel abzeichneten und dem Wagen keine Beachtung schenkten.

Nach kurzer Fahrt waren sie in eine Allee eingeschwenkt, an deren Ende, erleuchtet von zwei Kutscherlampen rechts und links, ein altes geklinkertes Torhaus stand; Rupertus verlangsamte das Tempo und fuhr in Schrittgeschwindigkeit über eine lange Kopfsteinpflasterauffahrt auf das im Dämmerlicht der Nacht nur mattweiße Hauptgebäude zu.

»Das ist Österlind?«, flüsterte Jarven und hielt den Atem an. Wie es da im Mondlicht lag, sah es fast aus wie ein Schloss und unendlich viel schöner als alle Häuser, in denen Jarven jemals gewesen war. »Ist das – ein Hotel?«

Es gab Landhotels, Schlosshotels; Menschen, die Geld hatten, konnten dort Ferien machen. Einmal hatten Tines Eltern überlegt, ob sie über Pfingsten eine Rundreise machen sollten, von Landhotel zu Landhotel. Tines Mutter hatte Jarven den Prospekt gezeigt, ein Haus war dabei gewesen, das fast genauso ausgesehen hatte wie dieses. Es war dann natürlich doch zu teuer gewesen.

Tjarks lachte. Schon seit sie im Flugzeug gesessen hatten, war sie viel freundlicher geworden.

»Das ist das alte königliche Landgut«, sagte sie. »Hierher hat sich früher, als die Wege noch weiter waren, die königliche Familie im Sommer von den Regierungsgeschäften aus der Stadt zurückgezogen. Heute liegt es natürlich nur noch einen Steinwurf entfernt, die kleine Prinzessin hat gerne hier gewohnt. Die Sommerresidenz ist jetzt am nördlichen Sund und eine zweite auf einer Insel im Mittelmeer.«

»Oh«, sagte Jarven verwirrt. Sie überlegte, was sie über Skogland wusste, sie hätte nicht einmal genau sagen können, wo es lag. »Und warum sind wir ... Warum bin ich ...?«

Der Wagen hielt. Der Kies knirschte unter Rupertus' Füßen, als er zum Kofferraum ging und ihre Tasche heraushob.

Aber Jarven wartete noch auf eine Antwort, bevor sie die Autotür öffnete.

»Es ist der ideale Ort, um dich in Ruhe auf deine Aufgabe vorzubereiten«, sagte Tjarks. »Gefällt es dir nicht? Wir sind sehr glücklich, dass wir hier sein dürfen.« Sie zog den Kopf ein und stieg aus.

Ich bin auch sehr glücklich, dachte Jarven. Jedenfalls glaube ich das. Ich bin zum ersten Mal in meinem Leben geflogen und jetzt übernachte ich in einem fast richtigen Schloss. Das muss ich Mama schreiben. Und Tine.

Sie sah an der freundlichen weißen Fassade nach oben, dann warf sie über die Schulter noch einmal einen Blick auf die alten Bäume der Allee. Der Tag war unwirklich gewesen wie in einem Märchen, wie in einem Film, und noch mehr als vorher bedauerte sie, dass sie keine Fotos machen konnte. Nicht nur als Beweis für die anderen. Auch als Beweis für sich selbst.

Hilgard zeigte einladend auf die hohe Eingangstür. »Hereinspaziert!«, sagte er. Wenigstens kam kein Butler im schwarzen Anzug.

Er war früh am Morgen in den nördlichen Bergen aufgebrochen, um rechtzeitig zu seinem Samstagsmeeting in der Hauptstadt zu sein. Natürlich war die Südinsel nicht sehr groß, und die Straßenverhältnisse waren schon seit vielen Jahren so gut, dass sie ein hohes Tempo erlaubten; aber er liebte es doch, beim Fahren Zeit zu haben und ab und zu den Blick ruhig über die Landschaft schweifen zu lassen. Skogland. Er liebte sein Land wie wohl alle Skogen, und er wusste, wie gut es ihm ging. Ihnen allen. Selbst die Bauern, dachte er, unsere freien skogischen Bauern, arbeiten zwar hart; aber sie haben ein gutes Leben.

Auf dem Gras am Straßenrand schimmerte noch der Tau, und er ließ die Heizung auf niedriger Stufe laufen. In den Waldgebieten hatte er morgens, wenn die Sonne an vielen Stellen noch nicht den Boden erreichte, auch im Auto immer das Gefühl zu frieren.

Nicht weit vor ihm wechselten zwei Rehe über die Straße. Wiesen lagen im Morgenlicht, fruchtbares Ackerland, ein zartgrünes Roggenfeld, eben erst hatte der Raps aufgehört zu blühen.

Die Gestalt sah er schon lange, bevor er sie erreichte, an dieser Stelle stieg der Weg gerade wie mit dem Lineal gezogen einen Hügelrücken hinauf. Braun-grau wie der Boden kauerte jemand am Straßenrand, und einen winzigen Augenblick lang hatte er Angst, es könnte ein Unfall passiert sein, womöglich ein Verletzter dort liegen, aber dann sprang die Gestalt auf und er sah die typische Handbewegung. Jemand versuchte, mitgenommen zu werden.

Der Mann zögerte. Vor allem auf dem Land hatte er früher immer angehalten, oft hatten Kinder dort gestanden, die von einem Hof zum anderen wollten, die Entfernungen waren weit und nicht immer gab es Busse in ausreichender Zahl. Auch junge Leute hatte er einsteigen lassen, die das Land bereisten, ihr schönes Skogland, die zum nächsten Bahnhof wollten oder zur nächsten Jugendherberge, müde nach einem Tag, den sie in den dunklen skogischen Wäldern gewandert waren. Er hatte sie gerne mitgenommen, hatte sich mit ihnen unterhalten, sich gefreut, dass er helfen konnte, ohne dass es ihn selbst etwas kostete.

Er verlangsamte seine Fahrt. In den letzten Jahren war er vorsichtiger geworden, man musste hinsehen, wen man mitnahm, und selbst wenn man hinsah, konnte man nicht sicher sein. Sie waren unruhig geworden im Norden, Unzufriedenheit überall, und im Süden herrschte seitdem die Angst. Er schaltete das Gebläse aus. Der dort am Straßenrand war ein Junge, verfroren, als hätte er die Nacht in den Wäldern verbracht, nicht älter als zwölf, dreizehn vielleicht. Nur ein Junge in einer viel zu großen karierten Männerjacke, und unter der Kappe, die er trug, war jetzt, wo der Wagen fast im Schritttempo auf ihn zufuhr, aus der Nähe eine blonde Strähne sichtbar.

Der Fahrer atmete auf. Er ließ das Fenster auf der Beifahrerseite nach unten gleiten und lehnte sich über den Sitz. »Guten Morgen!«, rief er freundlich. »Wohin willst du?«

Der Junge hatte den Kopf tief zwischen die Schultern gezogen und die Arme um den Körper geschlungen. Noch hatte die Morgensonne kaum die Kraft zu wärmen.

»Fahren Sie Richtung Hauptstadt?«, fragte er. Seine Stimme bebte, so sehr zitterte er noch vor Kälte.

Der Mann nickte. »Wir haben denselben Weg«, sagte er. »Steig ein.«

Der Junge öffnete die Tür und ließ sich in den Sitz fallen. Dann zog er wie in einem Reflex die Kappe tiefer über die Augen.

»Danke«, murmelte er.

Der Mann trat aufs Gaspedal und schaltete die Heizung auf die höchste Stufe. »Gleich wird dir wärmer!«, sagte er. »Hast du lange dagestanden, dass du so völlig durchgefroren bist?«

Der Junge sah ihn nicht an, er starrte geradeaus auf den Weg vor ihnen. Sein Gesicht war schmutzig, fast als hätte er sich mit einer Hand voller Erde darüber gewischt und hinterher vergessen, es zu waschen. Ein schüchterner Bengel, aber so waren sie in dem Alter, so war er auch gewesen.

»Da fahren noch so wenige um diese Zeit«, sagte der Junge. »Und die hatten es alle eilig.«

Obwohl er so armselig gekleidet und so schmutzig war, sprach er mit einem gepflegten Akzent, nicht ein Hauch von nordskogischem Kauderwelsch. Der Fahrer entspannte sich.

———

Als Jarven aufwachte, fiel ein Sonnenstrahl zwischen den schweren Vorhängen auf den Boden neben ihrem Bett. Halb sieben. Eigentlich noch viel zu früh.

Sie setzte sich auf und schwang die Beine über den Bettrand. Das Bett war altmodisch. Über dem Kopfende wölbte sich eine Art Baldachin.

Fast hatte sie nicht einschlafen können vor Aufregung gestern Abend. Das Haus war leer gewesen bei ihrer Ankunft und nur schwach erleuchtet von Notlichtern auf allen Fluren. Sie waren in den ersten Stock gestiegen, Frau Tjarks hatte ihr das Eckzimmer gezeigt und gelacht, als Jarven gefragt hatte, ob das Bett wirklich für sie wäre. Sie hatte sie aufgefordert, gleich schlafen zu gehen, da der nächste Tag anstrengend werden würde, aber dann war sie doch noch einmal wiedergekommen mit zwei Flaschen Sprudel und einem kleinen Tablett mit Brot, Käse und gebratenen Hähnchenkeulen.

»Nicht dass du vor Hunger nicht einschlafen kannst!«, hatte sie gesagt und Jarven die Tapetentür gezeigt, hinter der ein großes, helles Badezimmer lag.

Jarven hatte noch nicht oft anderswo als zu Hause geschlafen. Manchmal bei Tine, sonst niemals. Auf Klassenreisen hatte sie nie mitfahren dürfen.

Sie war durch das Zimmer gewandert, hatte Schubladen aus dem Frisiertischchen gezogen (leer), aus dem Fenster nach vorne über den dunklen Hofplatz gesehen, sich auf einen der gobelinbezogenen Sessel gesetzt. Als sie schließlich ins Bett gegangen war, hatte sie die Lampe auf dem Tisch neben dem Bett brennen lassen. Sie war froh, dass die Nacht vorüber war.

Der Holzboden fühlte sich unter ihren Füßen beinahe warm an. Dunkle Hölzer waren in das helle Parkett eingelegt zu Mustern, die an manchen Stellen von schweren Teppichen verdeckt wurden. Jarven zog die Vorhänge auseinander und sah durch das Seitenfenster nach draußen.

Strahlendes Morgenlicht überflutete den Garten. Rasenflächen wurden von gepflegten Beeten gesäumt, Sträucher, kugelförmig oder zu Kegeln beschnitten, bildeten symmetrische Bordüren, irgendwo sang ein Vogel und ein anderer antwortete ihm. Sonst war alles still.

Wie viele Gärtner braucht man für so einen Garten?, dachte Jarven. Wie viele Putzfrauen braucht man für so ein Haus? Wer lebt hier? Jetzt gerade? Sonst? Steht es immer so leer wie jetzt, weil doch der König eine neue Sommerresidenz hat, sogar zwei?

Der König und die Königin und all ihre Königskinder. Gab es überhaupt Königskinder? Ich weiß gar nichts von Skogland, dachte Jarven wie am Abend vorher. Und schon überhaupt nicht darüber, wer zur Königsfamilie gehört. Ich weiß überhaupt nicht viel über Königsfamilien, nicht über die von England oder Schweden oder wo auch immer es sie sonst noch gibt. Selbst wenn im Fernsehen einmal Sendungen über die Königshäuser Europas ausgestrahlt worden waren, zu Ostern oder an Weihnachten fast immer, hatte Mama böse zum nächsten Sender umgeschaltet.

»So ein Blödsinn!«, hatte sie dann mit einer Wut in der Stimme gesagt, die Jarven verblüfft hatte. »So ein absoluter und vollkommen idiotischer Schwachsinn! Was reden sie den Leuten da ein! Das ist doch alles nur Betrug!«

Und es hatte Jarven auch nicht wirklich interessiert. Popstars interessierten sie und Filmschauspieler. Jetzt wäre es besser gewesen, sie hätte wenigstens ein bisschen über die Königsfamilie von Skogland gewusst, in deren Bett sie schlief.

Jarven kicherte. Sie zog die Vorhänge an beiden Fenstern so weit auf, dass das Licht das ganze Zimmer erfasste, und warf sich dann rücklings auf das Bett. Vielleicht gehörte es der Prinzessin von Skogland, wenn es sie gab? Vielleicht hatte sie in der letzten Nacht im Bett der Prinzessin geschlafen?

Sie setzte sich auf, nahm die letzte Hähnchenkeule vom Teller und biss hinein. Das Fett unter der Haut schmeckte jetzt am Morgen kalt und talgig und sie legte die Keule zurück.

»Ich bin die Prinzessin von Skogland!«, sagte sie mit tiefer Stimme und ging mit ausgebreiteten Armen durch den Raum. Im Spiegel der Frisierkommode sah sie ein Mädchen mit von der Nacht zerstrubbelten dunklen Haaren in einem Schlafanzug, dessen Hosenbeine längst zu kurz geworden waren, mit ernster Miene durch den Raum schreiten. »Ich bin Jarven, Prinzessin von Skogland!« Vielleicht hatten die Filmleute sie deshalb gestern ausgewählt, vielleicht war es das, was sie mit Jarvens Ausstrahlung gemeint hatten? Jetzt, wo sie in diesem Zimmer geschlafen hatte und in diesem Bett aufgewacht war, konnte sie sich auf einmal leicht vorstellen, eine Prinzessin zu sein.

»Ich und nicht Tine!«, rief Jarven und hüpfte zurück auf ihr Bett. »Ich und nicht Britt! Ich bin die Prinzessin von Skogland!«

Dann schwieg sie erschrocken. Wenn sie zu laut war, weckte sie vielleicht irgendwen in den Nachbarräumen auf. Es wäre peinlich, wenn irgendwer gehört hätte, was sie gerade gerufen hatte, furchtbar peinlich.

Jarven horchte, aber nebenan knarrte nicht einmal ein Bett. Sie atmete auf. In Zukunft würde sie vorsichtiger sein.

Auf dem Tisch neben dem Kopfende stand ein Telefon, weiß und altmodisch wie in Filmen aus dem letzten Jahrhundert. Sie könnte Mama anrufen. Jarven hob den Hörer an und hielt ihn ans Ohr. Sie war überrascht, wie schwer er war.

Dann legte sie ihn zurück. Sie konnte nicht einfach auf fremde Kosten ein Ferngespräch führen, selbst wenn es vielleicht der König war, dem diese Leitung gehörte und der für sie bezahlen musste. Ein König hatte sicher genug Geld.

Aber darum ging es gar nicht. Es ging darum, dass ein Ferngespräch auf fremde Kosten Diebstahl war, das hätte Mama gesagt. Mama hätte sich nicht über einen Anruf gefreut, der Diebstahl war.

Auf Zehenspitzen lief Jarven zu dem Stuhl, auf dem sie ihre Kleidung abgelegt hatte, und zog ihr Handy aus der Tasche. Anrufen sollte sie so früh an einem Samstagmorgen vielleicht sowieso noch niemanden, aber eine Guten-Morgen-Nachricht konnte sie in jedem Fall schicken.

Sie schrieb an Mama, dass sie gut geschlafen hatte. Dass die Sonne schien. Dass das ganze Gut wie ausgestorben lag und sie ihr in der nächsten Nachricht schreiben würde, wer sonst noch hier wohnte. *CU, Jarven*

Danach war Tine an der Reihe. *Hallo, Tine,* schrieb Jarven. *Du wirst mir überhaupt nicht glauben, wenn ich dir erzähle, wo ich hier gelandet bin! In einem Schloss in einem Himmelbett! Es ist total cool. HDL, Jarven*

Sie drückte auf »Absenden« und wartete auf die Bestätigung. Gerade als sie das Handy weglegen wollte, weil es ihr zu lange dauerte, sah sie, dass die Nachricht nicht durchging.

Jarven runzelte die Stirn. Was hatte Tine mit ihrem Handy gemacht? Warum hatte sie kein Netz? Manchmal war Tine natürlich schon chaotisch, aber dass auch ihr Handy nicht funktionierte, war nun wirklich nicht nötig.

Hauptsache, meine Mitteilungen kommen bei Mama an, dachte Jarven. Tine kann ich ja übermorgen alles erzählen.

In diesem Augenblick klingelte das weiße Telefon.

»Jarven?«, sagte Hilgards freundliche Stimme. »Ich hoffe, ich habe dich nicht geweckt? Aber wir wollten jetzt gerne mit dir frühstücken. Du hast ja ein umfangreiches Tagesprogramm vor dir. Kann Frau Tjarks dich in einer Viertelstunde abholen?«

»Ja, natürlich!«, sagte Jarven.

Auf einmal waren Angst und Aufregung wieder da.

Sie waren die ganze Strecke schweigend gefahren, bald würden sie in der Hauptstadt sein. Die meiste Zeit hatte der Junge die Augen geschlossen gehalten, als schliefe er, nur ab und zu hatte er mit einer fast erschrockenen Bewegung nach seiner Kappe gegriffen und sie tiefer ins Gesicht gezogen.

Der Mann lächelte. Er hätte sich einen unterhaltsameren Begleiter gewünscht, und stattdessen wagte er jetzt noch nicht einmal, das Radio einzuschalten, um den Jungen nicht zu wecken. Trotzdem fühlte er sich entspannt und zufrieden. Es war schön, einem Kind zu helfen, das nicht so aussah, als ob es das Geld für die Fahrt mit dem Zug gehabt hätte. Was bei seinem Akzent immerhin erstaunlich war.

Vielleicht eine Stunde vor der Stadt überholte ihn ein Sportcoupé, ein Lastwagen kam entgegen, der Mann bremste scharf. »Verdammt!«, sagte er verärgert. »Manchen kann es auch nie schnell genug gehen.«

Der Junge hatte erschrocken die Augen aufgerissen, jetzt ließ er sich in den Sitz zurücksinken. »Sind wir bald da?«, fragte er.

Der Mann nickte. »Kann ich die Heizung ausschalten?«, fragte er. »Jetzt muss dir doch warm genug sein.«

Zur Antwort löste der Junge den Sicherheitsgurt und legte die weite Jacke ab. »Ja, danke«, sagte er. Die Kappe zog er wieder tiefer in die Stirn.

Später machte der Mann sich Vorwürfe, dass er so unbedacht gehandelt hatte. Es war klar, dass der Junge erschrocken war. Aber zumindest schien das Kind sich nicht verletzt zu haben, wenigstens nicht schwer. Er hatte sofort scharf gebremst und nach ihm gesucht.

»Deine Kappe willst du nicht auch abnehmen?«, sagte der Mann also neckend. »Ist dir nicht warm darunter?«

Der Junge schüttelte wortlos den Kopf und sah aus dem Fenster.

»Ach, komm, keine Kopfbedeckungen in geschlossenen Räumen!«, sagte der Fahrer und griff nach rechts, um dem Jungen im Scherz die Kappe vom Kopf zu ziehen.

Danach ging alles ganz schnell. Der Junge packte seine Hand und biss so fest hinein, dass der Fahrer vor Schmerz fast die Kontrolle über das Lenkrad verloren hätte und der Wagen um ein Haar von der Straße abgekommen wäre, dann riss der Junge die Kappe an sich, öffnete die Tür und ließ sich nach draußen fallen.

Der Mann schrie auf und blies auf seine verletzte Hand, bremste den Wagen scharf und setzte zurück. Aber am Straßenrand war niemand mehr zu sehen. Der Junge musste in den Wald verschwunden sein.

Der Mann sah auf die Abdrücke winziger Zähne auf seinem Handrücken und im Daumenballen und stöhnte. Er überlegte, ob er nach dem Jungen rufen sollte, aber dann entschied er sich, es zu lassen. Der Junge würde nicht zurückkommen, wahrscheinlich hatte er jetzt Angst. Außerdem waren sie quitt, seine Hand begann sich schon zu verfärben und er spürte Zorn in sich aufsteigen. Ein schlechtes Gewissen musste er nicht haben, wenn er den Jungen so allein an der Straße zurückließ, wie er ihn weiter nördlich aufgegriffen hatte. Außerdem war es nicht mehr allzu weit bis zur Stadt.

Er beugte sich über den Beifahrersitz und griff nach der karierten Jacke, dann stieg er aus und legte sie an den Straßenrand. Er war sicher, dass der Junge aus dem Wald kommen würde, sobald er hörte, dass der Wagen wegfuhr; dann sollte er seine Jacke finden.

Erst kurz vor der Stadt, als der Schmerz in seiner Hand langsam abzuklingen begann oder er sich vielleicht auch nur an ihn gewöhnt hatte, dachte der Mann, wie sonderbar es war, dass er in dem kurzen Moment, den der Junge ohne Kappe gewesen war, den Eindruck gehabt hatte, ihm wäre hüftlanges blondes Haar über die Schultern gefallen. Kein Wunder, dass der Junge sich schämte, sich ohne Kappe sehen zu lassen.

8.

Jarven hielt den Atem an. Der Bankettsaal war so riesig, dass sicher hundert Menschen darin Platz gefunden hätten. Jetzt saßen, am fernen Ende des Raumes, nur Hilgard und Tjarks an einem langen Tisch und neben ihnen, an der Schmalseite, der Mann, der sie gestern Abend am Flughafen in Empfang genommen hatte, der Regisseur.

»Guten Morgen, Jarven!«, rief Hilgard. Seine Stimme hallte in dem großen Raum. Auch hier war das Bodenparkett mit einer Vielzahl von Intarsien geschmückt und glänzte in dem Licht, das durch hohe Fenstertüren fiel. Dahinter konnte sie die Brüstung eines schmalen Balkons und schließlich den Park erkennen, der auf der Rückseite des Gebäudes lag.

»Guten Morgen«, sagte Jarven und setzte sich Hilgard gegenüber auf einen der beiden freien Plätze, an denen ein Frühstücksgedeck aufgelegt war: Rosenporzellan mit Goldrand, aber auf der polierten Tischplatte zwischen den Gedecken nur ein Brötchenkorb, Butter, ein Teller mit Aufschnitt wie zu Hause. Jarven wurde ein wenig ruhiger.

»Ich hoffe, du hast gut geschlafen?«, sagte Hilgard und hielt ihr den Brötchenkorb hin. Eigentlich gehören Diener in diesen Raum, dachte Jarven, ernst aussehende Herren mit schwarzem Frack, weißen Hemden und einer Serviette über dem Arm, oder junge Frauen mit weißen Hauben auf dem Kopf und kleinen, dreieckigen Schürzen vor ihren schwarzen Kleidern. »Am besten, du frühstückst erst mal vernünftig, damit du gestärkt in den Vormittag gehen kannst.«

»Danke«, sagte Jarven leise. Während sie sich ihr Brötchen strich, sah der Regisseur ihr aufmerksam zu. Obwohl er ein Gedeck vor sich hatte, aß er selbst nichts. Worüber er sich mit Hilgard und Tjarks unterhielt, verstand Jarven nicht, es ging um ein bestimmtes Stadtviertel, sie schaffte es nicht, sich zu konzentrieren. Einmal, als sie Frau Tjarks bat, ihr die Aufschnittplatte zu reichen, fing sie einen Blick des Regisseurs auf, einen wohlwollenden Blick. Trotzdem fühlte sie sich unbehaglich, als sie vorsichtig in ihr Brötchen biss. Wie unmöglich, dachte Jarven und hoffte, dass niemand ihre Gedanken an ihrem Gesicht ablesen konnte. Andere Menschen beim Essen zu beobachten, wie unmöglich. Dabei würde man doch erwarten, dass sie in so einem Schloss wissen, wie man sich zu benehmen hat.

»Noch ein Brötchen?«, fragte Hilgard, als Jarven sich den Mund mit der Serviette abtupfte.

Jarven schüttelte den Kopf. »Danke«, sagte sie wieder.

Der Regisseur lächelte ihr zu. »Wunderbar!«, sagte er. »Ein Mädchen, dem wir erst noch Manieren hätten beibringen müssen, wäre für die Rolle von vornherein nicht infrage gekommen. Aber das ist für dich ja offenbar kein Problem! Du musst eine gute Erziehung genossen haben.«

Jarven nickte. Einen Augenblick überlegte sie, ob sie ihm erzählen sollte, dass genau das schließlich Mamas Beruf war; es ging ihn aber nichts an.

»Jarven!«, sagte der Regisseur, und jetzt beugte er sich über den Tisch zu ihr hin. »Du bist sicher gespannt, was wir heute an diesem strahlend schönen Tag mit dir vorhaben.«

Jarven nickte wieder. Sie fühlte sich sehr allein.

»Nun, Hilgard und Tjarks hier haben dir ja schon erklärt, worum es geht. Du sollst an diesem Wochenende zeigen, ob das Zeug in dir steckt, glaubwürdig eine Prinzessin zu spielen«, sagte der Regisseur. »Und sie haben dir auch schon erklärt, dass uns dafür deine Ausstrahlung wichtiger ist als die Frage, ob du auswendiglernen oder mit Betonung sprechen kannst. Wir hätten natürlich einfach ein weiteres Casting mit dir machen können. Aber was hätte uns das gebracht? Das ist ja doch alles sehr künstlich.«

»Ja«, murmelte Jarven. Sie verstand nicht, wovon er sprach. Schließlich war das doch, weswegen sie hergekommen war: ein weiteres Casting.

»Nun hast du aber großes Glück, Jarven«, sagte der Regisseur und sein Lächeln war so strahlend, dass Jarven plötzlich dachte, er müsste noch üben, glaubwürdiger auszusehen, »dass ich hier in Skogland das Königshaus kenne. Ein Freund des Königshauses bin, Jarven.«

Noch immer lächelte er. »Darum also durften wir auch in diesem wunderschönen Gutshof übernachten. Und darum darfst du, Jarven, an diesem Wochenende«, er machte eine kurze Pause, »so tun, als wärst du die Prinzessin von Skogland.«

Er schwieg.

Jarven starrte ihn an. »Wie?«, fragte sie unsicher. Hatten sie sie also doch gehört heute Morgen, als sie in ihrem Zimmer so kindisch gerufen hatte, sie wäre die Prinzessin von Skogland? Gab es verborgene Kameras in den Räumen, Mikrofone? Wie dumm von ihr, nicht damit zu rechnen! Dies war schließlich ein Schloss, zumindest fast so etwas wie ein Schloss.

»Ja, wie!«, sagte der Regisseur. Sein Lächeln machte Jarven unsicher. »Du hast die Chance, Jarven, die einmalige Chance, morgen die Prinzessin bei einer Feierlichkeit zu vertreten. Du wirst so tun, als wärst du die Prinzessin von Skogland, einen ganzen Tag lang. Ein überzeugenderes Casting kann es nicht geben. Wenn es dir gelingt, das Volk von Skogland zu täuschen – dann wissen wir wirklich, dass du das Zeug für die Rolle einer Prinzessin hast.«

Jarven schüttelte wild den Kopf. »Aber«, sagte sie heiser, »das geht doch nicht! Das ist doch Betrug! Das kann ich auch gar nicht!«

Der Regisseur lachte. »Ob du es kannst, wollen wir ja gerade herausfinden, kleine Jarven«, sagte er. »Und Betrug ist es keineswegs! Du spielst deine Rolle mit der Zustimmung des Königshauses, mit der Zustimmung der Prinzessin, die froh und dankbar ist, einmal einer solchen Verpflichtung in der Öffentlichkeit zu entgehen.«

»Aber die Leute!«, sagte Jarven. »Die glauben doch dann, dass ich wirklich die Prinzessin bin! Das ist doch gelogen!«

Jetzt schaltete Tjarks sich ein. »Aber sie bekommen doch nichts anderes und nicht weniger, als sie bekämen, wenn du die echte Prinzessin wärst!«, sagte sie. »Was ist also falsch daran? Du bist ein sehr ehrliches Mädchen, Jarven, das haben wir schon gemerkt und das schätzen wir an dir. Aber ein Betrug, der niemandem schadet, der im Gegenteil nur nützt – nämlich uns, um zu sehen, ob du die passende Besetzung bist: Kann man den überhaupt einen Betrug nennen?«

Jarven faltete ihre Serviette wieder auseinander, legte sie zusammen, klappte sie auf. »Ich weiß nicht«, murmelte sie. Mamas Zorn fiel ihr ein, *das ist doch alles nur Betrug*, war Mama darum immer so wütend, wenn sie Könige im Fernsehen zeigten? Hatte Mama schon immer geglaubt, sie wären alle nicht echt?

»Du wirst sehen, es macht dir Spaß!«, sagte der Regisseur. »Und überleg doch mal, was du hinterher deinen Freundinnen erzählen kannst!«

Das ist wahr, dachte Jarven, das stimmt. Die Frage ist nur, ob sie mir dann auch glauben.

»Als Erstes werden wir ein wenig an deinem Aussehen verändern«, sagte der Regisseur. »Du wirst dich wundern, wie wenig da nötig ist. Danach wird Seine Königliche Hoheit der Vizekönig uns einen kurzen Besuch abstatten um zu prüfen, ob er einverstanden ist.«

»Seine Königliche Hoheit?«, flüsterte Jarven.

Der Regisseur nickte. »Es wird dir gefallen, glaubst du nicht?«, fragte er.

Jarven lehnte sich zurück. Warum soll ich es denn nicht probieren?, dachte sie. Wo ich nun schon mal hier bin. Bestimmt wären sie ziemlich ärgerlich, wenn ich jetzt Nein sagen würde. Schließlich haben sie mich mit ihrem kleinen Privatflugzeug extra hergebracht. Nein sagen kann ich immer noch jederzeit.

»Okay«, murmelte sie.

Der Regisseur legte ihr seine Hand auf die Schulter. »Na also«, sagte er.

Am schwierigsten würde die Nacht werden, so nahe an der Stadt. Es war zu vermuten, dass längst eine Suchmeldung hinausgegangen war, und die karierte Jacke war viel zu auffällig. Aber es würde kalt sein in der Nacht ohne sie.

Der Junge mit der Kappe öffnete die Tür der Telefonzelle. Es war nicht leicht gewesen, überhaupt noch ein Münztelefon zu finden, längst waren die meisten abgebaut; und jetzt war es ein Problem, genügend Münzen für das Gespräch zusammenzubekommen. Aber das Handy war ganz und gar unmöglich, noch einfacher konnte man es ihnen nicht machen, einen Standort zu bestimmen.

Am anderen Ende tutete es lange. Hatte Joas sein Handy ausgeschaltet?

»Hallo?«, sagte schließlich eine Jungenstimme. Gott sei Dank. »Joas. Hallo?«

»Joas?« Vor der Zelle flutete der Verkehr vorbei, es war fast unmöglich, in dem Rauschen zu verstehen, was Joas auf der anderen Seite sagte. »Ich bin es, hörst du? Hörst du mich?«

»Klar hör ich dich! Wieso nicht?«, fragte Joas. »Was ist denn los?«

»Joas, hör zu! Sag Liron Bescheid! Ich bin auf dem Weg zu euch, er muss mich verstecken! Ich – ich kann nicht ...«

In der Leitung gab es ein leises Klick!, dann tutete es. Die Münzen hatten nicht ausgereicht.

Am einfachsten war es vielleicht, den Weg zur Siedlung außen um die Stadt herum zu nehmen. Man konnte die Hochhäuser nicht verfehlen, in der Dunkelheit würden ihre Fenster wie ein Mosaik aus Licht über der Umgebung leuchten. Und hinter einem von ihnen lebte Liron.

»Fertig«, sagte die Maskenbildnerin. »Da war ja so gut wie gar nichts zu tun!« Sie drehte sich zum Fenster, neben dem Frau Tjarks lehnte und sie beobachtete. »Das ist ja unglaublich! Wenn sie nicht so dunkel wäre, könnte man glauben …«

»Danke, Sie haben sehr gute Arbeit geleistet«, sagte Tjarks. Es klang wie eine Verabschiedung.

Die Maskenbildnerin beugte sich noch einmal über Jarvens Schulter und zupfte eine Strähne in der Perücke zurecht. »Und wozu …?«, fragte sie. »Wofür …?«

»Wir hatten Ihnen schon erklärt, dass es eine Geburtstagsüberraschung für die Prinzessin sein soll«, sagte Tjarks, und Jarven hörte erschrocken einen Unterton in ihrer Stimme, der wie eine Drohung klang. »Wir haben Sie zu absolutem Stillschweigen verpflichtet. Sie wissen, ein dem Königshaus gegenüber geleistetes Versprechen zu brechen gilt als Hochverrat und wird als solcher geahndet.«

Die Maskenbildnerin zuckte zusammen. »Ich hab doch gar nicht vor …!«, sagte sie. Es klang eher beleidigt als ängstlich.

Als sie gegangen war, stand Jarven vorsichtig auf. Die Perücke fühlte sich eng und unbequem an und sie konnte sich nicht vorstellen, wie sie einen ganzen Tag damit herumlaufen sollte. Ihr war jetzt schon heiß darunter.

»Darf ich jetzt?«, fragte sie.

Tjarks nickte, und Jarven ging zum Frisiertisch mit seinem großen, dreiflügeligen Spiegel. Sie spürte, wie ihr Herz vor Aufregung schlug.

Die Maskenbildnerin hatte nicht viel getan. Sie hatte Jarvens Brauen gezupft, ihr geholfen, blaue Kontaktlinsen in ihre braunen Augen zu setzen, hatte ihr die Perücke aufgesetzt und dabei immer wieder den Kopf geschüttelt.

»Unglaublich!«, hatte sie gemurmelt und dabei hellen Puder auf Jarvens Gesicht verteilt. »Unglaublich! Wenn du nicht so dunkel wärst – du könntest ihr Zwilling sein!«

»Darum machen wir das Ganze ja auch«, hatte Tjarks ungeduldig gesagt. »Die Prinzessin wird sicher verblüfft sein.«

Wie gut sie lügt, hatte Jarven gedacht. Die Maskenbildnerin hatte ihr noch ein Paar Schuhe gegeben, deren Absatz so hoch war, dass Mama sie ihr bestimmt verboten hätte. Hohe Absätze waren schlecht für den Rücken, besonders wenn man noch im Wachstum war.

»Du bist kleiner als sie, weißt du«, hatte die Maskenbildnerin gesagt. »Ungefähr fünf Zentimeter, nach meinen Angaben. Und wenn du die hohen Schuhe trägst, wirkst du außerdem auch gleich schlanker. Die Prinzessin ist nämlich ein bisschen – schmaler als du.« Sie hatte gelächelt. »Aber so – du könntest ihr Zwilling sein!«

Und genau das sah Jarven jetzt im Spiegel. Frau Tjarks hatte für die Maskenbildnerin ein großes Foto der Prinzessin auf den Frisiertisch gestellt: ein schlankes Mädchen, ungefähr vierzehn Jahre alt, mit hüftlangem blondem Haar und traurigen Augen. Niemals hätte Jarven gedacht, dass sie so aussehen könnte, noch unterschiedlicher konnten zwei Mädchen gar nicht sein. Und doch sah ihr jetzt aus dem Spiegel das Gesicht der Prinzessin entgegen, ein wenig dunkler natürlich immer noch, ein klein wenig runder; und ohne den unglücklichen Blick, der Jarven, als sie ihn auf dem Foto zum ersten Mal gesehen hatte, das Herz zuschnürte.

»Ich sehe aus – wie sie!«, flüsterte Jarven und starrte Tjarks erschrocken an.

Die löste sich aus der Fensternische und kam zu ihr an den Frisiertisch.

»Natürlich siehst du nicht wirklich aus wie sie«, sagte sie ungeduldig. »Vielleicht erinnerst du dich einmal daran, wie du vorher ausgesehen hast! Aber du verstehst jetzt wohl, was die Kunst einer guten Maskenbildnerin alles erreichen kann.« Sie legte Jarven ihre Hand auf die Schulter. »Der Vizekönig wartet in der Bibliothek. Ich bin gespannt, was er sagt.«

Jarven stand auf und folgte ihr durch die Korridore des Gutshauses in einen Trakt, in dem sie bisher nicht gewesen war. Tjarks öffnete eine hohe, weißgoldene Flügeltür.

»Königliche Hoheit«, sagte sie. »Bolström – hier ist das Mädchen.«

Jarven trat einen Schritt vor. Der Regisseur lehnte hinter einem wuchtigen Sessel vor einer Wand, die bis an die Decke von Bücherregalen verdeckt war; darin saß ein Mann, den sie vorher noch nie gesehen hatte. Er war sonnengebräunt, und sein noch junges Gesicht stand in sonderbarem Gegensatz zu seinem silbrig weißen Haar. Als er aufstand, sah sie, dass er sicher eine Handbreit kleiner war als der Regisseur.

»Guten Tag«, flüsterte Jarven. Alles Mögliche hatte Mama ihr beigebracht, in fast jeder Situation hätte Jarven sich zu benehmen gewusst, nur wie man mit Königen und Vizekönigen sprach, hatte sie ihr nicht erklärt.

Der Vizekönig tat einen Schritt auf sie zu und breitete die Arme aus, als wolle er sie an sich drücken. »Malena!«, rief er leise. »Nein – Jarven!«

Dann, als wäre er sich plötzlich bewusst geworden, dass die Geste unpassend war, ließ er die Arme wieder sinken.

Jarven blieb stehen. Irgendetwas war fürchterlich.

»Ja, das ist Jarven, Norlin«, sagte der Regisseur und stellte sich neben ihn. »Sag selbst: Ist sie ihr nicht wie aus dem Gesicht geschnitten?«

Der Vizekönig sah aus, als hätte er die Worte gar nicht gehört. »Jarven!«, flüsterte er und ging eilig weiter auf sie zu. »Jarven!«

»Königliche Hoheit!«, sagte Frau Tjarks und Jarven hörte Unruhe in ihrer Stimme. »Wie Sie ja selbst sagen ...«

»Jarven!«, sagte der Vizekönig. Er hob seine rechte Hand und strich ihr zärtlich mit dem Rücken von Zeigefinger und Mittelfinger über die Wange. »Jarven!«

Jarven erstarrte.

»... ist das *nicht* Ihre Nichte!«, rief Tjarks. »Es ist nicht Malena, Königliche Hoheit! Es ist ein vollkommen fremdes Mädchen!«

Der Vizekönig sah Jarven immer noch an, als suche er etwas in ihrem Gesicht. »Nein, nicht Malena«, flüsterte er. »Nicht Malena.«

»Norlin!«, sagte der Regisseur scharf und packte ihn fest am Arm, um ihn wegzuziehen. »Nun nimm dich aber mal zusammen, verdammt! Du wusstest, dass sie kommen würde! Dies ist Jarven, der du gestattet hast, morgen für einen Tag die Rolle der Prinzessin einzunehmen! Was ist denn los?«

Der Vizekönig sah aus, als erwache er aus einem Traum. Nur einen winzigen Moment sackte er in sich zusammen, dann straffte er seine Schultern und verneigte sich knapp.

»Ja, ganz wunderbar!«, sagte er mit fester Stimme. »Du bist also die kleine Jarven und wirst morgen an ihrem Geburtstag meine Nichte Malena vertreten, damit sie den Tag ganz ohne Trubel erleben kann.«

»Und damit wir sehen können, ob Jarven sich für

die Rolle der Prinzessin in meinem Film eignet, Norlin«, sagte der Regisseur. »Aber das weißt du ja.«

Norlin verneigte sich wieder ganz knapp. Jarven wusste nicht, ob Könige sich vor Bürgerlichen verneigen durften. Oder Vizekönige.

»Nun, wir werden sehen, wie gut du deine Rolle spielst«, sagte er. Seine Augen waren von einem tiefen Blau, und jetzt musterte er Jarven von oben bis unten. »Ich denke, es wird gehen. Wir sehen uns dann morgen früh, Tjarks und Hilgard werden dir alles erklären, was du wissen musst.«

Dann drehte er sich um und verschwand durch die Tür. Er sagte noch nicht einmal auf Wiedersehen.

Er liebte den Blick vom letzten Höhenrücken, bevor man in die Stadt einfuhr: rot geklinkert die Türme der jahrhundertealten Kirchen und der Rathausturm, weiß im Grün seiner Parkanlagen der königliche Palast, davor der breite Prachtboulevard, das Gewimmel der Straßen und kleinen Gassen der Altstadt, und im Hintergrund überall, heute im Sonnenlicht glänzend, das Meer mit seinen Inseln. Wenn er den Blick ein wenig nach rechts wandte, musste er auch die Hochhäuser am äußersten, dem am weitesten vom Meer entfernten Stadtrand nicht sehen, die finsteren Viertel, unsicher nicht nur bei Nacht, schmutzig, mit bröckelndem Putz. Es waren Fehler gemacht worden.

Der Schmerz in seiner Hand hatte sich gelegt, die Schwellung war nicht allzu stark. Er hätte dem Jungen nicht so einfach die Kappe abnehmen dürfen, kein Wunder, dass der erschrocken war.

Während der Wagen langsam in die Senke einfuhr, schaltete er das Radio ein, noch gerade rechtzeitig zu den Nachrichten. Wenn der Verkehrsbericht ungünstig war, würde er einen Umweg fahren, er kannte Schleichwege.

»… bittet die Polizei um Ihre Mitarbeit«, sagte der Nachrichtensprecher. »Seit gestern früh wird der zwölfjährige Hjalmar Haldur aus einem Krankenhaus im Norden der Südinsel vermisst. Hjalmar trägt ein viel zu großes kariertes Herrensakko und eine beigefarbene Kappe. Er leidet an einer seltenen Stoffwechselkrankheit und ist dringend auf Medikamente angewiesen. Er ist verwirrt und kann über seine Identität und Herkunft keine Auskunft geben. Vermutlich ist Hjalmar sehr verängstigt, darum bittet die Polizei, keinen Kontakt zu ihm aufzunehmen. Wer Angaben über Hjalmars Aufenthalt in den letzten vierundzwanzig Stunden machen kann, wende sich bitte an die Polizei unter folgender Nummer …«

Der Mann bremste ab. »Hjalmar Haldur!«, sagte er laut. Er nahm die Hand vom Lenkrad und sah auf die blauen Punkte an der Stelle, an der sich die Zähne in seinen Daumenballen gebohrt hatten. »Es stimmt alles! Und ich Idiot verschrecke ihn noch mehr!«

Er fuhr an den Straßenrand und nahm sein Handy aus dem Handschuhfach. Dann rief er seinen Chef an, um zu sagen, dass er eine Stunde später zum Meeting kommen würde und warum.

Danach wählte er die Nummer der Polizei.

―

Den ganzen Nachmittag hatten Tjarks und Hilgard mit ihr geübt. Auf den Balkon treten; lächeln; winken; an einer Menge vorbeischreiten, die in Hochrufe ausbrach und ihr Blumen schenken wollte (die Menge war Rupertus gewesen).

»Als hättest du dein Leben lang nichts anderes gemacht!«, sagte Hilgard nach drei Stunden zufrieden. »Solange dir niemand vor Begeisterung in die Perücke greift und sie dir vom Kopf reißt, sehe ich nicht, wie du auffliegen könntest.«

»Dann bin ich für die Rolle geeignet?«, fragte Jarven. »Aber ich hab ja noch immer nicht sprechen müssen!«

»Nein, du bist auf alle Fälle stumm wie ein Fisch!«, sagte Hilgard. »Ist das klar? Du sagst morgen kein einziges Wort, nicht einmal bei deinem Bad in der Menge. Ein Lächeln genügt.«

Dann hatte Jarven die Perücke abnehmen, die Schuhe ausziehen und die Kontaktlinsen vorsichtig herausnehmen dürfen, und Hilgard und Tjarks waren gegangen.

Sie griff nach ihrem Handy, sie hatte eine Nachricht.

Jarven, Liebes!, schrieb Mama. *Das ist ja alles ganz unglaublich schön! Ich hoffe, du genießt deine Zeit als Prinzessin so richtig! Ich freue mich schon auf deinen Bericht, wenn du wieder hier bist. Alles Liebe! Mama*

Jarven sah auf ihre Uhr. Sie wählte die Nummer ihrer Wohnung, aber niemand nahm den Hörer ab. Wahrscheinlich gab Mama noch einen Kurs, am Samstag hatten die Menschen Zeit, da ging es oft bis fast in die Nacht.

Jarven wusste, dass Mama dabei nicht gestört werden wollte, aber sie hielt es einfach nicht mehr aus. Und bestimmt würde Mama stolz auf sie sein.

Sie wählte und hielt sich das Handy ans Ohr. »Der gewünschte Teilnehmer ist vorübergehend nicht zu erreichen!«, sagte die Mailboxstimme. Jarven drückte auf »Beenden«. Natürlich, während ihrer Kurse war Mamas Handy niemals eingeschaltet.

Aber wenigstens eine Nachricht konnte sie schreiben, die würde Mama dann lesen, wenn sie mit der Arbeit fertig war.

Ich sehe jetzt genau aus wie die Prinzessin, schrieb Jarven. *Und ich kann sie total gut doubeln, sagen alle. Der Vizekönig ist komisch. Ich freue mich auf morgen, ich hab keine große Angst. Bis morgen Abend! Jarven*

Gleich würde es noch Abendbrot geben, dann war der Tag schon vorbei. Nur noch ein Tag in Skogland, nicht einmal ein ganzer.

Wie sonderbar, dass sie schon anfing, es zu bedauern.

―

Die Schulleiterin beugte sich über ihren Schreibtisch. Seit Stunden versuchte sie sich auf ihre Arbeit zu konzentrieren und seit Stunden wanderten ihre Gedanken.

Es hätte niemals passieren dürfen. Wie hatte die kleine Prinzessin die Schule verlassen können? Es gab Wachen überall, diskret, nicht zu auffällig, um die Mädchen beim Lernen und in ihrer Freizeit nicht zu stören, aber doch sicher genug, um zu bemerken, wenn eins von ihnen das Gelände verließ.

Die Polizei ging von einer Entführung aus, aber es gab keinerlei Anzeichen. Nur der Wagen der Wäscherei war an diesem Tag auf dem Gelände gewesen und das alte Auto des Vikars. In beiden hätte die Prinzessin durchs Tor geschmuggelt werden können, beide waren beschlagnahmt und gründlich durchsucht worden. Der Vikar hatte geseufzt und die Augen zum Himmel aufgeschlagen.

Und alle waren sie zu absolutem Stillschweigen verpflichtet worden, selbst der Vikar hatte nicht erfahren, weswegen man ihn verdächtigte, und den Mädchen hatte die Hausmutter erzählt, dass Malena, wie so oft, auf einer Auslandsreise wäre.

Noch nicht einmal Lösegeldforderungen waren

eingegangen, aber bei der Entführung einer Prinzessin konnte es natürlich auch immer um ganz andere Dinge gehen, um Politik, um Forderungen der Rebellen. Die Schulleiterin stöhnte. Es war nicht einmal die Angst, wegen ihrer Nachlässigkeit ihren Posten zu verlieren. Sie ertrug den Gedanken nicht, dass sie schuld daran war, wenn der kleinen Prinzessin etwas zustieß.

Als das Telefon klingelte, hatte sie schon vor dem Ende des ersten Läutens zum Hörer gegriffen. Ständig wartete sie jetzt auf irgendeine Nachricht.

»Hallo?«, sagte eine Stimme am anderen Ende, die sie zusammenzucken ließ. »Der Vizekönig hier. Ich dachte, ich überbringe Ihnen die Nachricht persönlich. Malena ist zurück.«

»Malena ist ...«, sagte die Schulleiterin. »Oh, Gott sei Dank!«

»Es war ein dummer Scherz«, sagte der Vizekönig. »Keine Entführung, nichts Derartiges. Sie hat die Schule eigenmächtig verlassen. Sie können also beruhigt sein.«

»Oh, Gott sei Dank!«, sagte die Schulleiterin wieder. »Aber wieso – und wo haben Sie sie denn ...«

»Wir melden uns in den nächsten Tagen bei Ihnen«, sagte der Vizekönig. »Aber bis dahin bitte weiterhin: absolutes Stillschweigen. Kein Wort, zu niemandem. Es wäre nicht gut, Sie verstehen wohl, wenn bekannt würde, dass die Prinzessin ...«

»Nein, nein, natürlich nicht!«, rief die Schulleiterin. »Ich bin ja so froh!«

»Dann wünsche ich Ihnen noch einen guten Abend«, sagte der Vizekönig. Es klickte in der Leitung. Das Gespräch war beendet.

9.

An diesem Morgen war die Maskenbildnerin noch schneller fertig geworden. Frau Tjarks hatte noch ein wenig an der Perücke herumgezupft und Jarven beim Anziehen geholfen. Jarven fand das Kleid fürchterlich, aber sie war sich ziemlich sicher, dass es genauso aussah wie die Kleider, die jungen Prinzessinnen im Fernsehen auch immer trugen: ein bisschen steif, ein bisschen langweilig, ein bisschen zu lang und ganz bestimmt teuer. Es hätte natürlich viel mehr Spaß gemacht, ein echtes Prinzessinnenkleid anzuziehen, wie sie es früher einmal im Kindergarten zum Fasching getragen hatte; aber es gab nicht einmal eine Krone.

»Eine Krone, wo denkst du hin!«, hatte Tjarks gerufen. »Skogland ist ein moderner Staat! Ihre Krone trägt die Prinzessin nur zu offiziellen Anlässen. Wenn die Staatsoberhäupter anderer Länder anreisen, zum Beispiel. Heute ist nur ihr Geburtstag!« Dann hatte sie Jarven vor den hohen Spiegel im Badezimmer geführt.

Jarven hielt den Atem an. Jetzt, wo auch noch das Kleid fremd und vornehm aussah, hätte sie vor dem Mädchen im Spiegel fast einen altmodischen Knicks gemacht.

»Ich bin mir richtig unheimlich!«, flüsterte sie.

Aber gleichzeitig spürte sie ein glückliches Kribbeln; eine Aufregung wie sonst nur, bevor sie an ihrem Geburtstag morgens den Geburtstagstisch ansehen ging oder bevor am Heiligabend die Tür zum Weihnachtszimmer geöffnet wurde; oder einmal im vorigen Winter, als sie ein paar Tage lang geglaubt hatte, sie wäre vielleicht in den Neuen aus der Parallelklasse verliebt. Hätte ihr irgendjemand zu Hause geglaubt, dass sie so schön und majestätisch aussehen konnte? Hätte sie selbst es geglaubt?

Aber von jetzt an würde das anders sein. Sie warf der schönen Prinzessin im Spiegel eine Kusshand zu und wandte sich zu Tjarks um. »Von mir aus können wir los«, sagte sie.

Sie fuhren wieder zu viert in der Limousine, in der sie auch gekommen waren. Einen Augenblick lang war Jarven erstaunt, dass es keinen Begleitschutz gab, keinen Konvoi aus Polizisten und Leibwächtern, aber dann wurde ihr klar, dass sie im Augenblick noch gar nicht die Prinzessin war. Möglichst unauffällig würden sie in der Hauptstadt versuchen, sie in den Palast zu schmuggeln, damit niemand etwas von der Täuschung bemerkte, und möglichst unauffällig würden sie gleichzeitig die echte Prinzessin durch einen anderen Ausgang nach draußen schleusen. Erst wenn sie im Palast war, war Jarven wirklich die Prinzessin, erst dann würden Sicherheitsbeamte nötig sein, würde der Trubel beginnen.

Sie versuchte, durch die getönten Scheiben möglichst viel von ihrem Land zu sehen. Jarven kicherte. Mein Land, dachte sie. Haargenau. Da sollte sie ja wenigstens wissen, wie es aussah.

Fast bis an den Stadtrand zogen sich bewaldete Hügel hin, zwischen denen sie ab und zu Wasser aufblitzen sah, Meeresbuchten oder Seen; die Orte, die sie durchfuhren, waren klein und gemütlich, und alles wirkte so gepflegt und sauber, wie es sich wohl auch gehörte, wenn die Prinzessin ihren Geburtstag feierte.

Und nicht nur sauber und gepflegt, dachte Jarven, als sie von der Höhe in die Stadt einfuhren. Wie schon bei ihrer Ankunft hatte sie in den baumbestandenen Straßen mit den hohen weißen Häusern ein Gefühl von behaglichem Wohlstand. Die Menschen, die an diesem Sonntagmorgen alle in dieselbe Richtung strömten (der Strom wurde dichter, je weiter sie fuhren, und plötzlich begriff Jarven mit einem kleinen Schrecken, was das Ziel der Menge war), waren hoch gewachsen, blond und gut gekleidet. Nichts sah hier nach Armut aus, oder auch nur nach wenig Geld, nirgendwo gab es Geschäfte mit toten Fenstern, es gab keinen Müll neben den Papierkörben und in den Sträuchern keine leeren Flaschen, keine Plastiktüten in den Zweigen der Bäume, keinen abgeplatzten Putz. Stattdessen Blumenrabatten, frische Farbe auf den Gebäuden, große Autos davor.

»Sieht es überall so aus?«, fragte Jarven.

Tjarks war gerade im Gespräch mit Hilgard. »Wie?«, fragte sie und runzelte die Stirn.

»Das ist hier alles so – schön«, sagte Jarven. »So reich. Sieht es überall so aus?«

Tjarks lächelte. »Das ist Skogland, Jarven«, sagte sie. »Wir sind ein wohlhabendes Land. Auf der Nordinsel gibt es Erzvorkommen, die wir noch in Generationen nicht werden ausbeuten können, und vor der Küste dort oben haben wir Ölbohrinseln aufgestellt. Es gibt Fabriken, modernste Technologie. Jeder Skoge hat ein gutes Einkommen, jedem Skogen geht es gut.« Sie nickte Jarven zu. »Und jeder Skoge liebt seine Prinzessin.«

Jarven lehnte sich zurück. Mein Land, dachte sie.

Sie fuhren langsam durch eine schmale Straße an einer langen, hohen Mauer entlang, bis der Fahrer das Lenkrad plötzlich scharf einschlug. Ein unauffälliges Tor hatte sich in genau dem Augenblick geöffnet, als sie es erreichten, und kaum hatte der Wagen es passiert, fiel es hinter ihnen ins Schloss.

»Der Palast!«, sagte Tjarks, und wieder hörte Jarven den Stolz in ihrer Stimme.

Sie hätte es nicht zu sagen brauchen. Von der Mauer umschlossen lag ein gewaltiger Park, dem man ansah, dass er schon vor mehreren hundert Jahren angelegt worden war. Hohe Bäume mit mächtigen Kronen, weite Rasenflächen, Rosenbeete und, als sie sich der Rückseite des Palastes näherten, ein französischer Garten mit einer Folge terrassenartig angelegter Springbrunnen, gesäumt von Kieswegen und Buchsbaumhecken.

»Wie schön!«, flüsterte Jarven.

Direkt vor einer schmalen Seitentür kam der Wagen zum Stehen.

»Wir nehmen den Kücheneingang!«, sagte Hilgard vom Beifahrersitz. »Da bemerkt uns keiner, und wer uns bemerkt, stellt keine Fragen. Und denk daran, Jarven: nicht sprechen, kein einziges Wort! Du darfst lächeln, lächeln, soviel du willst. Aber sei stumm wie ein Fisch.«

Jarven nickte. Sie hätte gerne gewusst, wie die Stimme der Prinzessin klang, wie sie sprach.

Wen von den Bediensteten im Palast kannte die Prinzessin, wie redete sie mit ihnen, duzte oder siezte sie sie? Sprechen war ein Risiko, das größte von allen, das war Jarven klar. Sie hätte niemals die passenden Worte gefunden, wie eine Prinzessin zu klingen, wenn sie der Köchin oder einem Gärtner begegnet wäre. Zum Zeichen, wie ernst es ihr war, legte Jarven den Zeigefinger gegen ihre Lippen.

Der niedrige Gang hinter der Tür sah erstaunlich normal, mit seinen abgetretenen Fliesen sogar ein bisschen schäbig aus; und als Hilgard die Tür an seinem Ende öffnete, schlug Jarven Bratenduft entgegen, der Geruch unterschiedlicher Speisen, verschiedenster Gewürze.

»Meine Damen und Herren, lassen Sie sich nicht stören!«, sagte Hilgard liebenswürdig und manövrierte seinen Tross zwischen Herden, riesigen Arbeitsplatten aus Edelstahl und sonderbaren großen Kesseln hindurch. »Unser Geburtstagskind war noch einmal kurz Luft schnappen, bevor der ernste Teil beginnt!«

Zum ersten Mal erlebte Jarven, wie Menschen sich vor ihr verneigten. Die Frauen machten einen tiefen Knicks, und direkt neben ihr schlug ein Mädchen, das bestimmt nicht viel älter war als sie selbst, dabei mit dem Knie auf den Boden. »Verzeihung, oh, Verzeihung, Hoheit!«, flüsterte es, ohne Jarven anzusehen. Jarven hörte den Schrecken in ihrer Stimme.

Verlegen hielt sie dem Mädchen ihre Hand hin, um ihm aufstehen zu helfen, aber sofort breitete sich Panik auf dem dunklen Gesicht aus. Das Mädchen schüttelte heftig den Kopf.

Jarven wurde rot. Das darf man also nicht tun als Prinzessin, dachte sie. Anderen beim Aufstehen helfen, da kriegen sie gleich Angst. Aber endlich mal jemand, der aussieht wie ich, endlich auch mal dunkle Haare.

»Königliche Hoheit!«, sagte eine stämmige Frau, unter deren hoher Kochmütze ein paar rötliche Locken hervorlugten. »Kaira ist noch nicht lange bei uns, das dumme Mädchen kommt frisch aus den nordskogischen Wäldern, ich bitte für sie um Verzeihung! Und wir alle hier in der Küche wünschen Ihnen einen wunderwunderschönen Tag und für das kommende Jahr, dass es ... dass es ...« Sie zögerte. Dann sprach sie so schnell weiter, dass sie sich fast verhaspelte. »Dass es viel, viel glücklicher wird als das vergangene, Königliche Hoheit! Sie werden darüber hinwegkommen, Hoheit! Meine Schwägerin ist gestorben, als mein Neffe erst elf war ...«

Jarven starrte sie an. Sie wusste nicht, wovon die Rede war, und es klang nicht, als wäre jetzt der passende Zeitpunkt, um zu lächeln.

»Meine Güte, Köchin, wir haben nicht viel Zeit!«, sagte da Hilgard auch schon. »Die Prinzessin bedankt sich von ganzem Herzen für die guten Wünsche. Bei Ihnen allen! Aber jetzt müssen wir wirklich nach oben, der Vizekönig wartet.«

Jarven lächelte. Jetzt war ganz bestimmt der richtige Moment dafür. Und ganz besonders lächelte sie das dunkle Mädchen an, das sich beim Hofknicks das Knie angeschlagen hatte.

Erst als sie den großen Salon betrat, hinter dessen geöffneten Fensterflügeltüren sie die Rufe und das Gemurmel der Menge unten auf dem Platz vor dem Palast hören konnte, begriff Jarven, dass niemand von den Menschen, denen sie auf ihrem Weg durch den Palast begegnet war, etwas bemerkt hatte. Sie alle, die sie die Prinzessin doch sicher fast täglich sahen, hatten sich vor ihr verneigt, hatten ihren Hofknicks gemacht (geübter als die kleine Küchenhilfe zumeist), hatten ihr Glückwünsche zugerufen. Jetzt bin ich wirklich Prinzessin Malena von Skogland, dachte Jarven, und ein Glücksgefühl durchflutete sie. Ich muss Mama anrufen, sobald das alles vorbei ist, noch bevor ich heute Abend zurückfliege. Ich bin Prinzessin Malena von Skogland, und ich fühle mich gut dabei, beinah, als wäre ich niemals jemand anders gewesen, ganz bestimmt nicht die schüchterne Jarven mit den falschen Haaren und dem falschen Gesicht und der falschen Figur. Und es ist mir sogar ganz egal, was aus dem Film wird. Das hier ist es, was zählt, niemand, den ich kenne, hat jemals so etwas erlebt. Es ist das Wunderbarste, was mir je passiert ist.

»Jarven!«, sagte der Vizekönig. Er stand zusammen mit dem Regisseur hinter einem wuchtigen Schreibtisch und hielt ein Cognacglas in der Hand. »Nun, du siehst wunderbar aus!«

Jarven zuckte zusammen. Sie wartete, ob er wieder zu ihr kommen, ihr über die Wange streicheln, ihren Namen stammeln würde. Aber der Vizekönig blieb auf der anderen Seite des Raumes stehen und lächelte ihr entgegen.

»Du weißt, wie jetzt alles abläuft!«, sagte er. »Wir

beide werden gleich gemeinsam auf den Balkon treten, Tjarks, Hilgard und Bolström hinter uns, und natürlich die Personenschützer. Also keine Sorge, in fast allen Fenstern sitzen Scharfschützen, und es sind auch unten genügend Sicherheitsbeamte postiert, du kannst davon ausgehen, dass die ersten Reihen direkt hinter dem Polizeikordon praktisch nur aus ihnen bestehen. Den Nordskogen haben wir nur Extrazonen ziemlich weit hinten gestattet, wir können sie nicht daran hindern zu kommen, und vielleicht sollten wir es auch gar nicht; diejenigen, die dir zu deinem Geburtstag zujubeln wollen – die Malena zujubeln wollen –, sind loyal, davon können wir ausgehen.«

»Hoffen wir jedenfalls«, murmelte Hilgard zwischen den Zähnen.

Jarven sah den Vizekönig an. Sie verstand nicht, wovon er sprach, aber das war sicher für ihre Rolle auch nicht wichtig; sonst hätten Tjarks und Hilgard es ihr längst erklärt.

»Nun beunruhige das Mädchen doch nicht auch noch!«, sagte Bolström wieder mit diesem Lächeln, von dem Jarven jetzt endlich wusste, warum es ihr so unecht erschien, sie kannte es aus der Werbung. »Jarven, wenn ihr zusammen auf dem Balkon steht, du und der Vizekönig, wirst du den Menschen zuerst einfach nur zuwinken; sie werden jubeln und ›Hoch! Hoch, Malena!‹ oder Ähnliches rufen. Du wirst es dir eine ganze Weile anhören, lächeln und immer wieder winken. Hast du das verstanden?«

»Herr Hilgard und Frau Tjarks haben es mit mir geübt«, sagte Jarven.

Der Regisseur nickte. »Dann kommt der Teil, in dem du zum ersten Mal wirklich spielen musst, und dazu etwas, das einem Mädchen in deinem Alter erfahrungsgemäß schwer fällt«, sagte er. »Aber du begreifst sicher, dass derartige Szenen im Film mehrfach vorkommen werden und dass es darum von grundlegender Bedeutung ist, dass du sie überzeugend spielen kannst. Wenn du eine Weile gewinkt hast – gelächelt und gewinkt –, wird Norlin hier – der Vizekönig – plötzlich zu dir kommen und dich in den Arm nehmen. Das ist ganz und gar gegen das Protokoll, aber der Vizekönig und seine Nichte haben ein ungewöhnlich herzliches Verhältnis, und das weiß das Volk auch, das Volk wartet auf diese Geste. Du wirst dann deinen Kopf an seine Brust legen und dich an ihn schmiegen, wie um Schutz zu suchen, das hätte die Prinzessin auch getan. In manchen Filmen müssen junge Schauspielerinnen sogar küssen, ich verspreche dir, das verlangen wir nicht. Aber stell dir vor, Norlin wäre der einzige Mensch, den du noch hast auf der Welt, der einzige und der liebste. So verhältst du dich bitte gleich, Jarven. Wir werden dich beobachten, Hilgard, Tjarks und ich.«

Jarven nickte. Jetzt kam die Anspannung zurück.

Wenn es ein anderer Mann gewesen wäre – sie wusste ja, dass auch solche Szenen zu einem Film dazugehörten, es war alles nur gespielt und nicht echt und Schauspielerinnen spielten es jeden Tag. Aber ausgerechnet dieser Vizekönig, der sich so merkwürdig verhielt.

Jetzt nicht mehr, korrigierte sie sich. Heute ist er doch eigentlich ganz normal. Und ich werde ja wohl einem fremden Mann meinen Kopf an die Brust legen können, wenn hundert Menschen zusehen. Da ist überhaupt nichts dabei.

»Okay«, sagte Jarven.

Der Regisseur lächelte. »Dann auf in den Kampf!«, sagte er und öffnete die mittlere Fenstertür weit.

Die Nacht war schrecklich gewesen. Auch jetzt im Sommer waren die Nächte selbst auf der Südinsel meist noch kühl, und die Jacke lag irgendwo auf einer Bank. Sie konnte eine Spur sein, das war klar, konnte der Polizei den Weg weisen; aber immerhin lag sie weit genug von Lirons Wohnung entfernt, von der Bank konnte der Weg in jede Richtung weiterführen.

Der Junge zog die Kappe tiefer über die Ohren. Hier war es besser, vorsichtig zu sein, blondes Haar war nicht überall beliebt und Baseballschläger saßen manchem locker.

Zwischen den Hochhäusern gingen vereinzelt Menschen im Sonntagsstaat in Richtung Zentrum zur Geburtstagsfeier für die kleine Prinzessin, vorbei an nicht geleerten, umgestoßenen Mülltonnen, mit Graffiti bemalten Betonwänden, eingeschlagenen Scheiben, herausgerissenen Klingelschildern mit hundert Namen.

Das Viertel war grauenvoll. Das Viertel war der Beweis für die Unterlegenheit der Nordskogen, dafür, dass sie sich im Dreck am wohlsten fühlten, dass sie ihre Kinder nicht bändigen konnten, dass sie, auch nach Jahren des Aufenthalts im Süden, dessen Lebensform nicht anzunehmen geschafft hatten. Nachdem die Situation jahrelang beschönigt worden war, selbst der König in Interviews immer darauf hingewiesen hatte, wie schwierig die Bedingungen für die Nordler waren, wenn sie sich hier im Süden, mit nichts im Gepäck als ihrer Bereitschaft zu arbeiten, eine neue Existenz aufbauen wollten, hatte das Fernsehen in der letzten Zeit mehrfach Reportagen gezeigt, in denen die Kamera auf Müllbergen verweilte, dunkle Jugendliche in Bomberjacken heranzoomte, die den Mittelfinger reckten und in ihrem trostlosen nordskogischen Kauderwelsch Obszönitäten riefen. Es half nichts, die Nordler waren das Problem des Südens, der Norden war das Problem des Südens, vom König, sosehr sein Volk ihn geliebt hatte, in den letzten Jahren vielleicht nicht mehr immer klug genug behandelt. Nun berichtete das Fernsehen davon und die Zuschauer atmeten auf. Solange diese dunklen Köpfe im Norden geblieben waren, wo es weiß Gott genug Arbeit gab, für die sie wie gemacht schienen, in Bergwerken und auf Bohrinseln, solange sie, in Gottes Namen auch das, in der Stadt für sich geblieben und mit dem zufrieden gewesen waren, was der Süden, großzügig, wie nur ein reiches Land es sein konnte, ihnen an Arbeit zugestanden hatte, hatte man es noch ertragen können; jetzt, die häufigen Berichte im Fernsehen, in den Zeitungen bewiesen es, war eine Grenze erreicht.

Der Junge drehte sich vorsichtig nach allen Seiten um und schlüpfte durch eine halb offene Tür, deren Scheibe offenbar schon lange fehlte, in einen der Wohntürme. Im Hausflur wäre er fast in Erbrochenes getreten, der Fahrstuhl reagierte nicht, wo das beleuchtete Klingelschild die Namen der Bewohner hätte zeigen sollen, ragten Drähte aus der Wand.

Blieb nur die Treppe. Erst im neunten Stockwerk zeigte ein Namensschild am Ende des langen, dunklen Ganges, in dessen Deckenleuchten alle Glühbirnen schon vor Monaten durchgebrannt waren, dass hier das Ziel lag.

Nach dem Klingeln dauerte es eine Weile, bis die Tür geöffnet wurde.

»Ich wusste es!«, rief Liron lachend. »Hjalmar Haldur!«

Mit einer schnellen Bewegung zog er seinen Besucher in die Wohnung und schloss die Tür. Der dunkle Flur lag wieder verlassen.

10.

Die Menge jubelte.

Schon als der Regisseur die Fenstertür weit aufstieß, schwollen die Rufe an, und als Jarven schließlich auf den Balkon trat, dröhnte es in ihren Ohren.

Es waren nicht hundert Menschen, die sich unten auf dem Rondell vor dem Palast und dem breiten Prachtboulevard versammelt hatten – wie hatte sie nur so dumm sein können? –, es waren Tausende, Zehntausende, die gekommen waren, um ihrer Prinzessin zum Geburtstag zu gratulieren. Bis zum Horizont erstreckte sich ein Meer aus blonden Köpfen und überall wurden Fähnchen geschwenkt, weiß die eine Hälfte und blau die andere, mit einer Tanne in der Mitte, das Landeswappen von Skogland.

Jarven schnappte nach Luft. Hätte nicht Frau Tjarks hinter ihr gestanden, die sie mit einem kleinen Stups in den Rücken vorwärts drängte, sie hätte nach dem ersten Schritt kehrtgemacht und wäre geflohen.

»Lächeln!«, zischte Tjarks. »Immer lächeln, Jarven! Winken! Wie wir es geübt haben!«

Jarven zwang sich, über die Brüstung in die Menge zu sehen. Aber die sind ja alle da unten und ich bin hier oben, dachte sie tapfer. Und keiner kann mir etwas tun und keiner will mir etwas tun und außerdem meinen sie sowieso gar nicht mich. Die Rufe gelten nicht mir und das Winken nicht und die Fähnchen, warum stelle ich mich eigentlich so an? Es ist nicht halb so fürchterlich wie in Sport eine Hockwende am Barren; *dafür* braucht man Mut, das hier ist doch eigentlich gar nicht schlimm.

Sie trat an die Brüstung und hob den rechten Arm, um zu winken. Der Jubel schwoll an.

»Ma-le-na! Ma-le-na!«, brüllte die Menge. »Hoch! Hoch! Hoch!«

Als ob ich ein Fußballstar wäre, dachte Jarven und lächelte und winkte und lächelte, niemand wird mir das glauben, wenn ich zu Hause davon erzähle. Aber bestimmt gibt es Fotos, Zeitungsartikel, Videos, ich kann es beweisen. Obwohl mir dann vielleicht trotzdem niemand glaubt, dass das blonde Mädchen im Königspalast ich bin, das kann mir passieren.

Allmählich begann ihr Arm zu schmerzen und allmählich wagte sie auch, sich das Bild, das sich ihr bot, genauer anzusehen.

Zwischen den Fähnchen leuchteten ab und zu Transparente auf, gebastelt aus Bettlaken, befestigt an zwei Besenstielen und an beiden Seiten gehalten von jubelnden Menschen. *Malena for Queen* (das war doch wohl selbstverständlich, wenn sie jetzt Prinzessin war) konnte sie auf einem lesen, das weit vorne über den Köpfen schwankte, *Bleib tapfer, Malena!* (warum?) auf einem anderen.

Aber es gab auch Transparente, die offenbar am Rand der Veranstaltung zu kaufen gewesen waren, professionell bedruckt alle mit demselben Text: *Malena und Norlin – ein starkes Team!*

Jarven drehte sich zur Seite, wo neben ihr der Vizekönig stand und winkte. Wie vorher der Regisseur, lächelte er jetzt das Werbelächeln, und Jarven begriff, dass auch ihr eigenes Gesicht im Augenblick haargenau so aussah. Sie drehte sich zur Brüstung zurück und winkte weiter.

In einiger Entfernung vom Palast erkannte sie in der Menge eine Gruppe, deren Köpfe dunkel schimmerten zwischen all dem Blond. Auch ihre Fähnchen schienen anders zu sein, und es gab deutlich mehr Bettlakentransparente als in den vorderen Gruppen; da sie aber so weit entfernt waren, konnte Jarven nicht entziffern, was darauf stand.

»Jetzt!«, zischte plötzlich Bolström hinter ihr. »Jetzt! Norlin! Jetzt!«

Der Vizekönig wandte sich von der Menge ab und tat einen Schritt auf Jarven zu.

»Malena!«, sagte er und sah ihr zärtlich in die Augen. »Meine kleine Malena!« Er breitete seine Arme aus und zog sie an sich. Jarven dachte an sein Verhalten am Vortag und spürte, wie sie rot wurde und zu schwitzen begann. »Möge dein nächstes Lebensjahr glücklicher werden als das zurückliegende! Was immer ich dafür tun kann, will ich tun.«

Einen Augenblick verkrampfte sich Jarvens Körper im Widerstand, dann dachte sie daran, was der Regisseur ihr erklärt hatte. Sie ließ ihren Kopf auf die Brust des Vizekönigs sinken und atmete seinen Duft nach teurem Rasierwasser und passender Bodylotion ein. Es war ein angenehmer Geruch; trotzdem spürte sie, wie ihr übel wurde.

»Reicht!«, zischte da Bolström hinter ihnen. »Genug! Auseinander!«

Behutsam lockerte Norlin seinen Griff, dann beugte er sich noch einmal vor und gab ihr einen Kuss auf die Stirn.

»Winken!«, zischte Bolström. »Du auch, Jarven! Winken!«

Jarven holte tief Luft. Es war unsinnig, sich so anzustellen. Unter ihr winkten und jubelten ihre Untertanen, und Jarven winkte und lächelte zurück.

»Sie sieht besser aus als bei der Beerdigung«, sagte in der Menge der Mann, der mit seiner Frau damals im Regen gerade noch den Bus erreicht hatte. »Nicht mehr so grenzenlos unglücklich, sogar sonnenverbrannt. Und runder. Sie hat zugenommen, das ist ein gutes Zeichen. Obwohl ich nicht gedacht hätte, dass sie so schnell darüber wegkommen würde.«

»Ach, ihr Männer immer!«, sagte seine Frau und gab ihm mit ihrem Fähnchen einen neckischen kleinen Klaps auf den Arm. »Und siehst du nun, wie gut sie sich mit ihrem Onkel versteht? Aber du wolltest mir ja nicht glauben!«

Dann schwenkte sie ihre Fahne wieder hoch über dem Kopf.

»Hoch, Malena!«, schrie sie. »Hoch, Prinzessin von Skogland!«

Anschließend, als sie in der offenen Limousine im Schritttempo den Prachtboulevard entlang durch die jubelnde Menge fuhren, angeführt von Polizisten auf Motorrädern und begleitet von Soldaten in Uniformen hoch zu Ross, spürte Jarven, wie sehr ihr die Knie zitterten. Sie glaubte nicht, dass sie es viel länger auf dem Balkon ausgehalten hätte, aber so im Wagen ging es ganz gut, winken und lächeln.

Der Vizekönig saß neben ihr und winkte und lächelte auch. Dann beugte er seinen Kopf zu ihr hin.

»Es ist anstrengender, als man glaubt, kleine Jarven, nicht wahr?«, sagte er. »Vor allem zu Anfang. Vor allem, wenn alles noch so neu ist.«

Jarven nickte. Sie dachte daran, dass sie stumm sein sollte wie ein Fisch, aber hier im Wagen konnte sie doch sicher niemand hören.

»Warum haben Sie mich oben auf dem Balkon Malena genannt?«, fragte sie, ohne aufzuhören, der Menge zuzuwinken. »Das konnte doch bestimmt niemand hören!«

Norlin lachte. »Es gibt Lippenleser!«, sagte er. »Vielleicht sogar versteckte Mikrofone, obwohl wir natürlich alles durchsucht haben. Sei sicher, irgendwo da unten haben Menschen gestanden und jedes Wort entziffert, das ich zu dir gesprochen habe.«

Hinter einer Kurve tauchte rechts vor ihnen plötzlich die Gruppe der Dunkelhaarigen mit ihren Fahnen auf. Polizisten versuchten, sie zurückzudrängen und ihnen ihre Transparente abzunehmen, bevor Jarven sie sehen konnte, aber es waren zu viele. Wenigstens ein paar konnte sie lesen, bevor die Polizisten nach ihnen griffen. *Hoch, Malena!* stand auf einem. *Nieder mit der Diskriminierung des Nordens!* Jarven versuchte sich zu erinnern, was Diskriminierung war, aber es fiel ihr nicht ein. *Malena, Beschützerin der Nordinsel!* stand auf einem anderen Transparent und *Nieder mit dem Veräter!* auf einem dritten. Jarven hatte keine Ahnung, um welchen Verräter es ging, aber dass das Wort falsch geschrieben war, erkannte sie sofort.

»Trotzdem winken!«, flüsterte Norlin, und Jarven verstand nicht, warum er *trotzdem* sagte. »Die meisten sind harmlos! So, jetzt sind wir durch!«

Er lehnte sich zurück und atmete einmal tief ein und aus. »Man muss vorsichtig sein«, sagte er, als ob das eine Erklärung gewesen wäre. »Man weiß nie, ob nicht vielleicht einer darunter ist …«

In diesem Augenblick löste sich etwa dreißig Meter vor ihnen eine kleine Gestalt aus der Menge und bückte sich blitzschnell unter den Armen der Polizisten durch.

»Malena!«, schrie der Junge und fuchtelte wild mit den Armen. »He, Mali, hier bin ich! Mali! Was war das denn gestern?«

Zwei Polizisten packten ihn heftig von beiden Seiten und zerrten ihn zurück hinter die Absperrung.

»Mali!«, schrie der Junge. Er war klein und dunkel und ungefähr so alt wie sie. »Melde dich, Mali!«

Dann, als hätte er jahrelang dafür trainiert, jagte er erst dem einen, dann dem anderen seiner verblüfften Bewacher einen Ellenbogen in die Magengrube und war in weniger als einer Sekunde in der Menge untergetaucht.

Jarven drückte ihren Rücken durch und hörte auf zu lächeln.

»Wer war das?«, fragte sie erschrocken. »Was wollte der?«

»Lächeln!«, zischte der Vizekönig neben ihr. »Winken! Genau so etwas meinte ich eben, man muss immer damit rechnen. Es gibt immer Verrückte, die glauben, du liebtest sie, die selbst in dich verliebt sind, jeder König kennt das, jede Prinzessin, Wahnsinnige sind das, die dir nachreisen, dich nicht in Ruhe lassen, du hast ja gesehen. Aber zum Glück funktioniert die Bewachung doch ganz gut.« Er lächelte in die Menge. »Das da eben allerdings«, sagte er in einem Ton, der nicht zu seinem Gesichtsausdruck passte, »wird Folgen haben. Sicherheitsbeamte, die nicht in der Lage sind, einen Jungen zu stoppen ...«

Jarven winkte. Allmählich glaubte sie, dass es doch nicht immer nur schön war, eine Prinzessin zu sein.

11.

In einem großen Bogen waren sie zum Palast zurückgekehrt, vor dem sich die Menschenmenge allmählich auflöste. Im Park hatten sie hinter der Mauer die Wagen gewechselt, der Vizekönig hatte Jarven noch einmal unbeholfen übers Haar gestrichen.

»Auf Wiedersehen, kleine Jarven«, hatte er gesagt und seine Stimme klang belegt. »Du hast deine Rolle gut gespielt.«

»Vielen Dank, dass ich das überhaupt durfte«, hatte Jarven höflich geantwortet. »Und grüßen Sie bitte die Prinzessin von mir.« Sie war froh, mit ihm und seinem sonderbaren Verhalten nichts mehr zu tun zu haben.

Erst auf der Rückfahrt nach Österlind, auf der Rückbank im Wagen neben Tjarks, fiel ihr ein, wie dumm sie gewesen waren.

»Wir hätten ja heute Morgen meine Tasche von Österlind gleich mitnehmen können!«, sagte Jarven und schlug sich an die Stirn. »Dann hätten wir jetzt direkt zum Flughafen fahren können!«

Auf einmal wurde ihr klar, dass ihre Zeit in Skogland vorüber war. Nur noch eine Stunde, vielleicht zwei, dann würde sie im Flugzeug sitzen und über Wälder, Seen und die Nordsee wieder nach Hause fliegen; in ihren ganz normalen Alltag.

»Es ist ja keine lange Strecke bis zum Gut«, sagte Tjarks gleichgültig. »Du musst noch die Kleider wechseln; und Bolström wird sicher noch mit dir reden wollen.«

»Ach ja!«, sagte Jarven. Der Film war so unwichtig geworden, während des ganzen Tages hatte sie ihn vergessen; hatte vergessen, dass alles, was sie erlebte und tat, nur dem Zweck diente, sie zu prüfen, dass es nichts anderes war als ein ungewöhnliches Casting: die Minuten auf dem Balkon, die Fahrt durch die Stadt, das Lächeln und Winken.

Sie lehnte sich zurück. Noch immer waren einige Straßen wegen der Menschenmassen gesperrt. Der Fahrer knurrte und wählte ärgerlich eine andere Strecke.

Auch hier waren die Häuser weiß und gepflegt, waren die Straßenränder baumbestanden, die Autos groß und teuer. Was Tjarks ihr erklärt hatte, stimmte: Skogland war ein reiches Land, und niemand war davon ausgeschlossen.

»Und hier, auf der rechten Seite«, sagte Tjarks und deutete mit der Hand auf ein lang gestrecktes Gebäude am Wasser, das sicherlich hundert Jahre alt war, »siehst du das Parlament. Das Königreich Skogland hat ein Parlament seit langer Zeit.«

»Ach so!«, sagte Jarven. Politik interessierte sie nicht, aber das Gebäude war wunderschön, Sandstein wie geklöppelte Spitze, Simse und Ornamente,

Friese und Wasserspeier, die sie an Kathedralen erinnerten, wie sie sie aus dem Fernsehen kannte. Dann zog der Fahrer den Wagen abrupt nach links. Hinter dem Parlamentsgebäude, nur ein paar Schritte entfernt, klaffte, durch ein rot-weißes Plastikband von der Straße abgesperrt, in einem versengten Rasen ein riesiger Krater, kaum kleiner als das Gebäude daneben. Bäume und Sträucher am Rand der Fläche waren verkohlt und reckten ihre versengten Zweige wie nackte schwarze Arme in den Himmel; an manchen Stellen waren sie schon gefällt und lagen, zu meterlangen Stücken zersägt, auf dem Boden gestapelt.

»Was war das?«, fragte Jarven. Der Wagen hatte auf einer Brücke einen schmalen Meeresarm überquert, aus der Entfernung war jetzt nur noch das Parlamentsgebäude, nicht mehr der Krater zu sehen. »Das sah ja aus wie ein – Meteorit!«

Menschen konnten von Meteoriten erschlagen werden, die Saurier waren ausgestorben (hieß es), weil ein riesiger Meteorit vor Jahrmillionen die Erde dort getroffen hatte, wo jetzt der Golf von Mexiko lag; Jarven erinnerte sich, wie sie als kleines Mädchen, das Saurier liebte, davon gehört und wochenlang nicht gut hatte schlafen können vor Angst, ein Geschoss aus dem All könnte auch auf ihr Haus stürzen.

»Nein, nein, keine Sorge!«, sagte Frau Tjarks und sah aus dem Fenster auf ihrer Seite, als wäre Jarvens Frage damit beantwortet.

Jarven wartete. »Aber was«, fragte sie schließlich, »war es denn dann?«

Tjarks rührte sich nicht, stattdessen drehte sich jetzt Hilgard zu ihr um.

»Du hast schon recht, es sieht aus wie ein Meteoriteneinschlag«, sagte er. »Es ist natürlich ein gigantischer Krater. Wir wollten eigentlich nicht, dass du ihn siehst, damit du nicht beunruhigt bist, wofür es übrigens wirklich keinen Grund gibt. Keinerlei Grund.« Er lächelte ihr zu. »Rebellen«, sagte er. »Menschen, denen nichts passt in unserem schönen Land und die deshalb versuchen, Terror und Angst zu verbreiten. Aber Gott sei Dank sind es bisher nur wenige. Und sie werden ihre gerechte Strafe erhalten.«

Jarven nickte. Sie wusste nicht, warum sie das hätte beunruhigen sollen. Sie war schließlich schon halb auf dem Weg zurück nach Hause.

»Was heißt, keine Spur von ihm?«, fragte der Vizekönig. Er leerte das Cognacglas mit einem Schluck. Dem Polizeipräsidenten hatte er nichts angeboten.

»Das heißt, keine Spur von ihm«, sagte der Polizeipräsident und verneigte sich knapp, ein wenig zu knapp vielleicht, es hätte der Eindruck entstehen können, dass die Ehrfurcht seinem Landesoberhaupt gegenüber nicht sehr groß war.

»War er nicht auffällig genug gekleidet?«, fragte

der Vizekönig. »Und hatten wir nicht gestern die Information, dass er sich aus dem Norden hierher hat fahren lassen, dass er sich ganz in der Nähe der Stadt befinden muss? Es kann doch nicht so schwierig sein, einen zwölfjährigen Jungen aufzuspüren? Was tut die Polizei überhaupt?«

Der Polizeipräsident sah ihm direkt in die Augen. »Heute hat die Polizei zum Beispiel fast alle ihre Beamten gebraucht, um den Geburtstag der Prinzessin zu sichern«, sagte er. »Und gestern in der Vorbereitung dazu. Wir haben Polizisten aus dem ganzen Land herangezogen. Zumindest konnten wir nun die Beamten freisetzen, die vorher insgeheim nach der verschwundenen Prinzessin gefahndet haben, da sie ja Gott sei Dank ganz von alleine wieder aufgetaucht ist. Nachträglich erscheint es also als sehr klug, dass wir auf Ihren Wunsch hin, Königliche Hoheit, keine landesweite Fahndung nach ihr ausgeschrieben und das Volk nicht mit ihrem Verschwinden beunruhigt haben. In jedem Fall hatten wir für diesen Jungen einfach nicht mehr so sehr große Kapazitäten übrig. Zumal es sich ja nun offensichtlich doch nicht um einen Entführer handelt, sondern nur um einen …«, er warf Norlin einen kurzen Blick zu, »… um einen ganz normalen Jungen, der aus einem Krankenhaus entlaufen ist. Ihr Interesse, Hoheit, ist darum etwas – verblüffend für uns.«

»Trotzdem!«, rief der Vizekönig und nahm sich

ein zweites Glas. »Wenn man außerdem auch noch vermuten kann, wohin er wollte! Unsere skogische Polizei ...«

»Wir haben seine Jacke gefunden«, sagte der Polizeipräsident. »Es wird Sie freuen, Hoheit, dass daran genügend Haare hafteten, um eine DNA-Analyse zu veranlassen. Das Ergebnis werden wir bald haben.«

»Haare!«, murmelte der Vizekönig.

»Wie der Autofahrer berichtet hat: lang und blond«, sagte der Polizeipräsident und versuchte wieder, den Blick des Vizekönigs einzufangen; aber der hatte seine Augen niedergeschlagen. »Sie könnten selbstverständlich auch von einer Perücke stammen, wir werden sehen. Zudem werden wir die Viertel im Umkreis des Fundortes jetzt, wo wieder mehr Personal zur Verfügung steht, durchkämmen. Vor allem *das* Viertel, Königliche Hoheit.«

Aber der Vizekönig hörte ihm gar nicht mehr zu.

Sie erreichten Österlind im späten Nachmittagslicht und Jarven staunte, wie wunderschön die Umgebung des Gutes war, die Hügel mit ihren noch immer grünen Feldern, die Sonnenreflexe auf dem Wasser der Seen, die Wälder. Sie hatten noch niemals wirklich Urlaub gemacht, Mama und sie, das Geld hatte kaum gereicht, um einen Monat über die Runden zu kommen, egal, wo Mama gearbeitet hatte (und manchmal war sie natürlich auch arbeitslos gewesen); erst seit sie auf die Idee mit den Benimmkursen gekommen war, ging es ihnen beinahe gut.

Es gab nicht viel, was Jarven außerhalb ihrer Stadt von der Welt kannte (nicht einmal auf Klassenreisen hatte Mama in ihrer großen Angst sie ja mitfahren lassen), und ganz sicher hatte sie niemals zuvor etwas gesehen, das so schön gewesen wäre. »Es ist wirklich ein schönes Land!«, sagte Jarven, und Frau Tjarks nickte zufrieden. »Ich geh dann jetzt packen, ja? Oder soll ich vorher noch mit dem Regisseur ...«

Sie wunderte sich selbst, wie sicher sie sich war, dass sie in dem Film spielen würde. Hätte irgendwer heute die Rolle der Prinzessin besser spielen können als sie? Sie hatten recht, dass ich gar nicht erst vorsprechen musste, dachte Jarven. Andere Dinge sind viel wichtiger.

Sie stieg aus dem Wagen und reckte sich.

»Liebe Jarven!«, sagte Bolström. Er war vor ihnen hergefahren, und jetzt kam er über den Torhof auf sie zu. »Ich möchte dir gratulieren! Wir haben natürlich vermutet, dass du die richtige Besetzung bist, aber dass es gleich beim ersten Mal so perfekt klappen würde – meinen herzlichen Glückwunsch!«

»Danke«, sagte Jarven und wurde rot. Man sah Menschen in die Augen, wenn man mit ihnen sprach, aber jetzt gerade war es ihr viel zu peinlich. Sie guckte auf den Boden.

»Und darum, liebe Jarven«, sagte Bolström liebenswürdig und legte ihr einen Arm um die Schulter, um sie zu einer Bank zu führen, »wage ich jetzt auch, eine Bitte an dich zu richten. Oder eigentlich: wagt der Vizekönig, eine Bitte an dich zu richten. Während der ganzen Fahrt aus der Stadt hierher zurück habe ich mit ihm telefoniert, und wir sind uns einig. Jetzt ist nur noch die Frage, ob auch du mit uns einig bist.«

Sein Arm lag locker auf ihrer Schulter und Jarven wandte sich ihm zu. »Was?«, fragte sie.

Bolström lächelte. »Setz dich doch!«, sagte er. »Nun, wir hatten dich ja eigentlich nur eingeflogen, um dieses ungewöhnliche Casting mit dir durchzuführen, darum haben wir dir auch nicht sehr viel über Skogland und die Prinzessin erzählt; aber jetzt könnte es sein, dass mehr daraus wird – deine Zustimmung natürlich vorausgesetzt –, und darum solltest du doch noch ein wenig über die Prinzessin erfahren.«

»Dass mehr daraus wird?«, fragte Jarven verwirrt.

»Siehst du, Jarven, die Prinzessin hat schon viel Schweres erlebt«, sagte Bolström und seine Stimme wurde dunkel. »Bei ihrer Geburt starb ihre Mutter, aber ihr Vater, der König, kümmerte sich so liebevoll um sie, dass ihr wohl bewusst nie etwas gefehlt hat.«

»Ja«, sagte Jarven.

»Sie wurde älter, kam immer mehr den Pflichten

nach, deren Erfüllung von einer Prinzessin erwartet wird, und das Land liebte sie.«

Jarven nickte.

»Aber dann«, sagte Bolström, »vor zwei Monaten erst, geschah das Unglück. Eines Nachts, vollkommen unerwartet, starb auch ihr Vater.«

»Ihr Vater auch?«, fragte Jarven erschrocken. Sie begriff, wie gut es gewesen war, dass sie ihr nichts davon erzählt hatten. Niemals hätte sie gewusst, wie sie die Rolle einer Prinzessin spielen sollte, die gerade erst ihren Vater verloren hatte.

»Er hat immer hart gearbeitet«, sagte Bolström. »Er war ein vorbildlicher König. Sein Herz hat einfach nicht mehr mitgemacht, obwohl er noch nicht alt war, er hatte sich immer zu viel zugemutet. Wir haben ihn vor zwei Monaten zu Grabe getragen.«

»Die arme Prinzessin!«, flüsterte Jarven.

Bolström lächelte müde. »Ja, sie hat es sehr schwer genommen«, sagte er. »Sie war danach nicht mehr dieselbe, verschlossen, hat sehr viel geweint. Ihr Onkel, der Vizekönig, war der Meinung, dass man in dieser schweren Zeit nicht zu viel von ihr verlangen dürfte, darum hat er all ihre öffentlichen Verpflichtungen für sie übernommen. Und die Prinzessin war ihm dankbar.« Er seufzte. »Weder er noch die Prinzessin waren also dagegen, als ich ihnen den Vorschlag machte, den Geburtstag als Probe für meine mögliche Hauptdarstellerin zu nutzen. Sie waren beide überzeugt, dass die Anstrengungen dieses Tages, vor allem die Fahrt durch haargenau die Straßen, auf denen sie erst vor zwei Monaten dem Sarg ihres Vaters gefolgt war, einfach zu viel für Malena sein würden.«

»Die Arme!«, flüsterte Jarven wieder.

»Nun, sie beginnt sich zu erholen«, sagte Bolström. »Ihren Geburtstag durfte sie, dank deiner Hilfe, Jarven!, an einem geheim gehaltenen Ort weit von der Hauptstadt feiern, und Norlin, der ja mehrfach mit ihr telefoniert hat (natürlich hätte er liebend gern an ihrer kleinen Feier teilgenommen, aber du verstehst, dass das nicht möglich war), sagt, dass sie so entspannt und glücklich klang wie seit dem Tod ihres Vaters nicht mehr.«

»Ich verstehe«, murmelte Jarven und dachte, dass sie nichts verstand.

»Aber nun«, sagte Bolström, »fliegst du nach Hause zurück, und schon in einer Woche wird wieder das Gleiche von der Prinzessin verlangt werden: dass sie auf dem Balkon steht und lächelt, dass sie Interviews gibt, dass sie sich filmen lässt, während sie durch die Straßen fährt. Ein wichtiges neues Gesetz wird vom Staatsoberhaupt unterzeichnet werden, und auch wenn ihm, weil Malena noch nicht volljährig ist, die Unterschrift des Vizekönigs und nicht die der Prinzessin seine Gültigkeit verleiht, wird das Volk doch auch wissen wollen, dass *sie* zustimmt, wird sie sehen wollen, ihr zujubeln, du hast gesehen, wie sehr das Volk die Prinzessin liebt.«

»Ja«, flüsterte Jarven. Sie wusste, worum er sie bitten würde, bevor er es ausgesprochen hatte.

»Aber was ist eine Woche?«, fragte Bolström. »Glaubst du, die Prinzessin wird bis dahin die Kraft aufbringen ...«

»Ich soll dann wieder?«, fragte Jarven. »Sie meinen, dass ich das Ganze noch mal machen soll?«

»Es war die Idee der Prinzessin«, sagte Bolström. »Malena, unsere unglückliche kleine Prinzessin, bittet dich von ganzem Herzen darum. Sie braucht noch eine Weile Schonung, braucht ihre Ruhe, und du«, er lächelte, »bist ein so hervorragender Ersatz, dass du sie mit deiner Zustimmung sehr glücklich machen würdest.«

»Ich soll in einer Woche noch mal wiederkommen?«, fragte Jarven. In einer Woche fingen die Sommerferien an. Sie würde, wenn sie das Angebot annahm, zum ersten Mal in ihrem Leben verreisen. »Sie holen mich wieder ab?«

»Nicht *wiederkommen*, Jarven«, sagte Bolström, und jetzt legte er behutsam seine Hand auf ihren Unterarm. »Wenn du magst – nur wenn du magst! –, würden wir uns freuen, wenn du *bleibst*.«

12.

Das Problem war Mama.

Jarven saß in ihrem Zimmer auf dem Himmelbett, ohne Perücke und ohne Kontaktlinsen, in ihren eigenen Kleidern, wieder sie selbst, und starrte ihr Handy an, das sie schon vor einer ganzen Weile aus der Hosentasche gezogen hatte.

Sie war sich ganz sicher, dass sie es machen wollte, jetzt, wo sie sich eingelebt hatte, wo sie erfahren hatte, wie überzeugend sie die Rolle der Prinzessin spielen konnte, und – wenn sie ganz ehrlich zu sich selbst war – wo sie begriffen hatte, wie gut es tat, die Liebe und Bewunderung der Menge zu spüren, selbst wenn sie wusste, dass sie eigentlich nicht ihr galt.

»Ich wäre ja blöd, wenn ich es nicht machen würde!«, murmelte Jarven. Die Fensterflügel standen weit offen und aus dem Park hörte sie Vogelstimmen. Sie dachte an ihre Angst am ersten Abend. Alles war so fremd gewesen, aber jetzt, wo sie zum ersten Mal in ihrem Leben etwas Ungewöhnliches gewagt hatte, wo Mama ihr erlaubt hatte, mutig zu sein, hatte es sich so unglaublich ausgezahlt. Sie fühlte sich nicht mehr wie die Jarven der letzten Jahre; wenigstens ein bisschen fühlte sie sich seit dem heutigen Tag auch wie Malena. Sie war gespannt, wie viel davon auch später zu Hause noch bleiben würde.

Aber natürlich hing jetzt alles von Mama ab. Mama würde nicht wollen, dass sie die letzten fünf Schultage ausfallen ließ, dabei würde sowieso nichts Wichtiges mehr passieren. Sie würden Spiele spielen, kluge Spiele in manchen Fächern und dumme in anderen; die Deutschlehrerin würde vorlesen, der Musiklehrer würde das Schlagzeug freigeben; und alle, Lehrer wie Schüler, würden nur darauf warten, dass endlich die Ferien begannen.

Und das Zeugnis konnte schließlich auch Tine mitbringen, im verschlossenen Umschlag mit Stempel. Es gab keinen Grund, warum sie unbedingt noch für fünf Tage in die Schule gehen sollte.

Jarven griff nach dem Handy. Ihr war klar, dass es dieses Mal nicht genügen würde, mit Mama zu schreiben, sie musste mit ihr reden, auch wenn sie jetzt vielleicht noch einen ihrer Kurse hatte, schließlich war Sonntagnachmittag. Sie konnte Mama sagen, wie gut ihr alles gefiel. Dass es überhaupt nicht gefährlich war, dass Mama keine Angst um sie haben musste, weniger Angst, als wenn sie zu Hause mit dem Fahrrad zur Schule fuhr (was Mama ihr sonderbarerweise immer erlaubt hatte).

Jarven tippte auf »Mama« und wartete. Das Tuten dauerte eine ganze Weile, also hatte Mama noch Kundschaft.

»Nicht böse sein!«, sagte Jarven darum sofort, als ein lautes Rauschen auf der anderen Seite anzeigte, dass Mama das Gespräch angenommen hatte. »Mama? Ich bin es, Jarven! Ich weiß, ich soll dich nicht stören, aber ich muss unbedingt …«

Durch das Rauschen hindurch hörte sie eine Stimme, die schnell und energisch sprach, aber nur wenige Worte waren zu verstehen. »Vom Flughafen ein Taxi«, verstand Jarven, »leider erst gegen elf«, also würde es bei Mama noch eine ganze Weile weitergehen.

So sehr würde sie Jarven also vielleicht gar nicht vermissen.

»Mama, das wollte ich dir grade erzählen!«, rief Jarven. Im Torhof fielen die letzten Strahlen der Nachmittagssonne auf das Kopfsteinpflaster und ließen es glänzen. »Ich wollte eigentlich noch gar nicht zurückkommen. Hörst du mich überhaupt? Sie haben mich gefragt …«

Auf der anderen Seite wurde gesprochen, aber Jarven verstand jetzt nicht einmal mehr Wortfetzen. Zwischendurch setzte zweimal sogar das Rauschen aus, als wäre die Verbindung vollständig unterbrochen.

»Mama!«, schrie Jarven. »Ich kann dich nicht verstehen! Ich soll das noch mal machen, nächste Woche! Weil es so gut geklappt hat! Ich möchte das richtig gerne!«

Es war hoffnungslos. Die Verbindung war zu schlecht.

»Tschüs, Mama!«, schrie Jarven. »Ich schick dir

eine Nachricht! Und nicht böse sein, bitte! Es ist so toll hier!«

Dann drückte sie auf »Beenden«.

Liebe Mama, schrieb Jarven. *Bitte, bitte, bitte, sag ja! Die Prinzessin und ihr Onkel möchten, dass ich noch eine Woche bleibe. Die Prinzessin ist sehr traurig, weil ihr Vater gestorben ist. Und ich kann ihr helfen. Es gefällt mir supergut hier und sie finden, dass ich es toll mache. Bitte, bitte, bitte, Mama! Bitte! Deine Jarven*

Mama will doch immer, dass man hilfsbereit ist, dachte Jarven und versuchte, das schlechte Gewissen beiseite zu drängen. Da muss sie mir eigentlich erlauben, hierzubleiben.

Die Antwort kam sofort.

Bitte genauer erklären! Mama

Jarven brauchte drei Nachrichten. Sie hoffte, dass Mama gerade einen netten Schüler hatte. Aber wenn sie erzählte, worum es ging, musste doch eigentlich jeder Verständnis haben.

Dann ging sie auf den Balkon vor ihrem Fenster und sah über den Hof, während sie auf den Piepton wartete. Noch eine ganze Woche in diesem Haus, in diesem Park, in diesem Zimmer. Es konnte langweilig werden. Aber es würde eine andere Langeweile sein als zu Hause, wo ab Samstag alle verreist wären, vor allem Tine, und wo es nichts geben würde als lesen und Filme gucken und ins Schwimmbad gehen (womöglich noch alleine) wie in jedem Sommer.

Ach, Jarven!, schrieb Mama (sie kam jetzt wirklich mit den Großbuchstaben klar). *Dann kann ich es dir wohl nicht verbieten. Aber in einer Woche bist du zurück! Pass auf dich auf! Du fehlst mir. Mama*

Jarven warf den Kopf zurück und breitete die Arme aus. Gleich würde Tjarks kommen, um sie zu fragen, ob sie bleiben würde.

Aber vorher musste sie noch schnell eine ganz kurze Nachricht an Tine schicken.

―

»Das ist ja krass!«, schrie Tine. »Komm mal schnell, Mama! Papa, schnell, das müsst ihr sehen!«

Sie saß auf dem Wohnzimmersofa mit einer ganzen Hand voll Nüssen aus der Schüssel, die Mama immer auf den Tisch stellte, wenn es sonntagabends *Tatort* gab, das Einzige, was sie immer noch alle drei gemeinsam sahen. Wenn sie ehrlich war, guckte Tine es nur noch aus Freundlichkeit ihren Eltern gegenüber. Und weil es immer noch schön war, ab und zu mal einen gemütlichen Familienabend zu haben.

Aber jetzt liefen noch die Nachrichten.

»Was ist denn?«, fragte ihre Mutter. Sie kam ins Wohnzimmer gestürzt mit einem Küchenhandtuch in der Hand. »Gott, ich dachte schon, dir ist etwas passiert! Wieso steh ich eigentlich die ganze Zeit allein in der Küche und trockne ab, und du sitzt hier und isst Nüsse?«

Tine hielt es nicht für nötig zu antworten. »Sie haben den Geburtstag der Prinzessin von Skogland gezeigt!«, sagte sie. »Mist, jetzt ist es zu Ende.«

»Skogland, das ist auch so ein äußerst dubioses Land«, sagte ihr Vater. Inzwischen stand auch er in der Tür, einen Korb mit feuchter Wäsche auf der Hüfte. Tine musste zugeben, dass sie im Augenblick in dieser Familie die Einzige war, die faul auf dem Sofa saß und Nüsse aß. Aber wie gut, in diesem Fall wie gut!

»Jetzt lasst mich doch mal ausreden!«, sagte Tine. »Und die Prinzessin – ich schwör's! – hat haargenau ausgesehen wie Jarven, nur in Blond! Aber das Gesicht war haargenau ...«

»Dass du dir solche Hofberichterstattung anguckst!«, sagte ihr Vater und war mit seinem Korb schon wieder auf dem Flur. »Lieber solltest du dich für die politischen Zustände bei den Skogen interessieren, da steht es nämlich wirklich nicht zum Besten! Ich will das hier noch aufhängen, bevor der Krimi losgeht. Iss uns nicht alle Nüsse weg! Und merk dir, was der Wetterbericht sagt!«

Tine sah ihm wütend nach. »Echt jetzt, Mama!«, sagte sie. »Haargenau wie Jarven, aber haargenau!«

Ihre Mutter zog die Augenbrauen hoch. »Mich wundert, dass du dich über eine kleine Ähnlichkeit so echauffieren kannst«, sagte sie. »Irgendwer sieht immer irgendwem ähnlich. Komm lieber und hilf mir mit dem Geschirr.«

Tine ließ sich auf dem Sofa zurückfallen. »Ich muss doch für Papa den Wetterbericht gucken«, sagte sie.

Aber sobald ihre Mutter aus dem Zimmer gegangen war, griff sie zum Handy. Das musste sie Jarven erzählen. Vielleicht konnte sie die Sendung nachschauen und ihre blonde Doppelgängerin sehen. Unglaublich, was es alles gab.

Gegen acht Uhr kam ein Wind auf, gegen neun war er zum Sturm geworden. Die Bäume im Park bogen ihre Kronen, ab und zu brachen Zweige. Graue Wolken trieben über den Himmel und ließen ihn dunkel erscheinen, als wäre es Nacht, und der Sturm heulte wie ein Wolf (nicht dass Jarven schon einmal einen Wolf hätte heulen hören).

Jarven stand auf dem Balkon unter dem Seitenfenster und spürte ein unbändiges Glücksgefühl. Am liebsten hätte sie gegen das Unwetter angesungen. Alles, alles, alles schien auf einmal möglich. Sie war Jarven, die Schauspielerin, Malena, die Prinzessin, sie war Jarven im Glück.

Und was für ein Segen, dass sie jetzt nicht in der kleinen Privatmaschine saß und sich über dem Meer von Sturm und Wolken durchrütteln lassen musste! Alles passte perfekt.

Frau Tjarks und Herr Hilgard waren nicht einmal verwundert gewesen, als sie ihnen von Mamas Zustimmung berichtet hatte, natürlich, sie kannten Mama mit ihren ständigen Ängsten nicht.

»Das hatten wir ja auch gehofft!«, hatte Hilgard gesagt und Bolström sofort eine Nachricht geschickt. Noch heute Abend würden auch der Vizekönig und die Prinzessin Bescheid wissen. Jarven hätte gerne einmal mit ihr gesprochen. Vielleicht hätte sie sie trösten können. Sie könnten Freundinnen werden, so ähnlich wie Tine und sie. Obwohl sie gar nicht mehr sicher war, ob Tine überhaupt noch ihre Freundin sein wollte, sie schrieb nicht zurück. Vielleicht, dachte Jarven, aber das konnte ja wohl nicht sein, war Tine neidisch.

Als die ersten Tropfen fielen, schwere, große Tropfen, die sie einzeln auf ihren nackten Armen fühlte, trat sie einen Schritt zurück. Sie hörte, wie der Regen auf den Kies schlug, erst leise, dann immer lauter, immer schneller, hörte, wie die Kiesel gegeneinander gerieben wurden unter dem Gewicht des Wassers, sah, wie die Tropfen durch die Wucht des Aufpralls noch einmal ein wenig nach oben sprangen, als wollten sie zurückkehren in die Wolken. Es war der gewaltigste, wunderbarste Regenguss, den sie jemals erlebt hatte, und sie blieb in der geöffneten Fenstertür stehen und sah zu und lauschte.

Und da hörte sie ihn.

»Mali!«, rief eine Jungenstimme.

Beim ersten Mal dachte sie noch, sie hätte sich verhört, hätte etwas in das Pladdern des Regens hineingelesen, was sie am Morgen in der Stadt erlebt hatte, es hätte sie nicht gewundert. Aber dann war sie sich sicher.

»Mali! Ich bin es!«

Jarven löste sich aus dem Schutz der Tür und trat zwei Schritte nach vorne. Sofort schlug der Regen ihr auf den Kopf, es dauerte nur Sekunden, bis ihr Haar in nassen Strähnen hing. Sie beugte sich über die Brüstung und sah nach unten.

»Hallo?«, rief sie leise.

»Mali!«, rief der Junge. Er hatte sich hinter einer großen alten Eibe verborgen gehalten, jetzt sprang er vor und stand unter dem Balkon, den Kopf nach oben gewandt, die Augen halb geschlossen zum Schutz vor dem Regen, der hart auf sein Gesicht aufschlug. »Was war denn das gestern Abend? Das Gespräch war ja plötzlich zu Ende!«

Die Erkenntnis durchzuckte Jarven wie ein Blitz. Der Vizekönig hatte recht gehabt: Hier war er jetzt, der Junge von vorhin, den die Wachen in der Stadt gerade noch hatten abfangen können, bevor er sie im Auto angegriffen hätte, der Wahnsinnige, der glaubte, sie liebte ihn, er liebte sie. Er war ihr gefolgt, wie der Vizekönig vorhergesagt hatte.

»Wieso bist du nicht bei Liron?«, rief er und wischte sich mit dem Unterarm das Wasser vom Gesicht. »Wieso ...«

Liron?, dachte Jarven.

Irgendetwas passte nicht. Er sollte von Liebe reden, der Junge; wenn der Vizekönig recht hatte, sollte er Liebesschwüre stammeln, versuchen, zu ihr auf den Balkon zu gelangen, sie zu umarmen, zu küssen; stattdessen sprach er von –

»Liron?«, flüsterte sie. Sie musste Hilgard rufen; wenn der Vizekönig recht hatte, konnte der Junge gefährlich sein. Die Polizisten hatte er niedergeschlagen.

»Ja, verdammt, was war denn los?«, rief der Junge. Er klang verwirrt und ärgerlich zugleich. »Wir haben den ganzen Abend gewartet, dass du kommst! Wir hatten das Fernsehen an, weil sie doch irgendwann durchgeben mussten, dass die Feier abgesagt ist, aber nichts, und du kommst auch nicht, und dann sitzt du heute Morgen mit dem Silberfuchs im Wagen, als ob nichts wäre!«

Seine Worte waren im Prasseln des Regens nur schwer zu verstehen, trotzdem wusste Jarven plötzlich, dass er nicht wahnsinnig war. Nicht wahnsinnig und auch nicht verliebt. Beinahe fand sie es schade.

Aber warum war er dann hier? Einen Augenblick überlegte sie, was sie tun sollte. Sie hätte Hilgard und Tjarks Bescheid geben müssen. Aber sie konnte nicht glauben, dass der Junge ihr etwas tun würde, auf einmal nicht mehr. Viel eher klang es so, als ob er die Prinzessin wirklich kannte, vielleicht sogar mit ihr befreundet war. Wieso hatte dann ihr Onkel nichts davon gewusst?

»Mali?«, rief der Junge jetzt wieder. »Wenn du willst, kannst du mitkommen! Der Zaun ist ein Witz, und die Hunde, du weißt ja, mit denen kann ich gut!«

Noch immer stand Jarven halb über die Brüstung gebeugt und hörte ihm zu; und noch immer wandte sich der Junge zu ihr nach oben, als warte er auf eine Antwort.

Dann sah sie ein plötzliches Erschrecken in seinen Augen. Der Junge machte einen Satz, drehte sich um und begann zu rennen. Wie ein Hase rannte er, schlug Haken zwischen den Bäumen, als würde er verfolgt, obwohl doch niemand ihn sah außer ihr, und war plötzlich verschwunden.

Torhof und Park lagen wieder verlassen.

Jarven trat in ihr Zimmer zurück und schloss die Fenstertüren. Sie zog ihre Kleider aus und drehte die Dusche auf, so heiß, dass es dampfte.

Dass sie auf einmal fröstelte, lag nicht nur daran, dass sie vom Regen nass war bis auf die Haut.

Joas hatte nicht mehr gewagt, zurück in die Stadt mit dem Bus zu fahren, bestimmt waren sie längst hinter ihm her. Auch ein Auto hatte er nicht anhalten wollen. Wenn sie ihn verraten hatte – und natürlich hatte sie ihn verraten! –, wurde seine Beschreibung jetzt über alle Sender verbreitet, ein dreizehnjähriger Junge nordskogischen Typs.

Als es schon auf den Morgen zuging und er vom Gehen, von Regen und Kälte so erschöpft war, dass ihm allmählich gleichgültig wurde, ob sie ihn fingen, bremste neben ihm ein Lastwagen.

»Na, da bin ich aber platt!«, sagte der Fahrer und beugte sich aus dem Führerhaus. »Was macht denn so ein Zwerg wie du nachts ganz allein auf der Straße?« Erst dann schien er die dunklen Haare zu erkennen, im Regen ist jedes Haar dunkel. Einen Augenblick zögerte er.

»Ach so!«, murmelte er dann. »Kein Fahrgeld für den Bus? Steig ein, du kannst mich unterhalten. Ich schlaf sonst noch ein, gegen Morgen ist die Müdigkeit immer am schlimmsten.«

Joas holte tief Luft. »Danke!«, murmelte er. Vielleicht hatte der Fahrer sein Radio nicht eingeschaltet, vielleicht hatte er die Suchmeldung nicht gehört, aber jetzt mischte sich doch leise Musik in das Motorengeräusch.

»Ist wirklich kein Wetter, um nachts zu Fuß unterwegs zu sein!«, sagte der Fahrer. »Alles okay?«

Joas nickte, und der Fahrer schaltete das Autoradio lauter. Eine weibliche Stimme berichtete vom Geburtstag der Prinzessin, bevor der Wetterbericht kam, die Verkehrsmeldungen und dann ...

»... der zwölfjährige Hjalmar Haldur«, sagte die

Frau. »Aus einem Krankenhaus im Norden der Südinsel ...«

Joas begann zu zittern.

»Das geben sie nun schon seit gestern jede Stunde durch!«, sagte der Fahrer. Die Scheibenwischer durchpflügten das Wasser auf der Frontscheibe, gaben einen Augenblick lang die Sicht frei auf die Nacht draußen vor ihnen. »Hab zuerst gedacht, du könntest das sein, aber von langen blonden Haaren kann ja wohl kaum die Rede sein bei dir, was? Wo willst du denn hin?« Er drehte das Radio leiser.

Joas lehnte sich zurück. »Nur in die Stadt«, flüsterte er.

Jarven lag in ihrem Himmelbett und starrte nach oben.

Warum war sie nicht losgelaufen und hatte ihnen von dem Jungen im Park erzählt?

Warum hatte sie Hilgard und Tjarks nicht gefragt, ob sie etwas von ihm wussten?

Und vor allem, vor allem anderen: Was hatte den Jungen so erschreckt, dass er gerannt war, als wäre der Teufel hinter ihm her?

Ich habe ihn natürlich erschreckt, dachte Jarven. Auf einmal hat er erkannt, dass ich nicht Malena bin, natürlich. Mali. Auf einmal hat er gesehen, dass meine Haare dunkel sind, nicht blond, dass meine

Augen braun sind und nicht blau. Vielleicht auch, dass ich zu klein bin, nicht schlank genug. Aber ist das Grund genug, so zu erschrecken?

Sie zog sich die Bettdecke unter das Kinn. Ich würde doch auch erschrecken, wenn ich vor Tines Terrasse stünde und Tine wäre auf einmal nicht mehr Tine, dachte Jarven. Wer ist dieser Junge? Auf jeden Fall kein Wahnsinniger, der glaubt, dass ich in ihn verliebt bin.

Sie schloss die Augen und drehte sich auf die Seite. Irgendetwas ist sonderbar, dachte sie wieder. Irgendetwas ist ganz und gar nicht, wie es sein soll.

Sie schwang die Beine aus dem Bett. Wenn sie Glück hatte, waren Hilgard und Tjarks noch wach. An einem Haken an der Tür hing der Morgenmantel der Prinzessin.

Solange sie nicht wusste, wer der Junge war, würde sie sowieso nicht schlafen können.

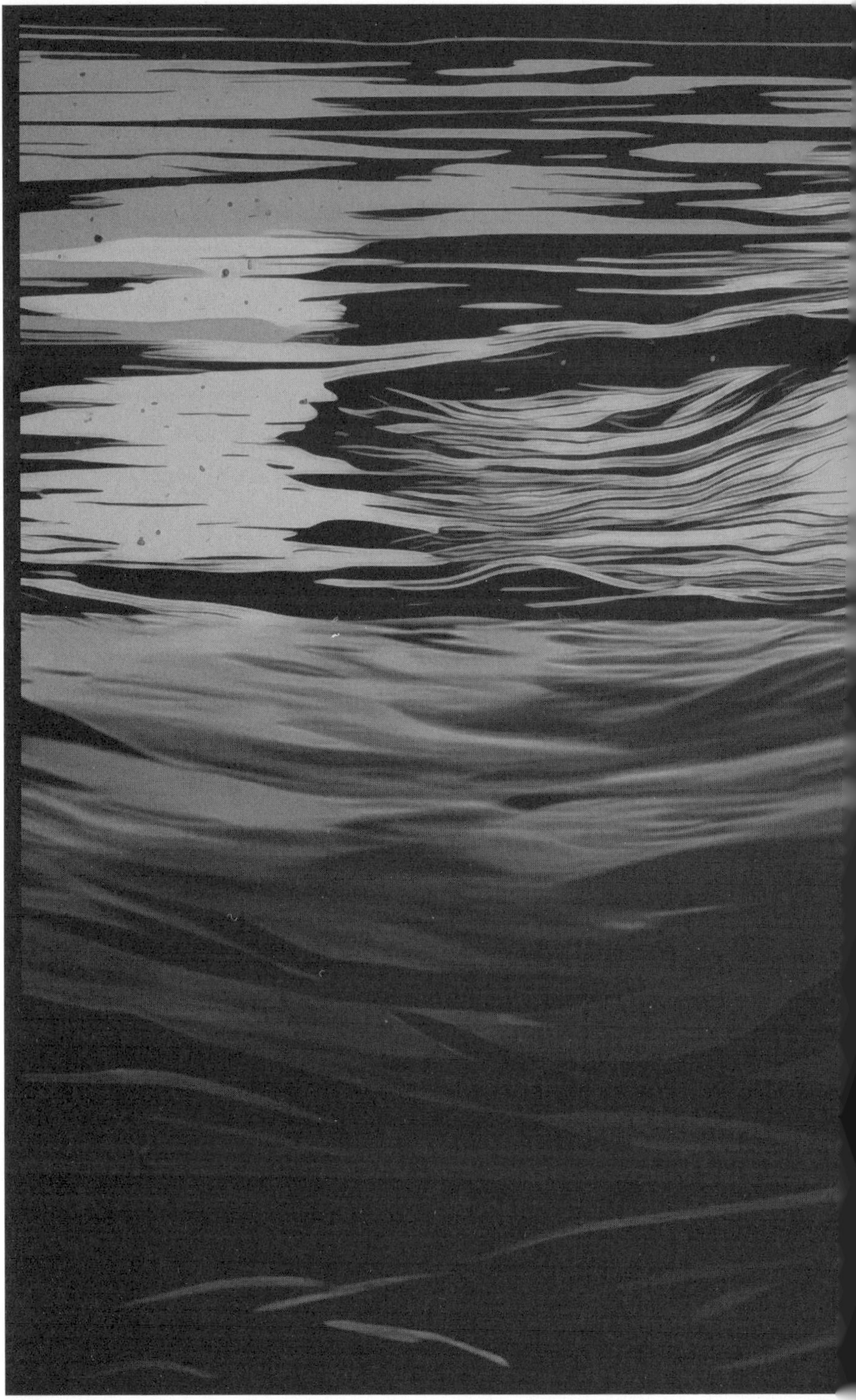

2. TEIL

13.

Joas zwängte sich durch die Tür, kaum hatte Liron sie einen Spalt weit geöffnet.

»Sie ist es nicht!«, schrie er, und dabei zitterte er in seinen nassen Kleidern vor Kälte. »Es war alles ein Betrug! Sie sieht fast genauso aus wie Mali, aber sie ist es nicht!«

Liron zog seinen Sohn in die Wohnung und schloss die Tür zum Hausflur.

»Ich weiß!«, sagte er. »Zieh dir erst mal trockene Sachen an, Joas. Ich koch dir einen Tee.«

Joas starrte ihn an. »Einen Dreck weißt du!«, schrie er. »Hast du nicht zugehört? Die Prinzessin ist nicht Mali, es war die ganze Zeit nicht Mali! Bestimmt auch heute Morgen beim Geburtstag nicht!«

Liron warf einen kurzen Blick auf seine Armbanduhr, als wüsste er nicht auch so, dass Mitternacht längst vorbei war. »*Gestern* Morgen«, sagte er und verschwand in der Küche. »Nun rubbele dich mal trocken, Joas. Du erkältest dich noch, und damit nützt du keinem.«

Joas sprang hinter ihm her und trommelte gegen seinen Rücken. »Du blöder Idiot!«, schrie er. »Willst du mich nicht verstehen, oder was? Ich scheiß auf die Erkältung! Wenn sie nicht Mali ist, aber aussieht wie Mali, wer ist sie dann?«

Liron ließ Wasser in den Kocher laufen. »Sein

Balg?«, fragte er. »Ich hab gesagt, du sollst dich trockenrubbeln.«

Joas ließ sich auf den einzigen Küchenhocker sinken. »Es war alles ein großer Betrug«, sagte er tonlos. »Und ich mach mir so große Sorgen um Mali.«

Liron nahm Tee aus einer Dose, maß ihn ab und ließ ihn behutsam in die Kanne rieseln. »Das brauchst du nicht«, sagte er. »Mali ist hier.«

―

Jarvens bloße Füße machten fast kein Geräusch auf dem Marmorboden der Korridore. War es nicht sonderbar, wie gut sie sich jetzt schon zurechtfand in diesem großen Gebäude? Sie bog um eine Ecke, auch die Dunkelheit ängstigte sie nicht mehr. Kein Licht auf den Fluren, kein Mensch im ganzen Haus, bis auf Hilgard und Tjarks und sie. Keine Köchin, kein Diener und niemand für den Garten. Aber wozu auch. Österlind war schließlich schon seit Jahrzehnten nicht mehr königliche Sommerresidenz.

Der Seitenflügel, und dort am Ende des Ganges die Bibliothek. Wenn sie noch nicht schlafen gegangen waren, würde sie sie dort finden.

Abrupt blieb Jarven stehen. Schon lange bevor sie die Tür erreicht hatte, hörte sie die Stimmen.

»Wenn ich gesagt habe, *nein!*, dann gilt das nicht nur für ein, zwei Monate!«, rief der Vizekönig. Seine Stimme klang erregt.

Also war er noch am Abend nach Österlind gekommen, was für ein Glück. Ihn konnte sie fragen, wer der Junge wirklich war, ob er tatsächlich an die Geschichte mit dem Wahnsinnigen glaubte. Wenn sie Malena spielen sollte, die kleine Prinzessin, musste sie auch wissen, wer ihre Freunde waren. Und vielleicht ihre Feinde.

»Nun sei doch vernünftig, Norlin!«, sagte Bolström. Jarven wusste, dass er es war, ohne ihn zu sehen. Sie war jetzt fast bei der Bibliothek angekommen, die Tür stand einen kleinen Spalt offen. »Die Rebellen warten dann sicher keine Sekunde länger! Bisher ist alles gut gegangen, sogar besser, als wir es uns jemals hätten träumen lassen! Das Kind hat seine Rolle wunderbar gespielt!«

Jarven blieb stehen. Obwohl niemand sie sehen konnte, spürte sie, wie die Röte ihr über Hals und Gesicht kroch. Natürlich hatten alle sie vorhin gelobt, aber es war doch schön, es noch einmal zu hören, wenn sie untereinander darüber redeten. Sie wusste, dass sie jetzt an die Tür hätte klopfen und eintreten sollen. Mama wäre erschrocken gewesen, wenn sie gewusst hätte, dass ihre Tochter ein Gespräch belauschte, noch dazu eins, in dem es um sie selbst ging.

»Und sie wird sie auch in einer Woche wunderbar spielen, davon bin ich überzeugt. Damit hast du alles erreicht, was du erreichen wolltest! Aber solange du ihn …«

»Nein!«, rief der Vizekönig, und Jarven hörte erstaunt die Angst, die in seiner Stimme mitklang. »Ich will es einfach nicht! Selbst wenn er an der Spitze der Rebellen ... Selbst wenn sie immer mehr Zulauf ... Kein Massaker, in meinem Land kein Massaker!«

Jarven presste sich fest gegen die Wand. Langsam wich das Blut aus ihrem Gesicht und sie spürte, wie ihr schwindlig wurde.

»Von einem Massaker spricht doch niemand, Hoheit«, sagte eine dritte Stimme. Also war Tjarks auch dabei. »Ein Massaker wollen wir doch gerade verhindern! Bolström hat recht: Solange er da oben in den Wäldern lebt und nur mit dem Finger schnipsen müsste, um mit den Rebellen loszuschlagen, müssen wir jeden Tag damit rechnen, dass ...«

»Warum nicht einfach eine saubere Lösung?«, unterbrach Bolström. »Eine Kugel, er wird nicht einmal etwas davon merken! Und ohne ihn werden sie erst einmal nichts unternehmen. Mein Gott, Norlin! Als Vizekönig hast du die Pflicht, dein Land zu schützen! Nichts anderes wäre es doch! Willst du einen Bürgerkrieg, bei dem dann noch viel mehr Menschen ihr Leben lassen müssten? Hunderte, vielleicht Tausende? Das hättest du dann zu verantworten, Norlin, diese Tode würden dann wirklich auf deinem Gewissen lasten! *Ein* Leben oder *viele*! Wenn du mir Vollmacht gibst, ...«

»Nein!«, schrie Norlin. Seine Stimme überschlug sich. »Keine Liquidation, ich sage es euch ein für alle Mal! Wir werden das Problem auch anders lösen, ich *sehe* kein Problem, wer sagt denn, dass er irgendwann zuschlagen wird? Hat es uns bisher geschadet, dass wir ihn nicht hingerichtet haben? Wir haben ihn doch jetzt gut genug unter Kontrolle! Ich bin der Vizekönig, vergesst das nicht! Und ich sage Nein.«

Jarven versuchte, so lautlos wie möglich zu gehen. Sie hatte etwas gehört, das sie niemals hätte hören sollen. Und niemand durfte davon erfahren.

Sobald sie den Flügel erreichte, in dem ihr Zimmer lag, begann sie zu laufen. In ihrem Zimmer warf sie sich auf das Bett, dann stand sie noch einmal auf und drehte den Schlüssel im Schloss. Das Licht ließ sie brennen, als sie unter die Decke schlüpfte. Ihre Füße waren eisig.

Am Nachmittag auf der Fahrt hatte Frau Tjarks behauptet, man müsse keine Angst haben vor den Rebellen. Und trotzdem hatte sie nicht gewollt, dass Jarven den Krater neben dem Parlamentsgebäude sah, dass sie von den Rebellen erfuhr. Es musste mehr Grund zur Beunruhigung geben, als sie Jarven gegenüber eingestanden hatten. Sonst würden sie doch nicht darauf drängen, den Anführer zu erschießen. *Massaker. Bürgerkrieg.*

Ein Leben oder viele, dachte Jarven. Ist es so? Darf man so denken, darf man *einen* Menschen töten, um *viele* Leben zu retten? Hat der Vizekönig recht, oder Bolström und Tjarks?

Sie stand auf und trat an die Fenstertür. Das Unwetter hatte sich gelegt, es regnete sanft und gleichmäßig. Sie wollte nicht in einem Haus mit Menschen zusammenleben, die ernsthaft darüber stritten, ob sie einen anderen töten sollten. Das Leben war kein Film, und es war kein Buch. Das Leben war die Wirklichkeit, und der Streit machte ihr Angst.

»Bitte nicht!«, flüsterte Jarven. Sie hatte der Prinzessin helfen wollen und sie wollte die Rolle in Bolströms Film. Aber jetzt wäre sie am liebsten zu Hause gewesen.

14.

Mali!«, schrie Joas und stürmte ins Wohnzimmer.
Der Fernseher lief ohne Ton, und auf dem Sofa davor lag Malena. Die blonden Haare waren ihr über das Gesicht gefallen und ein Arm hing fast bis auf den Teppich, wo jetzt die Kappe lag, ein schmutziges kleines Bündel.

»Mali!«, sagte Joas und kniete sich vor ihr auf den Boden.

Malena brummte, dann wischte sie sich die Haare aus dem Gesicht und setzte sich mit einem Ruck auf.

»*Musst* du mich wecken?«, murmelte sie. Was sie noch hatte sagen wollen, verschluckte ein Gähnen.

»Mensch, Mali!«, sagte Joas und starrte auf die Kappe. »Als ich es vorhin im Auto gehört hab, wusste ich gleich, dass du das bist!« Er lachte. »Hjalmar – wie?«

»Haldur«, sagte Malena und versuchte, mit den Fingern durch ihr verklettetes Haar zu fahren. »Glaube ich. Darum musste ich doch die Jacke ausziehen. Du kannst dir gar nicht vorstellen, wie ich gefroren habe!«

Joas zupfte an seinem Sweatshirt, das ihm nass am Oberkörper hing wie angeklebt. »Kann ich nicht?«, fragte er.

Malena winkte ab. »Und wie müde ich bin!«, sagte sie. »Glaubst du, ich hab viel schlafen können auf der Flucht?«

»Und warst du das jetzt, oder warst du es nicht?«, fragte Joas. Liron kam mit einem Tablett und stellte vor beide Kinder einen Becher mit dampfendem Tee. »Heute Morgen?«

Malena tippte sich an die Stirn. »Wie denn wohl?«, sagte sie und legte ihre Hände um den Becher. »Au! Noch viel zu heiß!«

Joas setzte sich auf dem Teppich zurecht. »Zuerst dachte ich, sie sieht wirklich genau aus wie du«, sagte er dann. »Aber sie hat dunkle Haare. Und ihre Augen sind braun.«

Malena pustete über den Tee. »Ich bin so froh, dass ich jetzt hier bin!«, sagte sie. »Aber es ist nicht mehr viel Zeit.«

»Ich glaube schon, dass du jetzt erst mal in Sicherheit bist, Malena«, sagte Liron. »Wir alle drei. Obwohl – die Prinzessin ist natürlich in Gefahr. Die Prinzessin mehr als alle anderen.«

Malena schlürfte einen ersten, winzigen Schluck. »Ich hab euch so vermisst!«, flüsterte sie.

Dann begann sie zu weinen.

»Morgen früh ist alles wieder gut«, hatte Mama immer gesagt, wenn Jarven früher in der Nacht nach einem schlechten Traum zu ihr unter die Decke geschlüpft war. Wenn es erst wieder hell ist, schrumpfen die Ängste der Nacht. Lass dich nachts nicht ein auf dumme Grübeleien. Am nächsten Morgen ist sowieso alles plötzlich wieder ganz leicht.

Jarven reckte sich. Sie hatte wenig geschlafen in der Nacht, die ersten Vögel hatten schon gezwitschert, als sie gespürt hatte, wie sie in ihren Traum glitt. Es war nicht immer einfach, sich an Mamas Rat zu halten. Nicht wenn man ein Gespräch belauscht hatte wie sie am Abend zuvor.

Sie setzte sich auf. Aber hatte sie tatsächlich gehört, woran sie jetzt immerzu denken musste? Die Sonne schien durch den Spalt zwischen den Vorhängen und winzige Staubteilchen schwebten in ihren Strahlen. Auch ohne ans Fenster zu treten wusste Jarven, dass es ein wunderschöner Morgen war. Hatte sie sich alles nur eingebildet?

Es klopfte an der Tür. »Hallo, Jarven!«, sagte Tjarks. »Hast du gut geschlafen?«

Sie stellte ein Tablett auf den Tisch neben dem Bett, dann ging sie zum Fenster und zog die Vorhänge auf. »Das wird ein herrlicher Tag heute! Und du kannst dich einfach nur ausruhen nach der Anstrengung gestern. Es gibt einen Pool im Park, wenn du schwimmen magst, und ich lasse dir einen Fernseher ins Zimmer bringen. Hilgard und ich haben heute Morgen zu tun, aber du kannst dich ja sicher auch allein beschäftigen.«

Jarven nickte. Sie war sich nicht sicher, wie ihre Stimme klingen würde, wenn sie sprach.

Hilgard und Tjarks hatten zu tun. *Nur eine Kugel, er wird nicht einmal etwas davon merken.*

»Danke!«, murmelte Jarven.

War das wirklich Frau Tjarks gewesen, die in der letzten Nacht zusammen mit Bolström den Vizekönig gedrängt hatte, den Rebellenführer zu erschießen? Frau Tjarks, die sie jetzt anlächelte, als gäbe es in ihrem Leben kein größeres Problem, als Jarven möglichst gut schminken zu lassen, sodass niemand bemerkte, dass sie nicht die kleine Prinzessin war?

»Du klingst müde!«, sagte Tjarks besorgt. »Fühlst du dich nicht gut?«

»Doch!«, sagte Jarven und beugte sich schnell über das Tablett, damit Tjarks ihr Gesicht nicht sehen konnte. »Mmmm, Pflaumenmus!«

Tjarks lachte. »Siehst du!«, sagte sie. »Ist doch alles in Ordnung. Und ich habe dir ein paar Zeitungen dazugelegt, da kannst du lesen, wie sehr gestern alle von dir begeistert waren.« Sie ging zur Tür. »Du hast ja unsere Nummern, Hilgards und meine, wenn etwas sein sollte. Es macht dir doch nichts aus, hier eine Weile allein zu sein?«

Jarven schüttelte den Kopf und griff nach einer Zeitung. Auf der ersten Seite prangte groß ein Foto, das sie auf dem Balkon zeigte, ihren Kopf an Norlins Brust gelehnt.

»Wir sehen uns beim Mittagessen!«, sagte Tjarks und zog die Tür hinter sich zu.

Zehntausende winkten ihr zu, als gestern an ihrem 14. Geburtstag Prinzessin Malena zum ersten Mal nach dem Tod ihres Vaters wieder auf den Balkon des Palastes trat und sich dem Jubel der Bevölkerung stellte, las Jarven. *Jeder, der ihre Trauer bei den Beisetzungsfeierlichkeiten erlebt hatte, konnte sich davon überzeugen, dass die Prinzessin sich seitdem ganz offensichtlich erholt hat. Sie wirkte ausgeruht, gesund und sogar fröhlich. Ein bewegender Anblick bot sich den Gratulanten auf dem Schlossrondell, als die Prinzessin sich eine Sekunde lang vertrauensvoll an ihren Onkel, den Vizekönig, schmiegte (Foto). Da die Prinzessin seit dem Tod ihres Vaters nicht mehr in der Öffentlichkeit erschienen war, gab es in den letzten Wochen Gerüchte über ihren Zustand sowie über das Verhältnis zu ihrem Onkel. All diese Spekulationen können nun mit gutem Gewissen ad acta gelegt werden. Auch während der Fahrt im offenen Wagen ...*

Jarven legte die Zeitung beiseite.

Ich rufe Mama an, dachte sie. Es ist mir ganz egal, ob ich sie störe. Und wenn ich sie nicht erwische, versuche ich es bei Tine. Mit irgendwem muss ich jetzt einfach sprechen.

»Hier!«, sagte Liron und knallte die Zeitung auf den Küchentisch, an dem Malena und Joas ihren Morgenkaffee schlürften. Auf der Platte aus zerschrammtem Resopal lagen ein Vollkornbrot und ein Brotmesser. »Wie ich erwartet habe.«

Malena griff als Erste nach dem Blatt. Sie starrte das Foto an. »Wie ich!«, murmelte sie. »Und natürlich steht sie in der nächsten Woche wieder da oben. Dann hat er, was er will. Und ich kann es nicht verhindern.«

Sie rollte mit dem Zeigefinger ein paar Krümel hin und her.

»Sie wird nicht wieder da oben stehen!«, sagte Joas grimmig. »Wir werden die Sache stoppen, bevor es ein Unglück gibt! Du glaubst doch nicht, dass Nahira das Gesetz einfach so hinnehmen wird?«

»War sie es wirklich?«, fragte Malena, und einen Augenblick lag ihre Hand bewegungslos neben dem Brot.

»Das Parlamentsgebäude?«, fragte Liron. »Natürlich, sie hat doch oft genug damit gedroht! Und nach dem Tod des Königs war es nur eine Frage der Zeit.«

»Es wäre alles anders gekommen!«, flüsterte Malena. »Warum ist er nur gestorben! Niemals hat irgendwer etwas von seinem schwachen Herzen gesagt!«

Liron öffnete den Mund, als wollte er sprechen,

dann warf er einen kurzen Blick auf Joas, schüttelte leicht den Kopf und schwieg.

»Jedenfalls«, sagte Joas, »müssen wir verhindern ...«

Liron lachte hart. »Was glaubst du eigentlich, wer wir sind?«, fragte er.

Malena sah ihn an. »Ich jedenfalls bin Malena, die Prinzessin von Skogland!«, sagte sie, und ihre Stimme klang wieder fest. »Und ich bin mir ganz sicher, wenn ich vor mein Volk trete und erkläre, wie ich über Norlins Gesetz denke und was mein Vater darüber gedacht hätte, niemand wird es mehr unterstützen! Alle werden verstehen, dass es nur dazu gemacht ist, ...«

Liron legte ihr einen Finger unter das Kinn. »Also los, sprich zu deinem Volk!«, sagte er spöttisch. »Wo willst du zu ihm sprechen? Hier, im Viertel, dessen Meinung sowieso niemanden interessiert? Irgendwo in der Stadt? Glaubst du nicht, dass die Polizei bei dir ist und dich schnappt, bevor auch nur zwanzig Menschen deine Worte gehört haben? Glaubst du, Norlin würde dir so einen Auftritt gestatten?«

Malena schlug seine Hand zur Seite. »Du denkst immer noch, ich bin ein dummes Kind!«, rief sie böse. »Eine verwöhnte kleine Prinzessin, die nichts begreift! Natürlich weiß ich, dass sie versuchen würden, mich zu stoppen! Aber was ist mit der Presse? Glaubst du nicht, dass die mich anhören würden?«

Liron ließ sich in seinem Stuhl zurücksinken. »Ach, Malena!«, sagte er. »Zwei Monate hast du da oben in deiner Schule gelebt, was denkst du denn, was passiert ist inzwischen? Glaubst du, da arbeiten überall noch dieselben Menschen hinter den Mikrofonen und den Kameras wie vor dem Tod deines Vaters? Glaubst du, in den Zeitungen schreiben dieselben Menschen wie damals? Was glaubst du denn, warum auf einmal so viel vom *Viertel* die Rede ist auf allen Sendern? Von dem Schmutz dort und der Zerstörung? Davon, dass es Völker gibt, die *weiter* sind, und andere, die vielleicht niemals so weit kommen werden?«

»Sie sind ausgetauscht worden?«, fragte Malena.

Liron nickte. »Das ist immer das Erste«, sagte er. »Wer bestimmt, was in die Köpfe der Menschen gelangt, bestimmt auch, was im Land geschieht. Vergiss das Fernsehen. Vergiss die Medien.«

Malena warf einen Blick auf die Zeitung auf dem Tisch. »Du meinst, wir können gar nichts tun?«, fragte sie. »Wir können das Gesetz nicht verhindern?«

Lirons Blick war dem ihren gefolgt. Er sah auf das Foto auf der ersten Seite, dann drehte er sich langsam zu Malena und Joas um. »Vielleicht jetzt natürlich doch«, murmelte er. »Lasst mich einen Augenblick nachdenken.« Er nahm das Messer und hielt es unter den Wasserhahn. »Und du, liebe Malena, wirst jetzt als Erstes gründlich duschen! Und hinterher ziehst du an, was Joas entbehren kann. Besonders prinzessinnenhaft wird es kaum sein, aber immer noch besser als das, was du jetzt trägst. Vor allem sauberer.«

Malena sah an sich herunter. »Also glaubst du doch, dass wir etwas tun können?«, fragte sie beharrlich.

Liron hob den Arm und zeigte auf die halb geöffnete Küchentür. »Raus!«, sagte er. »Los, los, Königliche Hoheit! Jetzt wird geduscht.«

―

Niemand nahm ab, immer war da nur das gleichmäßige Tuten.

»Was machst du denn, Mama, verdammt!«, zischte Jarven. »Dann eben Tine!«

Aber auch bei Tine gab es keine Reaktion, und als Jarven wieder die Nummer ihrer Mutter wählte, hörte sie das Besetztzeichen. Bei Tine war der gewünschte Teilnehmer leider zurzeit nicht zu erreichen.

»Ich werde wahnsinnig!«, flüsterte Jarven. Der fremde Junge fiel ihr ein.

Es ist gut, dass ich den Vizekönig gestern Abend nicht nach ihm gefragt habe, dachte Jarven. Nicht, bevor ich besser verstehe, was hier vorgeht.

Sie ging wieder zur Anrufliste, aber schon bevor sie auf die Kontakte tippte, wusste sie, dass es sinnlos war. »Wenn man sie mal braucht!«, murmelte Jarven.

Eine Nachricht würde diesmal einfach nicht reichen.

Malena saß auf dem Küchenfußboden in einem Meer von Haaren. Als sie aus der Dusche gekommen war, hatte Liron schon die Zeitung für sie ausgebreitet.

»Setz dich!«, hatte er gesagt. »Jetzt machen wir erst mal wirklich einen Jungen aus dir. Mit der Kappe, das funktioniert nicht. Und du willst dich doch frei bewegen können!«

»Nein!«, hatte Malena gerufen. Ihre Haare hatte sie wachsen lassen, solange sie denken konnte, sie kannte niemanden, der Haare hatte wie sie. Prinzessinnenhaare.

»Es ist zu gefährlich, begreifst du das nicht?«, hatte Joas gesagt. »Und sie wachsen doch wieder!«

Malena betastete zaghaft ihren Kopf. Liron hatte nicht viel übrig gelassen, feucht klebten die kurzen Stoppeln an der Kopfhaut.

»Da!«, sagte Liron und hielt ihr einen Spiegel hin. »Damit du den Schock hinter dir hast!«

Aus dem Spiegel sah ihr ein fremder Junge entgegen, jünger, als sie es war, das war merkwürdig. Er hatte weiche Gesichtszüge und große blaue Augen, und obwohl er doch so deutlich ein Südskoge war, fehlte ihm offenbar das Geld für einen vernünftigen Friseur.

»So erkennt dich niemand«, sagte Joas. Dann streichelte er vorsichtig Malenas Schulter. »Hallo, Kumpel!«

Liron hatte das Zeitungspapier mit den Haaren zusammengeknüllt, die letzten Strähnen verschwanden im Mülleimer. »Gut«, sagte er. »Damit bist du noch längst nicht sicher. Aber wenigstens sicherer.«

15.

Eine Weile hatte Jarven auf den Fernseher gestarrt, den Hilgard ihr mit einem Lächeln ins Zimmer getragen hatte. *Nur eine Kugel, er wird nicht einmal etwas davon merken.* Es war ihr schwer gefallen, zurückzulächeln.

Es gab nur drei Sender. Alle drei Programme waren skogisch, in allen Programmen ging es nur um Skogland, nur einmal geriet Jarven durch Zufall in eine Nachrichtensendung (zu Hause hätte sie sofort weitergezappt), in der die USA vorkamen, die EU, Israel, die Welt außerhalb.

Man musste nicht lange zusehen, um zu begreifen, wie unendlich schön Skogland war und wie glücklich die Skogen. Sie gingen hoch aufgerichtet, strahlend, in Interviews lächelten sie; fast hätte man glauben können, selbst Krankheiten hätten bei ihrer Ausbreitung um den Globus die skogischen Inseln übersehen.

Und doch war immer wieder von Sorge die Rede, von Bedrohung und Angst. Dreimal wurde der Krater neben dem Parlamentsgebäude gezeigt, Reporter mit ernsten Gesichtern berichteten von der Suche nach den Tätern. Unter Verdacht, das begriff Jarven schnell, standen die Nordskogen, dunkel aussehende Menschen, die auf der Nordinsel jenseits des

Sundes lebten oder in schmutzigen, verwüsteten Vierteln am Rande der Hauptstadt; die nicht lächelten, wenn die Kamera sie erfasste, die drohend die Faust erhoben und obszöne Worte riefen.

Es stimmte also, dass die Gefahr größer war, als Hilgard und Tjarks eingestanden hatten. Kein anderes Thema beschäftigte Skogland so sehr wie die Furcht vor einem erneuten Anschlag, vielleicht sogar vor diesen dunklen Menschen überhaupt. Und je mehr Jarven von ihnen sah, desto besser verstand sie die Skogen. Jeder Nordler, den freundliche Reporter mit dem Mikrofon in der Hand auf der Straße befragten, sprach ein grässliches Kauderwelsch, und was sie sagten, klang dumm und unüberlegt: Beschimpfungen, Forderungen, jedem Einzelnen von ihnen, das machten die Sendungen deutlich, wäre ein Anschlag zuzutrauen.

Jarven seufzte und schaltete weiter. Ein blonder Sänger stand vor einem See und besang den Sommer. Vielleicht hatte sie Bolström und Tjarks unrecht getan. Vielleicht war es wirklich das Beste, wenigstens den Anführer auszuschalten, wenn man doch wusste, wo er sich aufhielt. Auf einmal begriff sie gut, dass der Süden sich bedroht fühlte.

Und welche Lösung hatte denn der Vizekönig anzubieten gehabt? Schon von Anfang an war er ihr merkwürdig erschienen. Vielleicht war er einfach nur ein Zauderer, der seine weiße Weste nicht mit einem Attentat beschmutzen wollte, während Bolström und Tjarks begriffen, dass man manchmal ein kleines Verbrechen begehen muss (aber war der Mord an einem Menschen ein kleines Verbrechen?), um ein größeres zu verhindern. Konnte es so sein? Das war eine Frage für die Schule, dachte Jarven, für Ethik, für Religion, sogar für den Deutschunterricht. Eine von den Fragen, bei denen sie im Unterricht anfing, unter dem Tisch mit dem Handy zu spielen.

Der Sänger auf dem Bildschirm drehte sich langsam wie in Zeitlupe in einer Pirouette einmal um sich selbst und breitete die Arme aus, während seine Stimme sich auf dem letzten Ton zu vollen Orchesterklängen ausruhte. Als danach die Nachrichten begannen, griff Jarven zur Fernbedienung; aber dann war auf einmal der Balkon des Schlosses zu sehen, der Vizekönig, und vor allem sie selbst, wie sie winkte, wie sie sich an ihn schmiegte. Auf dem Bildschirm wirkte die Menschenmenge, die ihr zujubelte, fast bedrohlich, so grenzenlos schien sie sich vom Schlossrondell durch die Straßen zu ergießen, als der Hubschrauber mit dem Kamerateam versuchte, sie von oben vollständig zu erfassen.

Wie gut, dass ich das nicht wusste gestern da oben auf dem Balkon, dachte Jarven. Wie gut, dass ich nicht sehen konnte, wie viele Menschen mir gratulieren wollten. Und wie gut, dass ich gestern noch nichts geahnt habe von den nordskogischen Rebellen, ich hätte meine Angst nicht unterdrücken können. Nicht im offenen Wagen, und vor allem nicht, als der Junge plötzlich aufgetaucht ist.

»... Gesetz«, sagte der Sprecher. »Um ihrer Zustimmung Ausdruck zu verleihen, werden der Vizekönig und seine Nichte am kommenden Sonntag die Parade anführen. In einem Telefoninterview erklärte Prinzessin Malena, sie begrüße von ganzem Herzen das Gesetz für ein friedliches Zusammenleben mit dem Norden und zum Schutz vor Terrorismus, da so endlich wieder die Ruhe im Land einkehren könne, die ihr schönes Skogland verdiene.«

Jarven schaltete aus. Sie hasste Politik, Politik langweilte sie. Trotzdem war sie froh, dass sie nun ein wenig besser verstand, worum es Tjarks und Bolström gegangen war.

Sie musste versuchen, mit Mama darüber zu reden.

―

»Hast du das gehört?«, schrie Malena. Sie war größer als Joas, und seine Hose reichte ihr nur knapp bis auf die Knöchel. Dafür war sie im Bund viel zu weit, und Liron hatte ihr seinen Gürtel geben müssen, damit sie sie zusammenhalten konnte. »Ich soll gesagt haben, dass ich das Gesetz von ganzem Herzen begrüße? So ein verlogenes Pack!«

»Drück dich mal ein bisschen königlicher aus, Hoheit«, sagte Liron. »Das war natürlich *sie*. Begreifst du jetzt? Wenn wir dir übrigens deine Haarstoppeln dunkel färben würden, könntest du ohne weiteres als einer von diesen hundsgefährlichen nordskogischen Rabauken durchgehen.«

»Niemals!«, sagte Malena. »So geh ich als hundsgefährlicher südskogischer Rabauke durch.«

Liron drückte auf die Fernbedienung und das Bild verschwand. »Ihr wolltet meine Idee hören«, sagte er.

Joas klopfte neben sich auf das Sofa und Malena setzte sich zu ihm.

»Wir sind uns einig, dass alles versucht werden muss, um das Gesetz zur Unterdrückung der Nordskogen zu verhindern«, sagte Liron. »Darüber brauchen wir wohl nicht mehr zu reden. Dein Vater, Malena, hat in den letzten Jahren versucht wie kein Zweiter, dem Norden nach Jahrhunderten endlich die gleichen Rechte zu geben wie dem Süden, die Ausbeutung der nordskogischen Bodenschätze allein zum Nutzen des Südens zu begrenzen, uns Nordlern die gleichen Möglichkeiten, die gleiche Bildung zu geben wie den Südlern. Es war nicht nur Güte, die ihn dazu gebracht hat, das weißt du. Er hat begriffen, dass ein Volk, das in Elend und Unterdrückung lebt, sich irgendwann erheben wird, dass Reich und Arm nicht Tür an Tür leben können.«

»Weil die Armen sonst den Reichen eines Tages die Tür eintreten werden«, sagte Joas. »Hast du immer gesagt.«

Liron nickte. »Früher, zur Zeit deines Großvaters, Malena, ist das noch möglich gewesen«, sagte er. »Wir Nordskogen lebten im Norden und wussten nicht viel vom Leben hier bei euch im Süden, der ohnehin unendlich weit entfernt schien. Aber heute gibt es das Fernsehen, es gibt Filme, die uns euer Leben zeigen, es gibt Telefon, das Internet, und mit dem Auto, dem Motorschiff oder dem Flugzeug ist die Entfernung zwischen den Inseln auf einmal gering. Viele von uns sind außerdem vor Jahren zu euch in den Süden eingewandert, als ihr uns brauchtet, um all die Arbeiten zu tun, für die sich kein Südler fand.«

»Das weiß ich ja nun alles«, sagte Malena. »Du brauchst nicht so zu tun, als ob ich blöde wäre.«

Liron winkte ab. »Und auf einmal«, sagte er, »müssen die Südskogen feststellen, dass die Nordler nicht mehr mit dem bisschen zufrieden sind, das man ihnen freiwillig abgeben will. Sie fordern die gleichen Rechte wie im Süden, sie wollen nicht mehr immer nur ...«

»Okay!«, schrie Malena. »Ich weiß ja, warum alles so schief gelaufen ist! Und schließlich wollte mein Vater doch alles ändern!«

»Und das war auch klug so«, sagte Liron. »Und hat auch dem Süden mehr geholfen als alles andere. Du glaubst doch auch, dass die Rebellen schon vor Jahren zugeschlagen hätten, hätte nicht dein Vater dem Norden eine gemeinsame, gleichberechtigte Zukunft in Aussicht gestellt! Auf einmal lohnte es sich für uns Nordler abzuwarten. Auch ohne Terror und Kampf schien eine Zukunft für den Norden möglich. Die Rebellen fanden keinen Zulauf mehr.«

»Nein, aber zum Anschlag auf das Parlament hat es trotzdem gereicht«, sagte Joas. »Und du sagst ja selbst, es war kein Zufall, dass die Rebellen zugeschlagen haben, gleich nachdem der König tot war.«

Liron nickte. »Natürlich«, sagte er. »Es sollte eine Warnung sein an den Vizekönig und seine Leute, was geschehen würde, wenn sie nicht fortführen würden, was der König begonnen hatte. Denn dass es im südskogischen Adel, unter den Besitzern der Ölquellen und der Bergwerke, schon längst keine Unterstützung mehr für die Reformen des Königs gab, wusste jeder. Und jeder konnte ahnen, dass nach seinem Tod geschehen würde, was jetzt ja auch geschieht: dass vom Vizekönig so schnell wie möglich ein Gesetz verabschiedet werden würde, das die Grenze zum Norden schließt, sodass kein Nordskoge mehr in den Süden ziehen kann, und das den Nordskogen alle Rechte aberkennt, das genaue Gegenteil also von dem, was der König …«

»Und ich soll gesagt haben, ich begrüße es von ganzem Herzen!«, rief Malena. »Dass irgendwer das glauben kann!«

»Sie haben den Südskogen in den letzten Monaten immer wieder gezeigt, welche Gefahr wir Nordler für den Süden darstellen«, sagte Liron. »Oh, sie sind schlau! Das Gesetz ist gut vorbereitet. Und natürlich war der Anschlag auf das Parlament ein furchtbares Verbrechen. Hätte der Sprengstoff am richtigen Ort gezündet und nicht auf der Wiese daneben, viele hundert Menschen wären ums Leben gekommen. *Nichts* kann so ein Verbrechen rechtfertigen, Malena, keine Unterdrückung, keine Armut, *nichts*. Aber dem Vizekönig muss dieser Anschlag gerade recht gekommen sein. Denn jeder im Süden lebt inzwischen in Angst vor uns Nordlern, und nicht nur vor den Rebellen. Es schaudert die Menschen in ihren sauberen Häusern, wenn sie sehen, wie wir in unseren Stadtvierteln hausen. Man kann verstehen, dass sie sich wieder einen Süden wünschen, wie er früher war: sauber und ordentlich, ohne Furcht und ohne Nordskogen.«

»Klar«, sagte Joas. »Täte ich auch, wenn ich Südskoge wäre.«

»Nur dass das nicht mehr gehen wird«, sagte Liron. »Man kann die Zeit nicht zurückdrehen, niemals. Der einzige Erfolg des Gesetzes wären immer mehr enttäuschte Menschen im Norden, immer grausamere Rebellen und damit eine wachsende Gefahr für jeden Skogen. Und es wäre auch nicht menschlich. Man kann nicht die einen in Armut leben lassen, damit es den anderen immer besser geht.«

»Amen!«, sagte Malena. »Genau so hat mein Vater auch immer geredet.«

Liron lachte. »Darum war er im Norden ja auch so beliebt!«, sagte er. »Und du natürlich auch. Und darum ist es so wichtig für Norlin, dass es jetzt aussieht, als wärst du auf seiner Seite. Wenn *du* sein Gesetz gegen den Norden unterstützt, wird kaum ein Südskoge mehr daran zweifeln, dass es gut und gerecht ist, nicht nach all dem, was das Fernsehen uns seit Wochen täglich zeigt. Und was wir Nordskogen denken, zählt ja sowieso nicht.«

»Und jetzt kommt deine Idee?«, sagte Joas. »Sonst guck ich wieder Fernsehen.«

»Jetzt kommt meine Idee«, sagte Liron.

―

»Das wüsste ich jetzt aber gerne«, sagte Tine. »Wo die abgeblieben ist! Da macht man sich doch Sorgen.«

»Auch wenn man sich Sorgen macht, spricht man in deinem Alter nicht mehr mit vollem Mund«, sagte ihre Mutter. »Obwohl ich es durchaus als Kompliment für meine Kochkunst nehme. Noch schöner wäre es natürlich gewesen, wenn du gesagt hättest: Danke, liebe Mama, dass du trotz deines knallharten Jobs und obwohl du nebenbei auch noch mal so eben mit links den ganzen Haushalt erledigst ohne allzu viel Hilfe von mir, immer noch Zeit hast, so wunderbare Mahlzeiten zuzubereiten.«

»Sag ich nächstes Mal«, sagte Tine. »Aber mal ganz im Ernst jetzt, Mama, findest du das nicht komisch? Gestern Abend, als ich sie angerufen hab, um ihr das von der Doppelgängerin zu erzählen, ist sie nicht rangegangen, nicht zu Hause und nicht ans Handy. Und heute Morgen taucht sie nicht in der Schule auf! Ans Handy ist sie wieder nicht gegangen, also bin ich nach der Schule kurz vorbeigefahren bei ihr, und was ist? Keiner macht die Tür auf.«

»Und jetzt glaubst du, dass sie krank ist?«, fragte ihre Mutter und tat sich noch ein winziges bisschen Auflauf auf den Teller. Noch einmal ließ sie den Löffel über der Form schweben, dann seufzte sie tief und ließ ihn sinken, ohne zuzulangen. »So schwer krank, dass sie nicht mal mehr telefonieren oder die Tür öffnen kann? Hätte sie dir dann nicht wenigstens schreiben können?«

»*Ich* hab *ihr* geschrieben!«, sagte Tine. »Aber keine Reaktion!«

Ihre Mutter nickte. »Vielleicht sind sie schon verreist?«, fragte sie. »Immerhin gehen demnächst die Ferien los.«

»Dafür haben die doch gar nicht das Geld!«, sagte Tine. »Und das hätte sie mir doch auch erzählt! Auch wenn sie einfach so gefahren wäre, ohne Antrag in der Schule! Den hat sie nämlich nicht gestellt, alle Lehrer haben gefragt, wo sie ist.«

»Ich glaub das trotzdem«, sagte ihre Mutter und guckte sehnsuchtsvoll auf die Auflaufform. »Wahrscheinlich hat ihre Mutter ihr verboten, dir davon zu erzählen, Tine. Du weißt doch, wie komisch ihre Mutter ist.«

Tine starrte auf ihren Teller. »Ich geh heute Abend noch mal vorbei«, murmelte sie. »Ich glaub einfach nicht, dass Jarven sich nicht mehr bei mir meldet! Wir sind allerbeste Freundinnen! Sie vertraut mir!«

Ihre Mutter warf ihr einen schnellen Blick zu, dann versenkte sie den Löffel in der Auflaufform. »Sowieso schon egal«, murmelte sie schuldbewusst, als sie den Löffel zum Mund führte. »Nun hoff ich nur, Tine, dass du mit deiner allerbesten Freundin nicht eine kleine Enttäuschung erlebst.«

Die langen Korridore waren leer, und durch die Fenster fiel das Sonnenlicht auf den hellen Marmorboden und ließ ihn glänzen.

Ich muss sie doch danach fragen, dachte Jarven. Beim Mittagessen. Bisher sind sie immer freundlich zu mir gewesen, warum sollte ich ihnen misstrauen? Und seit ich im Fernsehen gesehen habe, welche Gefahr von den Nordskogen ausgeht, kann ich Bolström sogar ein bisschen verstehen, wenn er verlangt, der Anführer der Rebellen müsste ausgeschaltet werden. Wie schade, dass Mama wieder nicht ans Handy gegangen ist, ich hätte so gerne mit ihr darüber gesprochen. So richtig kann sie mich eigentlich nicht vermissen, wenn sie nie mit mir reden will.

Sie lief durch die große Eingangshalle und öffnete die Vordertür. Ein Handtuch hatte sie dabei und ihren Badeanzug. Ein Swimmingpool ganz für sie allein, das würde ihr Tine kaum glauben. Jarven stupste einen Zeh ins Wasser. Es war kälter, als sie erwartet hatte.

Sie sah sich um. Es war dumm von ihr gewesen, sich nicht gleich oben in ihrem Zimmer umzuziehen. Sie hatte sich zu sehr geschämt, nur im Badeanzug durch das große Haus zu laufen, aber noch viel mehr schämte sie sich, jetzt hier im Garten ihre Kleider zu wechseln. Zu viele Fenster gingen auf den Park hinaus. Sie musste sich eine Stelle suchen, wo niemand sie beobachten konnte.

Hundert Schritte entfernt entdeckte sie den Gartenpavillon, ein zierliches rundes Gebäude mit Wetterfähnchen auf dem kuppelförmigen Kupferdach und glaslosen Fenstern. Vielleicht hatten hier vor hundert Jahren die Prinzen und Prinzessinnen bei schönem Wetter nachmittags ihren Tee genommen.

»Na bitte«, murmelte Jarven.

Schon als sie sich dem Pavillon bis auf zwanzig Schritte genähert hatte, hörte sie die Stimmen. Wer auch immer sich dort drinnen unterhielt, gab sich keine Mühe, leise zu sein.

Jarvens erster Impuls war umzukehren. Sie hatte schon einmal gelauscht, und jetzt wäre sie froh gewesen, sie hätte es nicht getan.

Dann duckte sie sich und schlich über den Rasen, bis sie zum Rand des Kieswegs kam, der den Pavillon umgab. Weiter konnte sie sich dem Gespräch nicht nähern, der Kies würde unter ihren Füßen knirschen. Ein gestutzter Lorbeer wuchs zwischen Rasen und Weg; Jarven presste sich an seinen Stamm und versuchte, kein Geräusch zu machen.

»Dann verstehe ich allerdings nicht, warum Sie uns haben weitersuchen lassen, Hoheit«, sagte eine unbekannte Stimme. »Die Fahndung nach der Prinzessin haben Sie abbrechen lassen, nachdem sie wieder aufgetaucht war, gut. Aber nach dem so genannten Hjalmar Haldur ist landesweit weitergesucht worden, im Gegenteil, Sie haben mich noch am Abend des Geburtstags aufgefordert, die Fahndung nach ihm zu intensivieren!«

»Mein lieber Polizeipräsident«, sagte der Vizekönig. Jarven erkannte seine Stimme. »Ich habe Ihnen doch erklärt ...«

»*Jetzt*, nachdem die Analyse der Haare dieses – angeblichen – Hjalmar gezeigt hat, dass es sich bei ihm in Wirklichkeit um die Prinzessin handelt«, sagte der Polizeipräsident, »*jetzt erst* sagen Sie uns ...«

»Weil wir es vorher selbst nicht wussten!«, rief der Vizekönig. »Wir haben der Polizei gesagt: Das Kind ist wieder aufgetaucht. Es war keine Entführung, nur ein dummer Streich, sie hat die Schule aus eigenem Antrieb verlassen, sie hatte Angst vor den Feierlichkeiten aus Anlass ihres Geburtstages, darum ist sie verschwunden! Aber dann hat sie eben doch noch rechtzeitig begriffen, was ihr Amt von ihr verlangt, und ist zum Hof zurückgekehrt. Sie haben selbst gesehen, wie großartig sie den Tag gemeistert hat! In welcher Verkleidung sie sich aus der Schule davongestohlen hat, woher sollten wir das wissen? Es gab bei Gott Wichtigeres zu klären!«

Jarven hielt den Atem an. Die Prinzessin war aus der Schule fortgelaufen, warum hatte ihr niemand davon erzählt? Warum hatten sie ihr gesagt, sie hätte einfach nur Angst davor gehabt, an ihrem Geburtstag durch all die Straßen zu fahren, die sie zuletzt beim Begräbnis ihres Vaters gesehen hatte?

»Allerdings stellt sich dann doch die Frage«, sagte der Polizeipräsident scharf, »wer die Suchmeldung nach diesem – Hjalmar aufgegeben hat, wenn es ihn doch in Wirklichkeit gar nicht gibt? Wenn er eine ausgedachte Figur ist, die also niemand vermisst haben kann? Wenn er kein anderer war als die Prinzessin, nach der wir aber ohnehin schon gesucht haben?«

»Meine Güte, woher soll denn ich das wissen!«, rief der Vizekönig. Jarven hörte verwirrt, dass in der Erregung plötzlich ein Klang in seiner Stimme war, der sie an etwas erinnerte. Woran? »Das Krankenhaus! Und dann hat Ihre Behörde, *Ihre* Behörde festgestellt, dass sich sein Äußeres deckt mit dem dieses anderen Jungen und dass deshalb ... Seine Eltern werden die Suchmeldung aufgegeben haben!«

»Darf ich Sie daran erinnern, Hoheit, dass es ihn nicht wirklich gibt und daher auch nicht seine Eltern«, sagte die Stimme des Polizeipräsidenten höflich. »Das liegt in der Natur der Sache.«

»Ja, was weiß denn ich!«, schrie der Vizekönig. »Soll ich Ihre Arbeit für Sie erledigen? Ihre Leute müssen die Suchmeldung doch aufgenommen haben! Fragen Sie doch die!«

Es gab eine kleine Pause. »Die Suchmeldung lässt sich nicht zurückverfolgen«, sagte dann die Stimme des Polizeipräsidenten. »Die Wache in der Nähe des Krankenhauses, die sie angeblich aufgenommen und zu uns in die Zentrale weitergeleitet hat, weiß von nichts.«

»Dann sollten Sie Ihren Betrieb mal besser kontrollieren!«, schrie der Vizekönig. »Das ist ja ein Skandal! Sie wissen also überhaupt nicht, woher die Suchmeldung kam? Kommt so was öfter vor bei der Polizei von Skogland? Das ist ja erschreckend! Das ist ja ein Sauladen!«

Jarven wartete auf die Antwort, aber sie blieb aus. Stattdessen sah sie, wie ein Mann im hellen Anzug sich langsam über den Rasen in Richtung Hauptgebäude entfernte.

Gerade wollte sie sich leise in das Gebüsch jenseits des Rasens zurückziehen, um nicht womöglich vom

Vizekönig überrascht zu werden, wenn er den Pavillon verließ, als sie ein vertrautes dumpfes Tuten hörte. Der Vizekönig rief jemanden an.

»Bolström?«, rief er. »Greift ihn euch, bevor er das Gelände verlässt! Er darf nicht wieder zurück ins Präsidium! Er darf mit niemandem Kontakt aufnehmen, ich erklär es dir später! Der Mann hat einen Verdacht! Der Mann ist eine Gefahr!«

Jarven rannte geduckt. Das Gebüsch war nicht mehr als dreißig Schritte entfernt, sie warf sich hinter einen dichten Jasmin und keuchte.

Sie wusste jetzt auch, woran der Tonfall des Vizekönigs sie erinnert hatte. Es war ein Hauch darin, nur noch ein Hauch, vom Kauderwelsch des Nordens.

Drei Nächte und drei Tage hatte die Fahrt gedauert, mit dem Schiff hatten sie übergesetzt. Schon längst vermutete Jarvens Mutter, wo sie schließlich ankommen würden, auch wenn sie ihr die Augenbinde bis zuletzt nicht abgenommen hatten.

Als sie sie die kurze Treppe zur Eingangstür hochstießen, roch sie das Salz in der Luft und wusste, dass sie sich nicht geirrt hatte.

Sobald sie die Tür hinter ihr verschlossen hatten, knotete einer der Entführer die Augenbinde los. Es war, wie sie geglaubt hatte, fast hätte sie eine kleine Wiedersehensfreude gespürt. Dann sah sie ihn auf einem Stuhl nicht weit vom Fenster, das vergittert war, Handfesseln um beide Hände und so erschrocken wie sie.

»Aber wieso du?«, flüsterte Jarvens Mutter. Sie hatte kaum gegessen in den letzten Tagen, alles begann sich zu drehen. »Ich hatte gedacht, du wärst …«

»Fangt sie auf!«, schrie der Mann und versuchte aufzuspringen. Seine Füße waren an die Beine des Stuhls gekettet, gerade rechtzeitig ließ er sich wieder zurückfallen. Jarvens Mutter schlug hart auf dem Boden auf. Der Mann streckte seine gefesselten Hände nach ihr aus, als wolle er sie streicheln.

―

Niemand hatte nach ihr gesucht.

Den ganzen Tag über hatte Jarven hinter dem Jasmin gelegen und nachgedacht. Das Gleißen der Mittagssonne war in das ruhige Licht des Nachmittags übergegangen, und langsam färbte der Himmel über dem Horizont sich rot. Gleich werden sie kommen und mich suchen, dachte Jarven. Wenn ich auch zum Abendbrot nicht auftauche. Und sie haben die Hunde, ich habe keine Chance, mich vor ihnen zu verbergen.

Sie ließ ihre Schultern kreisen gegen einen kleinen Schmerz. Wenn ich jetzt einfach ins Haus zurückgehe, ist vielleicht alles noch in Ordnung. Wenn ich sage, ich habe den ganzen schönen Sommertag im Park verbracht und bin im Schatten eingeschlafen.

Woher sollen sie wissen, was ich belauscht habe? Ich muss meine Rolle nur gut genug spielen, die Rolle der harmlosen kleinen Jarven, die nichts ahnt und von nichts weiß. Aber wie lange kann ich das durchhalten?

Jarven rollte sich zusammen. Sie hatte Angst. Zu vieles war sonderbar, zu vieles passte nicht zusammen. Zu oft hatten Hilgard, Tjarks und der Vizekönig sie belogen.

Von der Gefahr durch die Rebellen hatten sie ihr nicht erzählt, und sie schreckten nicht davor zurück, ihren Anführer zu töten. Nur der Vizekönig wollte seinen Tod nicht. Und der Vizekönig, wie passte das zusammen, hatte einen nordskogischen Akzent.

Von der Flucht der Prinzessin aus der Schule hatten sie ihr nicht erzählt und hatten nach einem Jungen suchen lassen, den es nicht gab. Warum war der Vizekönig so erregt gewesen, als der Mann im hellen Anzug ihn darauf aufmerksam gemacht hatte, dass nach einem, den es nicht gibt, auch niemand suchen kann? Warum ließ er ihn verhaften, seinen eigenen Polizeipräsidenten?

Jarven zitterte und schlang die Arme um den Körper. Nachdem die Sonne verschwunden war, war es kühl geworden.

Es kann alles ganz harmlos sein, dachte sie. Aber ich kann sie nicht fragen. Denn wenn ich die falschen Fragen stelle – Fragen, an denen sie ablesen können, dass ich mir meine Gedanken mache –, was werden sie dann mit mir machen? *Nur eine Kugel, er wird nicht einmal etwas davon merken. – Greift ihn euch, bevor er das Gelände verlässt.*

Ich kann nicht fragen, Fragen ist gefährlich, Fragen verrät mich. Aber ich kann auch nicht so weitermachen, nicht eine ganze Woche lang, als wäre nichts gewesen, als hätte nicht der Junge nachts unter meinem Balkon gestanden, als hätten nicht Bolström und Tjarks den Tod des Rebellenführers gefordert, als hätte nicht der Vizekönig den Polizeipräsidenten verhaften lassen.

Irgendetwas ist nicht, wie es sein soll. Und ich bin mittendrin.

»Jarven?«, rief Hilgards Stimme vom Balkon. Jarven duckte sich unter den Büschen.

Ihr Handy klingelte, sie waren nicht dumm. Jarven schaltete es aus, bevor der Ton ihnen ein zweites Mal anzeigen konnte, wo sie sich verborgen hielt.

»Jarven? Wir wollen essen!«

Vermuteten sie schon etwas? War es vielleicht doch immer noch das Sicherste, zu ihnen zurückzukehren, harmlos und lächelnd? Wohin sonst konnte sie auch gehen?

»Jarven? Verdammt, wo steckt das Mädchen denn?«, rief Hilgard.

Ich werde mich nicht eine Woche lang verstellen

können, dachte Jarven. Angst kann man nicht verbergen. Was werden sie dann mit mir machen?

Als sie die Hunde hörte, wusste sie, dass die Entscheidung gefallen war. Sie würden sie finden, und Jarven wusste nicht, worauf die Tiere abgerichtet waren. Würden sie nur anschlagen zum Zeichen, dass sie die Beute aufgespürt hatten? Oder würden sie sie packen wie die Bestien in Filmen, sie zwischen die scharfen Zähne nehmen? Es waren mindestens drei Tiere, vielleicht auch noch mehr.

Jarven rollte sich zusammen und verbarg das Gesicht in den Armen. Ihre Angst war so groß, dass sie keine Luft mehr bekam. Das Bellen kam näher, sie hörte die Pfoten auf dem Kies, hörte das aufgeregte Hecheln, nur noch wenige Sekunden.

Ein heller Pfiff durchschnitt die Luft. Als hätte jemand ein Lautsprecherkabel durchtrennt, riss das Bellen ab, stattdessen stießen die Hunde hohe kleine Freudenlaute aus. Jarven spürte, wie ihr etwas über den Kopf geworfen wurde, eine Hand presste sich auf ihren Mund.

Es war zu spät.

16.

Solltest du nicht längst im Bett sein?«, fragte Tines Vater und sah auf seine Uhr. Sie waren im Kino gewesen, seine Frau und er. Er sah seine Tochter an, die eingekuschelt unter einer Wolldecke auf dem Sofa lag, und begriff, dass er in Zukunft nicht mehr darauf hoffen durfte, dass sie bei der Rückkehr ihrer Eltern in ihrem Zimmer liegen und schlafen würde. »Aber wie ich sehe, tust du wenigstens was für deine Bildung! Immerhin *Tagesthemen*.«

»Pssst!«, sagte Tine und starrte auf den Bildschirm. »Heute war nichts dabei.«

»Wie, nichts dabei?«, fragte ihre Mutter. Sie hatte ihre Jacke im Flur an die Garderobe gehängt und ließ sich in einen Sessel fallen. »Guter Film war das.«

»Über Skogland«, sagte Tine und schaltete den Fernseher aus. Eine Frau in kurzer Jacke hatte gerade angefangen, auf die Wetterkarte zu zeigen. »Ich dachte, wegen Jarven.«

Ihr Vater ging an den Schrank und holte sich ein Glas. »Tine!«, sagte er. »Nun fang um Himmels willen nicht an, Gespenster zu sehen!«

Tine sah zu, wie er sich ein Wasser einschenkte. »Wieso dubioses Land?«, fragte sie. »Das hast du gestern Abend gesagt. ›Skogland, das ist auch so ein äußerst dubioses Land.‹ Was hast du damit gemeint?«

Ihr Vater ließ sich neben ihr auf das Sofa sinken. »Wenn ich jetzt wüsste, dass das politisches Interesse ist«, sagte er, »dann würde ich es dir mit Freuden erzählen. Aber da ich glaube, dass du noch immer irgendwelchen Hirngespinsten hinterherläufst, ...«

»Nun sei doch nicht albern!«, sagte seine Frau und angelte nach der Flasche. »Wenn dein Kind schon mal Interesse an solchen Fragen zeigt, sollte es dir doch gleichgültig sein, warum! Nutze die Chance!«

Tines Vater lachte. »Also gut, Skogland«, sagte er. »Das dubiose Skogland, das Land der zwei Inseln. Der Anfang liegt ziemlich weit zurück, weißt du. Schon viel mehr als hundert Jahre. Seitdem gehört die Nordinsel nämlich zu Skogland, und seitdem haben die Menschen der Südinsel ihren Reichtum aus dem Norden bezogen.« Er sah sie an. »Verstehst du?«

Tine schüttelte den Kopf. Trotzdem hatte sie das Gefühl, als hätte sie etwas Ähnliches schon einmal gehört, in der Schule wahrscheinlich. »Nicht richtig«, sagte sie.

Ihr Vater seufzte.

»Was lernt ihr eigentlich in Geschichte?«, fragte er. »Also, die auf der Südinsel, die Blonden, Großen, waren denen im Norden haushoch überlegen damals. Sie hatten die besseren Waffen, Maschinen, was weiß ich. Sie sind in den Norden gekommen und haben ihn erobert, wie das überall so war auf der Welt damals. Sie haben gesagt, sie hätten dem Norden den

Fortschritt gebracht, und der Norden hat es ihnen geglaubt. Vermutlich haben die Nordskogen die Südskogen sogar bewundert.«

Tine nickte.

»Aber in Wirklichkeit«, sagte ihr Vater, »wollten die aus dem Süden natürlich an die Bodenschätze im Norden, an das Öl, an die Ernten der fruchtbaren Böden. Und die Nordskogen haben für sie gearbeitet, verstehst du, für wenig Geld in ihrem eigenen Land, und die aus dem Süden sind dabei reich geworden.«

»Klar«, sagte Tine.

»Klar, klar, was hast du denn für eine Einstellung?«, sagte ihr Vater. »Aber damals jedenfalls fanden irgendwie auch alle, dass es ganz in Ordnung war so. Sogar die Nordskogen. Bis sie dann ein bisschen mehr erfuhren, bis die ersten von ihnen den Süden kennenlernten, bis einige von ihnen in südskogischen Schulen lernen durften, bis sie begriffen, dass es keinen Grund dafür gab, dass immer sie die Armen sein sollten und die im Süden die Reichen, wenn doch die Bodenschätze und das Öl, denen der Reichtum zu verdanken war, von der Nordinsel stammten.«

»Hätten sie auch früher draufkommen können«, sagte Tine und setzte sich auf.

»Jetzt freu ich mich über dich«, sagte ihr Vater. »Und gleichzeitig sind immer mehr Nordskogen in den Süden gekommen. Weil es dort genügend Arbeit gab, schwere Arbeit, schmutzige Arbeit, schlecht bezahlte Arbeit, die kein wohlhabender Südler tun wollte. Darum brauchten die Südskogen Arbeiter für ihre Fabriken, Landarbeiter auf ihren Feldern, Pfleger für ihre Kranken und ihre Alten – und all diese Nordler lernten den Süden kennen, den Süden und seinen Reichtum. Und sie fingen an zu ahnen, dass es nicht gerecht war.«

»Und darum sind dann die Rebellen gekommen«, sagte Tine. »Die aus den Nachrichten.«

Ihr Vater nickte. »Haargenau«, sagte er.

»Aber was hat Jarven damit zu tun?«, fragte Tine und ließ sich im Sofa zurückplumpsen. »Da bin ich nun auch noch nicht schlauer.«

Ihr Vater strubbelte ihr durchs Haar. »Gar nichts hat sie damit zu tun, meine dumme, dumme Tochter!«, sagte er. »Deine Jarven sitzt irgendwo am Mittelmeer in einem gemütlichen Hotel und lacht sich kaputt, wenn sie an die Schule denkt.«

»Glaubst du!«, sagte Tine und stand auf.

Jarven weinte.

Zusammengekrümmt lag sie im Kofferraum eines Wagens, der schnell über ebene Straßen fuhr; nur selten verlangsamte er die Fahrt, hielt niemals an. Also waren sie nicht in Richtung Stadt unterwegs, sonst hätte es Ampeln gegeben, Kreuzungen, ab und zu hätte der Wagen gestanden.

Das Motorengeräusch dröhnte in ihren Ohren, es roch nach Öl oder Benzin, und der metallene Untergrund war hart, obwohl ihre Entführer für sie eine Decke ausgebreitet hatten. Die Augen hatten sie ihr verbunden, ihr Mund war mit einem Knebel verschlossen, die Hände waren ihr auf den Rücken gefesselt, die Füße mit einem Gürtel zusammengeschnürt. Als Erstes hatten sie ihr das Handy abgenommen.

So unwirklich fühlte sich alles an, dass sie nicht einmal wirkliche Angst spürte. Sie musste sich also schon länger verdächtig gemacht haben. Warum sonst ließ der Vizekönig sie abtransportieren? Was hatte sie falsch gemacht?

Der Boden wurde holperig und der Wagen verlangsamte seine Fahrt. Trotzdem wurde sie in ihrem engen Gefängnis hin- und hergestoßen. Dann kamen sie zum Stehen.

Türen wurden geöffnet und wieder zugeschlagen, sie hörte Stimmen. Jemand schloss die Kofferraumklappe auf.

»Vorsichtig!«, sagte eine Männerstimme. Es war nicht Hilgard, nicht Bolström, nicht der Vizekönig. »Wenn du ihre Füße nimmst, ...«

Hände packten sie unter den Schultern, andere an den Beinen. Fast behutsam wurde Jarven aus dem Auto gehoben, sie atmete die immer noch milde Abendluft, die nach Tannen duftete, ein, dann spürte sie Waldboden unter ihrem Rücken, Moos.

»So«, sagte die Männerstimme wieder. »Ich nehme dir jetzt die Augenbinde ab.«

Der Knoten an ihrem Hinterkopf wurde gelöst, und zwischen den Wipfeln riesiger Tannen sah Jarven den Himmel über sich, der langsam die Bleifärbung der Nacht annahm. Sie drehte den Kopf ein wenig zur Seite.

»Wenn du versprichst, nicht zu schreien«, sagte der Mann, der offenbar das Kommando hatte, »dann nehmen wir dir jetzt auch den Knebel aus dem Mund. Es hätte übrigens sowieso nicht viel Sinn zu schreien. Wir sind hier mitten im Wald.«

Jarven versuchte zu nicken zum Zeichen, dass sie verstanden hatte. Der Mann sah nicht aus wie die Skogen, mit denen sie bisher zu tun gehabt hatte. Er war kleiner als sie, kräftiger, und Haar und Haut waren dunkel. Jarven begriff, woher er kam.

»Joas«, sagte der Mann auffordernd.

Schon als der Junge sich aus dem Schatten der Bäume löste, erkannte Jarven ihn wieder. Er beugte sich über sie und nahm ihr den Knebel ab. In seinen Augen lag Abscheu.

»Glaub nicht, dass du so viel Rücksicht verdient hast!«, sagte er und hob den Fuß, als wolle er sie treten.

Jarven schrie auf.

»Joas!«, sagte der Mann scharf.

Es war der Junge aus der Stadt, der Junge unter ihrem Balkon. Alles fügte sich zusammen. Sie war den Rebellen in die Hände gefallen.

Der Vizekönig tobte.

»Ihr seid wahnsinnig geworden!«, schrie er. Sie standen zu viert in den Büschen am Zaun an der Stelle, wo jemand zwei Stangen des übermannshohen Gitters durchgesägt und so ein Schlupfloch geschaffen hatte. »Wie konnte das passieren? Was heißt das, entführt?«

»Sie haben damals gesagt, Hoheit, je weniger Personal wir hier auf Österlind bei uns haben, umso geringer ist die Gefahr, dass irgendwer begreift, dass unsere Prinzessin nicht die echte ist«, sagte Hilgard und verbeugte sich leicht. »Tjarks musste sogar für uns kochen, weil Sie nicht einmal eine Köchin wollten.«

»Und keine Wachen«, sagte Tjarks. »Sie haben gesagt, es reicht der Zaun. Wir haben die Alarmanlage und, noch wichtiger, die Hunde.«

»Und stimmt das etwa nicht?«, schrie der Vizekönig. »Wieso ist der Alarm nicht losgegangen? Wieso hat trotzdem jemand den Zaun durchbrechen können?«

»Wo es Menschen gibt, die Alarmanlagen installieren, gibt es Menschen, die sich mit Alarmanlagen auskennen«, sagte Bolström. »Nun reg dich um Himmels willen nicht so auf, Norlin. Das Wichtigste ist jetzt, dass wir einen kühlen Kopf behalten. Es hängt nicht *alles* von der Prinzessin ab.«

»Und die Hunde?«, schrie der Vizekönig. Er klang, als hätte er Bolströms Ermahnung nicht gehört. »Die schärfsten Wachhunde in ganz Skogland? Sie sind abgerichtet, alles anzufallen, was sich bewegt! Wieso haben sie also die Entführer nicht angefallen?«

»Wir haben sie schwanzwedelnd hier am Zaun vorgefunden«, sagte Hilgard zögernd.

»Das lässt vermuten, dass jemand ihnen Fleisch hingeworfen hat, um sie ruhig zu stellen«, sagte Tjarks. »Obwohl ... Jedenfalls waren sie allerbester Stimmung.«

»Ja, das ist merkwürdig«, murmelte Bolström.

»Nahira hat schon immer Wege gefunden!«, sagte der Vizekönig, und sein Gesicht war wutverzerrt. »Sie ist nicht nur bereit, Gewalt anzuwenden. Sie ist auch klug.«

Bolström nickte mehrmals leicht. »Natürlich, du solltest es besser wissen als jeder andere«, sagte er. »Nahira kommt infrage. Sie ist die Erste, die uns einfällt, oder? Dir vor allem. Aber können wir sicher sein? Die außer Betrieb gesetzte Alarmanlage und die Hunde lassen mich eher auf jemand anderen tippen.«

Der Vizekönig sah ihn an.

»Es war ein Fehler, Norlin, deinen alten Kumpel nur von allen Ämtern zu entbinden und zu entlassen«, sagte Bolström freundlich. »Und jetzt reg dich um Himmels willen nicht gleich wieder so wahnsinnig auf. Was passiert ist, ist passiert«, und er drehte sich um und bahnte sich langsam durch die Büsche seinen Weg zurück zum Gutshaus.

Der Vizekönig zögerte einen Moment, bevor er ihm folgte. »Liron«, murmelte er. »Natürlich, Liron.«

Hilgard sprang vor und bog die Zweige auseinander, damit der Vizekönig das Gebüsch ohne Schrammen und Kratzer verlassen konnte.

»Die Hand- und Fußfesseln müssen wir dir lassen«, sagte der Mann. Er half Jarven auf und stützte sie, sodass sie mit winzigen Schritten bis zu einem Baumstamm gehen konnte, unter dem ein zweiter Junge inzwischen die Decke aus dem Kofferraum ausgebreitet hatte. »Ich glaube, sie sind locker genug, um dir nicht ins Fleisch zu schneiden. Es tut mir leid, dass wir mit einem Kind so umgehen müssen. Aber du weißt, warum es nötig ist.«

Jarven schluchzte auf.

»Setz dich«, sagte der Mann. »Ich helf dir. Gib ihr etwas zu trinken, Joas.«

Der Junge kam mit einer Thermoskanne und goss Tee in einen Becher.

»Ich würde dich am liebsten …!«, sagte er. In seiner Stimme lag grenzenlose Wut.

Jarven hielt den Becher zwischen ihren gefesselten Händen und spürte erstaunt, wie gut ihr die Wärme tat. Sie nahm einen kleinen Schluck.

»Du musst keine Angst haben«, sagte der Mann. Er blickte ihr in die Augen, als suche er etwas. »Wir werden dir nichts antun.«

Jarven nickte. Sie spürte, dass ihr die Tränen über das Gesicht liefen. Ihre Schultern zuckten.

»Bitte«, flüsterte Jarven, »bitte – es ist alles ein Irrtum!«

»Ein Irrtum?«, schrie der Junge. Vor ihm hatte Jarven die größte Angst. In seinen Augen stand jetzt blanker Hass, und hätte der Mann ihn nicht zurückgerufen, ganz sicher hätte er sie längst geschlagen. »Ein Irrtum? Glaubst du, du kannst uns für dumm verkaufen?«

Jarven schüttelte verzweifelt den Kopf. »Aber ich bin gar nicht die Prinzessin!«, flüsterte sie. »Ich bin nicht Prinzessin Malena! Ich bin eigentlich nur …«

»Verräterin!«, schrie der Junge. »Was spielst du hier eigentlich für ein Spiel? Glaubst du, das wissen wir nicht? Was glaubst du denn, warum wir dich abgeschleppt haben, Balg?«

»Bitte!«, flüsterte Jarven. Wenn die Rebellen wussten, dass sie nicht Malena war, warum hatten sie sie dann entführt?

Erst jetzt näherte sich ihr langsam der zweite Junge. Nachdem er die Decke ausgebreitet hatte, hatte er die ganze Zeit neben dem Auto gestanden, reglos. Er war größer als der andere, trotzdem sah er jünger aus, aber was am auffälligsten war: Im Gegensatz zu dem der anderen beiden war sein kurzes, stoppeliges Haar so blond wie Mais.

»Nein, du bist ganz sicher nicht Malena«, sagte er mit Verachtung in seiner hellen Stimme. »Malena würde sich schämen.«

Jarven starrte ihn an. Sie war sich sicher, dass sie ihn noch nie gesehen hatte. Trotzdem war sein Gesicht ihr unendlich vertraut.

Der Tisch im Bankettsaal war gedeckt, als wären sie auf der Flucht. Zwischen Tellern, Gläsern und Besteck lagen ein Brot, Wurst und Käse noch in ihrem Papier, die Butter fehlte, dafür gab es Gläser mit Oliven, mit Gurken, in die die vier am Tisch abwechselnd mit den Fingern griffen. Für Manieren war keine Zeit.

»Zum Jammern ist es zu spät«, sagte Bolström. Er nahm sich eine Scheibe Wurst, rollte sie auf und steckte sie in den Mund. Dann spülte er sie mit einem Schluck Wein hinunter. »Es war ein Fehler, sie nicht besser bewachen zu lassen. Wir hätten das Risiko der Entdeckung eingehen und Wachen aufstellen sollen. Jetzt ist es zu spät.«

Tjarks wischte sich ihre Finger an einer Serviette ab. »Wenn sie an die Öffentlichkeit geht?«, fragte sie.

Bolström nickte. »Das ist natürlich die größte Gefahr«, sagte er. »Zumal wir nicht einmal wissen, wo die *Prinzessin* sich aufhält. Nicht auszudenken, was sie alles anstellen könnten. Vor allem zusammen.«

»Und das sagst du so ruhig!«, schrie der Vizekönig. Seine Finger zitterten. Als Einziger am Tisch hielt er ein Cognacglas. »Sag mir lieber, was wir tun sollen!«

Bolström lächelte.

»Wir müssen eben verhindern, dass sie an die Öffentlichkeit geht«, sagte er. »Sie oder die Prinzessin. Und niemand außer unseren Leuten darf etwas davon erfahren, dass es eine Entführung gegeben hat. Die Stimmung im Land hat sich gerade beruhigt. Wir wollen doch nicht, dass es wieder Gerüchte gibt, gerade jetzt.«

Hilgard nickte. »Aber wenn am Sonntag das Gesetz verkündet wird«, sagte er. »Dir ist doch klar, Bolström, dass geredet werden wird, wenn die Prinzessin bei der Parade fehlt. Es ist ja nicht so, als hätte die – Propaganda des Königs in den letzten Jahren nicht bei Teilen der Bevölkerung ihre Spuren hinterlassen! Das Gesetz werden wir verabschieden, vielleicht sogar ohne große Unruhe im Süden, aber was ist, wenn wir danach gezwungen sein sollten« – er zögerte –, »tatsächlich in den Norden einzumarschieren, wie es ja doch leider den Anschein hat? Wird das Volk uns auch dann noch unterstützen? Werden dann nicht wieder all diejenigen aus ihren Löchern kriechen, die wir seit dem Beginn Ihrer Regierungszeit, Hoheit, haben zum Schweigen bringen können? Wir brauchen die Prinzessin! Die Unterstützung der Prinzessin, die schon lange als Freundin des Nordens bekannt ist, ist das Einzige, was die Kritik an unserem Vorgehen im Volk im Keim ersticken kann!«

»So hoffen wir wenigstens«, murmelte Bolström.

»Dann sucht sie!«, schrie der Vizekönig. »Sucht sie alle beide, die Echte und die Falsche!«

»Du weißt, dass Malena niemals mit dir in der Parade marschieren würde, Norlin«, sagte Bolström. »Deshalb mussten wir Jarven ja holen. Und ob Jarven nach diesem Erlebnis noch …«

»Gerade!«, schrie der Vizekönig. »Gerade jetzt wird sie uns unterstützen! Jetzt, nachdem die Rebellen sie entführt haben, glaubst du nicht, dass sie die Rebellen jetzt hassen wird?«

Bolström nickte. »Wenn die Rebellen sie entführt haben, ja«, sagte er. »Wenn Liron sie entführt hat« – er machte eine Pause –, »dann müssen wir uns etwas anderes einfallen lassen.«

17.

Die ganze Nacht hindurch waren sie nach der kurzen Unterbrechung wieder gefahren. Jarven hatte jetzt auf der Rückbank gesessen, mit Fesseln an Händen und Füßen. Neben ihr saß der blonde Junge, und ab und zu berührten sich ihre Schultern.

Keiner von ihnen hatte viel geschlafen in dieser Nacht. Irgendwann einmal hatte der Fahrer angehalten, um selbst ein Nickerchen zu machen, und Jarven, die vom gleichmäßigen Brummen des Motors gerade erst eingeschlummert war, wachte auf, als das Geräusch aussetzte.

Die Nacht war hell und sternenklar, alle Gegenstände waren so deutlich zu erkennen wie am Tag, nur ihre Farben hatte die Nacht aufgesogen und Bäume und Sträucher standen in den verschiedensten Schattierungen von Grau vor einem anthrazitfarbenen Himmel.

Wald, dachte Jarven. Wald und Wald und Wald, solange wir fahren schon.

Ab und zu hatte sie selbst in der tiefen Dämmerung der nördlichen Nacht zwischen den Bäumen den stumpfen Glanz einer Wasserfläche erkennen können. Wald und Wald und Wald und Seen.

Wohin fahren sie mich?, hatte Jarven gedacht. Hier ist nichts, keine Stadt, kein Dorf, an der Straße nicht einmal ein einsamer Hof. Niemand ist hier, der mich hören könnte, wenn ich schreie.

Der Junge neben ihr tat im Schlaf einen tiefen Atemzug und sackte gegen Jarvens Schulter. Mit einem leisen Stöhnen kuschelte er sich zurecht, lehnte seinen Kopf gegen ihren Arm und schlief weiter.

Jarven machte sich steif. Sie war hellwach, und sie wünschte, es würde endlich Morgen.

Irgendwann, vielleicht eine Stunde später, vielleicht zwei, hatte der Fahrer sich geräkelt, hatte einen Blick über die Schulter geworfen und dann, ohne ein Wort zu sprechen, den Motor angelassen. Schon nach wenigen Minuten war Jarven eingeschlafen.

Sie erwachte, als der Wagen ein wenig zu hart zum Stehen kam. Mit einem Ruck nahm der blonde Junge seinen Kopf von ihrer Schulter und schüttelte sich. Jarven hätte sich gerne die Augen gerieben, aber die Handfesseln hinderten sie.

»Aussteigen, Füße vertreten!«, sagte der Fahrer. Seine Stimme klang hellwach.

Die beiden Jungen verließen das Auto, danach löste der Fahrer Jarven die Fesseln. »Du könntest natürlich versuchen zu fliehen«, sagte er. »Aber ich vermute, du würdest nicht weit kommen. Wir sind schnell. Und wir sind zu dritt.«

Jarven merkte erstaunt, dass sie keine Angst mehr hatte. Als könnte die Angst sich abnutzen, wenn sie nur lange genug dauert, dachte sie und atmete tief die kühle Luft des beginnenden Morgens ein. Sie konnte einfach nur warten.

Der Wagen stand auf einem kleinen Felsplateau oberhalb des Wassers. Unter ihnen lag spiegelglatt das Meer, aus dem am Horizont gerade rot die Sonne auftauchte und den Dingen allmählich ihre Farben zurückgab. Die Nacht war vorbei.

»Hört zu«, sagte der Mann. Die beiden Jungen, die bis eben wie Jarven am Rand der Klippe gestanden und die Sonne betrachtet hatten, wandten sich ihm zu. Jarven sah weiter über das Wasser. Sie wusste, dass sie nicht gemeint gewesen war. Trotzdem horchte sie.

»Ich habe mich am Fährhafen mit ihm verabredet. Wir haben keine andere Wahl als ihm zu vertrauen. Trotzdem gehe ich zuerst allein.«

»Und dann?«, fragte der dunkle Junge.

»Wenn ich sicher bin, dass der Mann von der Presse allein gekommen ist, nehme ich ihn in meinem Wagen mit hierher zu euch«, sagte der Mann. »Wir zeigen ihm die beiden, die echte Prinzessin und die falsche. Jarven wird ihm ihre Geschichte erzählen. Wenn das Volk erfährt, dass es betrogen worden ist, dass die Prinzessin an ihrem Geburtstag nicht Malena war, wird es Norlin dann noch Glauben schenken für alles andere, was er behauptet?« Er seufzte. »Wir können das Gesetz nicht mehr verhindern«, sagte er. »Aber vielleicht können wir die Stimmung in der Bevölkerung so beeinflussen, dass es dem Vizekönig schwer gemacht wird. Dass er es zumindest nicht mehr wagt, in den Norden einzumarschieren. Dass der Norden wieder Mut fasst. Und dass Nahira sieht, ...« Er zögerte.

»Dass sie sieht, dass noch etwas zu erreichen ist, auch ohne Terror?«, fragte der dunkle Junge.

»Darauf hoffe ich«, sagte der Mann.

»Aber wer wird seinen Bericht bringen?«, fragte der Blonde. »Nach dem, was du mir erzählt hast? Welche Zeitung? Welcher Sender?«

Der Mann schwieg. »Wir müssen dem Mann von der Presse vertrauen«, sagte er leise. »Diesem einen jedenfalls. Bisher war er auf unserer Seite. Und es ist eine gute Geschichte. Einen anderen Weg sehe ich nicht.«

Er hatte ihnen erklärt, was sie tun sollten, wenn er nicht zurückkäme.

»Du sagst doch, man kann ihm vertrauen!«, hatte der Blonde gerufen.

»Man kann niemandem vertrauen, wenn man auf der Flucht ist«, hatte der Mann gesagt. »Wenn ich bis zum Abend nicht zurück bin, versteckt euch im Wald, natürlich werden sie dann auch nach euch suchen. Wenn sie mich foltern, weiß ich nicht, ob ich standhalte. Es kann sein, dass ich euch verrate.« Er sah sie eindringlich an. »Niemand weiß, was er unter der Folter verrät. Aber gegen Morgen, wenn die Fischer auslaufen, wird Nanuk in seinem alten Holzboot ohne Positionslichter an dieser Bucht vorbeifahren, das ist abgesprochen. Wenn ihr ihm ein Zeichen mit der Taschenlampe gebt, wird er ankern. Er bringt euch dann in den Norden.«

»Und dann?«, hatte der Blonde gefragt. »Und dann?«

»Denk nicht darüber nach«, hatte der Mann gesagt. »Noch hoffen wir ja, dass es nicht nötig sein wird.«

Nachdem der Wagen im Wald verschwunden war, hatten die beiden Jungen Jarven die Fesseln nicht wieder angelegt. Ab und zu hatten sie einen Blick zu ihr hingeworfen, sie hatten getuschelt. Danach hatten sie getan, als gäbe es Jarven nicht. Sie mussten sich sehr sicher fühlen.

Inzwischen stand die Sonne hoch am Himmel und es war warm geworden. Woher wissen sie, wie ich heiße?, hatte Jarven plötzlich gedacht. Nördlich des Wassers hatte sie am Horizont einen dunklen Streifen entdeckt. Dort musste die Nordinsel sein.

Hatte der Junge an dem Abend, als er in den Gutspark eingedrungen war, Gespräche belauscht, in denen es um sie gegangen war, kannte er daher ihren Namen? Und wer war Nahira?

Gegen Mittag bemerkte sie, dass die beiden unruhig wurden. Sie sahen auf ihre Uhren und auf den

Stand der Sonne, der Dunkle redete auf den Blonden ein. Einmal kamen sie der Stelle, an der Jarven oben auf der Klippe kauerte und in der Sonne den fehlenden Nachtschlaf nachholte, so nahe, dass sie Satzfetzen verstehen konnte. Und auch die Namen, mit denen sie einander anredeten.

Dass der ältere, kleinere Junge Joas hieß, hatte sie gewusst; er nannte den blonden Mali.

Auf einen Schlag war Jarven ganz wach. Sie erinnerte sich, wie Joas unter dem Balkon gestanden und nach ihr gerufen hatte. »Mali!«, hatte er gerufen, und sie hatte gewusst, wer gemeint war.

Jarven starrte den blonden Jungen an. Plötzlich begriff sie, warum er ihr so bekannt vorgekommen war.

Irgendwo hinter den Wäldern verschwand die Sonne.

»Hier«, sagte der dunkle Junge und reichte Jarven widerwillig eine Scheibe Brot. »Liron würde nicht wollen, dass wir dich verhungern lassen.«

Jarven sah ihn nicht an. Sie hatte längst verstanden, dass ihre drei Entführer glaubten, sie wäre mit dem Vizekönig im Bunde in einem Komplott gegen den Norden – und gegen die Prinzessin. Ein paarmal hatte sie versucht, mit Joas und Malena zu sprechen, aber immer waren sie ihr über den Mund gefahren.

Sie kaute das Brot langsam, weil sie begriff, dass es das Einzige sein würde, was sie bekam. Ihr Magen knurrte, aber Hunger spürte sie keinen.

Als alles Brot gegessen und die Thermosflasche geleert war, die Joas offenbar an einem nahe gelegenen See mit Wasser gefüllt hatte, gaben sie ihr ein Zeichen.

Jarven stand auf. Wenn er bis zum Abend nicht zurück war, sollten sie sich im Wald verstecken, das hatte der Mann gesagt. Liron. Was war ihm passiert?

»Komm her!«, sagte Joas. »Wir gehen jetzt in den Wald und du läufst selbst. Du weißt ja, dass du keine Chance hast abzuhauen. Aber vorher stopfen wir dir noch das Maul«, und bevor Jarven sich wehren konnte, hatte er sie wieder geknebelt. »Damit du nicht um Hilfe schreist, falls deine Leute hier auftauchen!«, sagte er. »Und jetzt ab!«

Meine Leute, dachte Jarven, wer sind denn meine Leute? Vor dem Vizekönig habe ich fliehen wollen, aber sie glauben, ich stecke mit ihm unter einer Decke. Ich habe Angst vor dem Vizekönig und auch Angst vor den Rebellen. Meine Leute gibt es nicht.

Sie fanden ein Versteck nur wenige hundert Meter von der Steilküste entfernt in einem dichten Brombeergestrüpp, aber es wäre nicht nötig gewesen, sich zu verbergen. Die Nacht blieb ruhig. Joas und Malena hielten abwechselnd Wache, aber niemand kam, um nach ihnen zu suchen. Ab und zu dämmerte Jarven ein, trotzdem hatte sie das Gefühl, nicht eine Minute geschlafen zu haben, als Joas sie unsanft rüttelte.

»Los, raus hier jetzt, aber leise!«, sagte er. Noch immer war es so dunkel, wie es nur möglich war hier oben im Norden in einer sternenklaren Nacht, aber als sie aus dem Wald traten, sah Jarven, dass der Himmel am Horizont schon begann sich aufzuhellen. »Wenn du glaubst, du kannst uns verraten, hast du dich getäuscht! Das überlebst du nicht.«

»Rede nicht so«, sagte Malena. Aber der Blick, mit dem sie Jarven streifte, war voller Zorn. »Hast du deine Lampe?«

Sie legten sich flach an den Rand der Klippe, Jarven in der Mitte. Sie hatten ihr nicht erklären müssen, was sie tun sollte. Als das erste Patrouillenboot vorbeikam, sah Malena auf ihre Uhr. Joas packte Jarven im Nacken.

Aber sie hätte auch so nicht versucht, sich bemerkbar zu machen. Voller Erstaunen begriff sie, dass ihre Angst vor den beiden Kindern geringer war als die Angst vor Hilgard, Tjarks, Bolström und dem Vizekönig.

Und wem wäre sie denn in die Hände gefallen, wenn sie versucht hätte, zu schreien, aufzuspringen, der Küstenwache Zeichen zu geben?

Sie hätten sie zurück nach Österlind gebracht.

Ich muss verrückt sein, dachte Jarven. Aber lieber bin ich bei denen hier. Obwohl sie mich entführt haben, gefesselt und geknebelt. Sie haben mir von ihrem wenigen Brot abgegeben und sie haben mich nicht gequält. Wenn ich es schaffe, ihnen zu erklären, dass alles nur ein Missverständnis ist, …

»Zwölf Minuten!«, flüsterte Malena. Mit einem freundlichen Tuckern, ganz so, als wäre es nicht gefährlich, kam das Patrouillenboot aus der anderen Richtung zurück. »Wir haben genau zwölf Minuten!«

Das Geräusch wurde leiser und Joas nahm die Hand von Jarvens Nacken. »Das wird knapp«, flüsterte er.

Jarven sah Nanuks Boot als Erste. Als dunkler Schatten löste es sich aus dem Wasser, lautlos, die düsteren Segel nur sanft gebläht. Erst als es in der Mitte der Bucht angekommen war, gab Joas das Zeichen, eine Folge langer und kurzer Lichtblitze. Morsezeichen kannte Jarven nicht, aber der Mann auf dem Kutter schien auf Joas' Signal gewartet zu haben. In der Totenstille der Nacht an der Grenze zum Morgen hörte sie über dem Wasser unnatürlich laut das Geräusch der Winde, als der Anker ins Wasser glitt. Dann war wieder alles still.

»Du als Erste!«, flüsterte Joas. »Und wehe, du machst absichtlich Lärm!«

Jarven begriff, warum die beiden in Eile waren. Sie mussten die Pause zwischen den Patrouillen nutzen, und zwölf Minuten waren wenig, um an der Steilküste nach unten zu klettern und unbemerkt bis zum Boot zu schwimmen.

»Mach!«, flüsterte Joas. Seine Stimme zitterte. Jarven ließ sich vorsichtig über die Abbruchkante nach unten. Ihre Hände griffen in der Dunkelheit nach

Vorsprüngen, Wurzeln, Zweigen vereinzelter Sträucher. Einmal kam sie ins Rutschen und spürte, wie sie sich ihr Schienbein an einer Kante aufschrammte, dann bekam sie einen Ast zu packen und atmete tief durch. Über ihr stieß Malena einen Schmerzensschrei aus, dann sauste Joas an ihr vorbei in die Tiefe. Sie hörte, wie er unten aufschlug.

»Joas!«, rief Malena gedämpft. »Joas, ist dir was ...«

»Alles okay!«, flüsterte Joas. Seine Stimme war fast neben ihr, dann spürte Jarven auch schon den kieseligen Strand unter ihren Füßen. »Keine Panik!«

Malena landete mit einem leisen Aufschrei als Letzte. »Los, schwimmen!«, sagte Joas und gab Jarven einen Stoß in den Rücken.

In der Dunkelheit war das Wasser wärmer, als sie befürchtet hatte. So leise es ihr möglich war, ließ Jarven sich hineingleiten und hielt kurz den Atem an. Sie hatte Angst zu schwimmen mit dem Knebel im Mund, aber nach den ersten Stößen wurde sie ruhiger. Das Salzwasser brannte in der Schramme an ihrem Schienbein, trotzdem schwamm Jarven vor Joas und Malena her mit kräftigen Zügen auf den Kutter zu.

Was würden die beiden jetzt tun, wenn ich nicht schwimmen könnte?, dachte sie. Was hätten sie getan, wenn ich mich gesträubt hätte, mit ihnen zu kommen, die Steilküste nach unten zu klettern? Wenn ich wirklich im Bunde wäre mit dem Vizekönig, wenn ich wollte, dass die Wachen uns schnappen, damit ich befreit würde: Niemals hätten sie eine Chance gehabt, mich zum Schiff zu bringen, ohne dass wir geschnappt worden wären. Nicht in weniger als zwölf Minuten, niemals.

Auch Malena schien darüber nachzudenken, als sie nach Jarven als Zweite über die Strickleiter an Bord kam. Sie warf Jarven einen nachdenklichen Blick zu, dann deutete sie auf den Knebel in ihrem Mund. »Gleich«, sagte sie. »Wenn wir ein bisschen weiter draußen sind.«

Jarven nickte.

Noch während Joas sich über die Reling schwang, ging der Fischer zum Ankerkasten.

»Alle an Bord?«, fragte er leise über seine Schulter. »Jetzt wird es brenzlig! Versteckt euch unter den Netzen!«

Jarven war genauso schnell wie Joas und Malena, und wieder sah sie Malenas nachdenklichen Blick. *Vielleicht hört sie mir zu, wenn wir das hier überstanden haben*, dachte Jarven. *Vielleicht glaubt sie mir. Ich weiß nicht, was dann werden soll, aber wenigstens wäre ich dann nicht mehr ihre Feindin. Und nicht mehr so allein.*

»Runter!«, zischte der Fischer. »Sie kommen!«

Wieder näherte sich das Motorengeräusch des Wachbootes, und Jarven begriff, dass sie es nicht in der nötigen Zeit geschafft hatten. Es war nicht zu schaffen gewesen, das hatte doch auch der Fischer wissen müssen. Wie wollte er der Küstenwache erklären, dass er sich jetzt hier in der Bucht aufhielt und nicht bei den Fischgründen? Wie, glaubte er, würde er sein Boot verbergen können, auch wenn die Segel dunkelrot und der Rumpf tiefschwarz waren? In der Entfernung hätte die Nacht sie vielleicht verschluckt, nicht aber der beginnende Morgen. Es war alles umsonst gewesen.

Sie zuckte zusammen, als das Schiffshorn tutete. Ohrenbetäubend, drei kurz, drei lang, drei kurz, immer wieder. Dazu sandte der Fischer eine Signalrakete in den Himmel, die hoch über ihnen als roter Ball explodierte. Sekundenlang war der Kutter in rötliches Licht getaucht, und an der Reling stand der Fischer und bewegte seine Arme langsam auf und ab.

Nicht nur der Mann von der Presse war also ein Verräter, dachte Jarven in plötzlichem Erkennen und sah zwischen den Netzen hindurch voller Verachtung, wie ihr Retter immer weiter die Arme hob und senkte. Auch Nanuk würde sie jetzt der Küstenwache ausliefern. Liron hatte recht, man konnte niemandem trauen, wenn man auf der Flucht war.

Das Patrouillenboot näherte sich ihnen mit hohem Tempo. Im dunklen Wasser hinterließ es eine helle Spur aus Gischt. Als es nur noch wenige Meter entfernt war, erkannte Jarven an Bord zwei Männer in Uniform. Einer hielt ein Megafon in der Hand.

»Bist du es schon wieder, Nanuk?«, rief er. »Und was ist es diesmal?«

Nanuk legte seine Hände vor dem Gesicht zu einem Trichter zusammen. »Der Motor ist ausgefallen!«, brüllte er. »Das wisst ihr doch! Nur dieses eine Mal noch! Könnt ihr mich rüberschleppen? Wenigstens bis zum Hafen? Bei dieser Flaute liege ich hier sonst fest bis ich weiß nicht wann!«

Durch das Megafon kam Gelächter. »Wir haben dir schon beim letzten Mal gesagt, dass wir kein kostenloser Abschleppdienst für schrottreife Fischkutter aus dem Norden sind! Haben wir dich nicht gewarnt, dass du drüben bei euch bleiben sollst mit deinem fahruntüchtigen Kahn?«

»Nur noch dieses eine Mal!«, schrie Nanuk verzweifelt. Das Patrouillenboot war jetzt an Steuerbord längsseits gegangen, aber die forschenden Blicke, die die beiden Männer über das Deck des Fischkutters streifen ließen, wirkten gelangweilt. »Was soll ich denn machen, ich muss doch rausfahren! Ich bin doch Fischer! Bitte, ich flehe euch an! Wie soll ich denn zurückkommen, wenn ihr mich nicht …«

Die Küstenwache drehte ab.

»Bitte!«, schrie Nanuk. »Lasst mich hier nicht liegen! Ihr habt doch sonst auch immer …«

Im Schwall der Heckwelle des Patrouillenbootes hob und senkte sich der Holzkutter. Noch einmal wehte Gelächter durch das Megafon zu ihnen herüber, dann hörte Jarven das Klicken, mit dem es ausgeschaltet wurde. Die Küstenwache verschwand hinter einer Landzunge.

»Jetzt los!«, sagte Nanuk. »Alle Mann helfen! Wir müssen weg sein, bevor sie das nächste Mal kommen.«

»Wie oft hast du das schon gemacht?«, fragte Joas, und Jarven hörte die Bewunderung in seiner Stimme.

»Sie um Hilfe angefleht?«, fragte Nanuk. Der Anker verschwand mit einem Rasseln im Ankerkasten. »In den letzten drei, vier Wochen fast jede Nacht. Manchmal draußen auf dem Sund, manchmal bei uns drüben vor der Küste, aber auch schon zwei-, dreimal auf dieser Seite. Sie haben mich verwarnt, dass ich die Küstenwache nicht als kostenlosen Abschleppdienst missbrauchen darf. Die ersten Male sind sie auch an Bord gekommen und haben meine alte Schaluppe durchsucht, Zentimeter für Zentimeter. Aber jetzt schon drei Nächte nicht mehr. Das ist natürlich gegen ihre Vorschriften, aber sie haben ganz einfach die Nase voll von mir«, er lachte leise. »Auch Soldaten sind Menschen«, sagte er. »Was meint ihr, wie die sich jetzt freuen, da an Bord ihres Flitzers, wenn sie an den armen alten Nanuk denken, wie er hilflos in der Bucht liegt in der Flaute, mit seinem ewig defekten Motor! ›Der bleibt in Zukunft, wo er hingehört‹, werden sie sagen«, er manövrierte den Kutter langsam und fast lautlos aus der Bucht.

»Der wagt sich nicht mehr raus! Der nutzt uns nicht mehr aus.«

Er drehte den Motor auf und nahm Kurs nach Norden.

»Und wenn sie doch an Bord gekommen wären?«, fragte Malena. »Dann hätten sie gemerkt, dass der Motor funktioniert.«

»Das hätten sie«, sagte Nanuk und nickte. Jarven sah erstaunt, wie schnell das alte Boot durchs Wasser pflügte.

»Und sie hätten uns gefunden«, sagte Malena und stellte sich neben ihn.

»Das hätten sie«, sagte Nanuk.

»Und dann hätten sie uns alle …«, sagte Malena.

Einen Augenblick nahm Nanuk die Hände vom Steuerrad und gab Malena ein Zeichen, dass sie es übernehmen sollte. Dann griff er in seine Hemdtasche und nahm eine Zigarette heraus.

»Ja, das wäre nicht schön gewesen«, sagte er.

Rechts von ihnen wurde der Himmel hell.

18.

Das Haus lag einsam. In den dichten Wäldern, die es umgaben, fanden sich die Jäger höchstens im Herbst für eine kurze Zeit ein, wenn es auf Elche ging, sonst störte niemand ihre Ruhe. Die nächste Straße endete Meilen entfernt, der Schotterweg verwandelte sich bald darauf in eine Piste aus Sand und Gras, bei Regen kaum zu befahren. Und die Küste war so nah, fast konnten sie das Meer riechen. Es war ein günstiger Ort für das Hauptquartier, auch wenn es weit von der Hauptstadt entfernt lag.

»Was passiert denn jetzt?«, fragte der Junge, der schon eine ganze Weile in den Resten des Feuers gestochert hatte, ungeduldig. Er war höchstens achtzehn, manchmal machte es Nahira Angst, wie jung die meisten ihrer Gefolgsleute waren, wie begeistert, Abenteuer zu erleben, wie leichtfertig bereit, ihr Leben zu riskieren, wie voller Hass.

»Wir warten ab«, sagte Nahira.

Der zweite, der auf dem zerschlissenen Sofa seine gespreizten Finger durch das weiche Fell eines Hundes gleiten ließ, sah auf. »Warten und warten und warten!«, sagte er. »Haben wir uns dir deshalb angeschlossen? In fünf Tagen wird das Gesetz verkündet. Sie werden einmarschieren.«

»Du hast gesagt, man muss sie einschüchtern!«,

rief der Erste. »Schon vergessen? Weshalb haben wir denn die Bombe neben dem Parlamentsgebäude gezündet? Du hast gesagt, nachdem der König gestorben ist, haben wir im Norden von der neuen Regierung nichts mehr zu erwarten, und das Einzige, was uns jetzt noch helfen kann, ist, dass wir ihnen zeigen, womit sie täglich rechnen müssen, wenn sie uns unsere Rechte verweigern!«

»Das haben wir auch getan«, sagte Nahira müde. Früher war es auch ihr leicht gefallen, die ganze Nacht hindurch wach zu bleiben, zu reden, Pläne zu schmieden. So wie den Jungen jetzt.

»Und, was hat es uns gebracht?«, rief der Junge, der vor ihr auf dem Kaminvorleger kauerte. »Nichts! Nicht nur, dass sie uns keine weiteren Rechte zugestehen werden, sie nehmen uns sogar noch die wenigen, die uns der König schon zugestanden hatte! Und in wenigen Tagen werden sie im Norden einmarschieren, und dann ...«

»Du sagst selbst, dass uns der Anschlag nichts gebracht hat, Lorok«, sagte Nahira. »Sie haben sich nicht einschüchtern lassen. Im Gegenteil, der Krater neben dem Parlament hat ihnen nur die Argumente dafür geliefert, den gefährlichen Norden noch weiter zu unterdrücken.«

»Dann müssen sie eben wirkliche Angst vor uns bekommen!«, schrie Lorok. »Panik, Panik! Noch wissen sie nicht, wozu wir bereit sind! Keine sichere Minute dürfen sie mehr haben, auf ihren Straßen müssen sie zittern am Tag, jeden Augenblick müssen sie fürchten, dass eine Bombe vor ihnen zündet, in ihren Autos, ihren Zügen, ihren prunkvollen Gebäuden! In ihren Häusern dürfen sie sich nicht mehr sicher fühlen, selbst in der Nacht nicht, bis die Angst schließlich so groß wird, dass sie uns nachgeben, dass sie uns alles geben, was wir fordern, nur damit sie wieder in Ruhe schlafen können!«

»So wird es nicht kommen«, sagte Nahira müde. »Das habe ich euch hundertmal erklärt. Je furchtbarer ihre Angst vor uns wird, desto furchtbarer wird auch ihr Hass auf uns werden. Und bevor sie uns nachgeben, werden sie es uns mit gleicher Münze zurückzahlen. Für jeden Toten in ihren Städten werden wir mit hundert Toten bei uns bezahlen. Es ist ausweglos.«

Der andere Junge sprang auf. »Wir haben keine Angst davor, für unsere Heimat und unsere Ehre zu sterben!«, schrie er. »Lieber tot sein als unterdrückt! Wir sind bereit, unser Leben hinzugeben für die gute Sache! Tausende und Abertausende Nordskogen sind bereit, als Märtyrer zu sterben!«

»Sei still, Meonok«, sagte Nahira. »Der Tod ist endgültig, weißt du.«

Aber sie wusste, dass sie nicht verstanden, sie waren so jung. Und so wie Lorok und Meonok dachten Tausende. Wenn nicht ganz schnell etwas geschah, würde es so kommen. Bomben im Süden und im Norden, eine immer größere Zahl von Toten Monat für Monat, was wäre damit gewonnen?

Und ich trage die Verantwortung, dachte Nahira. Noch sehen sie zu mir auf. Es war falsch, die Bombe neben dem Parlament zu zünden, jetzt wollen sie immer mehr, meine Kinder überall im Land. Wie konnte ich das vergessen, man muss sich hüten vor dem Anfang, jeder Anfang verlangt doch nach einer Fortsetzung, aber nicht nach einem Ende. Und haben sie einmal Blut geleckt, wollen sie mehr. Ich weiß nicht, wie lange ich meine Leute noch kontrollieren kann.

»Ich gehe schlafen«, sagte sie.

Manchmal, wenn sie tief genug geschlafen hatte, lange genug, erwachte sie am nächsten Morgen und wusste die Lösung.

Vier Stunden lang waren sie auf dem Wasser gewesen. Das Boot war durch die Wellen geglitten, fast lautlos, mit geblähten Segeln. Irgendwann hatten sie die Fischgründe passiert, andere Boote, Fischer, die Nanuk Zeichen gaben, bevor sie sich auf den Weg in ihre heimischen Häfen machten. Auch dort hatten die Kinder unter den Netzen ausharren müssen.

»Es gibt Verräter, auch bei uns im Norden«, hatte Nanuk nur gesagt.

An Land hatte er sie zu einem verfallenen Netzschuppen geführt, von Wind und Salz ausgeblichenes, graues Holz, der zwischen anderen verfallenen Netzschuppen lag. »Hier sucht euch so bald keiner«, hatte er gesagt. »Wenn sie euch aber doch irgendwann finden sollten, wenn man euch erkennt und fragt, wie ihr hergekommen seid: Schweigt, solange es geht. Wenn ihr gefoltert werdet, versucht es zuerst mit einer Lüge, und alle drei mit der gleichen.«

»Die da?«, sagte Joas voller Abscheu und zeigte auf Jarven. »Die doch nicht!«

»Sei still!«, zischte Malena. »Aber mit welcher Lüge?«

»Dass ihr von der Südinsel auf Luftmatratzen geschwommen seid«, sagte Nanuk. »Dass ihr dachtet, ihr könntet es schaffen, dumme Kinder. Dann habt ihr ein Boot gesehen, es kam von Norden, ihr habt um Hilfe geschrien. Der Fischer hat euch gesehen und geflucht. Er hat die ganze Zeit über, die ihr an Bord wart, geflucht, ihr habt ihm eine Lügengeschichte erzählt.«

Malena nickte.

»Das Boot habt ihr euch in eurer Angst nicht genau angesehen«, sagte Nanuk. »Nur zu verständlich. Wer euer Retter war, könnt ihr nicht sagen. Und er hat euch nicht erkannt.«

»Du meinst, das glauben sie?«, fragte Malena.

Der Fischer zuckte die Achseln. »Wir können es

versuchen«, sagte er. »Jetzt muss ich meinen Motor beschädigen. Wenn die Küstenwache mich aufgreift, ...«

»Danke schön, Nanuk!«, sagte Malena. Joas murmelte etwas und der Fischer ließ sie allein.

Im Schuppen roch es nach Fisch, Netze hingen an der Wand und lagen auf dem Boden, Markierungsbojen, überall klebten getrocknete Schuppen.

»Er hätte auch daran denken können, dass wir Essen brauchen«, sagte Joas. »Schon der zweite Tag auf Diät.«

Malena tippte sich an die Stirn. Jarven sah erstaunt, wie ruhig sie plötzlich wirkte. »Deine Chance, abzuspecken«, sagte sie. »Ein paar Kilo weniger.« Dann drehte sie sich zu Jarven um. »Deine auch«, sagte sie.

Jarven wusste nicht, ob sie antworten sollte. Als sie weit genug von der Südinsel entfernt gewesen waren, hatte Malena ihr den Knebel abgenommen. Bei den Fischgründen, wo sie immer wieder Booten begegnet waren, hatte Joas ihn ihr wieder anlegen wollen, aber Malena hatte den Kopf geschüttelt. »Sie schreit nicht«, hatte sie gesagt. »Sie hätte uns längst verraten können, wenn sie gewollt hätte, Joas. Keine Ahnung, warum sie es nicht getan hat. Aber sie schreit nicht.«

Zuerst hatte Joas Jarven beobachtet, als wollte er jeden Augenblick zupacken und ihr den Mund verschließen, dann war auch er ruhiger geworden. Sogar als sie an Land gegangen waren, hatte er nur auf die

Handfessel bestanden, einen Knebel oder die Fußfesseln hatten sie Jarven nicht wieder angelegt.

»Und was jetzt?«, fragte Joas. Fast schien es, als hätte im Verlauf der Flucht die Prinzessin unmerklich die Führung übernommen. Aber auch sie zuckte die Achseln.

»Jetzt sind wir fürs Erste in Sicherheit«, sagte sie. »Das ist das Wichtigste.«

»Und Liron?«, fragte Joas.

Malena sah auf den Boden. »Er war zu leichtgläubig«, flüsterte sie. »Am Ende war er doch zu leichtgläubig. Er hatte recht, unter den Zeitungsleuten gibt es keinen mehr, der das Wagnis auf sich nimmt, sich gegen Norlin zu stellen. Ich hätte nicht geglaubt, dass es so schnell gehen könnte.«

»Was wird aus Liron?«, murmelte Joas.

»Ich hoffe so sehr, dass sie ihn nicht foltern«, flüsterte Malena. »Ich hoffe so sehr ...«

Jarven dachte daran, wie Hilgard und Tjarks, Bolström und der Vizekönig über den Rebellenführer geredet hatten. *Nur eine Kugel, er wird nicht einmal etwas davon merken.* Sie waren nicht zimperlich. Jarven konnte sich nicht vorstellen, dass sie Liron verschonen würden, wenn es darum ging, von ihm zu erfahren, wo sich die Prinzessin aufhielt. Und ihre Doppelgängerin.

»Sieh an, sieh an«, sagte Bolström. »Das Gewissen des Königs, unser dunkler kleiner Moralapostel! Schön, dich nach so langer Zeit einmal wiederzusehen, Liron.«

Liron schwieg.

»Dir dagegen war es vielleicht nicht lange genug?«, fragte Bolström. »Du hättest gut noch eine Weile auf unsere Gesellschaft verzichten können, vermute ich?«

Norlin räusperte sich. »Liron, lass uns die Sache friedlich regeln!«, sagte er. »Es tut mir leid, dass wir dich gefesselt herschaffen mussten. Ich entschuldige mich dafür, dass meine Leute offensichtlich gröber waren, als nötig gewesen wäre.«

Liron sah auf.

»Aber dein Versuch, dich mit diesem Reporter zu treffen – der, Gott sei Dank, wenn auch erst seit wenigen Tagen, endlich doch begriffen hat, was er seinem Land schuldig ist –, lässt uns natürlich vermuten, dass du etwas mit Jarvens Verschwinden zu tun hast. Und vielleicht auch mit Malenas.«

Liron rührte sich nicht.

»Siehst du, Liron«, sagte Bolström freundlich, »wir haben uns natürlich unsere Gedanken gemacht, wer mit einer solchen Leichtigkeit an den Bluthunden vorbeikommen konnte. Und da gibt es ja nur einen, dumm von uns, dass wir das nicht vorher bedacht haben. Dann hätten wir natürlich doch nicht auf Sicherheitspersonal verzichtet.«

»Dein Sohn, Liron!«, sagte Norlin. »Joas ist der Einzige, dem die Hunde aufs Wort gehorchen. Vergeude also nicht unsere Zeit mit Leugnen. Ihr habt Jarven entführt, und den Reporter wolltest du treffen, um ihm die ganze Geschichte zu erzählen, um ihm Jarven vorzuführen, du hoffst immer noch, dass du auch im Süden Stimmung machen kannst gegen mein neues Gesetz.«

»Also?«, fragte Bolström. »Wo sind sie?«

Liron schwieg.

»Hör zu, Liron«, sagte Bolström. »Wir haben nicht mehr viel Zeit, und wir sind nicht bereit, auch nur eine Minute davon zu vergeuden. Ich muss dir nicht sagen, dass es in deinem eigenen besten Interesse wäre zu reden.«

Liron nickte. »Du drohst mir«, sagte er. Die Worte kamen mühsam, seine Lippe war aufgeplatzt. »Du solltest mich inzwischen kennen, Bolström.«

»Nicht doch, Liron, das ist ein Missverständnis!«, sagte Norlin. »Natürlich drohen wir dir nicht! In Skogland wird nicht gefoltert! Wir hoffen nur, dass du begreifst, dass es im Interesse des ganzen Volkes liegt, ...«

Liron lächelte. »Ach, Norlin«, sagte er. »Du hast schon immer dein eigenes Interesse mit dem deines Volkes verwechselt. Du hast sogar dein Volk verwechselt, Norlin.«

Der Vizekönig schlug zu, Lirons Kopf wurde von

links nach rechts, danach von rechts nach links geschleudert.

Bolström hob eine Braue. »Wie oft muss ich dir noch erklären, dass du lernen musst, dich zu beherrschen, Norlin«, sagte er.

Den ganzen Tag war Joas im Schuppen auf und ab gewandert. Sein Magen hatte dabei so laut geknurrt, dass Jarven ihn selbst dann hören konnte, wenn Joas auf der anderen Seite angekommen war. Sie war erstaunt, dass sie selbst noch immer keinen Hunger spürte.

Durch ein kleines Fenster über der Tür fiel nur spärliches Licht in den Raum. Spinnweben, in denen sich der Staub von Jahrzehnten gefangen hatte, hingen davor wie lange nicht gewaschene, zerfetzte Gardinen. Im Dämmerlicht war Jarven immer wieder eingeschlummert.

Sie erwachte, weil jemand ihr auf die Schulter tippte.

Vor ihr hockte Malena und sah ihr forschend in die Augen.

»Danke, dass du uns nicht verraten hast«, sagte sie. Aber in ihrem Blick sah Jarven Unsicherheit und immer noch Misstrauen. »Du hättest uns leicht auffliegen lassen können, ein paar Mal sogar.«

Seit dem vorigen Morgen hatte Jarven nicht mehr

weinen müssen, nicht, solange sie sich gefragt hatte, was die Entführer mit ihr tun würden, nicht auf der Flucht über den Sund. Es war, als wären all ihre Gefühle durch eine Wand aus Glas von ihr getrennt gewesen: Sie wusste, dass sie eigentlich Angst spüren sollte oder Verzweiflung, aber stattdessen war da nur eine große Gleichgültigkeit gewesen.

Malenas Freundlichkeit ließ die Glaswand splittern. Die Tränen liefen Jarven über ihre Wangen, und auf einmal fühlte sie, wie ausweglos ihre Lage war. Den beiden anderen drohte Gefahr nur vom Vizekönig und seinen Leuten; aber selbst wenn sie ihnen entkamen, durfte Jarven sich noch längst nicht sicher fühlen. Ihr trauten auch die Rebellen nicht.

»Was heulst du?«, sagte Joas wütend. »Wir haben dir nichts getan, oder? Was glaubst du eigentlich, was deine Leute mit uns machen würden, wenn sie uns schnappen? Was glaubst du, was sie jetzt gerade mit Liron anstellen?«

Jarven schluchzte auf.

»Dafür kann *sie* ja nichts!«, sagte Malena. »Jedenfalls hat sie uns nicht verraten«, und wieder war da dieser unsichere, suchende Blick.

»Natürlich, plötzlich schlägst du dich auf ihre Seite!«, schrie Joas. »Nur weil sie deine ...«

»Nein!«, sagte Malena. »Ich schlage mich nicht auf ihre Seite! Aber es könnte doch sein, ...« Sie sah Jarven an. »Warum hast du nicht geschrien?«, fragte sie. »Warum bist du mit uns zum Schiff geschwommen und hast nicht versucht zu fliehen? Kein einziges Mal? Wir hätten keine Chance gehabt.«

Jarven schluchzte, dass ihre Schultern zuckten. Dann wischte sie sich mit dem Unterarm über das Gesicht. Sie holte tief Luft.

»Ich hatte so große Angst vor ihnen«, flüsterte sie. »Ich wollte gerade ... Als ihr mich entführt habt, wollte ich sowieso gerade weglaufen. Ich wusste nur nicht, wie ich an den Hunden vorbeikommen sollte.«

Joas lachte böse. »Ja, das weiß keiner!«, sagte er. »Außer mir natürlich. Ich war jeden Tag bei ihnen, als wir noch im Schloss gelebt haben, ich habe sie gefüttert, mit ihnen geredet, gespielt. ›Man weiß nie, wann das einmal nützlich sein könnte‹, hat Liron gesagt. Er war schon damals auf der Hut. Aber es hat mir auch Spaß gemacht, sie sind gute Tiere.«

Joas hatte früher im Schloss gelebt, daher kannte er Malena. Wieso hatten Joas und Liron im Schloss gelebt, zwei Nordskogen, zwei Rebellen?

»Eher würden die Hunde Bolström anfallen«, sagte Malena. »Oder den Vizekönig, bevor sie Joas etwas tun. Die Hunde lieben Joas.«

Jarven nickte. Das Schluchzen hatte aufgehört.

»Aber wieso hattest du Angst vor denen auf Österlind?«, fragte Malena. Jarven sah, dass sie ihr nicht wirklich glaubte. »Vor deinem eigenen ...«

»Sie lügt doch!«, schrie Joas. »Sie will doch nur,

dass wir ihr vertrauen! Warum soll sie plötzlich Angst vor ihren eigenen Leuten gehabt haben? Nachdem sie so lange mitgespielt hat?«

»Ich habe ja nicht mitgespielt!«, flüsterte Jarven und merkte, dass ihre Stimme jetzt wieder ganz ruhig war. »Ich wusste doch gar nicht, was ...«

»Nein, wusstest du nicht?«, zischte Joas. »Das würde ich aber gerne verstehen können, wie jemand es schafft, in der Öffentlichkeit zu tun, als wäre er die Prinzessin von Skogland, und dabei die ganze Zeit gar nichts davon merkt!«

»Natürlich habe ich gemerkt, was ich getan habe!«, sagte Jarven. Sie war froh, dass sie jetzt wieder so etwas wie Wut spüren konnte. »Ich habe nur nicht gewusst, wie alles zusammenhängt! Ich habe geglaubt, ...«

»Dass die Südler bei solchen Betrugsmanövern mitspielen, okay«, sagte Joas. »Kein Ding, die glauben, das neue Gesetz wäre gut für sie, da vergessen sie alles, was sie einmal begriffen hatten. Aber du! Wo du doch selbst nordskogisches Blut in deinen Adern hast! Natürlich, der Apfel fällt nicht weit vom Stamm!«

Jarven schüttelte heftig den Kopf. »Ich sage doch, es ist alles ein Irrtum!«, rief sie. »Natürlich müsst ihr glauben, dass ich – nordskogisch bin, das verstehe ich, ich sehe ja auch so aus! Aber ich bin in meinem Leben noch nicht in Skogland gewesen! Mein Vater –«, sie dachte an den Stammbaum. An die Namensliste, die Gökhan ihr durchs Telefon durchgegeben hatte. Wie unendlich lange schien das her zu sein. » – ist aus der Türkei!«

»Türkei?«, fragte Malena verblüfft.

Aber Joas war schon auf Jarven losgestürzt. »Für wie dumm hältst du uns?«, schrie er. »Aus der Türkei, was denkst du eigentlich, was wir dir noch alles glauben?«

Malena zerrte ihn zurück. »Wenn dein Vater – Türke ist«, sagte sie, und ihr Blick war, wenn das denn möglich gewesen wäre, noch forschender als schon die ganze Zeit seit ihrer Flucht, »wenn dein Vater Türke ist und du also mit uns allen, mit Skogland gar nichts zu tun hast: Wie bist du dann hergekommen? Wieso hast du an meinem Geburtstag so getan, als wärst du ich? Wieso hast du da oben auf dem Balkon sogar ...«

»Ekelhaft!«, schrie Joas. »Ekelhaft!«

Jarven fühlte, wie die Tränen wieder in ihr aufstiegen. Auf einmal sah sie selbst, wie leichtgläubig sie gewesen war.

»Es war nur wegen dem Film!«, flüsterte sie. »Ich sollte die Hauptrolle spielen! Und dazu musste ich eben erst beweisen, ...«

»Film!«, zischte Joas. »Jetzt auch noch Film!« Mit jedem Wort wurde er wütender.

Aber bevor er sich wieder auf Jarven stürzen konnte, ging Malena dazwischen.

»Nun lass sie doch mal erzählen, Joas!«, sagte sie ärgerlich. »Bis zum Abend sitzen wir hier sowieso fest, warum soll sie uns da nicht ihre Geschichte erzählen? Danach entscheiden wir dann, wie viel wir ihr glauben wollen.«

Joas schnaubte. Über dem Netzschuppen stießen Mantelmöwen ihre klagenden Schreie aus.

»Also?«, fragte Malena. »Was war mit dem Film?«

19.

Nahira hatte schlecht geschlafen. Wo es keine Lösung gab, konnte sie ihr auch nachts im Schlaf nicht einfallen.

Sie stieg aus dem Bett und zog die Vorhänge auf. Auf der Lichtung, die zum Haus gehörte und deren Gras die Jungen immer kurz genug hielten, um jederzeit Fußball spielen zu können, hockten Meonok, Lorok und ein Dritter, an dessen Namen sie sich nicht erinnerte, und spielten Karten. Sie beschwerten sich schon lange, dass es fast nie Internet gab hier im Hauptquartier, sodass sie oft kaum was mitbekamen und nicht mal nach dem Wetter gucken konnten, wenn das Wetter für eine Aktion von Bedeutung war.

In anderen Ländern gibt es überall schon Glasfaserleitungen, dachte Nahira. Das wäre wahrscheinlich das Erste, was meine Leute erlauben würden, wenn wir einmal die Macht gewinnen sollten, überall schon Glasfaser für den Norden und den Süden. Auch der König wollte schließlich das Land nach außen öffnen, auch der König wollte, dass die Skogen endlich frei erfahren sollten, was anderswo auf der Welt passiert. Jetzt sind wir davon wieder Lichtjahre entfernt, und die Folge ist, dass auch der treueste Skoge in abgelegenen Orten nur selten Internet hat und immerzu Karten spielen muss.

Sie steckte ihren Kopf aus der Tür. »Ich mach mir Frühstück!«, sagte sie. »Will einer von euch Kaffee?«

»Frühstück!«, sagte Meonok. Es klang, als spucke er aus. »Wir essen schon gleich wieder Abendbrot!«

Nahira seufzte. »Also keiner?«, fragte sie.

»Trumpf!«, sagte Lorok. »Und Trumpf, und Trumpf!« Die anderen beiden fluchten.

Sie beginnen mir zu entgleiten, dachte Nahira. Ich muss aufpassen, eines Morgens wache ich auf und die Jungs sind verschwunden. Überall im Norden, heißt es, bilden sich jetzt neue Gruppen von Rebellen, die keine Geduld mehr haben, begierig darauf, zu handeln, zu kämpfen, ihr Leben einzusetzen. Sie sind aufgewachsen mit der Erfahrung der Unterdrückung, aber anders als die Generationen vor ihnen gleichzeitig auch mit der Überzeugung, dass sie ungerecht ist. Mir muss etwas einfallen, um sie wenigstens noch einige Zeit lang ruhig zu halten. Eine Aktion, die sie befriedigt, die aber nicht allzu viel Schaden anrichten kann. Ich will keinen Flächenbrand.

Sie setzte das Wasser für den Kaffee auf und stellte sich unter die Dusche.

Eine Aktion. Ich will keinen Flächenbrand.

———

Als Jarven zu Ende gesprochen hatte, blieb es eine Weile still. Die ganze Zeit hatte Joas sie nicht unterbrochen.

»Es klingt viel zu verrückt, um ausgedacht zu sein«, sagte Malena dann nachdenklich. »Oder, Joas?«

Joas schlug gegen seinen Magen, der knurrte, als wolle er die Antwort geben. »Kann sein«, murmelte er maulig.

»Allerdings frage ich mich dann schon, warum du nicht misstrauisch geworden bist, als du eine Perücke aufsetzen musstest, wenn es doch auch genügend blonde Mädchen gegeben hätte für die Rolle? Wie du dir erklärt hast, dass ausgerechnet du ...«

Jarven sah auf den Boden. Sie spürte, wie sie rot wurde. »Ich hab ihnen einfach geglaubt, dass ich die beste – Ausstrahlung hatte«, sagte sie. Wie dumm, wie dumm, wie dumm. So leicht war es gewesen, ihr zu schmeicheln, so gerne hatte sie ihnen glauben wollen, so eitel war sie gewesen. »Und als dann nachher – als alles so gut geklappt hat, da hab ich natürlich auch verstanden, dass sie schon gleich gesehen haben müssen, wie ähnlich ich dir bin.«

»Und?«, fragte Malena. Ihre Stimme klang lauernd.

»Das sehen diese Filmleute natürlich«, sagte Jarven. »Die haben ja den Blick dafür. Und sie hatten ziemlich viele Mädchen zu diesem Casting eingeladen. Da war es klar, dass eine dabei sein würde, die man leicht in dich verwandeln kann.« Jarven schluckte. »Jetzt weiß ich natürlich, dass es gar keinen Film gibt. Dass sie das ganze Casting nur gemacht haben, um eine Doppelgängerin für dich zu finden! Aber vorher hab ich das nicht gewusst. So was kann man sich doch nicht vorstellen!«

Malena sah sie noch immer forschend an. Dann wandte sie sich Joas zu.

»Wir müssen reden«, sagte sie.

―

»Ich fürchte, er wird nicht singen«, sagte Bolström. Seit Stunden war Norlin in der Bibliothek auf und ab gewandert und hatte gewartet. »Er behauptet, nicht zu wissen, wo die Prinzessinnen sind. Wir haben ihm gedroht, und du weißt ja, unsere Leute sind nicht zimperlich. Es wird einige Zeit dauern, bis er wieder so aussieht wie vorher.«

Norlin stöhnte.

»Natürlich gibt es noch andere Methoden«, sagte Bolström. »Aber ich fürchte, bei Liron helfen auch die nichts.«

»Das heißt, wir werden sie nicht vor dem Wochenende finden?«, fragte Norlin. »Keine von beiden?«

Bolström nickte. »Dieses Mal wirst du allein auf dem Balkon stehen müssen, fürchte ich«, sagte er. »Natürlich haben wir eine Suche eingeleitet, aber ich denke, sie können überall im Land sein.«

»Im Norden«, sagte Norlin. »Das glaubst du doch auch?«

Bolström zuckte die Achseln. »Auch der Norden ist groß«, sagte er. »Hör zu, Norlin, ich weiß, wie du darüber denkst, aber jetzt muss es sein. Die Stimmung im Süden ist noch nicht reif für unsere Pläne, vielleicht noch nicht einmal für das Gesetz. Wenn wir die Prinzessin auf unserer Seite gehabt hätten, dann gut, aber so. Wir müssen nachhelfen, Norlin. Unsere Leute haben sich umgehört, noch gibt es viel zu viele Zweifler. Es wird Widerstand geben, auch im Süden, gegen den Einmarsch in den Norden, so viel ist sicher. Wir brauchen noch mehr Argumente. Starke Argumente.«

»Aber keine Toten!«, rief Norlin hysterisch. »Ich will kein Blut an meinen Händen haben!«

»Keine Toten«, sagte Bolström freundlich und legte ihm beruhigend eine Hand auf die Schulter. »Ich will sehen, was sich machen lässt.«

»Du hast also jetzt verstanden, warum sie dich hergebracht haben«, sagte Malena. Nur einen Augenblick hatte sie mit Joas geflüstert, danach hatte sie sich neben Jarven auf ein Knäuel aus Netzen gesetzt. Joas lehnte ihnen gegenüber an der Wand.

Jarven nickte. »Ich sollte so tun, als ob ich du wäre«, flüsterte sie. »Damit das Volk glauben sollte, dass die Prinzessin und der Vizekönig in allem einer Meinung sind. Damit der Vizekönig sein Gesetz gegen den Norden leichter durchsetzen kann.«

»So ungefähr«, sagte Malena. »So ungefähr.«

»Aber wieso?«, fragte Jarven. »Wieso ist es wichtig, dass auch die Prinzessin dem Gesetz zustimmt?«

Malena sah Joas an. »Erzähl ihr die ganze Geschichte«, sagte sie. »Es ist noch lange nicht dunkel genug, um den Schuppen zu verlassen, egal, wie unsere Mägen knurren. Warum soll sie nicht alles wissen?«

»Alles?«, fragte Joas.

Jarven sah, wie Malena ihm einen Blick zuwarf und wie Joas nickte, fast unmerklich.

»Okay«, sagte er und ließ sich langsam an der Wand nach unten gleiten, bis er auf dem Boden saß. »Du weißt von den Rebellen? Du hast von dem Anschlag auf das Parlamentsgebäude gehört?«

Jarven nickte.

»Na gut«, sagte Joas. »Es gibt sie schon länger. Aber sie haben keine Anschläge begangen, nicht zu Anfang, keine Bomben geworfen, sie hatten nicht einmal Waffen. Zunächst wollten sie nur verhandeln. Mit dem König. Über gleiche Rechte für den Norden. Ein bisschen, weißt du, glaubten sie ja doch immer noch daran, dass der Süden so gerecht und gut wäre, wie er selbst das von sich glaubte und wie man es ihnen immer erzählt hatte.«

»Ihre Bewegung wurde immer stärker«, sagte Malena. »Immer mehr Nordskogen sammelten sich hinter ihnen. Und du weißt wohl, wer ihre Führer waren.«

Jarven schüttelte den Kopf. »Ihre Führer?«, fragte sie.

»Zwei Männer und eine Frau«, sagte Joas. »Die sich seit ihrer Kindheit kannten, die zusammen die Schulen des Südens besucht hatten: Liron, Nahira und Norlin.«

Jarven starrte ihn an.

»Norlin?«, sagte sie. »Der jetzt selbst das Gesetz gegen den Norden ...«

Sie sah, dass Malena und Joas einen schnellen Blick wechselten.

»Hast du nicht begriffen, dass Norlin ein Nordskoge ist?«, fragte Malena. »Nur weil er sein Haar weiß gefärbt hat, der Silberfuchs? Weil er blaue Linsen trägt, um seine braunen Augen zu verbergen? Hast du nicht gesehen, dass er kleiner ist als alle seine Leute? Hast du nicht seinen Akzent gehört, der immer noch, immer noch durchscheint, obwohl er täglich daran arbeitet mit einem unserer besten Schauspieler?«

»Nein«, murmelte Jarven. »Doch.« Die Dinge begannen, Sinn zu machen.

»Sie waren, wie gesagt, allerbeste Freunde«, sagte Joas. »Einer wäre für den anderen gestorben, das glaubten sie jedenfalls. Norlin und Nahira sowieso. Sie waren verlobt.«

»Nahira?«, sagte Jarven.

Dass Nahira sieht, hatte Liron gesagt. Und Joas

hatte seinen Satz zu Ende gesprochen: ... *dass noch etwas zu erreichen ist, auch ohne Terror.*

Joas nickte.

»Aber wieso«, fragte Jarven, »wieso ist Norlin dann jetzt König und Nahira ist – auf der anderen Seite?«

»Sie ist die Anführerin der Rebellen«, sagte Joas. »Und Norlin ist nur Vizekönig.« Er sah sie jetzt ebenso forschend an wie vorher Malena. »Der König war damals noch sehr jung und er hatte eine Zwillingsschwester. Die beiden liebten einander sehr. Aber die Prinzessin – nun, vielleicht hatte man sie auf die falsche Schule geschickt! Irgendwer muss ja etwas falsch gemacht haben.« Er lachte und Jarven wartete.

»Sie unterstützte die Rebellen von Anfang an«, sagte Joas. »Sie war romantisch, hat Liron gesagt, sie hat die Rebellen bewundert, ihre Stärke und dass sie für eine gute Sache kämpften. Sie wollte, dass man ihren Forderungen nachgab.«

»Dein Vater wollte das nicht?«, fragte Jarven.

Malena schüttelte den Kopf. »Damals noch nicht«, sagte sie.

»Die Prinzessin traf sich mit den Rebellen«, sagte Joas und starrte Jarven an. »Du weißt, wie es weitergeht.«

Jarven schüttelte den Kopf. »Nein«, sagte sie. Aber allmählich begann sie etwas zu ahnen.

»Sie verliebte sich«, sagte Joas. »In Norlin. Und nun stellte sich heraus, dass die drei Unzertrennlichen doch nicht ganz so unzertrennlich waren, vor allem Norlin und Nahira nicht. Als hätte er Nahira nie geliebt, heiratete Norlin die Prinzessin.«

»Wie gemein!«, sagte Jarven.

Joas und Malena wechselten einen Blick.

»Du kannst dir vorstellen, dass der König zu Anfang gegen diese Verbindung war, dass es einen großen Aufruhr gab im Volk, unsere geliebte Prinzessin heiratet einen Nordler! Aber man gewöhnte sich daran, Norlin war ja auch ganz reizend. Er zog an den Hof, und der König begann nachzudenken. Langsam. Allmählich. Aber er dachte nach.«

Jarven nicke.

»Schließlich holte er auch noch Liron zu sich an den Hof, als Berater für Fragen des Nordens«, sagte Joas. »Die beiden wurden Freunde.«

»Und darum wollte der König dann schließlich ein Gesetz verabschieden, das dem Norden seine Rechte gibt«, sagte Jarven. »Das verstehe ich jetzt. Aber wo ist die Prinzessin geblieben? Die Schwester des Königs?«

Malena lächelte. »Der Schwester war es ernst gewesen mit ihrer Sympathie für den Norden«, sagte sie. »Darum sah sie mit Schrecken, wie ihr Mann sich veränderte. Der Norden und seine Rechte interessierten Norlin nicht mehr, sobald er am Hof lebte, im Gegenteil. Immer stärker umgab er sich mit Menschen, die Angst hatten, ihre Privilegien zu verlieren, wenn der Norden seine Rechte zurückbekäme. Sein Haar wurde weiß, seine Augen wurden blau, seine Sprache verlor den nordskogischen Akzent, er wurde königlicher als seine Frau. Und irgendwann beschloss sie, sich von ihm zu trennen. Sie begriff, dass er sie nur geheiratet hatte, weil sie die Prinzessin war, ein Mittel zu seinem Aufstieg, sie verachtete ihn für seine Gier und dafür, wie schnell er sein Volk verraten hatte. Aber ihr Bruder, der König, erlaubte ihr die Trennung nicht.«

»Konnte der das denn bestimmen?«, fragte Jarven.

Joas lachte. »In Skogland sind die Rechte des Königs auch heute noch unermesslich!«, sagte er. »Was glaubst denn du, warum wir uns so abschotten vom Rest der Welt? Der König erlaubte ihr keine Trennung, eine königliche Ehe ist unauflösbar, und außerdem hatten die beiden inzwischen ein Kind. Und Norlin war ja auch ein sehr nützlicher Prinzgemahl, er hielt den Norden ruhig. Wenn inzwischen ein Nordskoge sogar die Schwester des Königs heiraten konnte, hieß es unter den Nordlern, warum sollte dann irgendetwas geändert werden? Konnte denn nicht jeder Nordskoge ebenso viel erreichen, wenn er sich nur bemühte? Die Rebellenbewegung im Norden verlor an Zulauf und schlief ein. Der König *konnte* seiner Schwester nicht erlauben, sich von Norlin zu trennen.«

Ich hasse Politik, ich weiß schon ganz gut, warum ich Politik hasse, dachte Jarven. Immer ist alles so kompliziert.

»Darum«, sagte Malena, »verließ sie ihn heimlich, auf eigene Faust. Sie verließ Skogland über Nacht und kam nie mehr zurück. Der König war untröstlich.«

»Ihr Mann nicht?«, fragte Jarven.

»Der hatte nur Angst, dass er nun vom Hof verstoßen werden würde«, sagte Malena. »Aber er war für den König natürlich viel zu wichtig. In dieser Zeit begann der König dann auch, sich mehr und mehr mit Liron zu beraten. Und als bei der Geburt seiner kleinen Tochter – das bin übrigens ich – seine Frau starb, war Liron ihm in seinem Kummer ein großer Trost. Joas und ich sind zusammen aufgewachsen, fast wie Geschwister. Aber Liron und Joas haben trotzdem nie vergessen, wer sie sind.«

»Ja«, murmelte Jarven. Sie sah von Malena zu Joas. »Jetzt erzähle ich weiter«, sagte sie. »Ich glaube, ich weiß, was passiert ist. Liron konnte den König überzeugen. Darum wollte der König ein neues Gesetz verabschieden, das den Nordskogen nützt. Aber kurz bevor es dazu kommen konnte, ist er plötzlich gestorben.«

Malena drehte ihr Gesicht zur Seite. Jarven glaubte, in ihren Augen Tränen zu sehen.

»Entschuldige!«, flüsterte Jarven. »Ich habe nicht daran gedacht, dass er dein Vater war.«

»Ja, das war Pech für den Norden!«, sagte Joas grimmig. »Aber was für ein Glück für die Bergwerksbesitzer und die Plantagenbesitzer und die Ölquellenbesitzer des Südens, was? Jetzt konnte alles beim Alten bleiben. Denn Norlin, der Silberfuchs, der Einzige aus der Familie, der nach dem Tod der Königin, der Flucht der Prinzessin, dem Tod des Königs noch am Leben war, um als Vizekönig die Vormundschaft für Malena zu übernehmen ...«

»Der widerliche Kerl!«, sagte Malena. Sie hatte tatsächlich geweint.

»... stoppte natürlich sofort das Gesetz. Stattdessen wurde schnell an einem neuen gearbeitet, das uns Nordlern nicht einmal mehr erlaubt, in den Süden zu ziehen – es sei denn, die Südler brauchen uns –, und das es dafür der Armee des Südens möglich macht, in den Norden einzumarschieren, um die Rebellen zu bekämpfen. Dieses Gesetz soll jetzt verabschiedet werden mit großem Pomp und Feierlichkeiten.«

»Und dafür brauchte Norlin die Prinzessin«, sagte Jarven. »Und weil sie verschwunden war, hat er Hilgard und Tjarks losgeschickt, damit sie eine Doppelgängerin suchen. Deswegen die ganze Geschichte mit dem Casting.«

»Jetzt hast du es begriffen«, sagte Joas. »Quasi.«

Jarven dachte nach. »Wie praktisch für Norlin, dass der König gerade noch rechtzeitig gestorben ist«, sagte sie fragend.

Joas nickte. »Liron war am Abend vorher noch bei ihm«, sagte er. »Dem König ging es gut.«

Jarven warf einen kurzen Blick auf die Prinzessin. Sie wusste, dass Malena wehtun würde, was sie jetzt sagte.

»Sie wollten den Rebellenführer umbringen, bevor er Ärger macht!«, flüsterte sie. »Sie schrecken nicht davor zurück zu töten. Nicht, wenn es ihnen nützt.«

Malena stützte ihr Gesicht in die Hände und schluchzte auf.

Aber alles haben sie mir nicht gesagt, dachte Jarven. Ich weiß nicht, warum ich mir so sicher bin. Alles haben sie mir noch nicht gesagt.

20.

Erst bei Dunkelheit machten sie sich auf den Weg.
»Wohin wollen wir denn?«, hatte Jarven gefragt.

Malena hatte die Achseln gezuckt. »Etwas zu essen besorgen«, hatte sie gesagt. »Irgendwo Empfang kriegen. Ich muss wissen, was los ist.«

»Glaubst du, sie lassen öffentlich nach uns suchen?«, fragte Jarven.

Malena lachte. »Nie im Leben!«, sagte sie. »Damit herauskommt, dass ich verschwunden bin? Dass ich nicht hinter Norlins Plänen stehe? Der Vizekönig wird eine Ausrede erfinden, warum ich am Sonntag nicht neben ihm die Parade anführe. Aber ich bin sicher, er schnaubt vor Wut. Irgendetwas muss er sich jetzt einfallen lassen, um das Volk auch ohne meine Unterstützung endgültig davon zu überzeugen, dass wir die Gesetze gegen den Norden brauchen, dass wir einmarschieren müssen. Und ich will wissen, *was* er sich einfallen lässt.«

Jarven konnte sich nicht erinnern, dass sie jemals gestohlen hatte, aber jetzt spürte sie nicht einmal einen Hauch von schlechtem Gewissen. Wer hungrig ist, muss essen, dachte sie, als sie an der schmalen Straße Wache stand, während Joas in einem einsam gelegenen Haus ein Fenster aushebelte und vorsichtig nach drinnen stieg. Und es ist noch zu früh im

Jahr, um Obst und Gemüse von den Feldern zu holen. Nur die Erdbeeren sind gerade reif, und die Möhren sind winzig und blass.

Joas sprang vom Fensterbrett nach draußen. Er hatte ein Betttuch von einem der Betten gezogen und es mit allem gefüllt, was er an Essbarem im Haus gefunden hatte: Ein Brot war darin und Käse und eine Kette von Würsten und Nudeln (wo sollten sie die wohl kochen?) und Dosen mit Suppen, die sie im Wald sofort mit Joas' Messer und einem Stein öffneten.

»Mmm, lecker, kalte Erbsensuppe!«, sagte Joas. Sie ließen die Dose kreisen und schlürften abwechselnd geräuschvoll. »Kalte Erbsensuppe ohne Löffel. Wie im Fünfsternerestaurant.«

Jarven war noch nie in einem Fünfsternerestaurant gewesen. Sie stellte sich vor, was Mama sagen würde, wenn sie ihre Tochter jetzt sehen könnte.

»Warum lachst du?«, fragte Joas und reichte die Dose an Jarven weiter. Jarven nahm einen großen Schluck.

»Meine Mutter«, sagte Jarven und griff nach einem Würstchen. Joas nickte seine Erlaubnis. »Die würde tot umfallen! Sie gibt nämlich – Benimmkurse.«

Malena schluchzte auf.

»Ich dachte, ihr lacht«, sagte Jarven erschrocken. »Ich fand das komisch!«

Malena nickte und versuchte zu lächeln. »Nein,

nichts mehr, danke«, sagte sie, als Joas auch ihr die Dose noch einmal hinhielt. »Ihr glaubt also«, sie zögerte, und Jarven sah, dass Malena immer noch mit den Tränen kämpfte, »dass Norlin meinen Vater – dass mein Vater gar nicht einfach so …«

»Liron glaubt es«, sagte Joas. »Weil er doch am Abend noch bei ihm war. Und da ging es deinem Vater gut wie immer. Und es wäre ja auch ein komischer Zufall gewesen, wenn der König genau zum passenden Zeitpunkt von allein gestorben wäre.«

Malena schluchzte und Jarven suchte in ihren Hosentaschen nach einem Taschentuch. Immer hatte Mama darauf geachtet, dass sie Papiertücher bei sich hatte. Aber jetzt waren ihre Taschen leer.

»Liron wollte nicht, dass ich es dir sage«, murmelte Joas. Er hatte aufgehört zu essen. »Er hat gedacht, dass es dich noch unglücklicher machen würde. Und weil Norlin dich ja für seine Pläne braucht, hat Liron auch nicht geglaubt, dass dir von ihm ernsthafte Gefahr droht. Darum müssten wir dich nicht warnen, hat er gesagt.«

Malena wischte sich mit der Hand über das Gesicht. »Ich weiß auch nicht, warum ich heule!«, flüsterte sie. »Er ist ja dadurch nicht noch mehr tot als vorher!«

»Dieser widerliche Norlin!«, sagte Jarven. »Der war irgendwie so – der war so sentimental! Dem traue ich alles zu!«

Joas beachtete sie nicht.

»Ich finde, jetzt solltest du es aber wissen, Malena«, sagte er. »Weil – jetzt, wo sie begriffen haben, dass du ihnen ganz bestimmt nicht mehr nützlich sein wirst, schrecken sie vielleicht auch nicht davor zurück, dich – uns alle drei ...«

Jarven starrte ihn an. »Ja«, sagte sie dann. »Das glaube ich auch.« Sie hörte auf zu kauen. »Darum müssen wir irgendwie – wir müssen raus aus Skogland! Dann könnten wir die Geschichte bei mir zu Hause der Presse erzählen, und dann ...«

Joas lachte. »Wie klug«, sagte er.

Jarven überlegte, ob sie beleidigt sein sollte. »Warum nicht?«, fragte sie. »Ihr könntet mir mein Handy zurückgeben. Ich könnte meine Mutter anrufen und ihr alles erzählen, und dann könnte sie ...«

Jetzt hatte Malena aufgehört zu weinen und sah zu ihr hin.

»Du könntest deine Mutter anrufen«, sagte Joas spöttisch.

»Warum nicht?«, fragte Jarven. Sie merkte, dass sie langsam wütend auf ihn wurde. Einen vernünftigeren Plan konnte es nicht geben. »Bis ihr mir mein Handy abgenommen habt, hab ich ihr sowieso die ganze Zeit geschrieben!«

»Was hast du?«, fragte Malena. Jarven war froh, dass sie sich offenbar wieder beruhigt hatte.

»Sie wollte doch wissen, wie es mir geht!«, sagte

Jarven. »Ich war sowieso ganz überrascht, dass sie mir das Casting erlaubt hat! Und jetzt könnte sie zum Beispiel bei uns der Polizei Bescheid sagen.«

»Du hast ihr geschrieben«, sagte Joas. »Und sie hat dir auch geantwortet.«

Jarven nickte energisch. »Klar!«, sagte sie. »Was glaubst du denn! Meine Mutter ist immer so fürchterlich leicht in Panik! Ich fand es sowieso schon ...«

»Es gibt kein Netz nach draußen«, sagte Joas. Er wühlte mit beiden Händen in dem Betttuch, bis er zwei weitere Dosen fand. »Linsen? Mexikanischer Bohneneintopf?«

»Wie, kein Netz nach draußen?«, fragte Jarven. Linsen auf Erbsen, das war bestimmt nicht gut. Mexikanischer Bohneneintopf vielleicht auch nicht. »Was, kein Netz?«

»Es gibt kein Netz nach draußen«, sagte Joas. »Also Linsen. Skogland hat ein eigenes Netz, du kannst nicht ins Ausland telefonieren und auch das Internet ist eingeschränkt. Mali, gib mir mal den Stein rüber.«

Jarven starrte auf Joas' Hände, die jetzt versuchten, auch die zweite Dose ohne Öffner aufzubrechen. »Aber sie hat mir zurückgeschrieben!«, sagte Jarven. »Sie hat mir jedes Mal geantwortet!«

Jarven, Liebes, dachte sie. *Ich hab dich lieb.* So hatte Mama nie geredet. So war Mama nicht. So hatte Mama auch nie geschrieben.

»*Jemand* hat dir zurückgeschrieben«, sagte Joas. »Aber sicher nicht deine Mutter.«

Hab Spaß, Jarven. Vielleicht hab ich dir in den letzten Jahren manchmal zu wenig erlaubt.

Das war nicht Mama. Niemals hätte Mama ...

»Aber wie konnten sie denn?«, schrie Jarven. »Wie haben sie denn ...?«

»Hatten sie irgendwann mal dein Handy?«, fragte Malena. Mit gekrauster Stirn schnupperte sie an der Linsensuppe. »Igitt, wirklich! Hättest du nicht was anderes klauen können?«

Jarven dachte an Röpers Gasthof, an die Listen, in die sie sich eingetragen hatten. *Wertsachen könnt ihr hier solange gegen Quittung bei meinem Kollegen abgeben. Keine Angst, die gibt es zurück. Schultasche? Handy?*

»Aber dann weiß Mama ja gar nicht ...!«, flüsterte Jarven. »Dann muss sie doch ... Ich bin doch schon seit Freitag weg!«

Sie sprang auf. »Da wird Mama doch verrückt vor Angst!«, schrie sie. »Ich muss irgendwie ... Ich muss ihr doch ...«

Joas hielt ihr auffordernd die Dose hin. »Wenn du noch willst, musst du dich beeilen«, sagte er. »Was musst du? Und wie willst du? Du kommst hier nicht weg und Schluss. Glaub mir, die Grenzen von Skogland sind dicht.«

Jarven hatte das Gefühl, dass sie rennen musste,

gegen die Baumstämme treten, irgendetwas. »Aber ich kann sie doch nicht!«, schrie sie. »Ihr versteht das nicht! Mama macht sich sowieso immer so große Sorgen!«

Joas verzog den Mundwinkel. »Guck an, tut deine Mama das«, sagte er. »Und wir sollen uns jetzt ganz fürchterlich aufregen, ja? Für wie wichtig hältst du dich eigentlich? Malis Vater haben sie ermordet, mein Vater wird vielleicht gerade gefoltert, und du regst dich auf, weil deine liebe Mama sich ein paar Sorgen macht?« Er schleuderte die leere Dose in den Wald.

Jarven verbarg ihr Gesicht in den Händen. Joas hatte recht. Aber dass es den anderen noch schlechter ging, machte es ihr ja nicht leichter. Ihr nicht und Mama nicht.

Sie setzte sich abrupt auf. »Aber eigentlich ist das ja vielleicht sogar gut!«, rief Jarven. »Dann sucht doch zu Hause schon seit Tagen die Polizei nach mir! Und wenn sie die anderen fragen, erfahren sie von dem Casting, und dann finden sie meine Spur, und dann...«

Malena war aufgestanden und zu ihr gekommen. Jetzt setzte sie sich neben Jarven.

»Das glauben wir nicht«, sagte sie leise. »Denn wenn sie dich ... Wir glauben nicht, dass sie ein Risiko eingehen würden, Jarven. Wir glauben eigentlich, dass sie deine Mutter ...«

Sie schwieg.

»Dass sie zumindest dafür gesorgt haben, dass sie nicht nach dir suchen lässt«, sagte Joas. »Auch wenn es natürlich keinerlei Abkommen zwischen der Polizei von Skogland und der im Rest von Europa gibt. Aber die gehen auf Nummer sicher, glaub mir.«

Jarven spürte, wie ihr übel wurde. Der Wald um sie herum begann sich zu drehen, drehte sich schneller und schneller, dann wurde es schwarz.

Irgendwann am späten Nachmittag waren Meonok und Lorok verschwunden. Nahira hatte das Anspringen des Motors gehört, dann hatte sie vom Fenster aus gesehen, wie der alte Kombi langsam über den Waldweg rumpelte. Einen Augenblick hatte sie überlegt, ob sie ihnen nachfahren sollte, dann hatte sie sie nicht einmal angerufen.

Wenn sie gehen wollten, würde sie sie nicht dran hindern können. Sie fragte sich, ob sie zurückkommen würden und was sie vorhatten.

Alles war so falsch gelaufen, wie es nur ging.

»Ist sie wieder zu sich gekommen?«, fragte Joas.

Seine Stimme war das Erste, was Jarven hörte. Ihr war, als ob sie aus einem tiefen dunklen Schacht nach oben trieb, wo es heller und lauter wurde. Als sie die Augen öffnete, schwebte Malenas Gesicht genau über ihr.

»Na?«, sagte Malena freundlich. »Wieder da?«

Jarven brauchte eine Weile, bis sie begriff, wo sie war. In ihrem Kopf war immer noch ein Rest dieses Schwindelgefühls, dann erinnerte sie sich plötzlich, was Malena und Joas gesagt hatten.

»Mir ist schlecht!«, flüsterte Jarven. Malena wischte ihr mit einem Zipfel des Betttuches den Schweiß von der Stirn.

»Verträgst du keine Suppe?«, fragte sie. »Komm, Jarven, vergiss deine Mutter. Es hilft niemandem, wenn du jetzt ständig an sie denkst und daran, was Norlin und Hilgard und der grässliche Bolström vielleicht mit ihr gemacht haben.«

»Ich hab so ein schlechtes Gewissen!«, flüsterte Jarven. »Wenn ich nicht so – eingebildet gewesen wäre und so stolz, dass sie ausgerechnet mich ausgesucht haben, wenn ich einfach gesagt hätte, dass ich nicht mitspielen will in ihrem blöden Film«, sie setzte sich auf, »dann hätten sie ein anderes Mädchen genommen! Dann wäre Mama nichts passiert!«

Malena und Joas warfen sich einen Blick zu. »Quatsch«, sagte Joas. »Vergiss es.«

»Es ist, wie es ist«, sagte Malena. »Und so, wie es ist, müssen wir nun damit umgehen. Und das heißt erst mal, dass wir noch weiter von der Küste wegmüssen. Hier in der Nähe des Sundes suchen sie uns doch zuallererst.«

Auf der schmalen Straße gingen sie durch die Nacht, kein Auto weit und breit, kein Scheinwerferlicht, das auftauchte, vorbeihuschte und verschwand, nur der Mond und die Sterne. Joas behauptete, dass er allein nach dem Stand der Sterne die Himmelsrichtung bestimmen könnte. Jarven lief einfach nur mit.

Erst am frühen Morgen begegneten sie den ersten Autos, gleich danach bogen sie in einen Sandweg ein. »Zum Schlafen weg von der Straße«, sagte Malena. »Am Abend geht es dann weiter.«

Gras wuchs in der Mitte des Weges, Schlaglöcher waren schon lange nicht mehr aufgefüllt worden. Joas nickte zufrieden. »Jede Wette, dass das Haus, zu dem dieser Weg führt, nicht mehr bewohnt ist«, sagte er. »Freut euch, meine Damen Prinzessinnen. Vielleicht könnt ihr heute Morgen sogar mal in einem richtigen Bett schlafen.«

Aber dann sahen sie das Auto. Es stand direkt neben dem Haus, ein alter, schäbiger Ford. In einem Fenster des Hauses brannte schon Licht.

»Und jetzt?«, flüsterte Jarven.

Joas zuckte die Achseln. »Die Lichtung ist gemäht«, sagte er. »Wohnen tun hier welche. Aber wovon leben die? Keine Felder ringsherum, kein Vieh, nichts.«

»Gehen wir wieder zurück!«, drängte Malena.

»Ganz egal, was die machen, ich will hier nicht gesehen werden!«

Jarven starrte das Haus an. Es war klein, das Holz war gelb gestrichen und es sah so grenzenlos behaglich aus. Joas hätte nicht von den Betten reden sollen.

»Jarven!«, zischte Malena.

In diesem Augenblick öffnete sich die Tür und eine Frau trat in den Garten. Sie winkte ihnen, vielleicht hatte sie sie von drinnen schon durch das Fenster gesehen.

»Hallo?«, sagte sie und kam einen Schritt näher. »Besuch?«

Jarven hatte kaum gemerkt, wie Joas verschwunden war, sobald er die Frau gesehen hatte; jetzt blitzte etwas in Malenas Augen auf, ein Schrecken, ein Erkennen, irgendetwas, das Malenas Stimme zittern ließ, als sie antwortete.

»Wir haben uns irgendwie verlaufen«, sagte sie und starrte gebeugt auf den Boden.

Die Frau lächelte müde. »Wenn ihr zu Fuß unterwegs seid, müsst ihr schon lange unterwegs sein so früh am Morgen«, sagte sie. »Wir sind hier ziemlich abgelegen. Vielleicht möchtet ihr etwas trinken, bevor ihr weitergeht?«

Jarven fiel die Knusperhexe ein, Hänsel und Gretel. Das war lächerlich.

»Nein, danke«, murmelte Malena und wandte sich

zum Gehen. »Tut uns leid, dass wir Sie gestört haben! Wir sind schon wieder weg!«

»Malena!«, sagte Jarven und zupfte sie am Ärmel. »Nur schnell was trinken!«

In Filmen gab es immer Bäche, wenn man sie brauchte, aber ausgerechnet seit sie die salzigen Suppen gegessen hatten, waren sie nicht einmal mehr an einem See vorbeigekommen.

Malena sah sie wütend an. »Du bist so blöde!«, zischte sie.

Inzwischen stand die Frau neben ihnen.

»Und wieso seid ihr über Nacht unterwegs?«, fragte sie. Sie sah aus, als wäre sie ungefähr so alt wie Mama, und sie wirkte grenzenlos müde.

Malena sah nach unten und zupfte an ihrer Kleidung.

»Du bist ausgerissen, was?«, fragte die Frau und hob Malenas Kinn mit einer Hand. Malena schlug ihr auf den Arm und sprang zurück.

Die Frau lächelte. »Ein Junge aus dem Süden«, sagte sie, »blond wie Stroh. Und versteckt sich in den nördlichen Wäldern. Du bist ausgerissen, mein Junge, aber vor mir musst du keine Angst haben.«

Jarven sah, wie sich Malenas Schultern senkten. Noch immer sah sie die Frau nicht an.

»Vor mir braucht ihr keine Angst zu haben«, sagte die Frau noch einmal. »Ich melde euch niemandem. Also? Trinken?«

Jetzt nickte auch Malena, aber sie schob Jarven vor und hielt sich hinter ihrem Rücken.

Gleich hinter der niedrigen Eingangstür des Hauses lag ein kleiner Raum, halb Küche, halb Zimmer. Auf einer Kommode stand ein Fernseher, das Bild flimmerte.

Die Frau ging zum Schrank und nahm zwei Gläser heraus. Danach füllte sie sie am Tisch aus einem Krug.

»So«, sagte sie. »Bitte. Unser Brunnen ist berühmt.«

Aber Malena griff nicht nach dem Glas. Sie starrte auf den Bildschirm, auf dem jetzt, durch das Flimmern nur schwer zu erkennen, eine Luftaufnahme zu sehen war, die Hauptstadt vermutlich, aufgenommen von einem Hubschrauber aus. Mit einem Schritt war die Frau an dem Gerät und drehte den Ton lauter.

»... wir sagen können, dass vermutlich Zehntausende südskogischer Fußballfans ihr Leben nur der schlechten Qualität nordskogischer Technik verdanken!«, sagte die Stimme des Nachrichtensprechers. Inzwischen kreiste der Kamerahubschrauber über einem steinernen Oval, das von Trümmern übersät war. »Nur drei Stunden vor dem Endspiel der Ersten Liga, zu dem das Skoglandstadion schon seit Tagen ausverkauft war, zündete auf der Tribüne eine Bombe von ungeheuerlicher Explosionskraft.« Die Kamera zeigte die Trümmer in Großaufnahme. »Offensichtlich war der Zeitzünder zu früh losgegangen, sodass nur zwei nordskogische Reinigungskräfte, die sich als Einzige zu dieser Zeit im Stadion aufhielten, verletzt wurden. Zwei Stunden später hätten sich an diesem Ort vierzigtausend Fans versammelt, beim jetzt bekannten Grad der Zerstörung wären nach Schätzungen der Polizei mit Sicherheit mehrere tausend von ihnen ums Leben gekommen.«

Jarven lehnte sich gegen den Tisch. Nahira, dachte sie. Die Kamera zeigte das Stadiondach, das über der Tribüne auf die Zuschauerplätze gestürzt und in gigantische Betonbrocken zerborsten war.

»Der Palast hat eine Krisensitzung einberufen. Der Vizekönig spricht von einer Tragödie für unser Skogland, die gerade noch einmal hat verhindert werden können. Nach den Tätern werde unnachgiebig im ganzen Land gefahndet. Da der dringende Verdacht bestehe, dass sich ihre Anführer auf der Nordinsel verborgen halten, wird der Krisenstab darüber beraten müssen, mit welchen Mitteln sie dort aufgestöbert und ihrer gerechten Strafe zugeführt werden können.«

Malena machte einen vorsichtigen Schritt rückwärts, dann gab sie Jarven ein Zeichen. »Weg!«, flüsterte sie.

Jarven warf einen Blick auf die Frau. Wie hypnotisiert starrte sie auf den Bildschirm. Ihr Atem ging schwer. »Der Einmarsch!«, murmelte sie. »Jetzt haben sie den Grund.«

»Komm!«, zischte Malena wieder.

Es war nicht höflich, einfach so zu verschwinden. Aber die Frau nahm sie sowieso nicht mehr wahr. Sie sah aus, als würde sie gleich zusammenbrechen.

Hinter Malena her rannte Jarven über die Lichtung zurück in den Wald.

21.

Malena sah nicht zurück.

»Mali!«, flüsterte Jarven. Sie wagte nicht, laut zu rufen. »Malena! Wir müssen doch auf Joas warten!«

Aber Malena achtete nicht auf sie. Sie rannte, rannte, bog Zweige auseinander, sprang über umgestürzte Stämme, schlug Haken. Auf einmal war auch Joas wieder neben ihnen, rannte wie sie. So lange liefen sie und so schnell, dass Jarven glaubte, ihr Herz würde bersten, so heftig schlug es; jeder Atemzug schmerzte in ihrem Hals und sie warf sich auf den Boden.

Einen Augenblick liefen die beiden anderen noch weiter, dann schienen sie zu bemerken, dass Jarven nicht mehr neben ihnen war, und drehten um; vielleicht waren sie froh, dass sie ihnen einen Grund gegeben hatte, auch selbst endlich zur Ruhe zu kommen.

Zu dritt saßen sie im Blaubeerkraut ohne zu reden und atmeten heftig. Joas fasste sich als Erster.

»Hat sie euch erkannt?«, fragte er.

Malenas Schultern hoben und senkten sich mit jedem Atemzug. Sie schüttelte den Kopf. »Du hast gleich gesehen, wer sie war, oder?«, fragte sie. »Joas, sie hatte die Nachrichten eingeschaltet. Es hat einen Anschlag auf das Fußballstadion gegeben.«

Joas starrte sie an. »Wie viele?«, fragte er. Seine

Stimme war kaum zu hören, das eigentliche Wort wagte er nicht auszusprechen.

Malena schaffte es zu lächeln. »Keine, überhaupt keine«, sagte sie. Allmählich wurde ihr Atem ruhiger. »Die Bombe hat zu früh gezündet.«

»Wenigstens das!«, sagte Joas und ließ sich rücklings ins Gestrüpp fallen. »Aber natürlich reicht es aus, um einzumarschieren. Jetzt braucht Norlin keine Prinzessin mehr, die sein Vorgehen gegen den Norden unterstützt, jetzt sieht auch der wohlwollendste Südler, wie gefährlich die Nordler sind, Terroristen, und dass man sie bremsen muss und bestrafen! Wie dumm sind diese Rebellen! Einen besseren Vorwand dafür, zu tun, was er ohnehin tun wollte, können sie dem Vizekönig gar nicht liefern!«

»Nein«, murmelte Malena. »Glaubst du, es war Absicht? Dass die Bombe zu früh gezündet hat? Glaubst du, Nahira wollte nur ein Zeichen geben? Glaubst du, …«

»Wie kann Nahira so dumm sein!«, schrie Joas. »Sie liefert Norlin doch die allerbesten Argumente! Fast könnte man glauben, sie wären miteinander im Bunde!«

Malena antwortete nicht. Sie lagen zwischen den kratzigen Blaubeerbüschen und warteten, bis ihr Atem sich beruhigt hatte.

Dann stützte Joas sich auf seine Ellenbogen. »Also hat sie euch nicht erkannt?«, fragte er.

»Nahira?«, sagte Malena. »Ich glaube nicht. Ich hab sie fast gar nicht angeguckt. Ich bin immer hinter Jarven geblieben, wenn es ging. Sie hat mich für einen südskogischen Ausreißer gehalten.«

Jarven starrte sie an. »Nahira?«, flüsterte sie. »Die Frau da eben war – Nahira?«

Malena nickte. »Blöder Zufall«, sagte sie. »Joas hat sie wenigstens noch rechtzeitig erkannt und ist abgetaucht. Aber mich hat sie nicht erkannt. Und dich sowieso nicht.«

»Die Anführerin der Rebellen?«, fragte Jarven. »Aber wieso sitzt sie dann hier im Wald, wenn in der Hauptstadt ihre Bombe hochgeht?«

Joas lachte spöttisch. »Sie hat ihre Leute«, sagte er. »Sie macht sich nicht selbst die Finger schmutzig.«

Jarven dachte nach. »Aber wieso ...«, murmelte sie. »Wieso war sie dann so erschrocken, als sie den Bericht gesehen hat? Sie war wie versteinert. Sie hat nicht mal gemerkt, dass wir abgehauen sind.«

»Das stimmt«, sagte Malena. »Sie war – sie hat fast erschrockener ausgesehen als wir. Vielleicht war es ein Schock für sie, dass die Bombe zu früh hochgegangen ist. Sie hatte es anders geplant.«

»Ja«, sagte Joas nachdenklich. »So wird es wohl sein.«

Die Sonne lugte über die Wipfel der Tannen, und allmählich erreichten ihre Strahlen auch den Waldboden zwischen den Stämmen. Erst jetzt, wo die

Wärme ihre Schultern traf, merkte Jarven, wie sehr sie nach dem Lauf begonnen hatte zu frieren.

»Können wir nicht ein kleines bisschen schlafen?«, murmelte sie. »Wenigstens ein winzig kleines bisschen?«

Malena nickte. »Bei Helligkeit ist es sowieso zu gefährlich, weiterzugehen«, sagte sie. »Vor allem jetzt, wo sie den ganzen Norden nach den Rebellen durchkämmen. Hier wird es bald von Soldaten wimmeln. Also schlafen wir eine Runde.«

Jarven schloss die Augen und ruckelte sich zwischen den spitzen kleinen Zweigen zurecht. Sie begriff nicht, warum sie den Gedanken an ein Bett vorhin so verführerisch gefunden hatte. Nichts konnte ein herrlicheres Lager sein als der sonnenüberflutete Waldboden zwischen den Blaubeersträuchern.

Nahira schaltete den Fernseher aus. Immer neue Gesprächspartner erschienen vor den Mikrofonen, sie brauchte keinen weiteren zu hören. Sowieso waren alle sich einig: Der Süden hatte lange Geduld gehabt mit dem Norden, hatte den Nordlern Rechte angeboten, die Chance, teilzuhaben am Fortschritt; aber mit dem zweiten Attentat hatte der Norden eine Grenze überschritten, im Süden konnte niemand sich mehr sicher fühlen. Es war nötig, die Rebellen, den ganzen Norden in seine Schranken zu weisen.

»Die dummen Jungs«, murmelte Nahira. »Die dummen, abenteuerlustigen Jungs.«

Sie ging zum Tisch und ließ sich auf einen der Stühle fallen. Woher hatten sie den Sprengstoff genommen? Der Schlüssel zum Lager hing noch immer sicher an einer Kette um ihren Hals, das war das Erste gewesen, was sie überprüft hatte. Aus dem Lager hatten sie den Sprengstoff also nicht besorgen können.

Und wie waren sie ins Stadion gekommen, das doch sicher rund um die Uhr gut bewacht wurde? Gemeinsam hatten sie Pläne gemacht, auch für das Stadion wie für jeden Bahnhof, jeden Platz, jeden öffentlichen Ort, aber niemals hätte Nahira geglaubt, dass sie allein in der Lage waren, einen fast perfekten Anschlag durchzuführen.

»Oh, ihr dummen Jungs!«, sagte sie. Nur dafür war sie dankbar, dass es keine Toten gegeben hatte; trotzdem würde das zerstörte Stadion dem Vizekönig endlich seinen lange ersehnten Grund dafür liefern, in den Norden einzumarschieren. »Ihr dummen, dummen Jungs!«

Sie sah sich um. Die beiden Kinder waren verschwunden, schon während der Nachrichten waren sie verschwunden, aus dem Augenwinkel hatte sie sie rennen sehen. Was hatte ihnen plötzlich eine so furchtbare Angst eingeflößt?

Nahira griff zum Krug und schenkte sich ein. Ihre Hand zitterte.

Schon von Anfang an war der kleine Blonde übermäßig ängstlich gewesen, immerzu hatte er sich hinter dem Mädchen aus dem Norden versteckt, mit dem er unterwegs war; kein Wunder, sie war sicher, dass er ein Ausreißer war. Er hatte sie an irgendwen erinnert, auch das Mädchen hatte sie an irgendwen erinnert, wenn sie es jetzt bedachte. Aber vielleicht glaubte sie das auch nur. Vielleicht war es auch nur der Schrecken nach der furchtbaren Nachricht, der sie jetzt Gespenster sehen ließ.

Sie musste nachdenken, was sie tun konnte, welchen Weg es noch gab, um Norlin zu stoppen. Gut, dass sie allein war. Sie musste nachdenken.

»Seit wann bist du denn so versessen auf die Nachrichten?«, fragte Tines Mutter.

Tine schaltete den Fernseher lauter. »Jetzt haben sie in Skogland das Stadion zerbombt«, sagte sie.

»Interessierst du dich immer noch für Skogland?«, fragte ihre Mutter. Sie hatte einen Kugelschreiber in der Hand und beugte sich über eine Zeitschrift. »Anderes Wort für königlich, fünf Buchstaben.« Sie liebte Kreuzworträtsel.

»Jarven war heute wieder nicht in der Schule«, sagte Tine. »Niemand hat eine Ahnung, wo sie sein könnte. Nachrichten beantwortet sie nicht. Bei ihr zu Hause geht niemand an die Tür.«

»Ich hab dir schon mal gesagt, die sind vorzeitig in Urlaub gefahren«, sagte ihre Mutter. »Du wirst langsam wirklich hysterisch.«

»Royal«, sagte Tine. »So heißt es. Das andere Wort für königlich.«

»Und?«, fragte Norlin, als Bolström in die Bibliothek trat. »Wie sind die ersten Reaktionen im Volk?«

»Du solltest nicht schon am Mittag Cognac trinken«, sagte Bolström. Verachtung lag in seiner Stimme. »Es ist eine Angewohnheit, die sich schwer wieder ablegen lässt.«

»Ich hab dich nicht gebeten, mich zu kritisieren!«, sagte Norlin. Er stellte das Glas so heftig auf den Schreibtisch, dass die Flüssigkeit überschwappte und auf dem polierten Holz eine kleine Pfütze bildete. Norlin achtete nicht darauf. »Was sagen die Menschen im Land?«

Bolström ließ sich in einen Sessel fallen. »Bisher läuft es zufriedenstellend«, sagte er. »Die Angst scheint tatsächlich gigantisch zu sein. Jeder, der eine Karte für das Fußballspiel hatte, malt sich jetzt aus, wie er unter den Trümmern gelegen hätte. Sie reden von nichts anderem mehr. Und Angst benebelt den Verstand.«

»Wie?«, fragte Norlin.

»Aus ihrer Angst wird Hass werden«, sagte Bolström. »So funktionieren wir Menschen nun mal, Norlin. Mach dir also keine Sorgen. Wenn es so weitergeht, musst du nicht mehr mit Widerstand gegen unseren Einmarsch im Norden rechnen, niemand wird mehr Sympathien für ein Volk von Terroristen empfinden. Unsere Skogen wollen endlich wieder in Frieden leben können.«

Norlin griff nach der Cognacflasche. »Und von Jarven?«, fragte er. »Irgendeine Nachricht von Jarven?« Bolström nahm ihm die Flasche aus der Hand.

»Du musst ein Interview geben«, sagte er.

Als Jarven aufwachte, war es Mittag geworden. Die Sonne stand senkrecht an einem Himmel, der so blau war wie aus einem Kindermalkasten, der Boden war warm und sie fühlte sich wohlig und behaglich und noch keineswegs ausgeschlafen. Neben sich hörte sie die ruhigen Atemzüge von Joas und Malena.

Jarven drehte sich auf die Seite und versuchte, zurück in ihren Traum zu gleiten. Er hatte mit Nahira zu tun gehabt, das Traumgefühl kehrte zurück, ein Zipfelchen nur, Nahira, die Frau in dem kleinen Waldhaus, irgendetwas hatte nicht gestimmt in ihrem Traum, darum war sie aufgewacht.

Jarven schmiegte sich ein wenig tiefer in die sandige Mulde. Nahiras Küche, der Fernseher, die Bombe, Nahira war die Anführerin der Rebellen. Und Bolström lachte und lachte, stand in der Bibliothek und lachte, eine Pistole in der Hand, drückte ab, das kleine Haus im Wald ...

Jarven setzte sich auf. Das war es. Mit einem Ruck war sie so wach, dass sie wusste, es hatte keinen Sinn mehr zu versuchen, noch einmal einzuschlafen. Das war es, sobald sie ihr von Nahira erzählt hatten, hätte sie es merken müssen, natürlich, Nahira, es konnte ja nicht stimmen, und es waren auch keine Wachen dort gewesen, keine Soldaten, bestimmt, sie hätten sie doch bemerkt, die Soldaten hätten auch sie bemerkt –

»Joas!«, rief Jarven und rüttelte Joas an den Schultern. »Malena! Ihr müsst aufwachen!«

Joas drehte sich weg und grunzte ärgerlich im Schlaf. Malena starrte sie an, als käme sie von weit, weit her.

»Malena!«, sagte Jarven und ließ dabei Joas' Schulter nicht los. »Ich muss euch etwas erzählen!«

»Was?«, fragte Malena. Sie schloss wieder die Augen. Joas murmelte etwas im Schlaf und versuchte, Jarvens Hand wegzuwischen, als wäre sie ein lästiges Insekt.

»Nicht wieder einschlafen!«, schrie Jarven. »Aufwachen! Aufwachen! Ich glaube, es ist wichtig!«

Malena seufzte. »Albträume?«, fragte sie. Aber sie war jetzt wach, das sah Jarven genau. »Hat es nicht Zeit?«

Jarven schüttelte den Kopf. »Joas!«, sagte sie verzweifelt.

»Hau ihm eine runter«, sagte Malena und räkelte sich. »Das hilft, ich kenn ihn. Mein Gott, so wunderbares Wetter, wir hätten gut noch ein bisschen schlafen können.«

Joas zuckte zusammen, als Jarven ihm mit dem Handrücken leicht auf beide Wangen schlug. »Du altes verdammtes …!«, schrie er. Dann sah er sich suchend um. »Ach, Mist! Ich hab geträumt, dass mir einer eine runterhaut.«

»Was man alles so träumen kann!«, sagte Malena. »Komische Träume hast du.«

Aber Jarven hatte jetzt keine Geduld mehr. »Mir ist etwas eingefallen!«, sagte sie. Sie hockte sich auf die Knie, ein winziger Zweig bohrte sich in ihr Schienbein. »Ich dachte, ich muss es euch sofort erzählen! Da stimmt irgendwas nicht!«

Joas gähnte. »Langsam lebst du dich ein«, sagte er. »Haargenau, so gut wie alles stimmt hier nicht. Zum Beispiel hat es gestern einen Anschlag auf das Stadion gegeben. Und irgendein Idiot hat mich geweckt, als ich mitten im schönsten Traum war, das stimmt vor allem nicht.«

»Genau, mitten im Traum!«, sagte Jarven. »Ich hab auch was geträumt, und als ich aufgewacht bin …« Sie sah von einem zum anderen. »Am Wochenende, auf Österlind«, sagte sie. »Da hab ich durch Zufall ein Gespräch belauscht, zwischen Tjarks, Bolström und dem Vizekönig, ich hab euch doch davon erzählt. In dem es darum ging, den Anführer der Rebellen zu töten.«

Malena nickte. »Hast du erzählt«, sagte sie.

»Und dabei«, sagte Jarven aufgeregt, »haben sie immer davon gesprochen, dass sie ihn unter Kontrolle haben. Und dass sie ihn überwachen.«

Joas sah sie an. »Ja«, sagte er. Auf einmal wirkte er ganz wach. »Da bist du dir sicher?«

»Du meinst, es gab einen Ring aus Wachen um Nahiras Haus, den wir nicht bemerkt haben?«, fragte Malena. »Du meinst, sie wird die ganze Zeit beobachtet? Und uns haben sie dabei also auch entdeckt?«

Jarven schüttelte heftig den Kopf. »Quatsch!«, sagte sie. »Dann hätten sie uns doch gegriffen. Und Nahira vielleicht auch, jetzt nach dem Anschlag. Ich glaube, es war niemand da.«

»Das glaube ich auch«, sagte Joas. »Es war niemand da, der Nahira heimlich überwacht hat.«

Malena sah verwirrt aus. »Du meinst, sie bewachen ein ganz falsches Versteck?«, fragte sie.

»Nein!«, rief Jarven. Sie war jetzt so aufgeregt, dass sie immerzu an den Zweigen zupfte. Kleine, saftig grüne Blaubeerblätter rieselten auf den Boden. »Sie haben ja auch immer von *ihm* gesprochen! *Er* merkt gar nichts davon, wir erschießen *ihn*, sie haben von *einem Mann* gesprochen! Nicht von Nahira! Sie haben gar nicht vom Anführer der Rebellen geredet, begreift ihr nicht? Sie wissen doch, dass der Anführer der Rebellen eine Frau ist!«

Malena runzelte die Stirn. »Aber sie haben doch gesagt, dass sie den Anführer der Rebellen töten wollen«, sagte sie. »Das hast du doch genau gehört! Das hast du dir doch nicht ausgedacht!«

Jarven zerrte an einem Zweig, die Rinde zerkratzte ihr die Hand. »Ich habe *gedacht*, dass sie vom Anführer der Rebellen sprechen!«, sagte sie. »Weil sie gesagt haben, dass sie einen Bürgerkrieg verhindern wollen! Darum habe ich natürlich gedacht, …« Zwischen Daumen und Zeigefinger quoll langsam ein winziger Blutstropfen aus einer Schramme.

»Bürgerkrieg?«, fragte Joas. Er sah Malena an.

»Und wen sollten sie sonst wohl meinen?«, fragte Jarven. »Aber es kann ja nicht stimmen! Nahira ist eine Frau, und es war ganz bestimmt von einem Mann die Rede!«

»Und sie wollten ihn töten, damit er ihnen nicht vielleicht entkommt«, murmelte Joas. »Und einen Bürgerkrieg beginnt. Und nur Norlin war dagegen.«

Jarven nickte.

»Mali?«, sagte Joas. »Mali, du weißt, was ich denke?«

Malena antwortete nicht. Jarven sah erschrocken, dass sie zitterte.

»Mir würde nur einer einfallen«, sagte Joas leise.

»Mali? Nur einer, der ihr Gesetz noch verhindern könnte. Nur einer, hinter dem das Volk sich sammeln würde gegen den Silberfuchs, zur Not in einem Bürgerkrieg. Mali?«

Malena zitterte jetzt so stark, dass Jarven Angst bekam.

»Lass sie doch in Ruhe!«, sagte sie. »Du siehst doch, wie erschrocken sie ist!«

Malena stand auf. Sie atmete tief ein und aus, und als sie sprach, sah sie weder Joas noch Jarven an.

»Er ist tot«, sagte sie leise. »Wir wissen doch, dass er tot ist.«

Joas sprang auf und packte sie an den Armen.

»Woher wissen wir das, Mali?«, rief er. »Wir haben den Sarg gesehen, wir waren dabei, als er in die Gruft hinabgelassen wurde. Aber hast du ihn selbst auch gesehen? Durftest du zu ihm, noch ein letztes Mal, um dich zu verabschieden?«

Malena schüttelte langsam den Kopf. Sie sah aus wie in Trance. »Der Arzt hat gesagt«, flüsterte sie. »Der Arzt wollte nicht …«, sie schluchzte auf.

»Malena!«, rief Jarven. Sie warf Joas einen bösen Blick zu.

»Er war gesund, noch am Abend vorher war er kerngesund!«, sagte Joas. »Malena, vielleicht haben sie ihn gar nicht getötet. Es könnte doch sein, …«

»Norlin wollte nicht«, flüsterte Malena. »Norlin …«

»Von wem redet ihr denn die ganze Zeit, verdammt?«, rief Jarven. »Darf ich das jetzt vielleicht auch mal wissen?«

Malena und Joas sahen einander an und Malena schlug ihre Hände vor das Gesicht. Dann wandte Joas sich Jarven zu. »Von Malenas Vater reden wir«, sagte er. »Wir reden vom König von Skogland.«

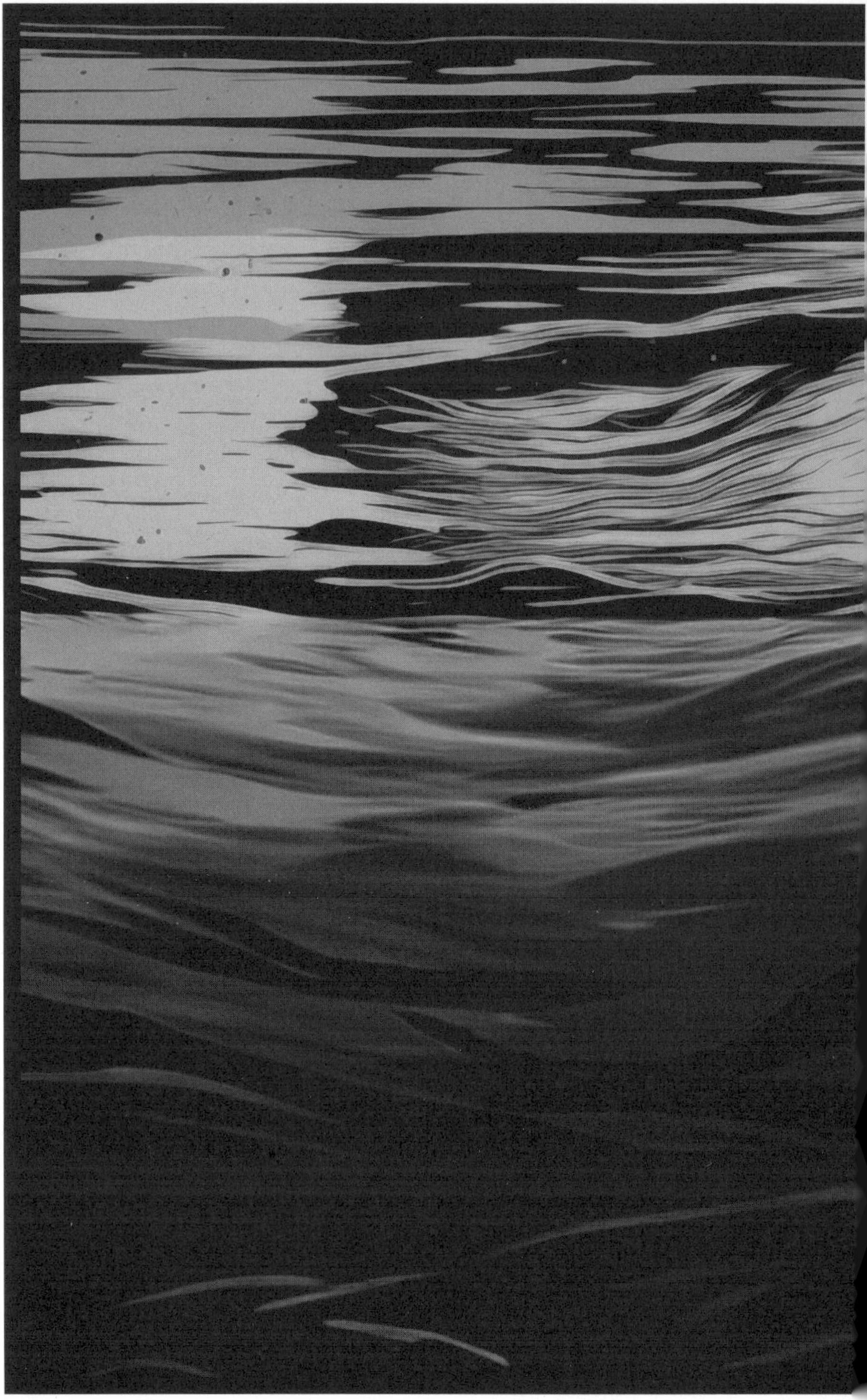

3. TEIL

22.

Seit die Kinder verschwunden waren, hatte Nahira am Küchentisch gesessen und gewartet. Sie hätte nicht sagen können, worauf. Sie spürte nur, dass es nichts gab, was sie tun konnte. Der Fernseher lief ohne Ton, die Bilder wiederholten sich. Niemals vorher hatte sie sich so machtlos gefühlt.

Sie stützte ihren Kopf in die Hände. Machtlos und unendlich müde. Die Dinge hatten die schlimmstmögliche Wendung genommen.

Trotzdem spürte sie, je länger sie so saß, dass da etwas war. Dass sie etwas wusste, von dem sie noch nicht verstanden hatte, was es war. Irgendetwas, das sie gesehen hatte oder gehört. Irgendetwas.

Sie starrte auf den Bildschirm, längst sah sie die Bilder auch mit geschlossenen Augen. Das Stadionoval, die Trümmer. Die abgesperrten Straßen, flatterndes rot-weißes Absperrband, die aufgeregten Menschen, wild gestikulierend, und wieder das Stadion. Aber das war es nicht, sie spürte es genau.

Ihr Kopf sank auf die Tischplatte, den Bruchteil einer Sekunde überlegte Nahira, ob sie sich dem Schlaf überlassen sollte. Dann schrak sie auf.

Natürlich. Was sie gesehen hatte, hatte sich nicht auf dem Bildschirm abgespielt, es hatte überhaupt nichts mit dem Anschlag zu tun.

Die Kinder.

»Malena!«, flüsterte Nahira. Darum hatte der Junge sie nicht ansehen mögen. »Die Prinzessin ist also gar nicht mehr ...«

Der strubbelige Junge, die abgeschnittenen Haare, es gab nur eine Erklärung. Malena war auf der Flucht.

»Sie ist auf der Flucht vor ihm, sie unterstützt ihn nicht«, murmelte Nahira. »Obwohl sie noch an ihrem Geburtstag ...«

Sie stand auf. Sie würde sich einen Kaffee kochen, es konnte sein, dass ihr doch noch etwas einfiel, etwas ganz anderes, als sie vermutet hatte. Noch immer war da etwas, sie wusste, dass sie noch immer nicht alles begriffen hatte.

»Das Mädchen«, sagte Nahira laut. Der Wasserkessel brauchte unendlich lange, sie trommelte auf das Metall zwischen den Herdplatten, lief auf und ab. Wenn sie die Augen schloss, sah sie die beiden wieder vor sich, kein Zweifel mehr, es war Malena gewesen. War das andere Mädchen ihr so bekannt vorgekommen, weil es Malena so sehr ähnelte?

Der Wasserkessel pfiff.

Wer sonst konnte Malena so ähneln? Nahira vergaß, den Kaffee aufzugießen.

»Jarven«, murmelte sie und ließ sich auf den Küchenstuhl sinken.

Auf einmal wusste sie, dass nicht alles verloren war.

»Du meinst!«, flüsterte Malena. Sie zitterte so sehr, dass Jarven sie am liebsten gepackt und ganz fest gehalten hätte. »Aber dann ...«

»Aber dann ist alles ganz anders!«, rief Joas. »Genau, ja, ja, genau! Passt mal auf, meine lieben Prinzessinnen, wenn stimmt, was wir glauben, ...«

»Ich glaube, es stimmt«, sagte Jarven. »Ich glaube wirklich, es stimmt! Es passt alles!«

»Also, dann ist es so«, sagte Joas. »Sie wollten den König aus dem Weg haben, bevor er Skogland für immer verändern würde auf eine Weise, die vielen nicht gefallen hätte, weil sie so ihre Privilegien verloren hätten. Aber Norlin war dagegen, ihn zu töten, Jarven sagt ja auch, er ist sentimental, jedenfalls längst nicht so abgebrüht wie Bolström, seine rechte Hand. Darum haben sie den König nur aus dem Weg geschafft und seinen Tod vorgetäuscht. Alles wunderbar.«

»Und sie haben ihn irgendwo hingebracht, wo sie ihn Tag und Nacht bewachen«, sagte Jarven. »Aber sie wissen auch, wenn er freikäme, hätten sie keine Chance mehr.«

»Genau!«, sagte Joas. »Darum wollte Bolström ihn ja auch umbringen lassen. Aber Norlin war immer noch dagegen.«

Jarven nickte. Malena wurde ruhiger.

»Und jetzt nehmen wir mal an«, sagte Joas, und seine Stimme wurde immer lauter, immer aufgeregter, »der König käme wieder frei: Was glaubt ihr, was dann passieren würde?«

»Wenn er dann auch noch berichten würde, was Norlin mit ihm gemacht hat?«, fragte Jarven. »Und dass die ganze Beerdigung ein Täuschungsmanöver war?«

»Und dass die ganze Geburtstagsfeier ein Täuschungsmanöver war?«, sagte Joas. »Dass Norlin nicht nur den König entführt, sondern auch immerzu das Volk getäuscht hat? Glaubt mir, das gibt so einen Aufruhr, da muss Norlin zusehen, dass er sich noch rechtzeitig ins Ausland absetzen kann! Niemand wird gern reingelegt, nicht mal das Volk von Skogland!«

»Das heißt also«, sagte Jarven und sah Joas fragend an.

»Das heißt, dass wir jetzt nur eins tun müssen, um Skogland zu retten«, sagte Joas. »Wir müssen den König finden.«

»Wir müssen den König finden«, sagte Jarven.

»Also los, los, Malena!«, sagte Joas und rüttelte sie an den Schultern. »Was glaubst du, wo er sein könnte? Was glaubst du, wo sie ihn hingebracht haben? Du kennst Norlin am besten.«

Malena hob den Kopf. Das Zittern hatte nachgelassen, aber noch immer waren ihre Augen blicklos.

»Ich weiß es doch nicht«, flüsterte sie. »Ich habe keine Ahnung.«

Als der Kombi mit aufheulendem Motor auf die Lichtung fuhr und mit quietschenden Bremsen schräg neben dem alten Ford einparkte, sprang Nahira auf.

Die Küchentür wurde aufgerissen und Lorok, Meonok und zwei andere Männer, kaum älter als sie, stürmten in den Raum.

»Hast du das gesehen?«, schrie Meonok. »Hast du das verdammte Stadion gesehen? Wer ist das gewesen? Wer hat das vermasselt? Nahira, hast du da die Finger drin? Ohne uns was zu sagen?«

Nahira schüttelte den Kopf. Die Jungs sahen wütend aus, so wütend hatte sie sie lange nicht gesehen. Sie spürte eine Erleichterung, die gepaart war mit dem Begreifen, dass die Wahrheit noch gefährlicher war als alle ihre Befürchtungen.

»Ihr wart es also auch nicht«, sagte sie. »Wie solltet ihr auch, die Zeit hätte niemals ausgereicht. Aber ich dachte, ihr hättet euch abgesprochen mit unseren Leuten im Süden. Ich hatte befürchtet, das Warten hätte euch zu lange gedauert.«

»Von denen war es auch keiner!«, schrie Lorok. »Nicht von denen jedenfalls, die wir erreicht haben! Und niemand hat eine Ahnung, wer es gewesen sein könnte!«

»Liron?«, sagte einer der beiden anderen. Nahira wurde bewusst, dass sie früher die Namen all ihrer Leute gekannt hatte. Längst waren es zu viele geworden.

»Unsinn!«, sagte sie. »Liron war immer gegen Gewalt. Ich hatte gehofft, er würde zu uns kommen, sobald Norlin nach dem Tod des Königs leise und unauffällig die Macht an sich gerissen hatte. Aber nicht einmal da ...«

Meonok hatte die Kühlschranktür geöffnet und nach etwas Essbarem gestöbert. Jetzt schlug er sie mit bösem Gesicht wieder zu. »Dann wisst ihr, was ich glaube«, sagte er und sah erst die drei anderen, dann Nahira herausfordernd an. »Es gibt keinen größeren Schurken.«

Nahira nickte nachdenklich. »Ich glaube, du hast recht, Meonok«, sagte sie. »Es ist viel zu nützlich für ihn, es kommt gerade recht, zum günstigsten Zeitpunkt. So wie vor zwei Monaten der Tod des Königs.«

Die Jungs sahen sie an.

»Norlin bereitet seinen Überfall auf den Norden vor«, sagte sie. »Ich glaube, da können wir jetzt sicher sein. Aber es gibt etwas, das wir tun können.«

»Wir sind alle bereit!«, rief einer der beiden, deren Namen sie nicht kannte. Es wuchs ihm noch nicht einmal der erste Bartflaum. »Wir sterben gerne für unser Land! Für unsere Ehre!«

Nahira winkte ab. »Das verlangt ja keiner von euch«, sagte sie. »Nur auf die Suche machen sollt ihr euch, damit ihr sie findet, bevor er sie findet. Denn dass er auch nach ihnen sucht, ist sicher.«

»Wer?«, fragte Lorok. »Wen?«

»Vor ein paar Stunden habe ich Malena gesehen«, sagte Nahira. »Und Jarven. Und sie waren vor ihm auf der Flucht.«

Meonok pfiff durch die Zähne.

Ich werde ihnen nicht sagen, dass die beiden hier waren, dachte Nahira, hier in diesem Haus, und ich habe sie nicht erkannt. »Wenn wir sie finden, haben wir einen Trumpf in der Hand«, sagte sie. »Ruft alle an, die ganze Liste. Und sucht vor allem hier im Umkreis. Sehr weit können sie ja noch nicht gekommen sein.«

»Verdammt, das kann doch nicht angehen!«, schrie Joas. Die Sonne war hinter den Bäumen verschwunden, aber noch immer war es hell, fast wie am Tag. »Dass wir wissen, er lebt, dass wir wissen, er könnte alles retten – aber wir wissen nicht, wo er ist, und damit ist alles umsonst!«

»Und der Polizei können wir auch nicht Bescheid sagen«, sagte Jarven. Sie drehte den Kopf. Da war ein Geräusch gewesen, irgendwo im Unterholz. »Damit die ihn suchen.«

Joas lachte böse. »Bestimmt nicht!«, sagte er. »Die suchen lieber nach uns.«

Niemand sprach. Sie hatten gegrübelt und geredet, den ganzen Nachmittag, aber eine Lösung war ihnen nicht eingefallen. Fast war es jetzt schlimmer als vorher, dachte Jarven. Zu wissen, dass es eine Lösung gab, sich ihr so nah zu fühlen – und doch nicht zu sehen, wie man sie erreichen konnte.

Dann hörte sie es wieder, noch näher dieses Mal. »Joas?«, sagte Jarven. »Ich glaube, ich höre …«

Auch Malena hob den Kopf. »Psst!«, sagte sie und legte einen Finger auf die Lippen.

Im Unterholz blieb es still.

»Weiber!«, sagte Joas. »Kaum wird es Abend, kriegen sie Schiss im Wald! Sollen die Hasen und Rehe und Eichhörnchen sich stundenlang nicht rühren, nur weil wir uns hier in ihr Revier geschlichen haben?«

Jarven nickte erleichtert.

»Gibt es nicht irgendeinen Ort, den Norlin mal erwähnt hat?«, fragte Joas. »Mali? Ich glaube nicht, dass sie deinen Vater in ein Gefängnis gebracht haben, das hätte ja viel zu viel Aufsehen erregt. Für mich klingt alles, was Jarven erzählt hat, so, als wäre er in einem ganz normalen Haus untergebracht, nur dass es abgelegen ist. Warum hätten sie sonst solche Angst, dass er ihnen entkommen könnte?«

»Ja«, murmelte Malena.

»Meinst du, es ist eher im Süden?«, fragte Joas. »Überleg doch mal, Mali! Im Norden? Was glaubst du denn?«

Malena zuckte die Achseln. »Norlin hat doch so viele Leute«, sagte sie leise. »Und Skogland ist so groß. Es gibt Wälder, die sind so tief, dass noch nie ein Mensch bis an ihr Ende vorgedrungen ist! Woher soll ich da wissen, ...«

Weiter kam sie nicht. Die Männer kamen gleichzeitig, und sie kamen schnell. Selbst wenn sie hätten schreien können, hätte es den Kindern nicht geholfen, niemand war da, der sie hören konnte. Aber ohnehin hielten ihnen die Männer als Erstes den Mund zu. Sie waren mindestens zu sechst, und sie trugen keine Uniformen.

Es hat alles nichts genützt, dachte Jarven, verblüfft, dass sie so klar denken konnte. Jetzt hat Norlin uns also wieder.

Einer packte ihre Schultern, ein anderer ihre Füße. Unsanft wurde sie auf die rostige Ladefläche eines alten Kombis gelegt, gleich danach kam Malena, als Letzter Joas.

Hätten sie sie wenigstens nicht geknebelt. Jarven suchte Malenas Augen. Zu ihrem Erstaunen war Malenas Blick beinahe fröhlich.

Es konnte keinen Irrtum geben. Malena, die kleine Prinzessin von Skogland, lächelte.

23.

Als der Kombi rumpelnd auf die Lichtung einbog und neben dem kleinen gelben Haus anhielt, wunderte Jarven sich nicht. Schwere graue Wolken zogen über den Himmel, und in der Ferne glaubte sie das erste Grummeln des Donners zu hören. Sonst war alles ruhig.

Während der ganzen Fahrt hatte Malena nicht aufgehört zu lächeln. Dass es nicht die Männer des Vizekönigs waren, die sie gefangen genommen hatten, hatte Jarven darum sofort verstanden; vermutlich hätten Soldaten oder Polizisten ohnehin auch Uniform getragen.

Nur die Rebellen konnten ihre Entführer sein. Die Männer hatten sie zurückgebracht zu Nahira.

In der geöffneten Tür erwartete die Anführerin der Rebellen sie schon. »Vorsichtig!«, rief sie, als die Männer die Klappe des Laderaums lösten und nach unten fallen ließen. »Ich hatte euch gesagt, dass ihr behutsam mit ihnen umgehen sollt! Sie sind nicht unsere Feinde!«

Einer der jungen Männer löste Jarven die Fußfesseln. »Erst mal abwarten!«, rief er Nahira über die Schulter zu. Dann gab er Jarven einen Knuff in die Seite. »Runter!«, sagte er.

Jarven versuchte, sich zu strecken. Die Fahrt war

nur kurz gewesen, aber allmählich hatte sie das Gefühl, sie wäre in den letzten Tagen immerzu gekidnappt und gefesselt durch Skogland gefahren worden.

»So, da seid ihr also wieder«, sagte Nahira. »Und du auch, Joas. Dieses Mal du auch.«

Natürlich war sie die Frau, die Malena und ihr vorhin zu trinken gegeben hatte, aber Jarven bemerkte verblüfft, wie vollkommen verändert sie jetzt schien. Die Frau von vorhin hatte müde ausgesehen, erschöpft, beinahe hoffnungslos; jetzt dagegen wirkte Nahira viel jünger, voller Energie, fast fröhlich. »Wie dumm von mir, dass ich vorhin nicht gleich begriffen habe, wer meine Gäste waren.«

Sie gab den Kindern ein Zeichen, sich auf das Küchensofa zu setzen. Joas schüttelte trotzig den Kopf, und einer von Nahiras Männern wollte ihn packen, aber Nahira winkte ab. »Lass«, sagte sie.

Der Fernseher auf der Kommode lief noch immer ohne Ton. Jarven erkannte Bolström, der mit weit ausholenden Gesten in ein Mikrofon sprach.

»Je länger sie über den Anschlag auf das Stadion reden, desto größer wird offenbar die Bedrohung«, sagte ein Mann, der schon in der Küche gesessen hatte, als sie hereingekommen waren. »Ich kann das alles nicht mehr hören. Eben hat schon einer angedeutet, dass man ohne einen militärischen Einmarsch in den Norden der Rebellen kaum Herr werden könnte. *Dich* wollen sie schnappen, Nahira.«

»Das ist doch nichts Neues, Tiloki«, sagte Nahira. »Jetzt nimm mal einen Augenblick deine Augen vom Bildschirm. Die Prinzessinnen sind hier.«

»Ja, hallo«, sagte Tiloki. »Das hätte ich auch nicht gedacht, dass ich euch beide mal unter diesen Umständen kennenlernen würde.«

Jarven sah Malena an. Inzwischen lächelte sie nicht mehr, aber sie wirkte immer noch ruhig, beinahe zufrieden.

»Und?«, fragte sie. »Was wollt ihr also mit uns machen?«

Nahira sah sie nachdenklich an.

»Das wissen wir noch nicht genau, Mali«, sagte sie. »Mein Gott, du bist wirklich gewachsen, seit du das letzte Mal auf meinen Knien geritten bist.«

»Das ist ja nun auch schon bald zehn Jahre her«, sagte Malena. »Ungefähr. Dass du dachtest, du müsstest unbedingt in den Norden gehen und Rebellen um dich sammeln.«

»Ja, das dachte ich damals«, sagte Nahira. »Und das denke ich heute auch noch. Du siehst ja, wie es gekommen ist, Malena. Du siehst doch, was dein Onkel vorhat. Und dass jetzt auch *du* nicht völlig mit ihm einer Meinung bist«, sie kniff die Augen zusammen, »*nicht mehr* jedenfalls – denn an deinem Geburtstag hast du ja noch fröhlich mit ihm vom Balkon heruntergewinkt –, schließe ich daraus, dass du vor ihm auf der Flucht bist. Ihr seid doch auf der Flucht, alle drei?«

Malena nickte. »Sonst hätte ich wohl kaum meine Haare abgeschnitten«, sagte sie. »Und an meinem Geburtstag vor dem Palast und im Wagen, das war ich auch nicht.« Sie zeigte auf Jarven. »Das war sie.«

Nahira schwieg eine Weile. »Das war Jarven«, murmelte sie dann. »Natürlich, wer auch sonst. Und warum, wenn Jarven doch offensichtlich so begierig war, Norlin zu unterstützen – warum ist sie dann jetzt hier bei dir und hilft nicht weiterhin dabei mit, das Volk von Skogland zu täuschen und zu betrügen?«

Jarven sah erschrocken die Wut in Nahiras Blick, mehr als Wut, so heftig, dass ihre Stimme bebte. Was ihr aus Nahiras Augen entgegenschlug, war blanker Hass. Woher kennt sie meinen Namen?, dachte Jarven. Wer hat ihr von mir erzählt?

»Am besten, Jarven erzählt dir ihre Geschichte selbst«, sagte Malena und warf Jarven ein aufmunterndes Lächeln zu. »Und, Nahira: Was sie erzählt, *ist die Wahrheit,* hör gut zu. Sie hätte Joas und mich verraten können, als wir in den Norden geflohen sind und auch noch danach viele Male. Was Jarven erzählt, ist die Wahrheit, Nahira! Joas und ich glauben ihr.«

»Meonok!«, rief Nahira. »Lorok! Kommt her. Hört euch an, was – *Jarven* zu erzählen hat.«

Jarven sah von einem zum anderen, dann holte sie tief Luft. Vor dem Herd stand Tiloki, gegen den Schrank gelehnt hörte Nahira ihr zu. Meonok und Lorok warteten in der Tür.

»Es war alles nur wegen dem Film«, flüsterte Jarven. Auf dem Bildschirm flog der Hubschrauber wieder über die Trümmer des Stadions. »Und weil ich so froh war, dass sie ausgerechnet mich ausgesucht hatten.«

Als Jarven fertig erzählt hatte, war es in der Küche totenstill. Gegen Ende hatten Joas und Malena sie ab und zu unterbrochen, gemeinsam hatten sie ihre Flucht mit Nanuk in den Norden geschildert. Jarven hatte längst begriffen, dass die beiden sich von Nahira Hilfe bei der Suche nach dem König erhofften. Sie fragte sich, was Nahira verlangen würde, sie dachte an den Krater neben dem Parlament und an das Stadion.

Tiloki hustete. »So war das also«, sagte er und warf Nahira einen nachdenklichen Blick zu. »Ja, also dann ...«

»Dann könntet ihr uns eigentlich auch die Fesseln abnehmen«, sagte Joas. »Weil wir gegen den Silberfuchs jetzt alle auf einer Seite stehen, sozusagen.«

Nahira nickte. »Meonok?«, sagte sie.

»Allerdings sind wir nur deshalb auf einer Seite, weil ihr bei eurem Anschlag auf das Stadion keinen Erfolg hattet!«, sagte Malena. »Wäre auch nur ein einziger Mensch ums Leben gekommen, Nahira, ich würde niemals mit dir gemeinsame Sache machen! So viel muss klar sein: Wir werden dich nicht unterstützen, wenn du Anschläge auf Menschen verübst, Menschenleben in Gefahr bringst, wenn du auch nur ... Ich bin die Prinzessin von Skogland, und jeder Skoge, egal, ob im Süden oder im Norden, steht unter meinem Schutz. Ich werde nicht zulassen, dass auch nur einem von ihnen ein Haar gekrümmt wird.«

Lorok lachte spöttisch und verbeugte sich tief. »Königliche Hoheit!«, sagte er. »Und wie willst du das durchsetzen?«

Aber Nahira schüttelte ärgerlich den Kopf.

»So muss es auch sein, Malena«, sagte sie. »Und bisher haben wir noch keinem Skogen ein Haar gekrümmt. Wie hast du glauben können, ich wäre so dumm und so ungeschickt, das Parlament zu verfehlen, wenn ich es wirklich hätte treffen wollen?«

»Das war Absicht?«, fragte Joas. »Liron hat das gleich gesagt.«

»Liron kennt mich länger als irgendein anderer«, sagte Nahira. »Norlin ausgenommen natürlich.«

Wieder sah Jarven ihren hasserfüllten Blick. Natürlich, dachte sie. Natürlich hasst Nahira ihn. Schließlich wollten sie einmal heiraten. Und dann hat er stattdessen die Prinzessin genommen.

»Und natürlich haben wir nichts mit dem Stadion zu tun«, sagte Nahira. »Für wie dumm haltet ihr uns? Habt ihr nie überlegt, wem dieser Anschlag nützt?«

Malena nickte. »Das dachte ich mir schon«, sagte sie. »Nahira, ihr habt uns gefangen genommen, aber vielleicht wären wir ohnehin zu dir gekommen, ich habe schon vorher darüber nachgedacht. Weil wir eure Hilfe brauchen, die Hilfe all deiner Leute. Wenn wir schnell genug sind und zusammenarbeiten, Nahira, können wir meinen Onkel vielleicht noch stoppen.«

»Und wie?«, fragte Nahira. »Glaub mir, es gibt nichts, was ich lieber täte.«

Malena nickte Joas zu, der aussah, als könne er sein Wissen nicht mehr lange für sich behalten.

»Der König von Skogland lebt!«, rief er. »Jarven hat Norlin belauscht.«

24.

Nahira hatte Kaffee gekocht und die dampfende Kanne nach draußen auf die Lichtung getragen. Joas und Malena tranken mit den Erwachsenen, aber Jarven hatte voller Abscheu den Kopf geschüttelt. Nahira hatte ihr wieder den Wasserkrug gebracht.

»Das heißt also«, sagte Nahira, »dass sie ihn irgendwo gefangen halten. Und wenn wir den König befreien könnten, gäbe es einen Aufruhr im Land, mein Gott, was für einen Aufruhr es geben würde! Dann würde Norlin nicht nur seine Pläne aufgeben müssen.«

»Der müsste fliehen, glaubt ihr?«, sagte Meonok. »Was Norlin getan hat, ist Hochverrat! Und das ganze Land wird hinter seinem König stehen wie ein Mann, wenn er Norlin zum Teufel jagt.«

»Ich dachte, ihr wäret Rebellen?«, sagte Joas spöttisch. »Woher auf einmal diese Begeisterung für den König?«

Lorok machte eine ungeduldige Handbewegung. »Also befreien wir ihn«, sagte er. »Bevor sie ihn doch noch töten. Sie wissen ja auch, wie gefährlich er für sie werden kann, das hat das Gespräch doch gezeigt, das Jarven mit angehört hat. Und wer weiß, wie lange Norlin ihn noch beschützt.«

»Ja, wunderbar, wunderbar, befreien wir ihn!«,

rief Joas. »So weit waren wir vorhin auch schon! Aber dazu müssten wir erst einmal wissen, wo sie den König gefangen halten! Wo finden wir ihn, bitte schön? Skogland ist groß!«

»Sie haben nicht gesagt, wo das Versteck liegt?«, fragte Tiloki. »Haben sie wenigstens eine Andeutung gemacht?«

Jarven schüttelte unglücklich den Kopf. »Ich habe die ganze Zeit gegrübelt«, sagte sie hoffnungslos. »›Oben in den Wäldern‹ haben sie gesagt, daran erinnere ich mich. Aber ganz Skogland besteht doch aus Wäldern! Und ob sie den Norden der Südinsel gemeint haben oder die Nordinsel ...«

»Du hast doch so viele Leute, Nahira!«, rief Malena. »Das hast du doch? Wenn du sie alle ausschickst, damit sie nach meinem Vater suchen, wenn du ihnen allen Bescheid gibst, dass er noch lebt, vielleicht erinnert sich dann irgendjemand an etwas, das er gesehen oder gehört hat! Darum wollte ich sowieso zu dir zurückkehren, Nahira! Wir sind nur drei, Joas, Jarven und ich, aber du hast Hunderte, die auf dich hören! Wenn all deine Leute nach ihm suchen, ...«

»Wenn all meine Leute nach ihm suchen, wäre es immer noch ein riesengroßer Zufall, wenn sie ihn auch finden würden«, sagte Nahira. »Denk doch nach, Malena! Sollen sie jedes einzelne Haus auf den Inseln durchkämmen? Und wie sollten sie das wohl tun, ohne dass der Vizekönig und seine Leute aufmerksam werden würden? Wenn Norlin erst einmal vermutet, dass wir wissen, der König ist noch am Leben, und dass wir ihn befreien wollen: Du glaubst doch selbst, dass er dann keine Minute mehr zögern wird, ihn hinzurichten!«

»Du gibst auf?«, schrie Malena. »Jetzt, wo wir wissen, dass mein Vater noch lebt, gibst du auf?« Sie schlug mit ihrer Faust auf den Tisch. Eine kleine Kaffeepfütze breitete sich aus. »Es wäre dir zu wenig aufregend, ja? Keine Explosion, keine Bombe, keine Trümmer, nichts, was echten Rebellen Spaß machen würde! Ist es das, Nahira, ist es das?«

Nahira sah sie lange an. »Entschuldigen kannst du dich später«, sagte sie. »Wir werden auf andere Weise versuchen herauszufinden, wo sie den König gefangen halten. Und ich weiß auch schon, wie. *Sie muss zu ihnen zurück.*«

Es dauerte einen Augenblick, bis Jarven begriff, dass von ihr die Rede war. Nahira hatte nicht ihren Namen genannt, nicht auf sie gezeigt, sie nicht einmal angesehen.

»Wenn ihr wirklich glaubt, dass man ihr vertrauen kann, muss sie nach Österlind zurück.«

»Aber!«, flüsterte Jarven.

Selbst Malena und Joas beachteten sie nicht.

»Sie hat ihn einmal belauscht, sie wird ihn wieder belauschen«, sagte Nahira in einem Ton, der nicht mit Widerspruch rechnete. »Sie kann Akten und Papiere auf Hinweise durchsuchen, nachts. Und wenn sie entdeckt wird, meinetwegen behaupten, sie schlafwandle: Ihr wird er nichts tun! Wenn sie geschickt ist, kann sie sogar versuchen, ihn auszufragen.«

Tiloki lachte höhnisch.

»Warum nicht?«, fragte Nahira ärgerlich. »Sie hat erzählt, wie sentimental er geworden ist, als er sie gesehen hat. Wenn sie zu ihm zurückkehrt, schmutzig, hungrig und unausgeschlafen, wenn sie berichtet, wie sie den Rebellen nur mit List entkommen konnte, wie sie sich durchgeschlagen hat, ohne Schlaf, ohne Essen, bis zu ihm: Glaubt ihr nicht, dass selbst der kluge Bolström ihr dann glauben wird, dass sie voller Hass ist auf ihre grausamen Entführer?«

»Das wird kaum reichen«, sagte Tiloki. »Wo sie den König gefangen halten, werden sie ihr trotzdem nicht anvertrauen.«

»Du bist jung, Tiloki«, sagte Nahira. »Du kennst die Menschen noch nicht.« Sie nickte nachdenklich. »Stellt euch vor, wie froh sie alle sein werden, wenn sie wieder eine Prinzessin haben, die am Sonntag neben Norlin auf den Balkon heraustritt! Die ihn vor den Augen des Volkes unterstützt! Und dass Jarven das jetzt aus ganzem Herzen tun wird, nichts könnte glaubwürdiger sein, nachdem sie selbst unter den Gegnern des Vizekönigs gelitten hat! Seine Gegner sind jetzt auch ihre Gegner.« Sie lachte. »Es wird ganz natürlich erscheinen, wenn sie ihm Fragen stellt«, sagte Nahira. »Jeder, der erlebt hat, was sie erlebt hat, würde Fragen stellen, und wenn sie es klug genug anstellt, ...«

Jarven spürte die Angst in sich aufsteigen wie eine Woge, die sie zu überfluten drohte. Sie wollte nicht zurück, nicht allein. Niemals.

»Ich glaube auch, dass man es vielleicht herausfinden könnte!«, sagte sie. Ihre Stimme überschlug sich fast, klang ihr selbst fremd, krächzig und aufgeregt. »Es sind ja nur wenige Leute auf Österlind, da könnte man sich vielleicht nachts schon ...«, sie zögerte. Es war nicht richtig, was sie jetzt tat, bestimmt war Malenas Angst nicht geringer als ihre Angst. Aber nichts konnte ihr gleichgültiger sein. »Aber vielleicht sollte doch lieber – Malena gehen? Sie kennt sich besser aus, sie würde bestimmt viel schneller ...«

»Unsinn!«, sagte Nahira scharf. »*Du* bist diejenige, die gehen wird. Dir wird er sein Geheimnis am ehesten anvertrauen, wenn er es überhaupt jemandem anvertraut.«

Jarven schüttelte erschrocken den Kopf. »Malena würde er doch genauso glauben!«, rief sie. »Malena könnte doch auch erzählen, dass die Rebellen sie aufgegriffen und dann gefangen gehalten haben! Sie haben ihr sogar die Haare abgeschnitten! Sie kann erzählen, dass ihr sie gequält habt, das ist doch nicht anders, als wenn ich das erzähle, und deshalb ist sie jetzt voller Hass auf euch, aber sie kennt sich auf Österlind eben aus, überhaupt kennt sie sich aus, sie könnte ein viel besserer Spion sein als ich!«

Nahira sah sie aus zusammengekniffenen Augen an. »Tatsächlich«, murmelte sie. »Sie weiß es nicht.«

Sie stand auf und machte ein paar Schritte in die Mitte der Lichtung. Dann blieb sie stehen, mit dem Rücken zu ihnen allen. Über den Bäumen zerriss der erste Blitz den schwarz-blauen Himmel und ein Windstoß fuhr durch die Wipfel der Bäume.

»Wer erklärt es ihr?«, fragte Nahira über ihre Schulter. »Meint ihr nicht, es ist Zeit? Warum niemand geeigneter ist als sie, um Norlin sein Geheimnis zu entlocken? Warum er Tränen in den Augen haben wird, Freudentränen, Tränen der Rührung, wenn sie wieder auf Österlind erscheint?«

Niemand regte sich, nur der Donner hallte laut wie ein Paukenschlag, bevor er sich in einem dunklen Grollen verlor.

»Lasst uns ins Haus gehen«, sagte Nahira.

Noch bevor sie die Tür erreicht hatten, erhellte der nächste Blitz die Lichtung, der Donner folgte ihm fast auf dem Fuß. Dann öffneten sich die Schleusen des Himmels, heftig schlugen die Tropfen auf das Laub, das Rauschen war ohrenbetäubend.

Tiloki schloss die Tür hinter ihnen.

»So«, sagte er.

Jarven starrte ihn an, dann Nahira, schließlich Malena und Joas. Sie begriff, dass sie jetzt auch noch das letzte Geheimnis erfahren würde. Sie hatte ja gewusst, dass sie ihr nicht alles gesagt hatten.

»Jarven«, sagte Malena. Einen Augenblick sah es so aus, als wollte sie sie in den Arm nehmen, um sie zu beschützen vor dem, was sie ihr jetzt erklären musste. »Nahira hat recht, *du* musst zu ihm gehen. Du und keine andere. Schon allein, weil er dir nichts tun wird, Jarven, niemals. Hast du es immer noch nicht verstanden? Norlin ist dein Vater.«

25.

»Nein!«, flüsterte Jarven. Vielleicht wurde ihr abwechselnd heiß und kalt, vielleicht drehte sich alles, vielleicht verschwamm die Küche hinter einem Schleier wie Wasserdampf. In ihren Ohren rauschte es, ihr Herz schlug zum Zerspringen. »Das ist ja nicht wahr!«

Das ist nicht wahr, das soll nicht wahr sein.

Es kann nicht wahr sein, weil es nicht wahr sein darf, so etwas darf nicht wahr sein, doch nicht sie, doch nicht Jarven, sie hatten etwas verwechselt, bestimmt, doch nicht Jarven.

»Ich will das nicht«, flüsterte Jarven.

Zu ihrem Erstaunen war es Joas, der ihr jetzt seinen Arm um die Schultern legte.

»Doch«, sagte er leise. »Manchmal sind auch die schlimmsten Dinge wahr. Und sie können uns selbst passieren, Jarven, uns, und es hilft nichts, wenn wir glauben, wir müssten nur die Augen zukneifen, und wenn wir sie wieder öffnen, war alles nur ein böser Traum.«

»Er soll nicht mein Vater sein«, flüsterte Jarven. »Er soll nicht.«

Joas zog sie an sich. »Eltern sucht man sich nicht aus«, sagte er mit fester Stimme. »Glaub mir, ich weiß Bescheid.«

Aber Jarven hörte ihm nicht mehr zu. Begriffen sie denn nicht, sie alle? Verstanden sie denn gar nichts?

»Er kann nicht mein Vater sein!«, schrie sie. »Seid ihr denn alle verrückt! Er hat die Prinzessin geheiratet und immer in Skogland gelebt! Und ich habe niemals ...«

Vor ihr kniete Malena. Die Schleier über den Dingen lösten sich auf, das Rauschen in ihren Ohren legte sich, nur ihr Herz schlug immer noch so wild, als wollte es aus ihrer Brust heraus und weg von allem.

»Doch«, flüsterte Malena. »Jarven, doch.«

»Aber Mama!«, sagte Jarven. Dann schluchzte sie auf.

Groß und blond, majestätisch. Mama. Und wusste so wunderbar, wie man sich benahm in jeder Situation, wie man sich hielt und wie man sich kleidete, welches Besteck man wie neben die Teller legte und wozu man es benutzte, wie man wen grüßte und wer wen zuerst.

»Mama!«, flüsterte Jarven.

Warum hatte sie sich niemals gefragt, woher Mama all diese Dinge wusste, Mama, die doch keine Ausbildung hatte, kein Studium, nicht aus einer guten Familie kam, die von Gelegenheitsjob zu Gelegenheitsjob getaumelt war, bis sie endlich mit ihren Benimmkursen die Lösung für all ihre finanziellen Probleme gefunden hatte?

Warum war ihr niemals aufgefallen, dass nichts zusammenpasste, gar nichts?

»Mama ist«, flüsterte Jarven, »die Schwester des Königs?«

»Seine Zwillingsschwester, ja«, sagte Malena und hielt Jarven ihr Taschentuch hin. »Da, wisch dir die Augen ab und putz dir die Nase. Du bist meine Cousine, dir leih ich das.«

»Darum wollte sie mir nie etwas erzählen!«, sagte Jarven leise. Noch immer schien die Küche leicht zu schwanken. »Ich musste mir meinen Stammbaum für Kunst zusammenlügen. Ich hab ihn mir von Gökhan geliehen.«

Malena lächelte. »Du bist eine Skogin durch und durch«, sagte sie. »Die allerbeste Sorte bist du, die Sorte, der die Zukunft gehört, halb Nord und halb Süd.«

Jarven schnäuzte sich. Das Geräusch klang ein bisschen peinlich und grenzenlos nach Alltag. »Norlin«, murmelte sie.

»Nicht traurig sein«, sagte Malena. »Joas hat recht. Niemand kann etwas für seine Eltern.«

Jarven warf einen schnellen Blick zu Nahira hin. Zu ihrem Erstaunen war der Hass von Nahiras Gesicht verschwunden. Wenn Jarven hätte sagen sollen, was sie jetzt darin las, sie hätte es für Mitleid gehalten.

»Sie hat mich all die Jahre belogen!«, flüsterte Jarven. »Immer, immer, immer! Ich weiß nicht, ob ich ihr das verzeihen kann.«

»Was hätte sie denn tun sollen?«, fragte Joas. »Hätte sie dich in der Angst aufwachsen lassen sollen, dass sie irgendwann aus Skogland kommen würden, die Männer des Königs vielleicht, oder eher noch die Männer Norlins, um dich zu holen? War es nicht genug, dass sie selbst Angst um dich hatte, fürchterliche Angst, immerzu? Natürlich ist sie untergetaucht, sobald sie Skogland verlassen hatte, natürlich hatte sie falsche Papiere, aber sie musste doch immer damit rechnen, dass man sie aufspüren würde, dass sie heimlich überwacht wurde; konnte sie sicher sein, dass niemand kommen würde, um dich zu entführen?«

»Darum war sie immer so fürchterlich ängstlich«, murmelte Jarven. »Ach so. Arme Mama.«

»Na bitte, so ist es besser«, sagte Joas. »Nun hast du es begriffen. Deine Mutter ist die Schwester des Königs, die geliebte Prinzessin aller Skogen, um die sie getrauert haben Jahr um Jahr.«

»Und ich?«, fragte Jarven und setzte sich mit einem Ruck auf. »Bin ich dann auch …?«

»Natürlich bist du!«, rief Malena. »In der Thronfolge die Dritte: Zuerst komme ich, dann kommt deine Mutter, und dann kommst schon du. Prinzessin Jarven von Skogland, in der Norden und Süden vereint sind.«

»Norden und Süden«, murmelte Jarven. »Ja, natürlich. Norlins Kind.«

Sie schwieg.

»Du verstehst also, warum *du* zu ihm gehen musst«, sagte Nahira rau. Die ganze Zeit hatte sie nur zugehört. »Offenbar war er so glücklich, dich wiederzuhaben! Seine verlorene Tochter, seine Jarven! Fast hätte er sich bei eurer ersten Begegnung verraten.«

»Ja«, flüsterte Jarven. Er hatte Tränen in den Augen gehabt, er hatte ihren Namen gestammelt. Er liebte sie, wie furchtbar er auch war, wie heimtückisch und grausam, süchtig nach Macht; der Vizekönig liebte sie, daran gab es keinen Zweifel: Norlin, ihr Vater. Immer hatte sie sich so sehr einen Vater gewünscht.

»Um Himmels willen, fang nicht wieder an zu heulen!«, sagte Nahira. »Es ist, wie es ist, du wirst es nicht ändern!«

»Aber ich will es nicht, ich will es nicht!«, flüsterte Jarven. Unter ihrem Schluchzen waren die Worte fast nicht zu verstehen. »Ihr sollt machen, dass es nicht wahr ist!«

Da war es wieder Joas, der sie in den Arm nahm.

»Du weißt selbst, dass wir das nicht können, Jarven«, sagte er. »Dass niemand das kann. Aber ich weiß, wie es dir jetzt geht, glaub mir.«

»Ich bin doch nicht die Tochter eines...«, schluchzte Jarven. Es fühlte sich an, als müsste sie sich gleich übergeben. »Er ist ein Verbrecher! Er ist der allerschlimmste von allen! Ich bin nicht sein Kind, ich bin doch kein Verbrecherkind!«

»Pssst, Jarven, ist ja schon gut«, flüsterte Joas. Nur Joas sprach jetzt noch, nur Joas tröstete sie.

»Weil er ein Verbrecher ist, bist du doch kein Verbrecherkind! Du bist, wer du bist, Jarven, nichts ist anders geworden! Du bist noch haargenau dieselbe, die du warst, bevor wir es dir erzählt haben. Du bist Jarven, hörst du mich? Die uns nicht verraten hat auf der Flucht, die uns helfen will, Skogland zu retten! Jarven! Du bist immer noch du!«

Seine Hand streichelte ihren Kopf, ihre Schultern, immer wieder, immer wieder, und immer wieder sagte er auch dieselben Sätze, als wären sie ein Zauberspruch. Und langsam wurde Jarven ruhiger.

»Ich bin immer noch ich«, flüsterte sie. »Ja, klar, das stimmt.«

»Natürlich stimmt das«, sagte Malena energisch. Vielleicht wagte sie erst jetzt wieder, mit Jarven zu sprechen. »Du bist immer noch du. Und außerdem bist du auch meine Cousine, und das finde ich nicht schlecht. Wenn ich schon keine Geschwister habe, meine ich.«

Jarven sah sie an.

»Ich glaube, ich muss erst mal nachdenken«, sagte sie leise. »Das muss ich alles erst – ich muss das alles erst richtig begreifen.«

Malena lächelte. »Genau, lass dir Zeit«, sagte sie.

»Noch ein Glas Wasser? Wo du so viel geheult hast, musst du doch bestimmt wieder nachfüllen?«

Jarven versuchte zurückzulächeln.

Um sie herum standen Meonok, Lorok, Tiloki und Nahira und staunten sie andächtig an, als wäre sie ein neugeborenes Kind, ein Wunder, und statt zu lachen musste sie plötzlich wieder weinen.

Sie konnte nichts ändern. Es war, wie es war.

26.

Jarven konnte nicht schlafen. Sogar ein Bett hatte Nahira für sie frei geräumt, in einem Zimmer zusammen mit Malena und Joas; nach den vergangenen Nächten fast ohne Schlaf hätte sie jetzt schlafen sollen wie ein Stein.

Das Gewitter war vorüber. Durch das vorhanglose Fenster sah sie den nahen Waldrand, undurchdringlich wie eine schwarze Wand, darüber, weiß und magermilchblau, den Mond. Die Stille war so tief, dass man sie hören konnte, nur dann und wann fiepte ein Vogel im Schlaf. Längst war ihr Kissen nass geweint.

»Jarven?«, flüsterte Joas.

Bevor sie schließlich schlafen gegangen waren, hatten sie gemeinsam den Plan besprochen, es hatte Stunden gedauert, bis Nahira zufrieden war. Tonlos waren die Bilder im Fernseher an ihnen vorübergezogen, das Stadion in Trümmern, der Vizekönig erschüttert, gestikulierend der Oberkommandierende der Armee, das Stadion in Trümmern, immer wieder, immer wieder.

»Jarven?«, flüsterte Joas. »Schläfst du?«

Hätte Jarven beschreiben sollen, wie sie sich fühlte, sie hätte kein Wort dafür gewusst. Verzweiflung war zu wenig und zu viel. In ihr war alles taub, als könnte kein Gefühl sie jemals wieder erreichen, kein Kummer, kein Schrecken, keine Angst und auch niemals wieder Freude.

»Sei still«, murmelte sie.

Es war, als wäre ihr der Boden unter den Füßen weggebrochen, nichts mehr war da, woran sie sich halten konnte; Rudern im freien Fall ohne Halt. Ihr ganzes Leben eine Lüge, verloren auch die letzte Sicherheit, die selbst dem noch bleibt, dem man sonst alles nimmt: Ich bin ich.

Ich bin nicht ich.

Ich bin immer noch Jarven. Aber der Name ist nur eine Hülle, die verdeckt, was mein Leben lang darunter verborgen war. Ich bin die Prinzessin von Skogland, ich habe ein erfundenes Leben gelebt und alle, mit denen ich zusammen war, betrogen, ohne es zu wissen. Wie lächerlich war es gewesen, sich Gedanken über einen gefälschten Stammbaum für den Kunstunterricht zu machen.

Konnte es nicht vielleicht auch Trost bedeuten, dass die Ungewissheit jetzt vorüber war, die sie gequält hatte, seit sie alt genug gewesen war, die Frage zu stellen? Wer ihr Vater war.

Kein Geheimnis mehr. Ihr Leben auf einmal glasklar, alles erklärt, alles passte zusammen. Nur dass es nicht mehr *ihr* Leben war.

»Ich möchte dir etwas erzählen«, flüsterte Joas.

Er sollte sie in Ruhe lassen.

»Hast du dich nicht gefragt, was mit meiner Mutter ist? Wieso ich nur mit Liron – aber du kennst uns natürlich nicht richtig.«

Jetzt erzählt er mir, dass seine Mutter tot ist, dachte Jarven. Gestorben, als er noch ganz klein war. Oder gerade erst jetzt, sodass er immer noch trauert. Er erzählt mir jetzt, dass er auch schon Schweres erlebt hat. Dass er also weiß, wie es ist.

Als ob mich das trösten könnte.

»Wir haben am Hof gelebt, solange ich mich erinnern kann«, flüsterte Joas. »Das weißt du ja inzwischen. Und dass Malena und ich fast aufgewachsen sind wie Geschwister. Ihre Mutter war tot, aber meine hat gelebt. Sie hat nicht nur mich aufgehoben, wenn ich hingefallen bin, sie hat nicht nur auf meine Knie Pflaster geklebt. Sie war wie eine Mutter für uns beide. Und sie war so schön! Sie war die schönste Frau am Hof.«

Joas machte eine Pause. Jetzt horcht er, ob ich noch wach bin, dachte Jarven. Ob ich ihm zuhöre. Aber er wird weiterreden, auch wenn er glaubt, dass ich eingeschlafen bin, ich höre es an seinem Ton. Er erzählt, weil er erzählen muss, ich bin nur ein Vorwand.

»Natürlich hatten Liron und sie früher ihre Überzeugungen geteilt«, flüsterte Joas. »Sie war eine Rebellin gewesen wie er, jetzt stand sie neben dem König auf dem Balkon mit Malena an der Hand und winkte, wenn das Volk sich auf dem Palastrondell versammelte. Und sie war unzufrieden. Immer wieder stritt

Liron mit dem König, versuchte, ihn zu überzeugen, dass Norden und Süden gleichberechtigt sein sollten. Ihr war das ganz egal. Sie begriff nicht, warum ihn das immer noch kümmerte, jetzt, wo es ihm doch so gut ging und noch viel besser hätte gehen können.«

Die Worte rauschten an Jarven vorbei ohne Sinn, wie leise Musik. Gleich würde sie einschlafen. Gleich.

»Sie hat Norlin bewundert. ›Der macht es richtig!‹«, hat sie gesagt. »›Warum kümmerst du dich immer noch um die alten Geschichten? Wir könnten einen eigenen Palast haben, wenn du es nur richtig anstellen würdest! Du bist so dumm!‹«

Jarven drehte sich auf die Seite. Er sollte weiterreden mit seiner leisen, gleichmäßigen Stimme. Hinter ihren Lidern warteten schon die ersten Traumbilder.

»Eines Tages ist sie dann gegangen, mit einem südskogischen Höfling. Sie hat sich scheiden lassen, alles ganz korrekt, sie hat ihn geheiratet. Jetzt lebt sie mit ihm auf seinem Anwesen am Meer, Ölquellen gehören ihm, Bergwerke, Fabriken. Sie kann sich keine Freiheit für den Norden mehr wünschen.«

Wovon redet er?, dachte Jarven.

»Ich weiß, wie es ist, wenn man sich für seine Eltern schämt«, flüsterte Joas. »Wenn man sich fragt, ob man nicht vielleicht eines Tages genauso wird wie sie. Sie ist eine Verräterin, genau wie Norlin. Du sollst wissen, dass du nicht die Einzige bist, Jarven. Ich weiß, wie du dich fühlst.«

Nichts konnte es geben, was schöner war als der Schlaf. So warm. So behütend. Alles war gut.

»Jarven?«, flüsterte Joas. »Hörst du mir zu?«

Dann kam der erste Traum.

Im Morgengrauen wurde die Tür geöffnet, fast lautlos. Es gab genügend Verliese im Schloss, unten in seinem ältesten Teil, Touristen liefen schaudernd zwischen dicken Mauern herum und wogen prüfend Ketten in den Händen, deren Gewicht allein genügt hätte, auch den stärksten Gefangenen an der Flucht zu hindern. Natürlich hielten sie ihn nicht dort gefangen.

»Guten Morgen, Liron«, sagte Norlin.

Die ganze Nacht über war das Licht in dem kleinen Raum, den sie für Liron notdürftig als Haftzelle eingerichtet hatten, an- und wieder ausgegangen. Wie fest er seine Augen auch geschlossen hatte, selbst wenn er den Kopf in den Armen verborgen hielt, war hinter seinen Lidern immer dieses Flimmern gewesen. An und aus. An und aus.

»Ich wollte mit dir reden.«

Liron stützte sich auf seinen Ellenbogen. Auf einer Konsole hoch an der Wand thronte der Fernseher. Die ganze Nacht hindurch waren die Bilder über den Schirm geflimmert, hatte Liron die Stimmen der Reporter, die Interviews ertragen müssen. »Du erwartest nicht, dass ich aufstehe«, sagte er. Seine Lippen waren geschwollen, die Worte kamen langsam und merkwürdig verzerrt.

Norlin winkte ab. »Liron!«, sagte er. »Sei vernünftig! Du weißt, dass wir stärker sind als du, wenn du halsstarrig bleibst, machst du alles nur noch schlimmer. Nicht nur für dich! Auch für unser Volk.«

Liron lachte. Er merkte ohne Staunen, dass auch das wehtat.

»Sag uns, wo die Prinzessinnen sind«, sagte Norlin. »Sag mir, wo Jarven ist. Niemand außer dir kann sie entführt haben, niemand außer Joas wäre an den Hunden vorbeigekommen. Es ist albern zu leugnen! Gib mir Jarven zurück.«

»Du überschätzt die Bedeutung der Prinzessin für das Gelingen deines Plans«, sagte Liron. »Oder ist es väterliche Sehnsucht? Und mit eurem Anschlag habt ihr doch erreicht, was ihr wolltet. Die Stimmung im Süden ist endgültig umgeschlagen. Die Menschen hassen den Norden, weil sie ihn fürchten.«

»Wieso glaubst du, dass es *unser* Anschlag war?«, fragte Norlin. Liron hörte den Alkohol in seiner Stimme. »Jeder weiß, dass er auf Nahiras Konto geht.«

Liron ließ sich zurückfallen. »Norlin«, sagte er. »Wir kennen Nahira beide. Das ist nicht ihre Handschrift, sie ist nicht dumm. Sie weiß, dass sie ihrer Sache damit nur schaden könnte.« Er lachte wieder. »Du hast nie gern Kriminalromane gelesen. Die wichtigste Frage für den Detektiv lautet immer: Wem nützt das Verbrechen? Wenn er die Antwort darauf kennt, kennt er den Täter.«

»Wir könnten dich weiter von unseren Spezialisten befragen lassen!«, sagte Norlin drohend.

»Foltern?«, fragte Liron. »Warum wagst du nicht, es auszusprechen, wenn du wagst, es zu tun?«

»Wir foltern nicht!«, schrie Norlin.

Liron fuhr sich mit der Zunge über seine aufgeplatzten Lippen, dann betastete er die schmerzende Schwellung über den Wangenknochen. »Ach, Norlin!«, sagte er. »Und das Verrückte ist ja: Es wird euch alles nichts nützen! Nicht eure Lügengeschichten und nicht eure Anschläge, die ihr den Rebellen in die Schuhe schiebt. Ihr stürzt ein bisher glückliches Land in den Abgrund. Denn du glaubst doch selbst nicht, dass der Norden eure Gesetze, euren Einmarsch widerstandslos hinnehmen wird? Welches Volk ließe das mit sich geschehen? Glaub mir, Norlin, danach werdet ihr wirkliche Anschläge wirklicher Rebellen erleben, und dabei wird es nicht nur Trümmer geben. Ihr verwickelt Skogland in einen Bürgerkrieg, den das ganze Land am Ende nur verlieren kann.«

»Du gestehst es also nicht?«, fragte Norlin. »Wohin ihr die Prinzessin gebracht habt?«

»Weil ich es nicht weiß«, sagte Liron und drehte sich auf die Seite. »Was ich nicht weiß, kann ich nicht sagen, da hilft auch keine Folter.«

Norlin schlug die Tür hinter sich zu.

27.

Dieses Mal waren sie nachts über den Sund gekommen, ohne dass die Küstenwache sich ihnen genähert hatte. Ein anderer Fischer hatte sie gefahren, verborgen unter Deck, einer von Nahiras Leuten, und als sie sich der Küste der Südinsel genähert hatten, hatte er alle Positionsleuchten gelöscht. Es war ganz einfach gewesen.

Zwei Wagen hatten sie schon erwartet, als sie in einer abgelegenen Bucht an Land gegangen waren. Nahira war dabei, auch Tiloki, Lorok und Meonok. Und Malena und Joas, weil sie gebraucht wurden für den Plan. Sie hatten Stunden gewartet, bis sie endlich gewagt hatten zu fahren, aber niemand schien ihren Weg verfolgt zu haben.

Nach ein paar Meilen bogen sie von der Straße ab und fuhren in einen schmalen Sandweg. An einer Stelle mussten Tiloki und Lorok Äste zur Seite schaffen, die aussahen, als hätte ein Sturm sie von den Bäumen gerissen; auf ähnliche Hindernisse stießen sie noch ein zweites und drittes Mal: Niemand hätte an diesem Weg ein Haus vermutet, aber dann lag es plötzlich da in der Nachmittagssonne, verfallene Holzbohlen, trübe Fenster, ein Schuppen, ein Stall.

»Da wären wir«, sagte Nahira.

»Danach ist es für uns verloren!«, sagte Tiloki.

»Willst du es wirklich für immer aufgeben, Nahira? Es ist eins unserer nützlichsten Verstecke.«

»Es geht nicht anders«, sagte Nahira kurz. »Sie werden überprüfen, was sie erzählt. Jetzt merk dir alles gut, Jarven, davon, wie gut du lügen kannst, wird abhängen, ob sie dir glauben. Davon, wie gut du lügst«, sie zögerte, »hängt das Schicksal Skoglands ab.«

Jarven nickte und Lorok verband ihr die Augen. Dann schubste er sie vorwärts über das ungemähte Gras zum Haus.

»Merk dir die Geräusche!«, sagte Nahira. »Merk dir, wie es riecht, wo du anstößt, wie du gestolpert bist! Du hast das Haus nicht gesehen, als wir dich hergebracht haben, deine Augen waren während der ganzen Fahrt verbunden, erst in der Kammer haben wir dir die Augenbinde abgenommen, und bei deiner Flucht wirst du das Haus auch kaum genauer inspiziert haben. Aber mehr als drei Tage haben wir dich hier gefangen gehalten, du musst wissen, was du gehört hast, wie es sich anfühlt, in der Kammer eingesperrt zu sein, du musst ihnen berichten können!« Sie schloss die Tür hinter Jarven und drehte den Schlüssel im Schloss.

Der Raum war klein, eine Pritsche an der unverputzten Wand, in einer Ecke auf dem Boden ein Eimer. Aus dem vergitterten Fenster sah Jarven über eine verwilderte Lichtung, überall wuchsen junge Birken; wenn sie horchte, hörte sie das Plätschern eines Baches.

Irgendwo im Haus unterhielten sich die anderen. Ihre Stimmen klangen gedämpft durch das Holz, nicht zu verstehen, aber doch zu unterscheiden. Vier Entführer, das hatte Nahira ihr eingeschärft; wenn sie den Stimmen glaubte, eine davon die einer Frau.

Jarven legte sich auf die Pritsche und zog die dünne Decke über sich. In den Nächten hätte sie gefroren. Wo stand nachts der Mond im Fenster? So genau würde sie nicht berichten müssen, danach würden sie nicht fragen.

»Nahira?«, rief Jarven. »Ich glaube, ich kann es mir merken! Ich weiß jetzt Bescheid!«

Aus den Tiefen des Hauses hörte sie das Geräusch von Besteck auf Porzellan, jemand lachte.

»Nahira?«, rief Jarven. »Ihr könnt mich jetzt wieder rauslassen!«

Es konnte nicht sein, dass niemand sie hörte, die Wände waren so dünn. »Hallo, Nahira! Ich hab mir alles angesehen!«

Das Gespräch nebenan ging weiter, dann hörte sie Schritte. Vor der Tür hielten sie an.

»Ich hoffe, du hast es nett dadrinnen!«, sagte Nahira. Ihre Stimme klang kalt. »Ich hoffe, es gefällt dir bei uns, kleine Jarven! Und ich hoffe, du hast keine Angst hier draußen im Wald ganz allein in der dunklen Nacht. Weil wir uns jetzt nämlich leider nicht mehr länger aufhalten können, schade für dich. Wir essen nur noch kurz eine Kleinigkeit, dann machen wir uns wieder auf den Weg. Verhungern ist kein schöner Tod, Verdursten noch weniger, tut mir leid. Aber nach ein paar Tagen soll man angeblich bewusstlos werden, heißt es, danach macht es dann nichts mehr aus. Adieu, kleine Jarven! Adieu!«

»Nahira?«, schrie Jarven.

Die Schritte verklangen.

»Nahira!«, brüllte Jarven. Sie sprang von der Pritsche und trommelte gegen die Tür. Übelkeit stieg in ihr auf, ihr Herz raste. »Nahira! Was soll denn das?«

Aber niemand antwortete. Von nebenan kamen Geräusche, als würden Stühle zurück unter einen Tisch geschoben.

Jarven schlug mit den Fäusten gegen die Tür, bis ihre Hände brannten. »Malena! Joas!«, schrie sie. Sie begriff nicht, trommelte und schrie, der Schweiß lief ihr von der Stirn in die Augen. Wieso sperrten sie sie jetzt wirklich ein? Was konnte es ihnen nützen? So konnten sie ihren Plan doch niemals ausführen!

»Nahira!«, schrie Jarven. »Malena! Joas!«

War also Nahiras Hass immer noch so stark, ihr Hass auf Norlin und die siegreiche Nebenbuhlerin, deren Kind Jarven war? Aber warum beschützten nicht wenigstens Malena und Joas sie? Hatte Nahira die beiden vielleicht auch eingesperrt, in einem anderen Raum vielleicht?

»Nahira!«, schrie Jarven. »Nahira, bitte! Bitte, bitte, bitte! Nahira!« Sie schluchzte wie ein kleines Kind.

»Adieu, kleine Jarven«, sagte Nahiras Stimme vor der Tür. »Wir haben leider noch viel zu erledigen.«

Eine Männerstimme lachte.

»Malena!«, schluchzte Jarven. Ihre Stimme überschlug sich.

»Mach's gut, Jarven«, sagte Malena vor der Tür. »Mach's dir noch nett.«

»Ja, mach's dir gemütlich«, sagte Joas. »Ein Bett hast du ja.«

Dann sprang ein Motor an, danach der zweite. Jarven hörte, wie die Autos von der Lichtung rollten. Sie warf sich auf die Pritsche und verbarg ihren Kopf in den Armen, während die Panik über ihr zusammenschlug.

Bolström riss die Tür zu Norlins Schlafzimmer auf. Die Nachttischlampe warf einen hellen Lichtkreis, aber Norlin lag ausgekleidet in seinem Bett und schlief. Dem Bett gegenüber stand ein Fernseher mit riesengroßem Bildschirm, Nachtszenen flimmerten darüber, der Ton war ausgeschaltet.

»Norlin!«, rief Bolström. Er schaltete den Ton so laut, dass niemand mehr hätte schlafen können.

Norlin schreckte hoch und sah auf den Wecker auf seinem Nachttisch.

»Zwei Uhr!«, sagte er. »Bolström, um Himmels willen, was ist los?«

Bolström zog den Gürtel seines Morgenmantels fester und setzte sich auf einen Stuhl am Fenster.

»Das wirst du gleich sehen«, sagte er.

Norlin starrte auf den Bildschirm. Wieder war ein Hubschrauber unterwegs, das grüne Licht der Nachtsichtgeräte, das Summen der Rotoren.

»Wieso?«, fragte Norlin und stützte sich auf einen Ellenbogen. »Was ist passiert?«

Bolström winkte ab. »Sie nehmen uns die Arbeit ab!«, sagte er. »Die Brücke über die Südinselschlucht.«

Der Hubschrauber war jetzt fast am Boden angekommen, schwenkte zur Seite. Ein Skelett aus Stahl und Beton kam ins Bild, kilometerlang über die tiefste Schlucht Skoglands gespannt, elegant geschwungen und fragil wie feinste Klöppelarbeit, der Stolz des Landes, jetzt in der Mitte geborsten. Verbogen wie Putzwolle ragte ein Gewirr stählerner Träger aus der Ruine, hundert Meter hohe Pfeiler wie Zündhölzer abgeknickt.

»Mein Gott!«, flüsterte Norlin. »Das war nicht abgesprochen, Bolström!«

»In der Tat«, sagte Bolström. Der Hubschrauber tauchte jetzt ab in die Schlucht, flog an der Brücke entlang, an dem, was noch übrig geblieben war von ihr. »Und das wäre sicher auch nicht meine erste

Wahl gewesen, wenn ich noch einen Anschlag für nötig gehalten hätte. Die Brücke kommt uns teuer, Norlin, es wird Jahre dauern, bis wir sie wieder aufgebaut haben, für die Wirtschaft Skoglands ist das eine Katastrophe. Die kürzeste Nord-Süd-Verbindung unterbrochen, die Folgen mag ich mir gar nicht ausmalen.« Er seufzte. »Darum haben wir schließlich das Stadion gewählt!«, sagte er. »Die Wirkung in der Bevölkerung war grandios, der wirtschaftliche Schaden minimal.«

»Also waren wir es nicht?«, fragte Norlin. Seine Augen starrten jetzt weit aufgerissen, jede Müdigkeit war daraus verschwunden.

»Was glaubst du?«, sagte Bolström ärgerlich. Er stand auf und begann, im Raum herumzuwandern. »Wir müssten wahnsinnig sein, uns selbst so zu schaden! Dieses Mal waren es wirklich die Rebellen, Norlin, und sie sind bei Gott nicht zimperlich gewesen. Wenigstens haben sie den Anschlag erst nach Mitternacht verübt, als die Straße wenig befahren war, noch steht nicht fest, wie viele Wagen in die Tiefe gerissen worden sind. Offenbar schrecken sie noch immer vor dem Allerschlimmsten zurück, aber selbst so wird es Tote gegeben haben. Jetzt wird es wirklich ernst, Norlin! Jetzt geht es los! Wer weiß, was beim nächsten Mal ihr Ziel sein wird.«

Norlin atmete heftig. »Dann bleibt uns jetzt keine Wahl mehr«, murmelte er. »Jeder muss das verstehen, jeder. Wir müssen sie ausschalten. Wir müssen den Norden besetzen. Für diese Menschen ist kein Platz in einem friedlichen Skogland.«

Bolström nickte nachdenklich.

»Ich glaube, jetzt kann es niemanden mehr geben, der das nicht begreift«, murmelte er. »Nicht einmal die allergrößten Idealisten und Tagträumer! Und trotzdem – ich hätte mir gewünscht, der Preis wäre nicht so hoch.« Er blieb neben Norlins Bett stehen. »Du musst aufstehen, Norlin«, sagte er. »Wir fliegen sofort zur Schlucht, noch heute Nacht. Der Vizekönig muss am Ort der Katastrophe sein, sofort und ohne Verzug. Die ersten Interviews müssen gegeben werden. Und lass die Armee in Alarmbereitschaft versetzen. Überall müssen jetzt Uniformen zu sehen sein. Das beruhigt die Menschen und macht ihnen gleichzeitig deutlich, wie groß die Gefahr ist.«

Norlin nickte. »Ich komme sofort«, sagte er. »Du kannst gehen.«

Bolström lächelte. »Jawohl, Hoheit«, sagte er und griff nach der Flasche auf dem Nachttisch. »Sie haben wohl nichts dagegen, wenn ich das hier mitnehme. Sie werden ja ohnehin um diese frühe Zeit noch nichts davon brauchen.«

Mit einer ironischen Verbeugung zog er die Tür hinter sich zu.

Jarven lag auf der Pritsche und sah aus dem Fenster. Jetzt könnte ich ihnen auch erzählen, wo der Mond steht, dachte sie. Ich kann beobachten, wie er über den Baumwipfeln entlangwandert. Wenigstens wird mich das ablenken.

Sie hatte geweint und sie hatte geschrien; jetzt war sie schon lange still. Sie fragte sich, wie es sich anfühlte, wenn man verhungerte. Aber natürlich würde sie vorher verdursten, Wasser hatten sie ihr auch nicht dagelassen. Verdursten musste fürchterlich sein.

Jarven schluchzte auf. Es kann alles nicht sein, dachte sie, es kann doch alles nicht sein. Wenn ich jetzt einschlafe und wieder aufwache, vielleicht war dann alles nur ein Traum, alles, was ich seit dem Casting vor einer Woche in Röpers Gasthof erlebt habe. Röpers Gasthof. Dass es so etwas einmal gegeben hatte.

Als sie die Motoren hörte, schrak sie auf.

»Hier bin ich!«, schrie Jarven. Es war ihr egal, wer in den Autos saß, die jetzt gerade auf die Lichtung fuhren, Norlin, Bolström, alles war besser, als in dieser kleinen Kammer zu liegen und zu verdursten. »Hier bin ich, hallo, hier bin ich! Ich bin es, Jarven! Holt mich raus, bitte, holt mich raus!«

Ein Schlüssel drehte sich im Schloss, dann wurde die Tür geöffnet.

»Jetzt weißt du, wie es sich anfühlt«, sagte Nahira

und zog Jarven aus der Kammer. »Jetzt werden sie dir glauben, wenn du ihnen davon erzählst.«

Jarven starrte sie an.

»Nahira wollte nur, dass du es wirklich vorher erlebst, Jarven«, sagte Malena und drängte sich an Nahira vorbei. »Wie hättest du sie glaubhaft von deiner Angst überzeugen können, wenn du sie in Wirklichkeit niemals erlebt hast? Bolström ist nicht dumm.«

»Wenigstens du hättest nicht mitmachen müssen!«, flüsterte Jarven. »Wenigstens du und Joas nicht!«

»Ja, das war das Tüpfelchen auf dem i«, sagte Nahira. »Sie wollten auch nicht, zuerst. Und, bist du fast gestorben vor Panik? Das ist gut. Ja, heul nur, heul nur ordentlich! Ein verheultes Gesicht macht alles nur noch glaubwürdiger.«

Jarven wischte sich mit dem Ärmel über die Augen. Es konnte sein, dass es nötig gewesen war, sie einzusperren, sie die Panik durchleben zu lassen, wahrscheinlich war es nötig gewesen. Aber sie hatte auch die Befriedigung in Nahiras Blick gesehen. Noch immer wusste Nahira nicht, ob sie sie nicht hassen sollte.

Lorok hielt Jarven ein Glas Wasser hin. »Da, trink was, bevor du rennst!«, sagte er. »Wasser gibt's überall hier im Wald, Durst brauchst du darum nicht zu haben, wenn du ankommst. Aber hungrig musst du sein! Zu essen gibt's nichts für dich.«

Jarven trank gierig. »Und wohin ...?«, fragte sie.

»Immer den Weg entlang, bis du zur Straße kommst, dann nach rechts«, sagte Nahira. »Wenn ein Auto kommt, winkst du. Und wenn dann alles geregelt ist, gibst du das Zeichen, wir sind da. Mach's gut, Jarven. Von dir hängt alles ab.«

Jarven nickte, und Lorok packte sie so fest am Arm, dass sie ihre blauen Flecken würde vorzeigen können.

»Augenblick noch, Lorok!«, sagte Malena. Sie löste sich aus dem Schatten des Hauses und trat auf Jarven zu. »Denk daran, Jarven«, flüsterte sie. »Bei allem, was du jetzt tust. Denk immer daran, dass du die Prinzessin von Skogland bist.«

Jarven starrte sie an, dann schlug sie Lorok heftig ins Gesicht, riss sich los und rannte. Hinter sich hörte sie Lorok fluchen, dann seine Schritte auf dem Waldboden. In der tiefen Dämmerung war es unter den Bäumen schwer, nicht zu stolpern, aber der Mond schien hell genug auf den Weg. Einmal versteckte sie sich hinter einem Baum und wartete, bis Lorok vorüber war. Erst nach einer Zeit, die ihr lang vorkam wie eine Ewigkeit, ging sie vorsichtig weiter, an den abgewehten Ästen vorbei, bis sie zur Straße kam. Dort begann sie wieder zu rennen.

Hätte sie es so gemacht, wenn sie wirklich geflohen wäre? Hätte Lorok sich so verhalten? Für ihre Geschichte musste es reichen.

Hinter ihr tauchten die Scheinwerfer eines Autos auf und Jarven sprang auf die Fahrbahn und winkte.

Nahira hatte auf der Lichtung gewartet, bis Lorok zurückgekommen war.

»Und?«, fragte sie.

Lorok zuckte die Achseln.

»Natürlich hätte ich sie leicht noch erwischen können«, sagte er. »Jeder, der ernsthaft darüber nachdenkt, müsste das wissen! Höchstens ein schwerer Sturz hätte mich daran hindern können, ich bin so viel schneller als sie. Aber sie werden nicht ernsthaft nachdenken. Wenn das Häschen wieder auftaucht, seine liebe kleine Herzensjarven, so verzweifelt und verzagt, dann werden sie ihr alles glauben. Oh, wer hat ihr das angetan? Und deine Geschichte ist klug ausgedacht, Nahira. So könnte es gewesen sein, wie sie es erzählen wird.«

Aus dem Haus kam ein wütender Aufschrei, dann das aufgeregte Gewirr mehrerer Stimmen.

»Was um Himmels willen ist denn da passiert?«, fragte Nahira. »Ja, die Geschichte ist gut, wenn sie sie gut erzählt. Und das wird sie tun.«

»Nahira!«, schrie Tiloki. Er stürzte aus dem Haus und atmete heftig. »Nahira, das musst du sehen! Es hat einen Anschlag gegeben, und ich glaube nicht ...«

»Schon wieder?«, fragte Nahira verblüfft. »Sie haben doch gerade erst ...«

»Ich glaube nicht, dass sie es dieses Mal auch waren!«, rief Malena.

Tiloki schloss die Tür hinter Nahira. »Die Brücke über die Südinselschlucht! Die würden sie als Allerletztes auswählen. Der Schaden für die skogische Wirtschaft ist viel zu groß, hast du das nicht immer gesagt? Ich glaube nicht, dass es Norlin war, Nahira. Dieses Mal war er es nicht.«

In der Dunkelheit der Küche gaben die flimmernden Bilder das einzige Licht.

»Oh, mein Gott!«, sagte Nahira.

Jetzt kann ich es nicht mehr aufhalten, dachte sie. Lange habe ich sie alle um mich sammeln können, die für den Norden kämpfen wollten, lange haben wir eine Bedrohung dargestellt, sind eine Macht gewesen in der Auseinandersetzung mit dem Süden und haben doch das Schlimmste verhindern können. Aber ich habe gewusst, dass sie im Norden nicht mehr lange stillhalten würden. Nicht nach allem, was in den letzten Monaten geschehen ist. Jeder Junge, der seine Arbeit verliert, jedes Mädchen, das unzufrieden ist mit seinem Leben, jeder Familienvater, der nicht weiß, wie er seine Familie ernähren soll, wird nach Norlins neuen Gesetzen, spätestens nach dem Einmarsch wissen, wer an ihrem Unglück schuld ist: Norlin und der Süden. Für jedes Übel wird das jetzt die Erklärung sein. Und der Hass wird wachsen, sie werden nicht mehr zögern, auch Menschenleben zu gefährden, in dieser Nacht haben sie es zum ersten Mal getan. Nachdem die Lawine einmal losgetreten ist, nachdem die Anschläge einmal begonnen haben, werden sie nicht mehr zu stoppen sein. Und alles, was der Süden unternimmt, um sich zu schützen, wird vergeblich sein, weil sie es mit Menschen zu tun haben, die nicht zögern, auch ihr eigenes Leben zu riskieren. Ich habe versucht, es zu verhindern, ich bin gescheitert. Wer kann sein Land schützen vor verzweifelten Menschen, denen es gleichgültig ist, ob sie beim Zünden einer Bombe auch selbst in den Tod gerissen werden? Womit will Norlin denen drohen, die bereit sind, auch das Letzte zu opfern, das ein Mensch besitzt, ihr Leben?

»Nahira?«, fragte Tiloki. »Ist dir nicht gut?«
Nahira ließ sich auf einen Stuhl sinken.
»Jarven muss es schaffen!«, flüsterte sie. »Sie muss herausfinden, wo sie den König gefangen halten! Nur wenn wir den König befreien, hat Skogland noch eine Chance. Nur wenn der König alles stoppt, was Norlin begonnen hat. Aber es muss schnell gehen, mein Gott, Tiloki, es muss schnell gehen! Wenn es zu lange dauert, werden täglich neue Anschläge geschehen und der Hass der Menschen im Süden auf uns im Norden wird so groß werden, dass der König für seine Reformen im Volk unmöglich noch Unterstützung finden kann.«

Malena warf Joas einen Blick zu.

»Dann lasst uns jetzt losfahren!«, sagte Meonok. »Sobald Jarven bei ihnen angekommen ist, werden sie ihre Geschichte überprüfen und nach dem Ort suchen, an dem sie gefangen war. Und sie müssen ihn verlassen finden.«

Nahira nickte.

»Ist hier alles so, wie sie es vorfinden sollen?«, fragte sie.

Meonok nickte.

»Dann lasst uns fahren«, sagte Nahira.

Sie hatten alles genau besprochen. Dass sie am Hof anrufen sollte, sofort. Am Hof anrufen, damit sie sie abholen konnten. Bis dahin musste sie tun, als ob sie ein ganz normales nordskogisches Mädchen wäre.

»Verstehst du, Jarven?«, hatte Nahira gesagt. »Norlin und Bolström können ja nicht wollen, dass jetzt irgendwer erfährt, dass es eine Malena-Fälschung gibt! Außerdem siehst du ja auch zurzeit nicht aus wie Malena, mit deinen dunklen Haaren und deinen braunen Augen. Darum darfst du dich niemandem zu erkennen geben, Jarven! Ruf Bolström an, melde dich, und sie werden dich abholen. Dann kommt die ganze Geschichte ins Rollen.«

Genau so machte sie es jetzt. Joas hatte ihr das Handy zurückgegeben (jetzt machte es ja nichts mehr aus, wenn Norlins Leute sie aufstöberten, im

Gegenteil), in dem die Nummern von Hilgard und Tjarks eingespeichert waren, und kaum war sie ins Auto eingestiegen, rief sie sie auf. Inzwischen begann es, hell zu werden, aber Jarven war sich sicher, dass auf Österlind noch alles schlief. Tatsächlich hörte sie bei beiden Nummern nur die Nachricht, dass der Teilnehmer leider vorübergehend nicht zu erreichen sei.

»Nichts?«, fragte der Fahrer. »Geht keiner ran?«

Jarven schüttelte den Kopf und zog die Nase hoch. Sie merkte erstaunt, dass sie zitterte. Es konnte als Frösteln in der Morgenkühle durchgehen.

»Und wohin willst du?«, fragte der Fahrer. Er warf ihr einen schnellen Blick zu. »Ich fahr nur bis zur nächsten Stadt. Nach Sarby.«

Wo hatte sie den Namen schon gehört? »Da will ich sowieso auch hin«, sagte Jarven.

Das würde er ihr glauben, bestimmt, ein nordskogisches Mädchen, das bei einem Bauern im abgelegenen Norden der Südinsel arbeitete und nun in die nächste Stadt fuhr, ohne das Geld für den Bus zu haben. Sie war dankbar, dass er sie mitgenommen hatte, ohne viel zu fragen.

Noch einmal versuchte sie während der Fahrt, Hilgard oder Tjarks zu erreichen, aber ohne Erfolg.

Als sie in die Stadt einfuhren, war die Sonne aufgegangen. Am Marktplatz hatte der Bäcker schon geöffnet, der wunderbare Duft frischer Brötchen hing in der Luft, als der Fahrer sie absetzte.

»Alles Gute, Mädchen«, sagte er. »Hoffentlich nimmt dich überhaupt noch einer mit zurück. Kannst einem ja leid tun, jetzt. Ihr alle. Mit der Brücke hast du ja bestimmt nichts zu tun.«

»Vielen Dank«, flüsterte Jarven. Welche Brücke, dachte sie, als sie sich auf eine Bank in der Nähe des Bäckerladens setzte. Fast wäre sie ohnmächtig geworden, so groß war ihr Hunger. Aber Hunger war gut. Je hungriger sie war, je mehr Essen sie verschlang, wenn sie sie abholten, desto glaubwürdiger wurde ihre Geschichte. Entführer ließen ihre Opfer hungern.

Der Marktplatz füllte sich, Menschen, die zur Arbeit gingen, Kinder mit Ranzen, Fahrräder, Autos. Aber erst um neun Uhr nahm Tjarks das Gespräch an.

»Tjarks?«, sagte sie. Im Hörer klang ihre Stimme noch kälter, als Jarven sie in Erinnerung hatte.

»Hallo!«, flüsterte Jarven. »Hier ist Jarven! Frau Tjarks! Ich bin es, Jarven!«

Auf der anderen Seite blieb es still. Jarven merkte erschrocken, dass ihre Stimme zitterte, als sie weitersprach. Das war in Ordnung so. Sie war entführt worden. Sie war fast gestorben vor Angst, vor Hunger, vor Mangel an Schlaf.

»Sie haben mich entführt, aber ich konnte weglaufen! Bitte holen Sie mich hier ab, bitte, bitte! Kommen Sie schnell!«

»Jarven?«, fragte Tjarks. Jarven hörte das Misstrauen in ihrer Stimme. »Das heute also auch noch!«

»Bitte, Frau Tjarks!«, rief Jarven. Ein Radfahrer drehte sich zu ihr um. Sie begann zu weinen. »Ich bin weggelaufen, Frau Tjarks! Bitte, bitte! Ich hab so Angst, dass sie mich finden!« Dann schüttelte das Weinen sie.

»Wo bist du?«, fragte Tjarks. Sie klang immer noch vorsichtig.

»Es heißt Sarby«, schluchzte Jarven. »Ein Mann hat mich im Auto mitgenommen, als ich weggelaufen bin, aber sie suchen mich jetzt doch bestimmt, und wenn sie mich finden, ...«

»Was hast du ihm erzählt?«, fragte Tjarks scharf. »Dem Mann im Auto?«

Nahira hatte es gewusst.

»Gar nichts!«, flüsterte Jarven. »Dass ich in die Stadt will! Da hat er mich abgesetzt. Am Marktplatz, ich sitze hier auf einer Bank, aber ich hab so Angst ...«

»Bleib, wo du bist!«, sagte Tjarks. »In einer halben Stunde sind wir da. Wir nehmen den Hubschrauber.«

Dann war die Verbindung abgeschnitten.

Jarven streckte sich auf der Bank aus. Es war ihr egal, was die Leute dachten. Sie hatte das Gefühl, dass sie nicht mehr lange durchhalten konnte.

Ein Wagen war vorgefahren, der Hubschrauber hatte auf einer Wiese vor der Stadt gewartet. Hilgard war herausgesprungen und hatte sie in den Arm genommen.

»Jarven!«, hatte er gerufen. Da hatte sie an seiner Schulter geweint. Die Menschen hatten sich zu ihnen umgedreht.

»Kein öffentliches Aufsehen, bitte«, hatte Hilgard geflüstert. »Jetzt ist ja alles wieder gut! Jetzt bist du ja wieder bei uns!«

Jarven hatte die Nase hochgezogen und genickt. Es macht nichts, wenn ich verwirrt und panisch bin, das ist nur der Schock nach der Entführung. Egal, was ich jetzt tue, mein Verhalten kann mich niemals verraten.

Im Hubschrauber wartete Bolström. Er sah aus, als hätte er die ganze Nacht kein Auge zugetan. Bolström warf Hilgard einen fragenden Blick zu, Hilgard nickte.

»Was für eine Überraschung!«, sagte Bolström. »Die kleine Jarven ist zurück. Und nach so einer Nacht.«

Jarven schluchzte auf. »Ich hatte so schreckliche Angst!«, flüsterte sie. »Sie haben mich ... Sie wollten ...« Wieder schüttelte es sie.

»Da, nimm mein Taschentuch«, sagte Bolström. »Nun, das werden wir alles noch klären. Der Vizekönig wartet schon.«

Jarven begriff, dass sie nicht wussten, ob sie ihr trauen sollten. Nahira hatte sie gewarnt, dass es so sein würde.

»Sie waren so schrecklich!«, schluchzte sie. »Sie

haben mich eingesperrt, in einen ganz kleinen Raum, nur mit einer Pritsche! Es war so – ich hab gedacht, ich muss verhungern! Sie haben gesagt, sie lassen mich verhungern!« Vor lauter Schluchzen konnte sie nicht mehr sprechen. Sie sah die kleine Kammer, den Mond über den Baumwipfeln und spürte wieder die Angst. »Ich hab so furchtbare Angst gehabt! Und die Frau ...«

»Frau?«, fragte Bolström.

»Nahira«, schluchzte Jarven. »Sie haben Nahira zu ihr gesagt! Sie hat – ich glaub, sie war der Boss! Alle haben ihr gehorcht!«

»Nahira«, murmelte Bolström. Wieder musterte er sie genau, als könne er an ihrem Gesicht, ihrem Verhalten ablesen, was wirklich geschehen war. »Und alles in einer Nacht? Nun, wir werden sehen.«

Er schwieg. Jarven weinte. Für den Rest des Fluges sprach niemand mehr.

»Wieso Nahira?«, fragte Norlin.

Sie hatten Jarven ins Zimmer der Prinzessin gebracht, in das Zimmer, das sie kannte. Tjarks war bei ihr geblieben.

»Sie sagt, eine Frau wäre der Chef gewesen, eine Frau, die Nahira hieß«, sagte Bolström. »Frag sie. Ich weiß nicht, was man ihr glauben soll.«

»Aber *Liron* hat sie entführt!«, sagte Norlin. Sein Gesicht war grau nach den Schrecken der Nacht. »Nur sein fürchterlicher Sohn kann die Hunde beruhigt haben. Ich möchte nicht glauben müssen, dass wir ihn zu unrecht gefoltert haben! Und nur wenige Stunden nachdem Jarven entführt war, hat Liron dem Mann von der Presse eine spannende Geschichte angeboten!«

»Er hat ihm nicht gesagt, was die spannende Geschichte war, oder?«, sagte Bolström. »Jarvens Name ist nicht gefallen, von der Prinzessin war nicht die Rede, nur: eine spannende Geschichte. Die Menschen sind vorsichtig geworden, Norlin! Wir haben den Schreiber doch genügend befragt, du warst schließlich dabei.«

Norlin nickte. »Es wäre aber doch ein sehr merkwürdiges Zusammentreffen!«, sagte er.

»Vielleicht haben Liron und Nahira aber auch zusammengearbeitet«, sagte Bolström. »Dann gnade uns Gott.«

»Ich möchte sie jetzt sehen«, sagte Norlin. Er griff nach der Cognacflasche und schenkte sich ein. »Immerhin ist sie – meine Tochter.«

»Tjarks ist bei ihr«, sagte Bolström. »Sie ist ziemlich aufgelöst. Trink nicht so viel, Norlin. Es ist ja noch kaum Morgen.«

Als Norlin ins Zimmer kam, saß Jarven am Tisch und aß. Ihre dunklen Haare hingen ihr in verkletteten Strähnen über den Rücken. Ihr Gesicht war grau und unter ihren Augen waren die Schatten bläulich und tief.

»Sie isst ohne Pause«, sagte Tjarks. »Sie muss seit Tagen nichts mehr gegessen haben.«

Gut, dachte Jarven und stopfte sich eine Scheibe Käse in den Mund, ein Stück Wurst hinterher. Gut, gut, gut. Die Entführer wollten mich verhungern lassen.

»Jarven!«, sagte Norlin. Er ging vor ihr in die Knie, und der Geruch nach Haarwasser und Alkohol schlug ihr entgegen. »Kleine Jarven!« Er zog sie an sich.

Jarven machte sich steif. Er ist nicht mein Vater. Er soll nicht mein Vater sein.

»Bitte!«, flüsterte sie und machte sich los.

Tjarks kam ihr zu Hilfe. »Einer der Entführer hat offenbar versucht, sie ... Sie hat sich gewehrt, sie ist voller blauer Flecken. Sie verstehen, Hoheit. Sie ist dadurch ein wenig scheu geworden.«

Jarven entspannte sich. Ja, ja, genau!, dachte sie. Sie hatte Tjarks erzählt, wie sie hatte entkommen können, genau wie Nahira es ihr eingeschärft hatte: Am frühen Morgen, als alle anderen fort waren, war der junge Rebell, den sie als Einzigen zu ihrer Bewachung zurückgelassen hatten, zu ihr in die Kammer gekommen. Er hatte sie von der Pritsche gezerrt, er hatte sie geküsst. Er hatte an ihren Kleidern gezerrt. Aber die Tür hatte er in seiner Erregung nicht hinter sich verschlossen, *wir können nur hoffen, dass sie das glauben*, hatte Nahira gesagt. Sie hatte ihn ins Gesicht geschlagen, sie hatte sich gewehrt, gekratzt, schließlich hatte sie ihm entkommen können. Er war ihr durch den Wald gefolgt, aber er war gestolpert und sie hatte sich hinter einem Baum verstecken können, die Dämmerung war noch tief gewesen. Ein Auto hatte sie mitgenommen in die nächste Stadt.

»Sie sah furchtbar aus, als wir sie gefunden haben, Königliche Hoheit«, sagte Tjarks. Jarven merkte erstaunt, dass sie offensichtlich Mitleid empfand. »Sie muss tagelang nicht geschlafen und nicht gegessen haben.«

Jarven starrte auf den Tisch und griff nach einer Scheibe Brot. Sie nahm einen großen Bissen.

»Jarven!«, flüsterte Norlin. »Was haben sie mit dir gemacht!«

Sei still, dachte Jarven. Sei still, ich will dich nicht hören. Geh weg. Du bist nicht mein Vater!

»Es tut mir so leid für dich, Jarven«, sagte Norlin und stand langsam wieder auf. »Wir haben ja nicht geahnt, …«

Jarven kaute und schluckte, kaute und schluckte. Eine Träne lief über ihre Wange.

»Das werden sie büßen!«, rief Norlin. »Jarven, du kannst sicher sein, dass sie ihre gerechte Strafe bekommen werden! Jetzt hast du also am eigenen Leib erleben müssen, wie grausam die Rebellen sind. Darum wirst du uns doch helfen, sie zu besiegen?«

Jarven sah nicht auf, aber sie nickte. Ihre Hand, die die Tasse zum Mund führte, zitterte.

»Nun, dann werden wir als Erstes eine Pressekonferenz veranstalten«, sagte Norlin. »Die Maskenbildnerin ist schon hier, du verstehst ja, dass wir dich wieder in Malena verwandeln müssen. Das ganze Volk soll sehen, was du durchgemacht hast.«

Noch einmal ging er vor ihr in die Knie. »Und danach darfst du dich ausruhen, meine Jarven«, sagte er leise. »Danach kannst du schlafen, solange du magst. Niemand darf dich stören.« Seine Stimme klang weich.

Er war ein Tyrann, er war süchtig nach Macht und Reichtum, er hatte den König entführt und Menschen töten lassen.

Er war ihr Vater und sie konnte ihn nicht daran hindern, sie zu lieben.

»Die Einsatzkräfte sind auf dem Weg«, sagte Bolström. »Alarmstufe Rot, für das ganze Land. Wie gut, dass das Mädchen ihnen entwischt ist, Norlin. Ich habe nachgedacht, es passt alles. Sie erzählt, dass man sie mit nur einer Bewachung allein gelassen hat in dem Haus, dass alle anderen verschwunden waren, vor allem Nahira: Und haargenau zu dieser Zeit wird die Brücke in die Luft gesprengt. Wer glaubt da an einen Zufall?«

»Nahira«, murmelte Norlin. »Wir haben ja gleich

gewusst, dass sie hinter dem Anschlag auf die Brücke steckt.«

»Jarven war erfreulich gut in der Lage, uns zu beschreiben, wo sie auf das Auto gestoßen und wie sie dort hingekommen ist«, sagte Bolström. »Es dürfte kein Problem sein, anhand ihrer Beschreibung Nahiras Schlupfwinkel zu finden.«

»Es wird nicht ihr einziger sein«, sagte Norlin und stützte seinen Kopf in die Hand. »Sie wird ihn längst verlassen haben.«

Bolströms Handy klingelte. »Ja, kämmt die Wälder der Umgebung durch!«, sagte er. »Obwohl ich nicht glaube, dass ihr Erfolg haben werdet. Wahrscheinlich haben sie sich längst wieder in den Norden abgesetzt.« Er drückte auf »Gespräch beenden«. »Sie haben das Haus, ganz offensichtlich ist dort jemand gefangen gehalten worden, die Spurensicherung ist vor Ort. Auf einer Pritsche haben sie mehrere lange schwarze Haare gefunden. Natürlich werden sie noch untersucht. Aber es besteht wohl kein Zweifel mehr, dass Jarven tatsächlich dort gewesen ist.«

Norlin antwortete nicht.

»Nun grüble ich schon die ganze Zeit«, murmelte Bolström. »Kann es ein Zufall sein? Ausgerechnet in der Nähe von Sarby?«

»Nirgendwo sind die Wälder so dicht wie um Sarby«, sagte Norlin.

»Das wird wohl so sein«, sagte Bolström nachdenklich. »Natürlich. Nun, unsere Leute sind vor Ort. Bist du bereit, Norlin, mit Jarven vor die Presse zu treten?«

Norlin nickte. »Ist sie fertig?«, fragte er. »Hat die Maskenbildnerin ihre Arbeit schon erledigt?«

»Sie war etwas zögerlich, diesmal«, sagte Bolström. »Natürlich konnten wir ihr nicht wieder die alte Geschichte erzählen, du weißt, dass es sich um eine Überraschung für Prinzessin Malena handeln soll! Sie ist misstrauisch geworden.« Er seufzte.

»Und?«, fragte Norlin. »Was habt ihr getan?«

»Sie wird bedauerlicherweise hier bleiben müssen, so leid es uns tut«, sagte Bolström. »Hier bei uns auf Österlind. Kleiner Urlaub, vielleicht für immer. Sie jammert und erzählt, dass ihre Kinder auf sie warten, aber wir können kein Risiko eingehen. Auch was danach mit ihr geschehen soll, ist noch vollkommen ungeklärt.«

Norlin stöhnte. »Ich will daran nicht schuld sein!«, sagte er. »All diese Leben – all diese Menschen, die wir töten müssen, ...«

»Nur zum Wohle des Landes, Norlin«, sagte Bolström und verbeugte sich leicht. »Sag dir immer, es ist nur zum Wohle des Landes. Bist du jetzt bereit? Die Presse wartet schon.«

Norlin warf einen Blick in den Spiegel über dem Kamin, aber Bolström winkte ab.

»Je übernächtigter du wirkst«, sagte er, »je deutlicher den Menschen wird: Er schont sich nicht, er gibt sein Letztes für uns, desto mehr werden sie dich lieben. Dies ist unsere Chance, Norlin. Eine größere haben wir nie gehabt.«

28.

»Mein Gott, sie haben ihr nicht einmal gestattet zu duschen und frische Kleider anzuziehen!«, sagte Nahira. »Nur die blonden Haare und die Kontaktlinsen. Hätten sie dem Kind nicht wenigstens ein paar Stunden Ruhe gönnen können, nach allem, was sie durchgemacht hat!«

»Pssst!«, sagte Malena. In den Händen drehte sie eine schwarze Karnevalsperücke, die Haare lang und glatt und glänzend, wie nur künstliche Haare glänzen können. Es war gleichgültig. Sie würden sie nur von weitem sehen und nur bei Dunkelheit.

Natürlich waren sie nicht zurück in den Norden gefahren, jederzeit konnte Jarven ihnen Bescheid geben, dass es so weit war, dann mussten sie bereit sein. Das Haus, in dem sie jetzt zu fünft vor dem Fernseher saßen, thronte, keine Meile entfernt von Österlind, auf einem Hügel, eine große, gepflegte Villa am See, umgeben von einem Park.

»Der Eigentümer kommt nur alle paar Monate einmal«, hatte Nahira zu Malena und Joas gesagt. »Wenn es Feierlichkeiten auf Österlind gibt. Und er vertraut seinem Hausmeister grenzenlos, Inuk ist seit vierzig Jahren in seinem Dienst. Nun, bisher hat sein Arbeitgeber auch noch nie etwas von unseren Stippvisiten bemerkt. Wir hüten uns, Spuren zu hinterlassen.«

Auf dem Bildschirm sahen sie jetzt Jarvens Gesicht in Großaufnahme, daneben Norlin, übermüdet, zerfahren. Die Mikrofone waren kaum zu zählen.

»Noch nie hat Skogland eine Nacht erlebt wie diese«, sagte Norlin. »Jeder in unserem schönen Land weiß inzwischen, dass die Rebellen in der vergangenen Nacht die für die Nord-Süd-Verbindung wichtigste Brücke des Landes in die Luft gesprengt haben, zwei Wagen wurden mit in den Abgrund gerissen. Soweit wir bisher wissen, starben dabei fünf Menschen. Die Grausamkeit der Rebellen wird täglich deutlicher, ihre Angriffe auf unser Land nehmen zu. Trotzdem haben wir Grund zur Freude, denn heute Nacht ist es uns gelungen, meine Nichte, unsere geliebte Prinzessin Malena, aus den Händen ihrer nordskogischen Entführer zu befreien. Von ihrer Entführung hatten wir das Land bisher nicht informiert, um die Ermittlungen nicht zu gefährden. Es war Malenas eigener Wunsch, sofort vor ihr Volk zu treten, damit jeder Skoge sich vergewissern kann, dass unsere Prinzessin tatsächlich heil und gesund wieder zurückgekehrt ist und sich mit ganzer Kraft für den Frieden in unserem Land einsetzen wird.«

»Mein Gott, sie bricht gleich zusammen«, murmelte Nahira. »Lange steht sie das nicht mehr durch.«

Ein Mikrofon erschien direkt vor Jarvens Gesicht. »Mögen Sie uns ein wenig davon berichten, Hoheit«, rief ein vorwitziger Reporter, »was Sie während Ihrer Entführung erlebt haben?«

»Sie wird ihm nicht antworten«, sagte Nahira. »Sie haben ihr natürlich verboten zu sprechen, wartet ab.«

Jarven schluchzte auf und Norlins Hand drängte das Mikrofon ärgerlich zur Seite.

»Jetzt ist es genug!«, sagte er. Er legte seinen Arm um Jarvens Schultern und zog sie an sich. Nahira fragte sich, wer außer ihr wohl noch bemerkte, wie Jarven zurückzuckte. »Die Prinzessin hat weiß Gott genug durchgemacht! Jetzt braucht sie erst einmal Ruhe.« Er streichelte Jarven über die blonden Haare. »Noch heute wird der Hof ein Bulletin herausgeben«, sagte er. »Wir bitten die Bevölkerung, sich nicht zu ängstigen, wenn jetzt überall im Land die Armee Präsenz zeigt. Es ist zu unser aller Schutz. Denn so ungern ich es sage, jeder Skoge sollte sich dessen bewusst sein: Skogland befindet sich im Krieg. Im Krieg gegen die Rebellen des Nordens.«

Auf dem Bildschirm erschien wieder der Journalist im Studio und stellte seine Gesprächspartner vor.

»Jetzt werden sie ein bisschen diskutieren«, sagte Nahira. »Irgendwer wird noch darauf hinweisen dürfen, dass nicht das ganze Volk der Nordskogen Schuld trägt, dass nicht alle Nordskogen zu den Rebellen zählen, dass es jedem rechtsstaatlich denkenden Südler leid tut, dass nun auch diejenigen im Norden leiden müssen, die eigentlich immer treue

Gefolgsleute des Südens gewesen sind. Dass aber all diese Anschläge nicht möglich gewesen wären, wenn die Rebellen nicht Unterstützung von breiten Teilen der ganz normalen Bevölkerung im Norden gehabt hätten, weshalb die ganz normale Bevölkerung im Norden jetzt eben auch leiden muss. Das müssen wir uns nicht anhören.«

Tiloki drückte den Ton weg.

»Und jetzt?«, fragte er.

»Jetzt können wir nur warten«, sagte Nahira. »Bis Jarven uns das Zeichen gibt. Inuk sagt, Kühlschrank, Gefriertruhe und Weinkeller sind gefüllt. Wer möchte Fasan essen? Von den Weinen können wir leider nicht probieren. Wir müssen nüchtern bleiben, um bereit zu sein.«

»Fasan!«, sagte Joas. »Hatte ich ewig nicht mehr!«

Es war ihm vollkommen gleichgültig, was er aß. Aber er musste irgendetwas tun, um das Warten ertragen zu können.

———

Tine stieß die Tür zur Wache auf. Während der Fahrt auf dem Fahrrad hatte es angefangen zu regnen, aber sie hatte das Foto unter ihre Jacke gesteckt.

»Hallo!«, sagte Tine und wartete, bis ein älterer Mann im blauen Pullover der Polizei aus dem rückwärtigen Raum kam. »Bitte, ich möchte eine Vermisstenanzeige aufgeben.«

Der Mann hob die Brauen. »Du?«, fragte er. »Na, dann schieß los.«

Tine strich das Foto auf dem Tresen glatt und drehte es so, dass Jarven den Beamten anlächelte. »Das ist meine Freundin Jarven«, sagte sie. »Sie ist seit Montag verschwunden.«

»Und warum suchen dann nicht ihre Eltern nach ihr?«, fragte der Polizist.

»Ihre Mutter ist auch verschwunden!«, sagte Tine.

Dann erzählte sie, was passiert war. »Und eben habe ich wieder Nachrichten gesehen, und da war sie schon wieder!«, rief Tine. »Ich kann beschwören, dass sie es ist! Sie sah so – völlig kaputt aus! Vielleicht quälen sie sie? Sie müssen das aufklären! Sie müssen sie aus Skogland zurückholen!«

Der Polizist lächelte freundlich. »Nun noch mal alles ganz langsam zum Mitschreiben«, sagte er. »Am Montag ist deine Freundin Jarven – die hier auf dem Foto – nicht in der Schule erschienen und seitdem an keinem Tag. Telefonisch kannst du sie nicht erreichen. Und ihre Mutter ist ganz offensichtlich auch nicht zu Hause. So weit korrekt?«

Tine nickte.

»Gleichzeitig siehst du im Fernsehen in den Nachrichten zweimal ein Mädchen, das deiner dunkelhaarigen Freundin ungewöhnlich ähnlich sieht. Allerdings ist es blond und blauäugig und außerdem die Prinzessin von Skogland. Immer noch korrekt?«

Tine nickte wieder.

»Heute fangen die Schulferien an und das ganze Land geht auf Reisen«, sagte der Polizist. »Und manche möchten schon vorher fahren, aber die Schulen erlauben das nicht so gerne. Was hältst du davon, wenn ich dir sage: Deine Freundin und ihre Mutter haben sich klammheimlich schon auf den Weg in den Urlaub gemacht und es gibt keinerlei Grund, sich Gedanken zu machen? Haargenau so etwas passiert im Augenblick nämlich tausendfach.«

»Das sagt meine Mutter auch«, sagte Tine mutlos. »Aber es kann doch kein Zufall sein, dass ganz genau gleichzeitig diese Prinzessin auftaucht, die genauso aussieht wie Jarven!«

Der Polizist drehte das Foto in seinen Fingern. »Kann schon sein, kann schon sein«, sagte er freundlich. »Meine Frau wüsste da besser Bescheid, die könnte uns gleich sagen, ob deine Freundin irgendwelchen Prinzessinnen ähnlich sieht. Ich bin da nicht so bewandert. Aber ich glaube eher – selbst wenn sie eine ungewöhnliche Ähnlichkeit mit dieser Prinzessin haben sollte, was ja durchaus der Fall sein kann –, dass du im Augenblick Gespenster siehst, einfach weil du dich so sehr um deine Freundin sorgst. Was ja übrigens ein schöner Zug an dir ist.«

Tine starrte ihn an. »Sie wollen also nichts unternehmen?«, fragte sie.

»Ich kann gar nichts unternehmen, selbst wenn ich

wollte«, sagte der Polizist. »Nicht so, wie die Sachlage ist. Da müsste schon ihre Mutter zu uns kommen.«

Tine griff nach dem Foto und steckte es ein.

»Dein Freund und Helfer!«, sagte sie.

Im selben Moment hätte sie sich auf die Zunge beißen mögen. Sie musste die Polizei ja nicht unbedingt verärgern. Manchmal fuhr sie Fahrrad ohne Licht.

Jarven hatte den Tag verschlafen. Es war wichtig, dass sie ausgeruht war für alles, was jetzt von ihr verlangt wurde, das hatte Nahira ihr eingeschärft.

»Bestimmt kann ich nicht schlafen vor Angst!«, hatte Jarven gesagt, aber Nahira hatte nur gelacht.

Die Zeit bis zum Abendessen wartete sie am Fenster. Irgendwo dort auf den gegenüberliegenden Hügeln musste das Haus stehen, in dem Nahira, Malena und Joas jetzt auf ihr Zeichen warteten. Sie tastete am Fußende des Bettes nach der Taschenlampe, kaum größer als ein Kugelschreiber, die sie dort versteckt hatte, sobald sie im Zimmer angekommen war. Natürlich hatten sie hinterher ihre Kleidung durchsucht, *dass du sie sofort verschwinden lässt, ist deine einzige Chance*, hatte Nahira ihr eingeschärft. Anrufen, Nachrichten schicken war unmöglich. Dass sie ihr Handy kontrollierten, hatten sie bewiesen.

Die Lampe lag noch, wo sie sie verborgen hatte, alles war besprochen, genau geplant, sie war sicher.

Jarven zitterte. Noch einmal schickte sie eine Nachricht an Mamas Nummer, es wäre unglaubwürdig, wenn sie in dieser Situation nicht immer wieder versuchen würde, mit ihrer Mutter Kontakt aufzunehmen, hatte Nahira gesagt. Die Antwort las sie gar nicht erst, wer wusste denn, wer sie geschrieben hatte? Sie hatten ein Spiel mit ihr gespielt; jetzt spielte sie ein Spiel mit ihnen.

Am Zaun entlang, das Gewehr über der Schulter, patrouillierten Wachen. Nahira hatte sie gewarnt, dass es so sein würde nach ihrer Flucht beim letzten Aufenthalt. »Nur haben sie dann ein Problem!«, hatte Nahira gesagt. »Entweder die Wachen oder die Hunde, beides zusammen geht nicht, wenn sie nicht wollen, dass die Bestien ihre Patrouille in Stücke reißen.«

»Sie sind keine Bestien!«, hatte Joas gesagt. Er war vorbereitet.

Als Tjarks ins Zimmer kam, leise, um Jarven nicht zu wecken, falls sie noch schlief, war sie beinahe erleichtert. Alles war besser als zu warten.

»Und, wie geht es dir jetzt?«, fragte Tjarks. Noch immer hörte Jarven das Mitleid in ihrer Stimme. »Ausgeschlafen?«

Jarven nickte. Sie merkte, dass die Tränen immer noch sofort kamen, wenn sie zu sprechen versuchte. Es war gleichgültig. Sie hatte bei den Entführern Schweres erlebt.

»Dann komm jetzt mit zum Abendessen«, sagte

Tjarks. »Wir haben inzwischen sogar eine Köchin auf Österlind, der Vizekönig hat darauf bestanden. Er möchte, dass du wieder zu Kräften kommst nach der Zeit, in der du kaum zu essen bekommen hast. Und für uns andere ist es natürlich auch erfreulich, zu jeder Mahlzeit mit einer anderen kleinen Delikatesse rechnen zu können! Heute Abend gibt es Brasse im Weinsud.«

»Ja«, flüsterte Jarven.

Im großen Bankettsaal saßen Norlin, Bolström und Hilgard schon am Tisch. Dieses Mal war er gedeckt wie zu einem Festessen, auf einer Anrichte an der Wand standen dampfende Schüsseln, Platten und Terrinen, ein Duft nach Gewürzen und Wein hing in der Luft.

»Jarven!«, sagte Norlin. »Du siehst besser aus!«

Dann wandte er sich noch einmal kurz Bolström zu. »Darum halte ich es für vollkommen überflüssig, ihn zu verlegen!«, sagte er. »Es ist einfach ein Zufall, dass sie auch …«

Bolström unterbrach ihn scharf. »Darüber können wir später reden«, sagte er und Jarven glaubte, in seinem Blick eine Warnung zu lesen. »Nun, kleine Jarven, du siehst tatsächlich aus, als ob du dich schon ein wenig von den Strapazen erholt hättest.«

Jarven nickte. »Ich hab geschlafen«, flüsterte sie.

Bolström gab ein Zeichen, und von der Anrichte her kam ein Mädchen in weißem Kittel mit einer

Haube über den Haaren. Sie trug eine Schüssel zum Tisch und blieb wartend neben Norlin stehen, um ihm aufzulegen, dem Vizekönig zuerst.

Norlin bemerkte sie nicht. »Armes Kind«, sagte er und legte seine Hand auf Jarvens Hand, ganz kurz nur. Jarven spürte wieder Übelkeit in sich aufsteigen und gleichzeitig Tränen.

»Bitte schön, Hoheit«, flüsterte das Mädchen. Jarven hörte den weichen nordskogischen Akzent und sah, dass die Hand des Mädchens unsicher war.

»Wir haben uns diesmal eine Köchin gegönnt!«, sagte Norlin. »Aber noch Personal dazu – das fanden wir überflüssig. Du doch sicher auch, Jarven.«

Woher kannte sie die Köchin? Sie konnte kaum älter sein als sie selbst, und in dem Blick, den sie Jarven jetzt zuwarf, lag eine große Angst.

»Ja, Hoheit«, murmelte Jarven. Die Köchin legte ihr auf und sah dabei nur auf den Teller. Aber auch ohne ihr Gesicht zu sehen, wusste Jarven plötzlich wieder, woher sie sie kannte.

Natürlich! Der Tag, an dem sie mit Norlin auf dem Balkon gestanden und der jubelnden Menge zugewinkt hatte, eine Ewigkeit schien das zurückzuliegen. Der Weg durch den Hintereingang, durch die Küche. Kaira, die kleine Köchin frisch aus dem Norden, die vor ihr auf die Knie gefallen war.

»Nenn mich doch nicht Hoheit, Jarven!«, sagte Norlin. »Wir haben jetzt gemeinsam so viel erlebt –

und wir werden noch so vieles erleben –, dass ich es nicht richtig fände, wenn du mich weiterhin so nennen würdest. Diese Distanz! Nenn mich nicht Hoheit. Nenn mich«, er zögerte, »Onkel.«

Jarven sah den Blick, den sich Bolström und Hilgard zuwarfen.

»Ja, das ist doch eine schöne Idee!«, rief Hilgard. »Immerhin ist unser Vizekönig ja der Onkel unserer Prinzessin, und du spielst deren Rolle. Onkel, wunderbar!« Und er nickte der Köchin zu, die ihm, jetzt schon ruhiger geworden, als Letztem auflegte.

Warum hatten sie ausgerechnet dieses Mädchen nach Österlind geholt? Jarven beugte sich über ihren Teller und begann, den Fisch zu zerlegen. So oft hatte Mama ihr das gezeigt, als sie noch klein war. Warum hatten sie nicht die wirkliche Köchin mitgenommen, die kräftige rothaarige Frau, die sie in der Schlossküche so mitleidig angesprochen hatte?

Fast wäre ihr der Fisch von der Gabel geglitten, als sie begriff. Die Köchin war zu wertvoll. Die Küchenhilfe nicht.

Keiner von denen, die außer dem Vizekönig und seinen Vertrauten heute hier mit ihr auf Österlind waren, die sie als Jarven erlebten und später als Prinzessin Malena, die so von dem Betrug erfuhren: Keiner würde je wieder in Freiheit leben dürfen. Und Gefangenschaft war noch das Mindeste, was ihnen zustoßen würde.

Jarven schluchzte auf. Kaira war nicht wertvoll. Sie war nur ein nordskogisches Mädchen, wie es Tausende gab, und ihre Kochkünste konnten noch kaum überwältigend sein. Man konnte sie hier behalten, solange man sie brauchte, und hinterher wäre es nicht schade um sie.

»Jarven!«, sagte Norlin und sprang auf. »Du bist ja immer noch ... Kannst du nicht vergessen, was sie mit dir gemacht haben, kleine Jarven?«

Jarven schüttelte den Kopf. Die Tränen liefen ihr über das Gesicht. Sie würden nicht zögern, die kleine Köchin zu töten, sobald sie ihnen nicht mehr nützen konnte. »Nein«, flüsterte sie. »Sie waren so grausam.«

Als sie aufsah, warf Bolström ihr einen langen, prüfenden Blick zu.

»Ich kann jetzt nicht essen!«, flüsterte sie.

Tjarks brachte sie zurück auf ihr Zimmer.

Sie hatten die Zimmertür nicht abgeschlossen, sie mussten sich sehr sicher sein, dass Jarven ihnen nicht entkommen würde. Aber warum sollte sie das auch versuchen, nachdem sie doch gerade erst freiwillig zu ihnen zurückgekehrt war? Natürlich ging es bei der Freiheit, die sie ihr ließen, auch darum, dass sie nicht misstrauisch wurde, nur so lange konnte sie die ihr zugedachte Rolle glaubwürdig spielen. Darum mussten sie behutsam mit ihr sein.

Tjarks war gekommen, um ihr beim Auskleiden zu helfen und die Vorhänge für die Nacht zuzuziehen. »Schlaf gut, Jarven!«, hatte sie gesagt. »Morgen sieht die Welt schon wieder ganz anders aus.«

Wie Mama.

Sofort hinterher war Jarven aus dem Bett geschlüpft und hatte sich wieder angezogen. Es war wichtig, dass sie jederzeit fliehen konnte. In ihrem Kopf wirbelten die Gedanken durcheinander, so schnell, dass sie keinen von ihnen festhalten konnte. Bisher hatte sie versagt. Über den Aufenthaltsort des Königs hatte sie nichts herausgefunden, und je länger sie darüber nachdachte, desto überzeugter war sie, dass sie auch in den nächsten Stunden nichts herausfinden würde. Bolström würde sie nicht allein mit Norlin sprechen lassen, er fürchtete Norlins Gefühle. Aber selbst wenn er es täte: Warum sollte der Vizekönig ihr erzählen, wo er den König gefangen hielt? Nicht einmal, dass der König noch am Leben war, würde er eingestehen, selbst wenn sie ihn Onkel nannte.

Wie hatte Nahira es sich denn vorgestellt? Dass sie ihm schmeicheln würde, ihm zeigen, wie sehr sie ihn bewunderte, bis er ihr alle seine Geheimnisse verriet? Das war lächerlich. Lauschen war das Einzige, was sie tun konnte.

Jarven setzte sich auf. *Lauschen*. Sie hatte auch vorhin wieder gelauscht, natürlich, und ohne es zu wollen. Das waren die Sätze, die die ganze Zeit in ihrem

Kopf kreisten, sie wusste etwas, wusste es längst. Sie musste nur noch begreifen, was es war.

Darum halte ich es für vollkommen überflüssig, ihn zu verlegen. Es ist einfach ein Zufall, dass sie auch ...

Die Eile, mit der Bolström ihn unterbrochen hatte. Norlin hatte nicht weitersprechen sollen, nicht vor ihr, nicht so, dass Jarven ihn hörte. Was hätten ihr seine Worte verraten können?

... vollkommen überflüssig, ihn zu verlegen, natürlich. *Ihn.* Den König, wen sonst.

Also musste Bolström vorher darauf gedrungen haben. Warum wollte Bolström, dass der König aus seinem geheimen Gefängnis verlegt wurde? Es hatte mit ihr zu tun. *Es ist einfach ein Zufall, dass sie auch ...*

Dass sie auch was? Jarven stand auf und ging ans Fenster. Irgendwo dort drüben in den Hügeln saßen die anderen jetzt an einem anderen Fenster und warteten auf ihr Zeichen. Wenn sie sie doch hätte fragen können.

Und dann wusste sie es. Auf einmal, ohne dass sie hätte sagen können, wieso, wusste sie es plötzlich.

Darum halte ich es für völlig überflüssig, den König aus seinem derzeitigen Versteck zu verlegen. Es ist einfach ein Zufall, dass Jarven ausgerechnet in seiner Nähe gefangen gehalten worden ist.

War es das, was Norlin hatte sagen wollen? Und wenn ja, was konnte es anderes bedeuten, als dass auch das Versteck des Königs in der Nähe von Sarby lag?

Sarby. Plötzlich fiel ihr ein, wo sie den Namen schon einmal gehört hatte. Mama, das dritte Glas Wein in der Hand, das Gesicht leicht gerötet. *Gar nicht so viel später habe ich deinen Vater kennengelernt. Wir waren so grenzenlos verliebt, Jarven, so grenzenlos, sinnlos verliebt! Und einmal, als ich Geburtstag hatte, meinen achtzehnten, sind wir einfach geflohen. Haben die Feier einfach Feier sein lassen und sind ans Meer gefahren, in die Gegend von Sarby. Wir haben am Strand gesessen, es war noch ein bisschen kalt so früh im Jahr, aber ich hatte ja den Schlüssel ...*

Und wie sie aufgehört hatte zu sprechen, als Jarven so dumm gewesen war nachzufragen. Wie sie das Glas weggeschoben und das Geburtstagsessen beendet hatte.

Mama war die Prinzessin von Skogland, und sie hatte Norlin geliebt. Es fiel schwer, daran zu denken. Sie war mit Norlin in Sarby gewesen, und es gab dort am Strand ein Haus. Es musste dort ein Haus geben. Wozu hatte Mama sonst einen Schlüssel gehabt?

In Sarby gab es ein abgelegenes Haus, von dem auch Norlin wusste. Es passte alles zusammen.

Unter dem Fenster ging langsam eine Wache vorbei. Leise ließ Jarven den Vorhang wieder zufallen.

Es passte alles zusammen, aber es konnte auch ganz anders sein. Trotzdem war es die einzige Lösung, die sie hatte.

Sie ging zum Fußende und zog die Taschenlampe

unter der Decke hervor. Um Nahira ein Zeichen zu geben, reichte die Vermutung nicht aus, sie brauchte Gewissheit. Sie würde in der Bibliothek suchen, ob es Aufzeichnungen gab. Notizen. Irgendetwas, das auf Sarby wies.

Sie hatten der Maskenbildnerin ein Zimmer unter dem Dach gegeben, gleich neben dem Zimmer der Köchin. Miteinander sprechen konnten sie nicht, die Türen waren verschlossen, und sowieso war die kleine Köchin ständig irgendwo im Haus beschäftigt.

Während die Dämmerung tiefer wurde, saß die Maskenbildnerin am Fenster und sah auf den Park. Am Morgen hatte Bolström sie angerufen und nach Österlind gebeten. Wieder hatte sie das dunkle Mädchen schminken müssen, es hatte fürchterlich ausgesehen, übernächtigt, verzweifelt. Sie war so dumm gewesen zu fragen, aber wahrscheinlich, davon war sie inzwischen überzeugt, wäre alles ohne ihre Frage genauso gekommen. Sie konnten kein Risiko eingehen.

Im Gegenteil, wenn sie jetzt darüber nachdachte, wunderte es sie, dass sie sie vor einer Woche wieder hatten gehen lassen. Wie dumm sie damals gewesen war, dass sie ihnen ihre Geschichte von der Überraschung für die Prinzessin geglaubt hatte! Von Anfang an war doch alles so offensichtlich. Aber sie hatte nicht begreifen wollen, das wenigstens war vielleicht Klugheit gewesen. Sie hatte geahnt, dass Begreifen gefährlich sein konnte.

Nun hatte es alles nichts genützt. Zu Hause warteten ihre Kinder, das jüngste trug noch Windeln, vielleicht hatte irgendjemand längst die Polizei informiert, damit sie nach ihr suchte. Die Polizei würde so tun, als ob sie ihr Möglichstes gäbe. Natürlich würde sie niemals etwas herausfinden.

Durch die Bäume auf dem gegenüberliegenden Hügel glaubte sie manchmal, einen Lichtschein zu sehen. Stand dort ein Haus? Lebten dort Menschen, aßen Abendbrot, spülten Geschirr, tranken noch ein Glas Wein, eine Tasse warme Milch, bevor sie schließlich schlafen gingen?

Sie wunderte sich, wie ruhig sie war. Mit dem Begreifen war auch die Ruhe gekommen. Sie würde nichts daran ändern können. Sie würden sie holen, wann immer das Mädchen wieder in Malena verwandelt werden sollte, wann immer sie eine perfekte Prinzessin brauchten. Wo hielt sich wohl die echte Prinzessin jetzt auf?

Aber wenn sie sie nicht mehr brauchten, wenn sie sie eines Tages nicht mehr brauchen sollten, ...

Sie versuchte, sich damit zu trösten, dass das noch lange dauern konnte. Jahre vielleicht. Sie dachte an ihre Kinder. Sie würde sterben müssen. Aber noch nicht sofort.

Die Bibliothek war dunkel. In den Korridoren hatte Jarven die Taschenlampe nicht eingeschaltet, sie fand den Weg auch so. Auf Strümpfen war sie geschlichen, alles war ruhig im Haus. Ihre Armbanduhr zeigte wenige Minuten nach Mitternacht.

Durch die hohen Fenstertüren schien das Mondlicht kalt bis in die letzten Winkel der Bibliothek. Sie erkannte die Bücherregale, den Sessel davor, in dem Norlin bei ihrem ersten Besuch gesessen, hinter dem Bolström gestanden und sie erwartet hatte. Auf dem Schreibtisch lagen Papiere in einer Mappe.

Fast ohne ein Geräusch beugte Jarven sich darüber. Der Strahl der Taschenlampe glitt über Zahlen, Architektenpläne, bei denen es offenbar um größere Gebäude, ganze Häuserzeilen ging, ein Schreiben mit geprägtem Briefkopf. Ihre Finger zitterten, als sie Blatt für Blatt herausnahm und betrachtete. Nichts über den König, über sein Versteck. Warum hätte Norlin diese Information hier wohl auch liegen lassen sollen? Warum sollte er überhaupt Notizen darüber aufbewahren, was mit Malenas Vater geschehen war? Es war unsinnig, darauf zu hoffen.

Trotzdem ließ sie die Lampe über das Bücherregal gleiten, auch dort nichts, nur Bücher, ordentlich in Reih und Glied. Sollte sie jedes einzelne von ihnen herausziehen, hoffen, dass irgendwo ein Blatt mit einer Wegskizze auf den Boden fiel? Wo sonst konnte sie noch danach suchen?

So sehr war sie in ihre Überlegungen vertieft, dass sie für einen Augenblick jede Angst vergaß. Sie ließ den Strahl der Taschenlampe wie einen Finger aus Licht durch den Raum wandern, in der Hoffnung, vielleicht doch noch auf ein Versteck zu stoßen, auf irgendeinen Hinweis wenigstens. So traf er Bolström mitten ins Gesicht, als er fast lautlos die Bibliothekstür öffnete.

»Was soll das!«, sagte Bolström scharf. Er klang nicht überrascht. Seine Stimme machte Jarven Angst.

Mit wenigen schnellen Schritten hatte er den Raum durchquert und nahm ihr die Taschenlampe aus der Hand. »Ich dachte doch, ich hätte etwas gehört! Und was tust du hier, kleine Jarven, um diese Zeit?« Er drehte die Lampe in den Fingern. »Und woher, wenn ich fragen darf, hast du *das* hier?«

Jarven stand wie erstarrt. Niemals hätte sie sich erwischen lassen dürfen.

Sie sah Bolström an. »Ich«, flüsterte sie, »ich …«

»Du schlafwandelst doch nicht etwa?«, fragte Bolström. Nahira hatte es gewusst. »Ts, ts, ts! Was für eine Überraschung!«

Jarven ahnte die Ironie in seiner Stimme.

»Ich«, flüsterte sie wieder. »Ich weiß auch nicht!«

»Nun, das soll ja häufiger passieren«, sagte Bolström, und jetzt war die Ironie nicht mehr zu überhören. »In Filmen, in Büchern, warum also nicht auch im richtigen Leben? Dass junge Mädchen schlafwandeln, wenn sie etwas erlebt haben, das zu aufregend war für ihre zarten kleinen Seelen.« Ein Lächeln kräuselte seine Lippen, aber es erreichte nicht seine Augen. »Und die Lampe hier? Die kommt mir sehr, sehr fremd vor, kleine Jarven.«

»Die hab ich mitgenommen«, flüsterte Jarven. »Als ich weggelaufen bin. Der Wald war so dunkel!«

»Der Wald war so dunkel«, sagte Bolström und nickte nachdenklich und wie in Zeitlupe. »Nun, dann nimmt man sich im Augenblick der Flucht natürlich noch die Zeit, das Haus nach einer Lampe zu durchsuchen, selbst wenn man dabei vielleicht noch geschnappt werden könnte.«

»Ja!«, flüsterte Jarven. Er glaubte ihr nicht. Er glaubte ihr kein Wort.

»Aber jetzt, kleine Jarven«, sagte Bolström leise und sein Griff um ihren Arm war ein wenig zu fest, um zu dem sanften Ton in seiner Stimme zu passen, »jetzt bist du ja in Sicherheit. Jetzt bist du ja bei uns, kleine Jarven. Geh wieder zurück in dein Bett, oder, noch besser, ich begleite dich zurück zu deinem Zimmer! Schlafwandler stürzen manchmal von Dächern, hast du davon nicht auch schon gehört?«

Es klang wie eine Drohung, aber noch bevor Jarven darüber nachdenken konnte, schob Bolström sie mit festem Griff vor sich her aus der Bibliothek. Es war von Anfang an aussichtslos gewesen.

Als es an seine Schlafzimmertür klopfte, glaubte Norlin, es wäre die ängstliche kleine Köchin, er konnte ihr ständiges Zittern kaum mehr ertragen. Stattdessen war Bolström mit wenigen Schritten an seinem Bett.

»Es hilft nichts, wir werden sie ruhig stellen müssen, Norlin!«, sagte er. »Und das möglichst schnell. Ich bedaure, dass ich selbst auch auf ihre Geschichte hereingefallen bin. Es war natürlich alles ein Betrug. Ein ausgeklügeltes Spiel, ich hätte es von Anfang an wissen müssen. Ich war misstrauisch. Aber leider nicht genug.«

»Wen?«, fragte Norlin. »Wovon redest du denn?« Natürlich wusste er es.

»Ich habe sie in der Bibliothek ertappt, als sie gerade alles durchgestöbert hat«, sagte Bolström. Es war überflüssig, die Frage zu beantworten. »Sie hatte eine Taschenlampe bei sich, und die hatte sie jedenfalls nicht von uns.«

»Sie war so verzweifelt!«, sagte Norlin. »Das hast du doch selbst gesehen!« Aber er sah Bolström nicht an dabei.

Bolström machte eine wegwerfende Handbewegung. »Verzweifelt?«, sagte er. »Sie war in Panik! Aufgelöst. Woher wissen wir, ob es die Panik vor ihren angeblichen Entführern war oder nicht vielleicht Panik vor uns?«

»Du hast selbst gesagt, es passt alles zusammen!«,

sagte Norlin. Seine Stimme war jetzt schrill und er knüllte die Bettdecke in seinen Händen.

Als es zum zweiten Mal klopfte, war es tatsächlich die kleine Köchin. Vorsichtig, Schritt für Schritt, als balanciere sie auf einem unsichtbaren Seil, trug sie ein Tablett mit einer Flasche Cognac und einem Glas darauf. Ihre Augen waren vor Übermüdung glanzlos.

»Stell das auf meinen Nachttisch«, sagte Norlin, ohne sie auch nur eine Sekunde länger als nötig anzusehen. »Du kannst schlafen gehen.«

Die kleine Köchin machte einen Knicks und ging rückwärts zur Tür. Fast wäre sie dabei über eine Teppichkante gestolpert.

Bolström sah ihr nach, dann zeigte er auf das Tablett neben dem Bett. »Das wird noch dein Verhängnis sein, Norlin. Natürlich passte alles zusammen, weil es zusammenpassen sollte. Aber glaubst du, dass ein Mädchen, das sich von seinem Gefangenenwärter losreißt und in wahnsinniger Angst vor ihm flieht, vorher noch das Haus nach einer Taschenlampe durchsucht?«

»Vielleicht hatte *er* sie bei sich!«, sagte Norlin. »Sie brauchte sie ihm nur zu entreißen!«

»Und praktischerweise war es ausgerechnet ein so winziges Exemplar, dass sie es gut in ihren Kleidern an uns vorbei in ihr Zimmer schmuggeln konnte«, sagte Bolström. »Da hatte sie natürlich Glück. Es ist wie mit dem Handy, das hat mich schon die ganze

Zeit stutzig gemacht. Wieso hat sie ihr Handy wieder? Die ganze Zeit während ihrer angeblichen Entführung war es ausgeschaltet, wir konnten sie nicht orten. Und jetzt plötzlich?«

Norlin schüttelte den Kopf. »Nein!«, murmelte er.

»Und was hat sie in der Bibliothek getan? Heute Nacht? An die Geschichte mit dem Schlafwandeln glaubst du doch auch nicht, Norlin, oder ich müsste ernsthaft an deinem Verstand zweifeln.«

Mit flatternden Fingern schraubte Norlin den Verschluss von der Flasche und schenkte sich ein. »Du auch?«, fragte er.

Bolström schüttelte ärgerlich den Kopf. »Sie ist deine Tochter, Norlin, gut, ja«, sagte er. »Ein wenig verstehe ich dein Zögern also sogar. Aber du kennst sie doch überhaupt nicht! Du kannst mir nicht erzählen, dass du väterliche Gefühle für sie entwickelt hast, nicht für ein Mädchen, das du, alles zusammengerechnet, seit der Flucht ihrer Mutter überhaupt nur ein paar Stunden gesehen hast. Werde jetzt nicht sentimental, Norlin! In all den Jahren hat sie dir niemals gefehlt, sie wird dir auch nach ihrem unerwarteten – Ableben nicht fehlen. Und es kann keinerlei Zweifel geben, warum sie hierher zurückgekommen ist. Nahira hat sie beauftragt. Wer weiß, wie tief auch Liron in die Geschichte verwickelt ist. Das Mädchen ist eine Spionin, das Mädchen ist eine Gefahr für uns. Das Mädchen muss weg.«

Norlin starrte ihn an, das Glas in seiner Hand auf halbem Weg zwischen Tablett und Mund wie eingefroren. »Das erlaube ich nicht«, flüsterte er.

»Es ist hier nicht die Frage, was du erlaubst, Vizekönig«, sagte Bolström mit einer kleinen Verbeugung. »Manchmal glaube ich, dass du deine Situation nicht ganz richtig verstehst. Das Mädchen muss weg, genau wie der König. Wir brauchen sie ohnehin nicht mehr, jetzt nach dem dritten Anschlag ist das Volk so aufgebracht, dass es dich bedingungslos in allem unterstützen wird, was du gegen den Norden unternimmst, auch ohne den Segen seiner geliebten kleinen Prinzessin. Die Frage ist nur, was genau wir dem Volk anschließend über ihr Schicksal erzählen. Das Beste wäre natürlich, die Rebellen wären schuld an ihrem Tod.«

»Bolström!«, flüsterte Norlin. »Nein!« Er trank, schenkte sich nach und trank wieder. »Das kannst du nicht machen! Nicht meine Tochter!«

»Denk drüber nach«, sagte Bolström und ging zur Tür. »Wenn du überhaupt noch denken kannst nach dem da«, und er neigte den Kopf in Richtung der Flasche.

Als er auf den Flur kam, war alles ruhig. Irgendwo im Haus schlug eine Tür.

Kaira zitterte, als sie den Milchtopf auf die Flamme stellte. So würde es vielleicht gehen, es war die einzige Möglichkeit, die ihr eingefallen war. So *musste* es gehen. Sie hatte grauenhafte Angst.

Einmal, als sie noch klein gewesen war, hatte ihre Mutter sie erwischt, wie sie gebückt an der Wohnzimmertür lehnte und lauschte. Sie hatte sie am Ohr von der Tür gezogen, noch tagelang hatte es wehgetan, danach hatte sie ihr den Hintern versohlt. Ihre Mutter war überzeugt davon gewesen, dass es gerade für junge Nordskogen wichtig war, eine gute Erziehung zu genießen, sich wohlerzogen verhalten zu können. Sie hatte natürlich nur das Leben in ihrem kleinen Ort gekannt.

»Wir Nordskogen«, hatte sie ihren Kindern täglich eingeprägt, »haben alle Möglichkeiten in diesem Land, alle Möglichkeiten, und bald werden wir noch mehr haben! Seht euch den Vizekönig an, Nordskoge von Geburt! Wir können heutzutage *alles* erreichen, genau wie ein Südler. Aber wir müssen uns gut und richtig benehmen, das ist das A und O, gutes Benehmen öffnet jede Tür. Wer in Skogland etwas werden will, muss wissen, wie die Südler sich benehmen.«

Und wie stolz war sie gewesen, als ihre Tochter die Stelle in der Hofküche bekommen hatte! Allen Nachbarn hatte sie davon erzählt, allen Freunden.

»Aber es wundert mich auch nicht das allerkleinste bisschen, wenn ich ehrlich bin«, hatte sie gesagt. »Sie ist ein tüchtiges Mädchen, ein kluges Mädchen, ein fleißiges Mädchen, und sie weiß sich zu benehmen, dafür hat ihre Mutter gesorgt. Ich habe meinen Kindern immer wieder gesagt, uns stehen alle Türen offen! Und Kaira ist der Beweis.«

Die Milch begann schäumend an der Innenwand des Topfes nach oben zu steigen, Kaira hatte nicht aufgepasst. Sie hob den Topf von der Flamme, gerade noch rechtzeitig, bevor der Schaum über den Rand quoll. Was hätte ihre Mutter wohl gesagt, wenn sie gesehen hätte, wie ihre Tochter, ihr wohlerzogenes Mädchen, an der Schlafzimmertür des Vizekönigs lehnte, ein leeres Tablett auf die Hüfte gestemmt, und horchte?

Kaira nahm einen Becher aus einem der schweren alten Küchenschränke und füllte ihn vorsichtig bis zur Hälfte. Sie begriff nicht, warum die Prinzessin auf einmal dunkle Haare hatte wie sie selbst, auch ihre Haut war beinahe so dunkel wie die einer Nordskogin. Aber dass sie die Prinzessin war, daran konnte es keinerlei Zweifel geben, Kaira kannte ihr Gesicht, kannte es aus unzähligen Zeitschriftenartikeln, die ihre Mutter immerzu gelesen hatte; vor allem aber kannte sie es seit jenem Vorfall vor fast einer Woche in der Palastküche, für den sie sich immer noch schämte. Das dunkelhaarige Mädchen, von dem der Berater behauptet hatte, es wäre die Tochter des Vizekönigs – aber war die Prinzessin denn nicht seine

Nichte? –, war die Prinzessin von Skogland, niemals in ihrem ganzen Leben würde Kaira ihre Freundlichkeit vergessen, die Hand, die sie ihr entgegengestreckt hatte, als sie bei ihrem ersten Hofknicks gestolpert war.

Behutsam balancierte sie den Becher zur Tür. Die Milch war heiß, das Steingut verbrannte ihr fast die Finger. Was konnte sie sagen, wenn jemand ihr auf den Korridoren begegnete? Wenn dieser Jemand sie dann fragte, wann Jarven sie um die Milch gebeten hatte? Wie die Nachricht von der Prinzessin zu ihr in die Küche gelangt war?

Das würde sich finden. Was konnte es Natürlicheres geben als eine Köchin, die tief in der Nacht ihrer schlaflosen Prinzessin einen Schlaftrunk bringt? Kaira hatte auch dem Vizekönig seinen Schlaftrunk gebracht.

Vorsichtig stieg sie die Treppen nach oben. Sie lauschte. Im Haus war es totenstill.

———

Jarven lag auf ihrem Bett in der Dunkelheit und schluchzte. Bolström war freundlich zu ihr gewesen, trotz aller Ironie immer noch freundlich. Aber was bedeutete das schon? Nur dass er sich noch nicht sicher war, was mit ihr geschehen sollte. Falls sie sie doch noch einmal brauchen würden, falls sie sich doch noch entschieden, sie einzusetzen als Malena, die kleine Prinzessin, durfte er nicht ihr Misstrauen wecken. Aber geglaubt hatte er ihr kein Wort.

Sie schlüpfte aus dem Bett und stellte sich ans Fenster. Schwere dunkle Wolken waren aufgezogen und hatten den Himmel bedeckt, bis kaum mehr Sterne zu sehen waren. Die Dunkelheit war tiefer, als Jarven sie jemals zuvor in Skogland erlebt hatte. Mit den Augen suchte sie den gegenüberliegenden Hügelrücken ab, hin und wieder glaubte sie, einen Lichtschein zu erkennen. Dort drüben warteten sie also. Es war gleichgültig, sie würde ihnen kein Zeichen mehr geben können.

Als Bolström sie zurück in ihr Zimmer geführt hatte, hatte sie fieberhaft überlegt. Die Taschenlampe hatte er ihr abgenommen, sie würde Nahira kein Signal geben können, obwohl es jetzt wichtiger war, als sie alle vorher auch nur geahnt hatten. Wenn Bolström ihr misstraute, würde sie keine Gelegenheit mehr haben, etwas herauszufinden, aber das war nicht das Schlimmste.

Das Schlimmste war, dass sie versuchen mussten, sie zum Schweigen zu bringen, vielleicht besprachen sie irgendwo im Haus gerade, auf welche Weise das am besten geschehen konnte. Darum musste sie das Gut verlassen, noch in dieser Nacht, noch bevor Bolström und Norlin sie fortschaffen konnten. Wie sollte sie Nahira das verabredete Zeichen geben?

Dann hatte sie es plötzlich gewusst, und einen

Augenblick lang war die Erleichterung so stark gewesen, dass sie merkte, wie sie lächelte. Bolström hatte den Lichtschalter gedrückt und auf ihr Bett gezeigt. »Nun aber hopp, hopp, ins Körbchen!«, hatte er gesagt. »Kleine Mädchen brauchen ihren Schlaf! Heißt es nicht immer, dass Schlafmangel hässlich macht?« Er hatte gelacht, als er die Tür hinter sich zugezogen hatte.

Nur die Wachen draußen am Zaun waren eine Gefahr, wenn sie statt mit der Taschenlampe ihr Zeichen mit dem Lichtschalter gab. Kurzkurzkurz – langlanglang – kurzkurzkurz. Sie konnte nicht gleichzeitig am Fenster stehen und am Schalter neben der Tür, es würde also schwieriger werden, genau den Zeitpunkt abzupassen, an dem die Wachen sich auf der anderen Seite des Gebäudes befanden und die Lichtblitze nicht bemerken konnten.

Sie öffnete den Vorhang einen Spalt weit. Gerade näherte sich unten eine Wache ihrem Fenster, der Kies knirschte unter ihren Schritten. Der Mann warf einen kurzen Blick nach oben und Jarven hinter dem Vorhang stand stocksteif und ohne zu atmen. Wenn er wieder verschwunden ist, dachte sie und wartete noch einen Augenblick. Wenn er um die Ecke gebogen ist. Ich will das Risiko so klein halten wie möglich.

Sie hatte den halben Weg durch das Zimmer und zum Lichtschalter zurückgelegt, die Hand schon ausgestreckt, als die Tür mit einem Ruck aufgerissen wurde.

Hilgard trat ein. Er trug eine Leiter.

»Wie schade, Jarven«, sagte er. Schon als sie ihn zum ersten Mal gesehen hatte, vor der Schule, als er Tine und ihr nachgelaufen war, hatte sie gefunden, dass er aussah wie ein Filmstar, elegant, ein wenig kühl, strahlend freundlich.

All das war er jetzt immer noch. Seine Freundlichkeit jagte ihr Schauder über den Rücken.

»Ich muss dir leider deine Glühbirnen abnehmen, du dummes kleines Mädchen. Aufs Bett legen, ja, so ist es gut. Warum hast du das getan? Warum hast du versucht, uns zu hintergehen?«

Er stellte die Leiter unter den schweren Kronleuchter und stieg nach oben. »Wenn du vorhaben solltest, aufzustehen und zu versuchen, die Leiter umzuwerfen, habe ich das hier«, sagte er und zog etwas aus dem Gürtel. Jarven hatte vorher noch nie eine Pistole gesehen.

»Es wird gleich ein bisschen dunkel werden, kleines Mädchen. Ich hoffe, du fürchtest dich nicht in der Dunkelheit!« Er lachte.

Jarven drängte die Tränen zurück. Wenn schon alles verloren war, sollte er sie wenigstens nicht weinen sehen.

Hilgard klappte die Leiter zusammen und ging zum Nachttisch. »Und die hier auch!«, sagte er und schraubte mit einem einzigen Griff die Birne aus der Fassung der Nachttischlampe. »Jaja, ein bisschen sehr dunkel wird es leider sein für dich heute Nacht. Aber es wird ja nicht lange dauern, tröste dich damit. Ob allerdings das, was danach kommt, so sehr viel tröstlicher sein wird«, er lachte und trug die Leiter zur Tür, »das wird sich dann zeigen.«

Er drehte den Schlüssel im Schloss.

Also war es jetzt entschieden. Sie hatten beschlossen, dass sie sie nicht mehr brauchten, es war ihnen jetzt gleichgültig, was sie begriff. Sie waren sich sicher, dass sie ohnehin längst alles wusste.

Auf ihrem Bett biss Jarven in ihr Kopfkissen, um das Schluchzen zu ersticken. Das Einzige, worauf sie noch hoffen konnte, war, dass Norlin sich ihrem Tod widersetzte. War er nicht ihr Vater?

Aber sie war auch seine Tochter, und trotzdem hasste sie ihn. Warum sollte es ihm anders gehen, jetzt, nachdem er wusste, dass sie ihn verraten hatte?

Gefangen nehmen würden sie sie in jedem Fall, und eines Tages würde auch Norlin sich nicht mehr sträuben, wenn Bolström, Hilgard und Tjarks ihm einflüsterten, dass seine Tochter eine Gefahr für ihn darstellen würde, solange sie lebte. Es machte Mühe, Gefangene vor einem ganzen Volk zu verbergen, vor allem, wenn es so gefährliche Gefangene waren wie sie und der König. Zu viel Mühe.

Alles war verloren.

29.

Ohne darüber nachzudenken hatte Jarven angenommen, wenigstens bis zum Morgen bliebe ihr noch Zeit; umso größer war ihr Erschrecken, als es, schon wenige Minuten nachdem Hilgard gegangen war, an der Zimmertür klopfte.

Jarven schlug ihre Hände vors Gesicht. Sie waren gekommen, um sie abzuholen. Jetzt schon.

Sie krümmte sich zusammen, machte sich so klein es nur ging, verbarg ihr Gesicht im Kissen, als könne sie sich dadurch unsichtbar machen.

»Hoheit, pssst, leise, bitte!«, flüsterte eine ängstliche Stimme durch das Holz. »Bitte, Hoheit! Sie dürfen uns nicht hören!«

Dann wurde etwas mit leisem Klacken auf dem Boden abgestellt. »Bitte, Hoheit, hören Sie mir zu!«

Jarven nahm die Hände von ihrem Gesicht. »Kaira?«, flüsterte sie.

»Oh, Sie wissen sogar meinen Namen!«, flüsterte die kleine Köchin, und Jarven hörte die Freude und die Verblüffung in ihrer Stimme. »Sie müssen fliehen, Hoheit, das wollte ich Ihnen nur sagen! Ich weiß, dass ich mich nicht in königliche Angelegenheiten einmischen darf, denken Sie nicht schlecht von mir! Aber ich ...«

»Ja?«, flüsterte Jarven. So leise sie konnte, stand sie

auf und schlich zur Tür. Bestimmt konnte die kleine Köchin durch das Holz ihr Herz schlagen hören.
»Ich habe den Vizekönig und seinen Berater belauscht! Oh, ich weiß, dass man nicht lauschen soll, denken Sie nicht schlecht von mir! Aber ich dachte, ...«
Jarven kniete sich auf den Boden und legte ihr Ohr gegen das glänzende, goldbraune Holz. Ein Reh, die Läufe im Sprung gestreckt, den Kopf zurückgewandt, gejagt von einem Fuchs, nie hatte sie sich die Intarsien vorher so genau angesehen. »Und?«, flüsterte sie. Ihre Stimme krächzte vor Angst.
»Sie wollen Sie töten, Hoheit! Der Vizekönig sagt Nein, aber ich glaube, er hat nicht viel zu sagen! Hoheit! Der Berater sagt, sie brauchen Sie jetzt nicht mehr, ich weiß nicht, wozu! Das Volk hasst uns Nordler jetzt sowieso schon genug, und wo sollen sie hin mit Ihnen, Hoheit, da bringen sie Sie schon lieber um, sagt der Berater!«
Einen Augenblick war sie still, als wolle sie Jarven die Gelegenheit geben, ihr zu antworten.
»Ich habe dem Königshaus die Treue geschworen!«, flüsterte Kaira dann. »Und bitte, glauben Sie mir, ich will auch bestimmt nichts gegen den Vizekönig tun! Aber wenn er Sie umbringen will, Hoheit, und Sie sind doch auch das Königshaus ...«
Jarven atmete tief. Sie verstand nicht, warum das Mädchen sie immer noch Hoheit nannte, wenn es

doch längst ihre dunklen Haare gesehen hatte, ihre braunen Augen, die olivfarbene Haut. Die kleine Köchin war ein einfaches Mädchen.

»Hör zu, Kaira!«, flüsterte Jarven. Sie versuchte, ihre Stimme ruhig klingen zu lassen. Vielleicht gab es einen Ausweg. »Du schleichst dich jetzt hoch in dein Zimmer und schaltest immerzu das Licht an und aus. An und wieder aus, an und wieder aus, hast du mich verstanden? Dann kommt Hilfe, Kaira! Dann wird alles gut.«

»Wenn ich das Licht einschalte?«, flüsterte die Köchin. »Aber wieso?«

»Nicht nur einschalten, Kaira!«, flüsterte Jarven. Konnte es sein, dass das Mädchen so langsam begriff? »Ein und wieder aus, ein und wieder aus! Es ist ein Signal!« Eine Sekunde lang überlegte sie, ob sie Kaira erklären sollte, wie das Signal tatsächlich lautete, dreimal kurz, dreimal lang, dreimal kurz, aber sie wusste, dass sie das nur noch mehr verwirren würde. Und mit jeder Sekunde wuchs die Gefahr, dass man sie entdeckte. »Verstehst du das? Dann werden sie kommen und uns retten!«

»Oh, ja, Hoheit!«, flüsterte Kaira. Jarven begriff, dass sie eben genau das gesagt hatte, was Kaira von ihr erwartete, ganz selbstverständlich, weil sie ihr Leben lang gelernt hatte, es von Hoheiten zu erwarten: dass sie immer eine Lösung wussten.

»Gut!«, sagte Jarven. »Dann geh jetzt und tu, was

ich dir gesagt habe. So schnell und so leise wie möglich, Kaira! Und sei vorsichtig!«

Sie sagte ihr nicht, dass sie sich vor den Wachen unten im Park in Acht nehmen musste, sie wollte sie nicht noch mehr beunruhigen. Wichtig war jetzt nur, dass Kaira das Zeichen gab.

―

»Ich glaube, jetzt ist es so weit!«, flüsterte Malena und beugte sich weit aus dem Fenster. »Ich glaube, ich habe drüben ein Licht gesehen!«

Sofort war Nahira neben ihr. »Das ist nicht die Taschenlampe«, sagte sie. »Das ist eine ganz normale Zimmerbeleuchtung, siehst du das nicht? Und aus dem Dachgeschoss. Außerdem ist es auch nicht das verabredete Signal.« Sie zählte. »An, aus, an, aus. Das ist nicht Jarven, so dumm ist sie nicht, dass sie unser Zeichen vergisst.«

»Und wenn doch?«, fragte Malena. Sie war aufgestanden und auf dem Weg zur Haustür. »Und wenn sie nun ihre Lampe verloren hat?«

»Warum morst sie dann nicht wenigstens SOS?«, fragte Nahira. »Sieh es dir doch an! Was, wenn es eine Falle ist? Wenn zum Beispiel – Norlin uns damit nur zum Gut locken will?«

Joas schüttelte den Kopf. »Und warum nimmt er dazu dann nicht die Taschenlampe, auf deren Signal wir warten?«, fragte er. »Ich glaube, es ist ein Zeichen von Jarven, Nahira! Und ich glaube, sie ist in Not, sonst würde sie doch nicht ...«

»Da!«, sagte Nahira. »Jetzt haben die Signale aufgehört.«

»Sie ist überrascht worden!«, sagte Tiloki. »Sie sollte das Zeichen so lange geben, bis du ihr antwortest. Warum hört sie jetzt also auf? Sie ist überrascht worden, Nahira, und dann ist sie in Gefahr!«

Nahira sah von einem zum anderen. »Glaubt ihr auch, was Tiloki glaubt?«, fragte sie.

Malena und Joas nickten. »Schnell!«, sagte Joas. »Bitte, Nahira!«

Jetzt nickten auch Meonok und Lorok.

»Norlin ist gut darin, Fallen zu stellen«, sagte Nahira.

Sobald Kaira gegangen war, schlüpfte Jarven ans Fenster. Vorsichtig zog sie den Vorhang zur Seite. Gerade noch sah sie eine Wache um die Ecke des Gebäudes verschwinden.

So leise sie nur konnte, öffnete sie die Tür zum Balkon und trat nach draußen. Joas hatte recht gehabt, wenn sie über die Brüstung stieg und sich an den Armen vorsichtig nach unten ließ, bevor sie sprang, war es nicht zu hoch für ein Mädchen, das in Sport immer gute Noten gehabt hatte. Gefährlich würde es nur werden, wenn eine der Wachen zu schnell zurückkam.

Das Geräusch, als sie sich auf dem Kies abrollen ließ, war so laut, dass Jarven fürchtete, sie hätte das ganze Haus aufgeweckt. Mit einem einzigen Satz hatte sie das Eibengebüsch erreicht, in dem sie sich verbergen sollte, bis es so weit war. Joas hatte ihr alles genau beschrieben.

Kleine Steinchen hingen hier und da in ihrer Kleidung und sie streifte sie vorsichtig ab. Keine Schramme, nur ein kleiner Schmerz im Arm, der sie beim Rennen nicht behindern würde, das war das Wichtigste.

Sie versuchte zu erkennen, ob aus dem Dachgeschoss Lichtsignale gegeben wurden, aber alles blieb dunkel. Was war, wenn Kaira es nicht geschafft hatte? Was würde geschehen, wenn Nahira nicht käme?

Spätestens am Morgen würde Tjarks bemerken, dass Jarven verschwunden war. Dann würden sie die Hunde loslassen.

»Verstehst du das?«, hatte Nahira ihr eingeschärft. »Wenn du ihnen durch das Fenster entwischst, kommst du ohne unsere Hilfe noch lange nicht heraus aus dem Park. Überhaupt nicht kommst du heraus ohne uns! Und das wissen sie auch. Sie werden die Hunde loslassen, Jarven, und was dann passiert, brauche ich dir nicht zu erzählen.«

Jarven hatte den Kopf geschüttelt.

»Darum darfst du dein Zimmer unbedingt erst dann verlassen, wenn wir auf dein Signal geantwortet haben und du sicher sein kannst, dass wir kommen!«, hatte Nahira gesagt. »Dreimal der Schrei eines Vogels im Schlaf, das erkennst du dann schon. Solange du unser Signal nicht gehört hast zum Zeichen, dass wir auf dem Weg sind, bleib, wo du bist! Wenn die Hunde dich finden, ist der Tod dir sicher.«

Aber da hatten sie ja nicht wissen können, was geschehen würde. Dass Jarven gar nicht im Zimmer abwarten konnte, egal, wie gefährlich die Flucht war. Sie presste sich unter den Zweigen auf den Boden.

Dann hörte sie jemanden brüllen. Sie hörte Rufe, Schritte auf dem Kies, das Gellen einer Trillerpfeife. Im Haus gingen gleichzeitig sämtliche Lichter an.

Jarven presste sich zwischen die Zweige der Eibe und wartete.

Norlin war nach unten gestürzt, sobald er die Trillerpfeife gehört hatte, sie hatte ihn aus einem leichten, unruhigen Schlaf gerissen. Er spürte ein Dröhnen in seinem Kopf, noch im Laufen band er den Gürtel seines Morgenmantels zu, seine Finger gehorchten ihm kaum.

Überall auf dem schweren eisernen Zaun, der, von der Innenseite durch hohe Sträucher verborgen, den Park umgab, leuchteten jetzt Scheinwerfer auf und schnitten Schneisen aus Licht in die bewölkte Nacht, bewegten sich nach rechts und links, bis kein Winkel des Parks mehr im Dunkeln lag. Wachen rannten ziellos hin und her und hielten ihre Gewehre im Anschlag.

»Das Tor ist verschlossen!«, brüllte Bolström. »Sie muss noch hier sein! Lasst die Hunde los!«

Der Hundeführer löste sich aus den Schatten und machte sich mit schnellen Schritten auf den Weg zum Zwinger.

»Halt!«, schrie Norlin. Das Dröhnen in seinem Kopf war jetzt fast unerträglich. »Halt, nicht die Hunde! Ich erlaube es nicht!«

Der Hundeführer blieb stehen und sah fragend von Norlin zu Bolström, der den Vizekönig jetzt mit einem harten Griff am Arm packte.

»Hör mir gut zu, Norlin!«, sagte er. »Das kleine Miststück von einer Köchin hat eben Lichtsignale gegeben, wir haben sie dabei erwischt. Wer hätte dem dummen Ding das zugetraut! Natürlich muss Jarven sie beauftragt haben! Und deine zauberhafte Tochter selbst ist aus ihrem Zimmer verschwunden, die Balkontür steht sperrangelweit offen. Wer hätte geglaubt, dass ein Mädchen es wagt, aus solcher Höhe zu springen!«

Norlin presste die Hände gegen seine Schläfen. »Dann soll man sie suchen!«, schrie er. Seine Stimme klang ihm selbst fremd. »Wenn sie jetzt noch im Park ist, dann kann sie uns ja nicht entkommen! Die Wachen sollen sie suchen, und Hilgard und Tjarks auch!

Es genügt, dass wir sie wieder einfangen, ihr Tod ist nicht nötig! Wenn wir die Hunde auf sie hetzen, werden sie sie zerreißen, das weißt du, Bolström! Nur dazu sind sie abgerichtet! Ich verbiete es! Ich verbiete es!« Seine Stimme überschlug sich, und der Hundeführer sah fragend zu Bolström.

»Ruhig, Norlin, ganz ruhig!«, sagte der. »Nun überleg doch! Wenn sie Nahira und ihren Leuten ein Signal gegeben hat, werden sie kommen, um sie zu befreien, und wir wissen nicht, wie es vor sich gehen wird. Wir kennen ihre Pläne nicht, sie können uns immer noch eine Falle stellen. Wir müssen ihnen zuvorkommen, und zwar sofort!«

»Ich verbiete es!«, schrie der Vizekönig wieder. Jedes Wort dröhnte in seinem schmerzenden Kopf, als wollte es ihn zum Bersten bringen. »Ich verbiete es!« Mit einem Ruck befreite er sich aus Bolströms Griff und wandte sich direkt an den Hundeführer. »Wenn du die Hunde loslässt, obwohl ich es dir verboten habe, ist das Hochverrat! Und du weißt, welche Strafe auf Hochverrat steht!« Mit einer raschen Bewegung zog er eine Handkante an seinem Hals vorbei.

Der Hundeführer verneigte sich. Im Licht der Scheinwerfer war sein Gesicht jetzt kalkweiß.

»Norlin!«, sagte Bolström. »Du wirst es später bereuen!«

»Alle suchen!«, schrie Norlin. »Durchsucht den

Park, durchsucht jeden Busch, jeden Winkel! In spätestens einer halben Stunde muss sie gefunden sein, das befehle ich!«

»Du bist wahnsinnig, Norlin!«, sagte Bolström. Seine Stimme war voller Verachtung.

Die Scheinwerfer warfen ihre wechselnden Muster aus Licht, und die Wachen folgten im leichten Trott, gebeugt, sahen unter die Büsche, riefen sich gegenseitig etwas zu. Es konnte nicht mehr lange dauern.

Zuerst achtete niemand auf das Rufen, das von oben aus einem Dachfenster kam, aber dann hielten sie plötzlich alle inne in dem, was sie taten, und sahen nach oben.

»Sie ist schon draußen, oh, mein Gott, ihr sucht an der falschen Stelle, sie ist ja längst draußen! Sie rennt auf dem Weg vor dem Tor! Lenkt doch um Himmels willen die Scheinwerfer dorthin, sie ist ja längst draußen!«

Norlin sah nach oben. In einem Fenster im Dachgeschoss hing, wild gestikulierend, eine Frau, in der er erst nach einem Moment die Maskenbildnerin erkannte.

Die Maskenbildnerin hatte die ganze Nacht am Fenster gesessen. Sie hatte an ihre Kinder gedacht, daran, was sie nun alles nicht mehr erleben würde: nicht, wie der Jüngste in die Schule kam, die Älteste die Schule verließ, wie sie alle drei größer wurden, selbstständiger, sich verliebten, selbst Kinder hatten. Nie mehr würde sie ihren Jüngsten in den Schlaf singen, ihm ein Pflaster auf eine winzige Wunde kleben und »Nun ist ja alles wieder gut!« sagen, nie mehr würde sie sich neben den Mittleren setzen, wenn er auf seinem schon ganz zerfurchten Bleistift kauend und mit vor Verzweiflung gerunzelter Stirn vor seinen Hausaufgaben saß, oder ihm zujubeln, wenn er sonntags im Tor seiner Mannschaft Ball nach Ball hielt, nie mehr würde sie gemeinsam mit der Ältesten überlegen, welche Farbe am besten zu ihren Augen passte, welcher Junge vielleicht nicht ganz so albern war wie die allermeisten anderen, oder sich mit ihr gemeinsam ihren Lieblingssong anhören, jede Woche einen neuen.

Von allem, was ihr lieb war, hatte sie in dieser Nacht in Gedanken Abschied genommen, wie es Passagiere auf einem leckgeschlagenen Schiff tun, während der Rumpf sich unaufhaltsam zur Seite neigt und sie in einer fürchterlichen Sekunde der Klarheit begreifen, dass die Rettungsboote nicht zu erreichen sind. Sie hatte an ihren Garten gedacht, an die Osterglocken im Frühling, die Haselnüsse im Herbst und die Stockrosen im Sommer. Sie hoffte nur, irgendwer würde sich ihrer Kinder annehmen, sie war nicht religiös, sie schickte trotzdem ein kleines Gebet nach oben. Ihr Garten würde sich schon selbst zu helfen wissen.

Ganz still saß sie auf dem Fensterbrett und sah in den Himmel. Ab und zu gab die Wolkendecke ein Stück der Milchstraße frei, als Kind hatte sie geglaubt, die Sterne wären die Seelen der Verstorbenen.

Dann hatte sie plötzlich neben sich das Licht gesehen. An, aus, an, aus, an, aus. Die kleine Köchin sandte ein Signal, es konnte keinen Zweifel geben. An, aus, an, aus. Wem galt ihr Zeichen? Wieso ausgerechnet die kleine Köchin?

An, aus, an, aus. Sollte sie schreien, sollte sie die Wachen aufmerksam machen? Würden sie sie dann zur Belohnung wieder freilassen, zurück zu ihren Kindern, würde dann alles wieder gut? Oder sollte sie lieber hoffen, dass die kleine Köchin erfolgreich war, dass jemand ihr Signal bemerkte und vielleicht nicht nur sie befreite, sondern alle anderen Gefangenen gleich mit?

Sie grübelte noch, als sie schon hörte, wie die Tür zum Nachbarzimmer aufgerissen wurde. Die kleine Köchin schrie auf. Unten im Park hatten sie die Signale auch so bemerkt, sie hatten ihre Hilfe nicht gebraucht.

Die Maskenbildnerin saß auf dem Fensterbrett und sah staunend, wie der Park plötzlich in gleißendes Licht getaucht unter ihr lag. Die Wachen rannten hin und her, Gewehre im Anschlag, auf der Freitreppe stand der Vizekönig schwankend im Morgenmantel und brüllte Bolström an. Alles zusammen konnte das nur eins bedeuten: Das Mädchen, das der Prinzessin so ähnlich war, hatte entkommen können.

Auch die Maskenbildnerin suchte jetzt den Park mit den Augen ab. Von hier oben hatte sie einen wunderbaren Blick, und wann immer die Scheinwerfer einen Bereich erhellten, sah sie klar wie am Tag. Nur draußen hinter dem Zaun lag alles im Dunkeln. Und doch war es dort, wo sie jetzt eine Bewegung zu bemerken glaubte.

Jenseits des Tores, sogar schon jenseits der Brücke über den von Brunnen- und Kapuzinerkresse überwucherten kleinen Graben, der früher einmal ein düsterer Burggraben gewesen war, tief und finster und nur auf einer Zugbrücke zu überqueren, lief eine gebeugte Gestalt hin und her, als suche sie etwas, hin und her, immerzu. Dann richtete sie sich auf, und obwohl die Dunkelheit in dieser wolkenverhangenen Nacht so tief war wie sonst nur selten in Skogland, erkannte die Maskenbildnerin sie sofort. Die langen dunklen Haare, die kindliche Figur, die Strapazen der Entführung hatten sie schmaler gemacht. Das war ihr am Morgen in der Aufregung und der Eile nicht einmal aufgefallen.

Dieses Mal brauchte die Maskenbildnerin keine Entscheidung zu fällen. Sie dachte an ihre Kinder, sie dachte an die vielen Jahre, die noch vor ihr liegen konnten und die sie längst verloren geglaubt hatte.

»Sie ist schon draußen, oh, mein Gott, ihr sucht

an der falschen Stelle, sie ist ja längst draußen! Sie rennt auf dem Weg vor dem Tor! Lenkt doch um Himmels willen die Scheinwerfer dorthin, sie ist ja längst draußen!«

Sie beugte sich noch weiter vor, der Vizekönig sah zu ihr nach oben, er hatte sie erkannt, bestimmt hatte er sie erkannt. Nun würden sie sie freilassen, welchen Beweis für ihre Loyalität brauchten sie denn noch? Sie würde niemals etwas verraten, sie hatte ihnen doch sogar geholfen, die Dunkelhaarige wieder einzufangen!

Wie erstarrt stand das Mädchen geblendet im Licht der Scheinwerfer, die sofort auf den Weg jenseits der Brücke gerichtet worden waren, und sah zum Gutshaus hin. Jetzt konnte die Maskenbildnerin auch ihr Gesicht erkennen, alle konnten sie jetzt ihr Gesicht erkennen, und es gab keinen Zweifel mehr. Dort draußen, wie auch immer sie dort hingelangt war, stand das Mädchen, das der Prinzessin so ähnlich war.

»Verdammt!«, brüllte Bolström unter ihr auf der Freitreppe. »Ihr Idioten! Wie konnte das passieren? Die Hunde los jetzt, sofort!«

Norlin machte eine Geste, als ob er ihn stoppen wollte. Dann ließ er die Arme sinken.

―――

Malena rannte.

Am schwierigsten würde es sein, die Aufmerksamkeit der Wachen auf sich zu lenken, ohne dass es allzu offensichtlich wäre, hatte Nahira gesagt. Wäre sie wirklich geflohen, sie hätte schließlich alles darangesetzt, nicht bemerkt zu werden, also durfte sie auch jetzt nicht allzu viel Lärm machen und sich auffällig benehmen, wenn Bolström nicht sofort misstrauisch werden sollte. Aber bemerken würden sie sie von selbst natürlich auch kaum, da draußen vor dem Tor, während sie doch all ihre Kraft darauf verwandten, den Park zu durchsuchen. Zumal es dunkel sein würde außerhalb des Gutsgeländes, alle Scheinwerfer würden auf den Park gerichtet sein.

»Am besten, du bewegst dich genau in der Mitte der Straße!«, hatte Nahira gesagt. »Natürlich wäre auch das Wahnsinn auf der Flucht, aber werden sie in der Aufregung der Situation darüber so schnell nachdenken? Und wenn sie dich trotzdem nicht entdecken, musst du irgendwann stolpern, stoß einen Schmerzensschrei aus, damit sie dich hören!«

Aber all das war gar nicht nötig gewesen. Oben in einem der Fenster im Dachgeschoss hatte irgendjemand sie bemerkt, fast sobald sie aus den Büschen auf die Straße getreten war, und auf einen Schlag waren alle Scheinwerfer auf sie gerichtet. Malena spürte den Triumph wie eine heiße Woge in sich aufsteigen. Jetzt durfte sie endlich rennen, und sie rannte, dass das Pflaster unter ihren Sohlen brannte. Ja, seht mich nur an, versucht, mich zu fangen, ihr alle da im Park! Jagt mich, fangt mich, versucht es doch!

Dann hörte sie das wütende Bellen der Hunde, die aus ihrem Zwinger hinaus in die Freiheit stürmten. Aber Joas wartete schon hinter der ersten Biegung der Straße. Sie konnte es schaffen. Bevor die Hunde sie einholten, musste sie Joas erreicht haben.

Als Jarven den Ruf der Maskenbildnerin hörte, wusste sie, dass es gleich so weit sein würde. So war es nicht geplant gewesen, natürlich nicht, aber etwas Besseres hätte ihnen nicht passieren können, das begriff sie sofort. Vorsichtig lugte sie durch die Zweige, auf einmal lag der Park in vollkommener Dunkelheit. Sie musste nur noch abwarten, bis sie die Hunde durch das Tor verschwinden hörte.

Dann rannte sie. Nach der mäandernden Helligkeit des Scheinwerferlichts erschien die Nacht ihr jetzt so undurchdringlich, dass sie kaum die Silhouetten der Bäume und Büsche erkannte, noch viel weniger die Unebenheiten auf dem Boden, Disteln und Brennnesseln, die dem Mäher getrotzt hatten, Maulwurfshügel. Sie stolperte, raffte sich wieder auf, rannte weiter. Trotzdem blieb sie die ganze Zeit auf dem Rasen, um auf dem Kies kein Geräusch zu machen, und im Schatten der Sträucher, wie Nahira es ihr eingeschärft hatte.

Aber ohnehin schien der Park jetzt verlassen. Sie bog um die Ecke des Gebäudes. Auf seiner Rückseite hörte sie selbst die Rufe der Wachen und das wütende Bellen der Hunde nur noch gedämpft.

Jarven spürte, wie die Erleichterung sie durchflutete. Nur noch wenige Sekunden, dann war sie am Zaun, wo Tiloki sie erwartete. Danach würde sie frei sein.

Sie hastete an den Terrassen vorbei, in denen der Park hier auf der der Straße abgewandten Seite zu einer großen Rasenfläche hin abfiel. Das Plätschern eines Springbrunnens schien bei Nacht unerträglich laut. Nur ein paar Schritte noch. Direkt vor ihr lag schon die Ligusterhecke, hinter der der Ausschlupf in die Freiheit sie erwartete.

Dann stand er auf einmal mitten auf dem Weg. Sein seidener Morgenmantel war unter dem in Eile geknoteten Gürtel verrutscht und gab die Knopfleiste seines Schlafanzuges frei, und er schwankte, als könnte er sich nicht entscheiden, in welche Richtung er sich wenden sollte.

»Meine kleine Jarven«, murmelte er. »Mein kleines Mädchen, was haben sie getan, was haben sie getan ...«

Jarven erstarrte. Im ersten Augenblick hatte sie geglaubt, er hätte sie bemerkt, dann begriff sie, dass er mit sich selbst sprach. Sie versuchte, mit den Schatten zu verschmelzen, unsichtbar zu werden. Warum war Norlin nicht mit allen anderen aus dem Tor gestürzt, warum war er nicht dort, wo die gleißenden Lichtfinger der Scheinwerfer die Straße absuchten? Sie zwang sich, ihren Atem flach zu halten, und schätzte ab, wie sie an ihm vorbeikommen konnte.

»Die Hunde werden sie zerreißen!«, schluchzte Norlin jetzt und schlug sich mit den Handflächen gegen die Schläfen. »Mein kleines Mädchen! Mein kleines Mädchen!«

Da begriff Jarven. Norlin hatte nicht dabei sein wollen. Er hatte nicht erleben wollen, wie die Hunde sie einholten, er hatte nicht sehen wollen, wie sie seine Tochter zerfleischten, das war der Grund.

Und sie sah, dass es keine Möglichkeit gab, an ihm vorbeizukommen, ohne dass er sie bemerkte, er stand ihr direkt im Weg. Wenn Norlin versuchen würde, sie aufzuhalten, wenn er auch nur einen Pfiff ausstoßen würde, sobald er sie sah, wenn er nach den Wachen rief, wäre ihr Plan gescheitert. Sie durften die Stelle im Zaun noch nicht finden, zumindest nicht so bald, nicht gleich, nachdem sie hindurchgeschlüpft war. Wenigstens eine Weile noch mussten sie glauben, dass das Mädchen, das sie vor dem Tor erfolglos verfolgt hatten, Jarven war, damit Jarven gleichzeitig gefahrlos hinter ihrem Rücken entkommen konnte.

Aber sie hatte keine Wahl. Wenn sie wartete, bis Norlin verschwand, konnte es zu spät sein.

Aus dem Schatten der Bäume sprang sie auf den

Weg und jagte direkt auf ihn zu. »Weg da!«, zischte Jarven. »Weg da, Norlin!«

Der Vizekönig schwankte und starrte ihr ungläubig entgegen. »Jarven?«, flüsterte er. »Meine Jarven?«

»Weg da!«, flüsterte Jarven und gab ihm einen Stoß. Dann rannte sie nur wenige Schritte von ihm entfernt auf die Hecke zu. Er hätte sie packen können. Stattdessen stand er nur da und sah ihr nach.

»Meine Jarven«, murmelte Norlin jetzt hinter ihrem Rücken. »Wieso ist denn mein kleines Mädchen ...«

Sie hörte ein leises Pfeifen und wandte sich blitzschnell der Stelle am Zaun zu, von der es gekommen war. Kräftige Hände bogen die Sträucher auseinander, bis ein Durchschlupf entstand. Aus dem Eisenzaun waren zwei Streben entfernt.

»Zum Wagen!«, flüsterte Tiloki. Er rannte schneller als sie, aber immer wieder hielt er an und wartete, bis sie ihn eingeholt hatte. Lorok hatte den Jeep tief in ein Gestrüpp gefahren, fast lautlos ließ er ihn jetzt mit ausgeschalteten Scheinwerfern durch die Sträucher rollen.

Jarven atmete schwer und schnell. Erst als sie eingestiegen war, wurde ihr bewusst, dass sie die Hunde schon eine ganze Weile nicht mehr gehört hatte. Auch Norlin hatte sie nicht rufen hören. Ihr Vater hatte den Wachen kein Zeichen gegeben.

Malena wusste, wie schnell die Hunde auf der Verfolgungsjagd rannten, sie war dabei gewesen, als sie abgerichtet wurden. Sie versuchte, gleichmäßiger zu atmen, sie hatte einen guten Vorsprung, sobald sie bei Joas ankam, würde sie in Sicherheit sein.

Joas stand wie abgesprochen gleich hinter der ersten Biegung der Straße an den dicken Stamm einer Eiche gelehnt und zerrte sie am Arm zu sich heran. Bis hierher reichte das Licht der Scheinwerfer nicht.

»Bleib du von ihnen weg!«, zischte er. Dann erst setzte er seine kleine Pfeife an den Mund und blies. Der Ton war so hoch, dass kein Menschenohr ihn wahrnehmen konnte, aber sofort ging das wütende Bellen ihrer Verfolger in ein aufgeregtes Hecheln über, dann waren sie da: drei Doggen, fast so groß wie Joas und Malena. Die Ohren freudig gespitzt, schwanzwedelnd umtänzelten sie jetzt Joas, der ihnen freundschaftlich die Köpfe tätschelte, stießen kleine Freudenlaute aus, leckten ihm die Hände, das Gesicht.

»Moro! Sisso! Rojo!«, flüsterte Joas. »Gute Hunde! Gute Hunde!«

Das Schwanzwedeln wurde stärker, jetzt musste alles schnell gehen. Auf der Straße hörte Malena die Schritte und Rufe der Wachen.

Sie griff in die Tasche, die Joas neben dem Stamm abgestellt hatte, und zog das Paket heraus. Feuchtigkeit drang durch das Papier, in der Dunkelheit konnte sie die Blutflecken nicht erkennen, als sie das Fleisch auf den Boden legte. Sofort drehten die Hunde schnuppernd die Köpfe. Ihre Lefzen zitterten, aber Malena war schon auf dem Weg und rannte.

»Sitz!«, sagte Joas ruhig. »Moro! Sisso! Rojo! Sitz!«

Die Hunde gehorchten, aber ihr Blick war noch immer auf das Paket gerichtet, das Malena nur wenige Schritte entfernt für sie bereitgelegt hatte.

»Sitz!«, sagte Joas wieder. »Gute Hunde!«

Dann rannte auch er. Solange sie ihn sehen konnten, würden die Hunde sitzen bleiben, danach würden sie sich auf das Fleisch stürzen. Auch für die Wachen, die sie in wenigen Sekunden erreicht haben würden, konnte das die Rettung sein.

Joas fühlte sich wie ein Verräter. Er hoffte, dass das Mittel schnell wirkte. Er betete, dass die Wachen es nicht für nötig halten würden, Moro, Sisso und Rojo zu erschießen.

»Wann treffen wir die anderen?«, fragte Jarven.

Es schien ihr, als wären sie eine Ewigkeit durch die allmählich lichter werdende Dämmerung gefahren, über holperige Wiesen, zwischen dicht wachsenden Sträuchern hindurch, ohne irgendwo einen Weg zu berühren. Lorok fuhr so sicher, als lenke er den Jeep über breite, gut gepflasterte Straßen, nicht ein einziges Mal verfuhr er sich, nie hielt er an, um nach dem

Weg zu suchen, nirgendwo blieb ein Rad in den Senken im Morast stecken oder verfing sich in den Hecken in dornigen Zweigen. Es schien, als hätte Lorok sich seit Jahren auf diesen Augenblick vorbereitet.

Es kam ihr vor wie eine Ewigkeit, aber in Wirklichkeit konnte es erst wenige Minuten her sein, dass sie mit Tiloki zu Lorok ins Auto gesprungen war. Ihr Atem hatte sich gerade erst beruhigt, auch ihr Herz schlug allmählich wieder gleichmäßig.

»Nahira fährt einen anderen Weg«, sagte Tiloki, der vorne neben Lorok auf dem Beifahrersitz saß. »Das ist klüger. Das lenkt die Verfolger ab.«

Jarven sah aus dem Fenster in die nächtliche Dämmerung. Vielleicht hatten die Wolken gerade den Mond freigegeben, vielleicht wurde es auch nur allmählich Tag. Norlin hatte nicht nach den Wachen gerufen. Ob sie es wollte oder nicht, jetzt verdankte sie ihrem Vater ihre Flucht. Sie wollte nicht darüber nachdenken.

Sie erreichten eine schmale Straße, der sie einige Meilen durch den Wald folgten, dann bog Lorok in einen noch schmaleren Seitenweg ab. Ein kleines Auto stand hinter dichtem Haselnussgestrüpp und sie ließen den Jeep stehen und wechselten den Wagen.

»Wozu?«, fragte Jarven.

»Siehst du keine Filme?«, fragte Tiloki. »Wenn irgendwer uns doch bemerkt hat in der Nähe von Österlind, oder wenn irgendwer auch nur unseren Wagen gesehen hat, dann sucht bald das ganze Land nach dem Jeep! Hast du herausgefunden, was du herausfinden solltest?«

»Ich weiß nicht!«, flüsterte Jarven. »Es kann sein.«

»Erzähl das Nahira, sobald wir sie treffen«, sagte Tiloki. »Wir haben keine Zeit zu verlieren!«

Während sie fuhren, wurde die Nacht vor den Fenstern allmählich immer heller, die Farben kehrten in die Dinge zurück, tiefgrün die Bäume und Sträucher, zaghaft und weißlich gelb das Korn. Jarven zwang sich, an Nahira zu denken und an das Gelingen ihrer Flucht. An das Versteck des Königs und wie sie ihn befreien würden. Daran, was zu Hause Tine wohl dachte, nachdem Jarven schon die ganze Woche nicht zur Schule gekommen war. An alles, an alles wollte sie denken, nur daran nicht, dass Norlin den Wachen kein Zeichen gegeben hatte.

Schließlich ließ Tiloki ungeduldig seine Schultern kreisen. »Lorok, wir müssten doch längst dort sein!«, sagte er.

Lorok lenkte den Wagen nach links, wo ein schmaler Sandweg in den Wald abbog, dann nach wenigen hundert Metern noch einmal in einen zugewachsenen Pfad unter tief hängenden Zweigen, die mit einem widerwärtigen Kratzgeräusch das Dach des Wagens streiften.

»*Jetzt* sind wir da«, sagte Lorok.

Jarven riss die Tür auf. Vor ihr, auf einer kleinen Lichtung, lehnten Malena, Joas, Nahira und Meonok an einem ausgebeulten Lieferwagen und lachten ihr erleichtert entgegen.

30.

Jarven kauerte zwischen Joas und Malena auf der offenen Ladefläche, während der Lieferwagen in einem Tempo über kleine Seitenstraßen fuhr, dass sie fürchtete, gleich würde ein Reifen platzen, ein Rad abspringen, der Wagen von der Straße abkommen und umstürzen. Sie umklammerte die Ladewand, bis ihre Knöchel weiß durch die Haut schimmerten, aber Nahira lachte nur.

»Lorok liebt solche Wege«, sagte sie. »Niemand fährt wie er.«

Sie saß den dreien gegenüber neben Tiloki und tippte unablässig auf ihrem Handy rum. Jarven war kaum aus ihrem Fluchtauto gesprungen, da hatte Nahira sie schon an den Schultern gepackt.

»Und?«, hatte sie gefragt. »Hast du etwas herausgefunden?«

Jarven hätte gern die ganze Geschichte erzählt: wie Bolström sie in der Bibliothek überrascht hatte, wie sie ihr zuerst die Taschenlampe abgenommen hatten und danach auch noch sämtliche Glühbirnen; wie die kleine Köchin für sie das Zeichen gegeben hatte und erwischt worden war, wie die Maskenbildnerin sie verraten und ihnen damit, ohne es zu wissen, beim Gelingen ihres Plans geholfen hatte. Aber sie wusste, dass dafür später noch Zeit sein würde.

Das Wichtigste war jetzt, dass Nahira erfuhr, wo sie nach dem König suchen musste.

Als Jarven berichtete, was Norlin und Bolström besprochen hatten, was ihr danach wieder eingefallen war, von Mama und der Geburtstagsfeier, vom Wein und von Mamas Erinnerungen, hatte Nahiras Gesicht sich verdunkelt. Nur einen Augenblick hatte sie gezögert, dann hatte sie schon nach ihrem Handy gegriffen.

»Das kann stimmen«, hatte sie gesagt. »Und wie du schon sagst, es ist besser als gar nichts. Das alte Lotsenhaus! Ausgerechnet das alte Lotsenhaus.«

Dann war sie nur noch mit Tippen beschäftigt gewesen.

»Was ist das alte Lotsenhaus?«, fragte Jarven. Joas und Malena zuckten die Achseln, aber Nahira sah einen winzigen Augenblick lang auf.

»Dort haben sie sich immer getroffen«, sagte sie, und Jarven erkannte erschrocken den Zorn in ihren Augen, noch immer, nach so vielen Jahren noch. »Er und sie. Während ich immer noch geglaubt habe, …« Wieder hämmerte sie auf ihr Handy ein.

»Wem schickst du eine Nachricht?«, fragte Jarven. Der Wagen war in einen kaum eselsrückenbreiten Sandweg abgebogen und holperte auf abenteuerlichen Serpentinen eine steile Schlucht hinunter; ab und zu sprang Meonok vorne aus dem Führerhaus und räumte Zweige und Geröll aus dem Weg, ab und zu half ihm auch Tiloki dabei, einmal mussten sogar die Kinder mit anpacken. Jarven glaubte nicht, dass auf diesem Weg jemals vor ihnen ein Auto gefahren war; hätte sie nur den Weg gesehen, sie hätte niemals geglaubt, dass es überhaupt möglich war. Aber Lorok fuhr mit traumwandlerischer Sicherheit, als spüre er jedes Hindernis im Voraus, als kenne er jede Biegung und jeden Felsvorsprung genau.

»Allen schicke ich eine Nachricht«, sagte Nahira. »Allen, die das alte Lotsenhaus in wenigen Stunden erreichen können. Denen, die sich im Norden der Südinsel aufhalten, und denen im Süden der Nordinsel. Und sie alle wiederum geben das Signal weiter, und so fliegt die Nachricht von einem zum andern, bis alle unsere Leute wissen, dass der König noch lebt, wo der König sich aufhält. Hunderte schließlich, vielleicht Tausende, die darauf warten, dass ich ihnen das Zeichen gebe.«

Jarven starrte sie an.

»Er wird gut bewacht sein, auch wenn Norlin und Bolström nicht damit gerechnet haben, dass irgendwer herausfinden würde, dass der König noch am Leben ist«, sagte Nahira. »Er wird von Anfang an gut bewacht worden sein, und außerdem gehe ich davon aus, dass Norlin jetzt auch noch Truppen auf den Weg schickt: Sie können nicht wissen, was du herausgefunden hast, was wir wissen, aber deine Flucht hat sie unruhig gemacht. Sie wissen jetzt, dass du nach etwas gesucht hast, und was sollte das sein, wenn nicht das Versteck des Königs? Aber sie wissen nicht, ob du es tatsächlich herausgefunden hast, nichts spricht dafür. Du hast nichts gehört. Du hast nichts gefunden, vermutlich gibt es nicht einmal etwas zu finden. Sie glauben, dass du etwas gesucht hast, aber Bolström hat dich überrascht, darum bist du geflohen. Nein, sie sind sich nicht sicher, wie viel du weißt, ob du überhaupt etwas weißt. Darum werden sie den König auch nicht gleich in ein anderes Versteck verlegen, nur kein Aufsehen erregen, das Volk darf nichts bemerken, das ist am wichtigsten jetzt.«

»Kannst du dir sicher sein?«, fragte Malena. »Und wenn doch?«

Nahira zuckte die Achseln. »Ich an ihrer Stelle würde erst einmal abwarten«, sagte sie. »Und beobachten. Und vorsorglich einige Truppen in der Nähe von Sarby zusammenziehen, möglichst unauffällig, sodass das Volk glaubt, es gelte dem Schutz vor den Rebellen. Aber den Truppen werden wir zuvorkommen. Nachdem die Brücke über die Südinselschlucht zerstört ist –«, sie lachte, »so hilft der Anschlag nun doch uns! –, können sie nur auf Schleichwegen nach Norden vorankommen, und glaub mir, da sind wir ihnen überlegen.«

Jarven klammerte sich an die Pritschenwand des Lieferwagens, den Lorok noch immer mit unglaublicher Geschwindigkeit die Schlucht hinabsteuerte, und hielt die Augen geschlossen. Inzwischen hatte die Sonne ihren höchsten Stand erreicht, und auf der offenen Ladefläche wurde es unerträglich heiß.

»Unsere Leute werden Sarby erreichen, bevor Norlins Truppen auch nur die Schlucht überquert haben«, sagte Nahira. »Glaubt mir, unsere Aussichten sind gut.«

Der Wagen rumpelte über einen Felsbrocken und legte sich gefährlich auf eine Seite, als wolle er umstürzen, dann richtete er sich wieder auf. Joas stieß pfeifend einen tiefen Atemzug aus. Er sah über die Ladewand. »Wir sind unten«, sagte er.

Da hatte auch Jarven den Mut, die Augen zu öffnen. Gerade fuhr der Wagen durch ein Bachbett, über dessen kieseligen Grund an der Stelle, die Lorok für die Überquerung ausgewählt hatte, nur ein spärliches Rinnsal tröpfelte, dann wandte er sich nach wenigen Metern dem Aufstieg zu. Jarven stöhnte. Aufwärts konnte es kein bisschen sicherer sein als abwärts. Ihr Magen zog sich zusammen. Sie legte sich auf den harten Boden der Pritsche und schloss wieder die Augen. Es war früh genug, wenn sie sie in Sarby wieder öffnete.

31.

Hätte irgendwer Jarven später gefragt, wie sie sich die Befreiungsaktion vorher vorgestellt hatte, ihr wäre vor allem ein Wort eingefallen: *aufregender*. Sie hatte Angst gehabt, all die Stunden oben auf der Pritsche des Lieferwagens, sie hatte die Truppen des Vizekönigs gefürchtet, Gewehre, Schusswechsel, sogar Handgranaten vielleicht oder Waffen, von denen sie noch niemals gehört hatte. Eine genaue Vorstellung hatte sie vorher nicht gehabt, nur so viel: dass es einen Kampf geben würde; und sie wäre mittendrin.

Am frühen Nachmittag, als sie schließlich die Gegend um Sarby erreichten, freundliche kleine Dörfer, die träge und wie ausgestorben in der Nachmittagssonne dösten, hatte sie die Spannung kaum mehr ertragen. Wie konnten in einer so friedlichen Landschaft so schreckliche Dinge geschehen? Nahiras Handy hatte jetzt unablässig gebrummt zum Zeichen, dass Nachrichten bei ihr eingingen, auch Tiloki textete ohne Pause. Den Kirchturm von Sarby hatten sie nur von weitem gesehen, dann hatten sie die Straße verlassen. Sie hatten die Stadt umfahren, bis die Wälder lichter wurden und Jarven in der Luft schon den Wind vom Meer und den Geruch nach Salzwasser spürte. An einem verfallenen Schrankenwärterhäuschen hielten sie an, zwei Männer saßen auf der Bank davor, die Mützen tief in die Stirn gezogen, und hoben kaum ihre Köpfe, als der Lieferwagen sich näherte. Müde Streckenarbeiter, die in ihrer Pause eine schnelle Zigarette rauchten.

»Und?«, rief Nahira ihnen von oben zu.

Einer der beiden sprang auf und ließ die rückwärtige Ladeklappe der Pritsche nach unten schnellen. Seine Müdigkeit schien auf einen Schlag von ihm abgefallen. »Alles bereit«, sagte er.

»Dann runter jetzt«, sagte Nahira und nickte Joas, Malena und Jarven zu. »Ihr drei habt nichts damit zu tun.«

»Was?«, fragte Malena. Sie blieb sitzen, genau wie Joas und Jarven.

»Runter vom Wagen und rein ins Schrankenwärterhäuschen!«, sagte Nahira. »Was jetzt kommt, müsst ihr nicht erleben. Wir werden das Lotsenhaus stürmen, es ist nur noch zwei knappe Meilen entfernt, und überall hier sind schon unsere Leute versteckt. Norlins Truppen sind noch nicht angekommen, es gibt nur die zehn Wachen um das Haus herum. Es kann sein, dass alles ganz ruhig abläuft. Aber es kann auch sein, ...«

»Ich komme mit!«, sagte Joas und starrte Nahira wütend an. »Du glaubst doch wohl nicht ...«

»Es wird geschossen werden«, sagte Nahira. »Es kann Verletzte geben, Tote, du musst doch in den letzten Tagen gemerkt haben, dass das hier kein

Spiel ist, Joas! Und glaubst du wirklich, ihr könntet uns bei dem, was jetzt kommt, irgendwie nützen? Habt ihr gelernt, wie man kämpft, wie meine Männer es gelernt haben? Wisst ihr nicht nur, wie man zielt, sondern auch, wie man sich verbirgt, wie man Deckung sucht, wie man den Feind täuscht? Sollen wir während des Kampfes auch noch auf drei Kinder aufpassen?«

»Ich bin kein Kind!«, sagte Joas. »Meonok und Lorok sind nicht viel älter als ich!«

»Nahira!«, zischte Tiloki. »Nun komm doch!«

»Ihr springt jetzt vom Wagen, und wenn ihr das nicht freiwillig tut, werden Meonok und Lorok euch dazu zwingen«, sagte Nahira. »Runter jetzt, Joas. Rein ins Haus. Wir hoffen sehr, dass es schnell vorüber sein wird.«

Jarven sprang als Erste von der Ladefläche, Malena zögerte. »Wenn wir recht haben mit unserem Verdacht«, sagte sie, »Nahira: Dann ist mein Vater mitten unter seinen Entführern. Wie wollt ihr dafür sorgen, dass ihr nicht ihn trefft, wenn ihr auf sie zielt? Verstehst du nicht, dass wir ...«

»Runter jetzt!«, sagte Nahira wieder. »Hast du nicht gehört? Für alles ist gesorgt. Und du kannst uns sicher nicht helfen.«

Malena sprang. Nur Joas zögerte immer noch.

»Joas!«, sagte Malena. »Ich glaube, Nahira hat recht. Wir können ihnen nicht nützen.«

Da sprang auch Joas.

Im Haus hockte er sich mit fest zusammengekniffenen Lippen in einer Ecke auf den staubigen Boden und sah nicht auf, während sich draußen das Motorengeräusch entfernte.

»Joas!«, sagte Malena. »Sei nicht dumm! Wir haben alles getan, was wir konnten, und ohne uns wären Nahiras Leute jetzt nicht hier! Jarven hat sich auf Österlind eingeschlichen, ich habe die Wachen abgelenkt, und wenn du nicht die Hunde beruhigt hättest, wäre der Plan von Anfang an aussichtslos gewesen. Man muss nicht immer mit dem Gewehr kämpfen, Joas! Man kann auch auf andere Weise nützlich sein.«

»Amen«, murmelte Joas wütend.

Durch die zersplitterten Fenster hörten sie entfernt einen Schuss, einen Schrei, dann einen schnellen Schusswechsel. Danach war da nur noch der Wind in den Baumwipfeln.

»Was jetzt?«, flüsterte Jarven. »Was bedeutet das?«

Joas und Malena gaben keine Antwort.

»Sie schießen nicht mehr«, flüsterte Jarven. »Ist es schon vorbei?«

»Pssst!«, sagte Malena und presste ihr Ohr gegen das Holz. »Warte!«

Jarven sah die Anspannung auf Malenas Gesicht. Aber es ist ja nicht nur ihr Vater, um den wir uns sorgen müssen, dachte sie. Wenn sie recht haben mit ihrem Verdacht, ist auch Mama mit ihm dort eingesperrt. Und jeder Schuss, den wir hören, könnte bedeuten, ...

Draußen blieb alles still, dann glaubte Jarven Rufe zu hören, Schritte, noch einmal einen Schuss.

»Wenn sie nun gefangen genommen werden!«, flüsterte Jarven. »Wenn nun die anderen doch stärker sind!«

Aber niemand beachtete sie. Die Stille war unerträglich. Die Zeit verstrich so langsam, als stemme sich jemand gegen die Zeiger der Uhren.

»Es muss doch längst vorbei sein!«, flüsterte Jarven. Sie spürte, dass sie die Ungewissheit und die Untätigkeit nicht mehr lange würde aushalten können. »Sollen wir vielleicht ...«

In diesem Augenblick hörten sie den Motor. Das Geräusch näherte sich in viel zu hohem Tempo dem Schrankenwärterhäuschen, und nach wenigen Sekunden war Jarven sich sicher, dass es der Lieferwagen war.

»Lorok?«, flüsterte Jarven.

Mit quietschenden Bremsen kam der Wagen zum Stehen.

Dann wurde die Tür aufgerissen und Lorok starrte mit weit aufgerissenen, aufgeregten Augen in den Raum.

»Ich soll euch holen!«, brüllte er. »Hoa-hoa-hoa-ho! Wir haben sie! Wir haben den König befreit! Mitkommen, hat Nahira gesagt!«

Jarven spürte, wie in ihr etwas zusammenfiel. Sie sah, dass auch Malena schwankte. Einen Sieg stellte man sich immer so strahlend vor.

»Meinen Vater?«, flüsterte Malena.

»Mitkommen!«, brüllte Lorok. Die Haare standen ihm wild um den Kopf, und jetzt sah Jarven auch, dass aus einer Wunde an seinem Arm Blut tropfte. Aber er schien keinen Schmerz zu spüren. »Hoa-hoa-hoa-ho! Wir haben sie! Wir haben sie geschlagen!«

Erst als sie wieder auf den rauen, splitterübersäten Brettern der Pritsche saßen und in tollkühnem Tempo die Meilen bis zum Lotsenhaus zurücklegten, fragte Jarven sich, wie es jetzt weitergehen sollte.

Das Erste, wonach Jarven mit den Augen suchte, als der Wagen direkt am Wasser zum Stehen kam, war Mama.

Die Sonne färbte inzwischen den Horizont in warme Abendtöne, die Wellen schlugen mit einem leise saugenden Geräusch auf den Strand, und darüber kreisten, ruhig und ohne Flügelschlag, die Möwen.

Das Lotsenhaus lag ruhig im Abendlicht. Jarven sah auf den ersten Blick, dass sich viele Jahre lang niemand mehr darum gekümmert hatte: Die Farbe, früher goldengelb, blätterte von den Holzbohlen, und was einmal ein kleiner, aber sorgfältig angelegter Garten gewesen sein musste, durch eine Steinmauer geschützt vor den rauen Winden vom Wasser her, das hatte die Natur sich zurückgeholt. Nur hier und da schimmerten noch ein paar Rosen, Rittersporn und Ringelblumen fremd durch das Gewirr der Pflanzen, die seit Jahrhunderten und immer an dieser Küste wuchsen und sie auch jetzt für sich zurückerobert hatten: Beifuß und Schafschwingel, Gänsefingerkraut und gelber Mauerpfeffer, und über allem hing der schwere Duft der Strandkamille. Eine einzelne Kiefer wuchs an der Giebelseite des Hauses, ihre Krone von unzähligen Frühjahrsstürmen ausgedünnt und der Stamm so tief geneigt, als wolle sie dem Haus ungeschickt ihre Reverenz erweisen.

Auf der Treppe, die an der dem Meer zugewandten Seite vom Haus aus auf einen schmalen Betonweg führte, stand eine Frau: groß, hoch aufgerichtet und noch in ihrer Erschöpfung majestätisch.

»Mama!«, rief Jarven und warf sich in ihre Arme. »Oh, Mama, Mama!« Dann konnte sie das Schluchzen nicht mehr zurückhalten.

Die Frau presste sie an sich, als wollte sie sie ewig so halten. Dann spürte Jarven, dass Tränen auf ihren Nacken tropften.

»Du machst mich ja ganz nass!«, flüsterte Jarven gegen Mamas Schulter.

Mamas Arme zogen sie noch fester zu sich heran. »Macht doch nichts!«, flüsterte sie. »Macht doch nichts!«

Erst sehr viel später, als Jarven lange, lange so sehr geweint hatte, dass es sie schüttelte, vor Freude und Erleichterung, weil alles überstanden war, aber ein wenig auch vor Sorge, weil sie allmählich begriff, dass nichts jemals wieder so sein würde, wie es immer gewesen war, ihr Leben lang; als sie in Mamas Armen endlich wieder ruhiger geworden war und sich die Nase geschnäuzt und die Tränen abgewischt hatte, sah sie zum ersten Mal den König, ihren Onkel.

Sie erkannte ihn nicht daran, dass er königliche Gewänder trug, sein Gesicht war grau vor Übermüdung, seine Augen glänzten fiebrig, und unablässig sprach er wild und unköniglich gestikulierend in ein Handy. Sie erkannte ihn einfach, weil er haargenau so aussah, wie Mama ausgesehen hätte, wäre sie ein Mann gewesen, ebenso groß, blond und aufrecht. Sie fragte sich, ob sie zu Hause niemals in einer Zeitschrift sein Foto gesehen hatte. Sie hätte ihn jederzeit erkannt und überall.

»Wie, ich kann ihn nicht sprechen?«, rief er jetzt. »Natürlich freilassen, sofort! Schließlich ist er der Polizeipräsident!«

Jarven dachte an den Gartenpavillon, an den Mann, der so viele Fragen gestellt hatte. »Ich hab gehört, wie Norlin ...!«, sagte sie und wartete, dass der König sich ihr zuwenden würde.

»Stör ihn jetzt nicht!«, flüsterte Mama. »Es muss alles schnell gehen.«

Malena saß auf der Treppe, nur wenige Schritte von ihrem Vater entfernt, und starrte über das Wasser. Auch sie hatte kurz in seinen Armen geweint, aber jetzt hatte er andere Pflichten. Malenas Rücken war gerade und ihre Augen längst wieder trocken.

An die Hauswand gelehnt saß auf dem steinigen Boden ein Mann mit geschlossenen Augen, dem ein anderer gerade einen Verband anlegte. Aus einer Wunde an seinem Bein quoll schwer und unnatürlich rot das Blut und Jarven wandte den Blick ab. »Hilfe kommt gleich«, flüsterte der Helfer immer wieder, aber der Verletzte öffnete nicht seine Augen. Er schien nichts zu hören. Sein Gesicht sah so weiß aus, als wäre durch die Wunde längst alles Blut aus seinem Körper geflossen. Jarven wusste nicht, ob er zu Norlins Männern gehörte oder zu Nahiras. Es war auch vollkommen gleichgültig.

Andere Männer, Fesseln um die Handgelenke, standen mit ausdruckslosen Gesichtern neben dem Haus, bewacht von Meonok und drei anderen, die Jarven noch nie gesehen hatte. Sie hielten ihre Gewehre im Anschlag.

»Wir haben gesiegt«, flüsterte Jarven. Obwohl sie es längst begriffen hatte, konnte sie es noch nicht fühlen.

Joas kam aus dem Haus gestürmt. Er sah glücklich aus.

»Alles okay jetzt!«, rief er, und seine Stimme überschlug sich fast. »Willst du noch schnell mal drinnen gucken, wo sie gefangen waren, bevor es hier losgeht? Irres Gefängnis!«

Jarven schüttelte den Kopf.

»Was losgeht?«, fragte sie. Gleichzeitig hörte sie in der Luft ein leises Brummen.

»Der Presserummel«, sagte Joas und zeigte zum Himmel, wo in der Entfernung aus Richtung Süden ein schwarzer Punkt auf sie zukam, der schnell größer wurde und sich dabei in einen Hubschrauber verwandelte. Hinter ihm näherte sich aus derselben Richtung schon der nächste schwarze Punkt, dann der nächste und immer noch mehr.

»Jetzt müssen wir durchhalten!«, sagte Joas und seufzte glücklich. »Glaub mir, der Kampf mit der Presse ist schlimmer als der Kampf mit dem Feind.«

»Als ob du etwas davon verstehen würdest!«, sagte Malena.

Jarven sah erleichtert, dass sie jetzt wieder aussah wie immer.

»Mama!«, schrie Tine und starrte auf den Bildschirm. Sie hatte ausschalten wollen, als die Nachrichten anfingen, aber jetzt war sie froh, dass sie zu faul gewesen war, um nach der Fernbedienung zu angeln, die neben ihr auf den Boden gefallen war. »Schnell! Jetzt kannst du es selbst sehen!«

»… ganz unglaubliche Geschichte!«, sagte der Reporter in die Kamera. Der oberste Knopf seines Hemdes baumelte an einem langen Faden, und auch sonst sah er so aus, als hätte diese Reportage ihn überrumpelt, als hätte er eilig und unvorbereitet in ein Auto oder ein Flugzeug springen müssen, weil ein unerwarteter Auftrag die Redaktion erreicht hatte. Hinter ihm war das Meer zu sehen, in dem die Sonne längst verschwunden war, davor ein kleines gelbes Holzhaus. Menschen rannten durcheinander, ein Hubschrauber mit einem roten Kreuz auf dem Rumpf hob gerade ab. »Wie es scheint, hat ganz Skogland seit mehreren Monaten …«

»Mama!«, brüllte Tine. »Schnell!«

Ihre Mutter kam im Bademantel und mit einem Handtuch um den Kopf. »Ich lackier mir grade die Nägel!«, sagte sie. »Was ist denn jetzt so wichtig, dass du mich …«

Dann starrte sie verblüfft auf den Fernseher.

»Siehst du!«, sagte Tine triumphierend.

Neben einem großen, blonden Mann, der ihr vage bekannt vorkam, stand Jarvens Mutter, grau und müde und in schmutzigen Kleidern. Und neben Jarvens Mutter, ebenso schmutzig, mit ungekämmten, strähnigen Haaren, stand Jarven.

Das Merkwürdigste aber war, dass sie gleich zweimal dort stand, einmal in Dunkel und einmal in Blond.

»Ich glaub es nicht!«, murmelte Tines Mutter.

»Siehst du?«, schrie Tine. »Siehst du es jetzt!«

»Warum brüllt ihr denn das Haus zusammen?«, fragte Tines Vater. Er hatte noch das Bügeleisen in der Hand. »Ist irgendwer ...«

»Pssst!«, sagte seine Frau ärgerlich. »Nun guck doch bloß mal!«

»... Volk getäuscht«, sagte der große blonde Mann. Natürlich war er der König von Skogland. »Ich bin dankbar für meine Befreiung und die meiner Schwester, die von den Putschisten um meinen Schwager entführt und während der vergangenen Woche ebenso gefangen gehalten wurde wie ich in den letzten zwei Monaten. Wir werden jetzt alle gemeinsam in die Hauptstadt zurückkehren. Aber vorher ist es mir noch wichtig, eins ganz deutlich zu machen, ...«

»Schwester?«, flüsterte Tines Mutter. »Jarvens Mutter? Sag bloß, die komische panische Dame war die ganze Zeit eine Prinzessin?«

»... gestoppt«, sagte der blonde Mann jetzt. »Und die ursprünglich von mir geplanten Gleichstellungsgesetze verabschiedet. Darum vor allem wende ich mich jetzt an Sie alle: Weil ich möchte, dass die Menschen auf der Nordinsel wieder ruhig schlafen können mit meiner Zusicherung, dass in unserem Skogland wie geplant bald alle Bürger die gleichen Rechte haben werden. Denn es waren vor allem loyale Bürger der Nordinsel, die mit der Unterstützung meiner tapferen Tochter und meiner Nichte unsere Befreiung ...«

»Nichte!«, schrie Tine und trommelte mit beiden Fäusten auf den Couchtisch. »Sag ich doch! Sag ich doch!«

»Diese schüchterne kleine Jarven ist eine Prinzessin?«, sagte ihr Vater. »Nun brauch ich, glaub ich, einen Schnaps.«

»Warum hat sie das denn nie erzählt?«, fragte Tines Mutter. Sie hatte nicht einmal bemerkt, wie ihr das Handtuch langsam vom Kopf und auf den Boden geglitten war.

Auf dem Bildschirm erschien wieder der Nachrichtensprecher. »Washington«, sagte er. »Der Präsident der Vereinigten Staaten hat auf seiner Reise durch ...« Tine drückte auf die Fernbedienung.

»Kneift mich«, sagte ihre Mutter und bückte sich wie in Zeitlupe nach ihrem Handtuch. »Oder gebt mir auch einen Schnaps. Am besten beides.«

»Na, so aufregend sind Prinzessinnen nun auch wieder nicht«, sagte Tine, »dass ihr deswegen gleich anfangen müsst zu trinken. Psst! Passt auf, morgen meldet sie sich, jede Wette.«

———

Jarven hatte nie ernsthaft darüber nachgedacht, aber jetzt merkte sie, dass sie immer geglaubt hatte, sie wüsste, wie Prinzessinnen in ihren Schlössern lebten: aus Filmen von rauschenden Festen in Palästen, und man hatte doch auch so seine Vorstellungen. Aber Malenas Zimmer war vollkommen anders.

»Ja, was glaubst du denn?«, sagte Malena empört. Sie kam aus der Dusche mit einem Föhn in der Hand. »Dass wir die ganze Zeit auf goldenen Sesselchen sitzen? Hättest du dazu Lust?«

Jarven schüttelte den Kopf.

»Meine Güte, schon trocken!«, sagte Malena und schüttelte ihre kurzen blonden Stoppeln. »Wie viele Jahre das wohl dauert, bis die wieder lang sind! Ich bin richtig verzweifelt!« Aber wirklich verzweifelt klang sie überhaupt nicht.

»Dass du solche Poster aufhängen darfst!«, sagte Jarven und sah neidisch auf die Wände, von denen Popstars und Filmschauspieler sie aus allen Richtungen anlächelten. »Das hat Mama mir immer verboten. Sie fand das so«, Jarven kicherte, »... vulgär! Na, die wird gucken.«

Die Tür wurde aufgerissen und Joas kam herein. Er warf Malena einen Blick zu und warf sich aufs Bett. »Langsam siehst du wieder aus wie du«, sagte er.

Malena schnaubte. »Bist du blöde?«, sagte sie. »Einfach so reinzukommen ohne zu klopfen? Und wenn ich nun nackt gewesen wäre?«

»Dann wären mir die Augen rausgefallen«, sagte Joas. »Das Risiko geh ich ein. – Habt ihr übrigens schon gehört? Sie haben ihn gefoltert!«

»Deinen Vater?«, fragte Jarven. »Wie geht es ihm jetzt?«

Joas zuckte die Achseln. »Wie es einem geht, wenn die Lippen aufgeplatzt und die Augen zugeschwollen sind und man am ganzen Körper Blutergüsse hat!«, sagte er. »Die Schweine! Wenn wir Norlin jemals zu fassen kriegen, ich schwöre dir …«

»Joas!«, sagte Malena.

Joas warf Jarven einen kurzen Blick zu. »Entschuldige«, murmelte er. »Aber er ist trotzdem ein Schwein. Auch wenn er dein Vater ist.«

Jarven sah auf den Boden. »Wo ist er jetzt?«, flüsterte sie.

»Abgehauen, was glaubst du denn«, sagte Joas. »Zusammen mit Bolström und all seinen Schranzen. Sobald sie begriffen haben, was los war, sind sie abgehauen, und ich wette, ins Ausland. Die kleine Sechssitzige ist weg. Die sehen wir nie mehr wieder.«

Der Teppich auf Malenas Boden sah genauso aus wie Tines Teppich, und neben dem Kopfende des Bettes, wo bei Tine immer die Flaschen mit Saft und Sprudel standen, hatte er einen großen dunklen Fleck.

»Aber die ganzen Unterlinge«, sagte Joas, »die seit dem Tod deines Vaters – du weißt schon, Malena! – um den Vizekönig herumgetänzelt sind, ›Oh, Hoheit!‹ hier und ›Oh, Hoheit!‹ da, was glaubt ihr, was die jetzt machen?«

Malena tupfte sich mit Spucke am Finger auf einen

kleinen Pickel, der an ihrem Kinn zu sprießen begann. »Tänzeln jetzt wieder um meinen Vater herum«, sagte sie. »Mistpickel. Was hattest du gedacht? Da brauchen sie sich noch nicht mal umzustellen, all die Schleimer und Kriecher und Leute ohne eigenen Kopf. Bleiben einfach da, wo sie immer sind. Auf der Seite der Macht.«

»So widerlich!«, sagte Joas. »Schaltet bloß nicht den Fernseher ein, das erträgt ihr nicht! Wie sie jetzt alle vor laufender Kamera erklären, warum sie Norlin die ganze Zeit in den Dingsbums gekrochen sind, wieso sie ›Hurra!‹ geschrien haben bei jedem seiner Worte! Arme, heimtückisch getäuschte Opfer allesamt. Sie sind getäuscht worden, stellt euch mal vor! Norlin hat sie getäuscht, der böse Norlin, und sie sind zutiefst empört. Wie konnte so etwas passieren! Morgen werden die Ersten von ihnen behaupten, sie hätten schon immer etwas geahnt und ob ihre Nachbarn sich nicht erinnern könnten, dass sie Norlin schon seit Monaten sehr misstrauisch gegenübergestanden hätten.«

»Reg dich doch nicht so auf«, sagte Malena. »So ist es eben. So sind die Leute, und übrigens nicht nur die Skogen. Und für uns ist es doch nur gut. So hat mein Vater sofort wieder das ganze Volk hinter sich.«

»Bis wieder irgendjemand anders die Macht an sich reißt«, sagte Joas. »Dann halten sie wieder zu dem.«

Aber Malena hörte ihm gar nicht mehr zu. Sie kramte sehr unprinzessinnenhaft in einer kleinen Kosmetiktasche, bis deren Inhalt vor dem Spiegel auf dem Boden verstreut war. »Verdammt!«, murmelte sie. »Wo ist denn der Abdeckstift?«

Jarven sah ihr zu und schwieg. Malena hatte ihren Vater wieder, von dem sie zwei Monate lang geglaubt hatte, er wäre tot; auch Joas' Vater war wieder frei und würde sich bald von den Folterungen erholt haben. Im Norden wurden heute Abend überall Freudenfeuer angezündet. Ganz Skogland feierte, für jeden Skogen war es ein Freudentag.

Jarven stand auf. »Ich geh dann mal«, sagte sie. Natürlich, auch sie war jetzt wieder in Sicherheit, und auch Mama war aus den Händen der Entführer befreit. Aber da gab es ja auch immer noch Norlin.

Sie würde es den anderen beiden niemals sagen, aber sie spürte erschrocken, dass sie sich von ganzem Herzen wünschte, er würde nie gefangen werden. Sie wusste, er hatte eine Strafe verdient. Aber sie wusste nicht, wie sie sich fühlen würde, wenn er vor ein Gericht gestellt würde, wenn in den Nachrichten jeden Tag darüber berichtet würde, was Norlin getan, wen er betrogen, wen er gefoltert hatte.

Du bist, wer du bist, hatte Joas gesagt. *Niemand kann etwas für seine Eltern. Du bist immer noch du.*

Aber Norlin war ihr Vater, und sie verdankte ihm ihre Flucht. Er hatte sie entkommen lassen, als sie mit Hunden nach ihr gesucht hatten. Hätte er sie in der Nacht verraten, niemals hätte Nahira den König befreien können.

»Was ist denn los?«, fragte Joas.

Sie wünschte sich von ganzem Herzen, dass sie ihn nicht aufspüren würden.

Egal, wer er ist, ich bin immer noch ich.

Im Esszimmer der königlichen Wohnung standen Kerzen auf dem Tisch. Eine junge Frau im schwarzen Kleid und mit weißer Haube huschte fast lautlos hin und her, um zu bedienen. Ein kleines bisschen war es im Schloss also doch wie in einem Schloss.

»Aber dass die Presse so prompt auf unsere Seite umgeschwenkt ist!«, sagte Liron. Was er sagte, war nur schwer zu verstehen, aber der Arzt hatte erklärt, seine Verletzungen würden schnell wieder heilen. Statt Geflügel zu essen wie alle anderen, löffelte er behutsam einen Teller Suppe. »Wie haben sie sich rausgeredet? Dass Norlin sie über deinen Tod getäuscht hat? Stell dir vor, sie hätten auch weiter zu ihm gehalten und wären nicht nach Sarby gekommen, um über deine Befreiung zu berichten! Stell dir vor, dir wäre dasselbe passiert wie mir, als ich ihnen Jarven und die Prinzessin vorstellen wollte!«

Der König winkte ab. »Die Situation war doch völlig anders!«, sagte er. »Damals haben noch alle geglaubt, ich wäre tot, und Norlin war im Besitz der Macht. Da hatten sie natürlich Angst, deine Enthüllungsgeschichte zu bringen! Aber jetzt bin ich wieder da. Und sobald nur eine einzige Zeitung, ein einziger Sender die Geschichte gebracht hätte, wäre überall bekannt gewesen, dass Norlin mich entführt und meinen Tod nur vorgetäuscht hat, um die Macht an sich zu reißen. Da wollten sie alle lieber schon unter den Ersten sein, die die Nachricht brachten. Lieber von Anfang an auf der richtigen Seite! So sind sie, meine Skogen.« Er lächelte Jarven zu. »Ich hab mich noch gar nicht richtig bei dir bedankt«, sagte er. »Du bist sehr mutig gewesen. Und es war eine schlimme Zeit für dich.«

Jarven wurde rot und sah auf ihren Teller. Neben ihr nahm Malena gerade eine Hähnchenkeule in die Hand und nagte sie gedankenverloren ab. Jarven warf Mama einen Blick zu. Malena leckte sich sogar noch die Finger ab. Frau Schnedeler und Herr Fränkel wären im Boden versunken.

In diesem Augenblick wurde die Tür aufgerissen.

»Majestät!«, sagte eine kräftige rothaarige Frau im weißen, an der Vorderseite verschmierten Kittel. Sie zerrte ein Mädchen hinter sich her, das sich sträubte und wand. Hinter den beiden erschienen lautlos zwei Männer in grauen Anzügen und wollten sie wieder nach draußen führen, aber der König winkte ab.

»Ja, Majestät, ich weiß, ich darf hier nicht so einfach eindringen und so weiter, Sie wissen, ich habe das vorher auch noch nie getan – die Köchin, wissen Sie? Ihre Köchin! –, aber heute ist ein besonderer Tag, und ich halte es einfach nicht mehr aus da unten in meiner Küche, ohne Ihnen wenigstens gesagt zu haben – Ihnen allen, Majestät! Ihnen auch, Hoheit! Und Hoheit! Und Hoheit! –, wie glücklich ich bin, dass nun alles zu einem glücklichen Ende gekommen ist! Wie glücklich wir alle unten in der Küche darüber sind, Majestät! Und überhaupt das ganze Schloss und so weiter! Aber vor allem wollte meine dumme kleine Küchenhilfe hier ...« Sie schob das Mädchen nach vorne und gab ihm einen kleinen Knuff in den Rücken. »Nun mach schon, Kaira!«

»Kaira!«, sagte Jarven.

Das Mädchen sah aus, als würde es gleich bewusstlos zu Boden sinken. Malena angelte sich eine zweite Keule aus der Soße.

»Das dumme Ding hat sich gestern erwischen lassen, als sie nachts Lichtsignale gegeben hat!«, sagte die Köchin. »Lichtsignale! Ausgerechnet! Musste sie das tun? Unvorsichtig und so weiter, was weiß denn ich, wahrscheinlich ganz zu recht bestraft! Aber sie haben ihr auch ihr Kochbuch abgenommen, und sie ist ja noch nicht einmal durch mit ihrer Lehrzeit, und da wollte sie fragen ...«

»Natürlich bekommt sie das zurück«, sagte der König. »Kaira heißt du? Komm einmal her. Du hast dem ganzen Land einen großen Dienst erwiesen und ich verspreche dir, wir werden uns dafür noch erkenntlich zeigen.«

»Siehst du, Kaira, du dummes Ding!«, sagte die Köchin. »Ich hab dir doch gesagt, jetzt, wo Seine Majestät wieder da ist, ...«

Aber nun traten die beiden Männer in den grauen Anzügen wieder einen Schritt vor, und dieses Mal gab der König ihnen kein Zeichen.

Die Köchin verstand. »Oh, ja, Verzeihung, Majestät, Hoheiten, wir sind schon wieder in der Küche!« Sie zwinkerte Malena zu. »Schokokusstorte mit Baiser!«, flüsterte sie verschwörerisch. »Die magst du doch so! Zum Nachtisch!«

Jarven sah den beiden nach. Im Märchen hätte der König ohne zu zögern zu Kaira gesagt: *Natürlich bekommt sie ihr Kochbuch zurück und sein Gewicht in Gold dazu,* dachte sie. Aber ich merke ja schon die ganze Zeit, dass es bei Königen anders zugeht, als man es sich normalerweise so vorstellt. Ich muss nachher auch noch mal in die Küche und mich bei Kaira bedanken. Das hatte ich ganz vergessen.

»Was wird mit der Maskenbildnerin?«, fragte sie.

Der König warf ihr einen verwirrten Blick zu, aber Malena hatte jetzt auch ihre zweite Hähnchenkeule abgenagt und konnte ihr antworten. »Sie durfte nach Hause gehen«, sagte sie. »Sie hat sich unglaublich geschämt für ihren Verrat. Es hat sie nicht einmal getröstet, als ich ihr erklärt habe, wie sehr sie uns damit geholfen hat. ›Aber das habe ich ja nicht gewusst!‹, hat sie immer wieder gesagt. ›Ich wollte sie wirklich verraten! Ich schäme mich so!‹ Aber sie hat natürlich drei Kinder, Jarven. Da hätte das vielleicht jeder gemacht.«

Joas schnaubte.

»Sei nicht so selbstgerecht, mein Sohn«, sagte Liron. Er starrte sehnsüchtig auf das Fleisch, während er in seiner Suppe rührte.

Da erst fiel es Jarven auf.

»Wo ist Nahira?«, fragte sie. Sie sah, wie Mama zusammenzuckte. »Wo sind die anderen? Tiloki? Lorok? Meonok? Wo sind sie alle?«

Der König seufzte. »Das wird eine schwierige Geschichte«, sagte er. »Sie sind verschwunden, sobald die Presse aufgetaucht war. Sobald klar war, dass Norlin und seine Leute nichts mehr ausrichten konnten, haben sie sich wieder in die Wälder zurückgezogen. Sie sind Rebellen, Jarven. Auch wenn sie deine Mutter und mich befreit haben, haben sie doch vorher lange Zeit gegen unser Land gearbeitet. Sie haben eine Bombe auf das Parlamentsgebäude geworfen.«

Jarvens Mutter legte ihrem Bruder die Hand auf den Arm.

»Daneben!«, schrie Joas. »Absichtlich daneben!«

»Wir werden uns darum kümmern, dass die Rebellen straffrei bleiben«, sagte Jarvens Mutter. »Das haben wir schon so besprochen. Und dass alle, die das wollen, mithelfen können, ein gemeinsames Skogland aufzubauen. Trotzdem beginnt jetzt eine schwierige Zeit, das sollten wir über aller Freude nicht vergessen. Es gibt noch genügend Groll im Volk. Auf den Norden im Süden. Auf den Süden im Norden. Der Frieden kommt nicht von einem Tag auf den anderen.«

Einen Augenblick war es still, dann lehnte Malena sich mit einem zufriedenen satten Seufzer in ihrem Stuhl zurück und rieb sich die fettigen Hände mit einer strahlend weißen Serviette ab. »Ach, egal«, sagte sie. »Jedenfalls besser als vorher.«

In diesem Moment wurde die Tür zum zweiten Mal aufgerissen. Hinter einem Meer von Wunderkerzen war die Köchin nur schemenhaft zu erkennen.

Aber ihre Stimme war deutlich zu hören. »Schokokusstorte mit Baiser!«, rief sie triumphierend. »Schokokusstorte zum Nachtisch!«

32.

Tine kniete auf dem Gartenweg vor ihrem Fahrrad und rubbelte missmutig die Speichen mit Rostentferner ab, als vor dem Grundstück eine Limousine hielt. Sie wusste, wer aussteigen würde, noch bevor sich die Türen geöffnet hatten.

»Jarven!«, schrie Tine.

Die beiden Mädchen, die jetzt vor einem maulig aussehenden dunklen Jungen aus dem Wagen stiegen, trugen die gleichen Hosen und die gleichen Shirts, und auf dem Kopf trugen sie beide die gleichen roten Caps mit der Aufschrift: *Skogland forever!* Aber das Allergleichste an ihnen waren ihre Gesichter.

»Jetzt welche von uns?«, fragte das erste Mädchen. Die zweite stellte sich neben sie.

Tine sah von einer zur anderen. »Du natürlich!«, sagte sie dann. »Ich fass es ja nicht, Jarven!«, und sie streckte die Arme nach dem ersten Mädchen aus.

»Nee, ich fass es auch nicht!«, schrie das zweite Mädchen und riss sich das Cap vom Kopf. Lange schwarze Haare fielen über ihre Schultern. »So gut kennst du deine allerbeste Freundin!«

»Peinlich!«, schrie Tine und fiel ihr um den Hals. »Ihr seht aber ja auch echt total gleich aus!«

»Ich bin eigentlich nur gekommen, um dich mal

kurz über meinen Stammbaum aufzuklären!«, sagte Jarven.

Tine lachte. »Bleibt ihr alle zum Abendbrot?«, fragte sie. »Spagetti mit selbst gekochter Bolognese?«

Der maulige Junge nickte als Erster und zwei unauffällige Herren in grauen Anzügen postierten sich gelangweilt neben der Pforte.

Mehr von Kirsten Boie (Auswahl)

Verrat in Skogland
Skogland brennt
Dunkelnacht
Heul doch nicht, du lebst ja noch
Es gibt Dinge, die kann man nicht erzählen
Nicht Chicago. Nicht hier

1. Auflage
© 2005, 2024 Verlag Friedrich Oetinger GmbH
Max-Brauer-Allee 34, 22765 Hamburg
Alle Rechte vorbehalten
Das Buch erschien erstmals 2005 und liegt in einer
sprachlich leicht überarbeiteten Fassung vor.
© Text: Kirsten Boie, 2005/2024
© Umschlaggestaltung:
Weiß-Freiburg GmbH – Grafik und Buchgestaltung –, Freiburg,
Composing unter Zuhilfenahme von Midjourney
Druck und Bindung: GGP Media GmbH,
Karl-Marx-Straße 24, 07381 Pößneck, Deutschland
Printed 2024
ISBN 978-3-7512-0555-6

www.oetinger.de
www.kirsten-boie.de
www.moewenweg-stiftung.de

Was dein Leseherz begehrt!
Tauche ein in unsere Welt voller Bücher, Medien und mehr.

Ob Buch oder Hörbuch, gedruckt oder digital, für dich oder deine Liebsten: In unserem Webshop findest du garantiert, was du suchst!

Durchstöbere unser breites Angebot an fantasievollen und mitreißenden Geschichten für Kinder, Jugendliche und junge Erwachsene sowie Spiele und Geschenkideen für Groß & Klein.

Scanne einfach den QR-Code oder besuche uns auf **oetinger.de** und lass dich inspirieren!

Hier geht es direkt zum Webshop!

Oetinger

Weitere Informationen unter:
www.oetinger.de

Die besten Neuigkeiten aus der Welt der Bücher – abonniere jetzt unseren Newsletter!

Wenn es um deine Lieblingsheld*innen geht, möchtest du stets auf dem neuesten Stand sein? Dann registriere dich jetzt für unseren Newsletter und freue dich auf aktuelle Neuerscheinungen, tolle Sonderaktionen & Gewinnspiele, kostenlose Downloads, Spiele Geschenkideen und vieles mehr!

Genau auf dich zugeschnitten erhältst du regelmäßig Empfehlungen aus der Welt der Kinder- und Jugendliteratur. Und als besonderes Highlight verlosen wir unter allen Neu-Abonnent*innen monatlich ein spannendes Buchpaket.

Scanne einfach den QR-Code oder besuche uns auf **oetinger.de/newsletter** und werde Teil unserer Community!

Hier geht es direkt zur Newsletter-Anmeldung!

Oetinger

Weitere Informationen unter:
www.oetinger.de